他有点舍不得放下了。
此时他的小天我是正趴在群群
地枸夏在他的怀里。
先他想弄一群 仙。

唐天

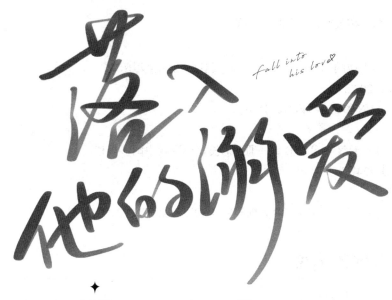

落入他的溺爱

fall into his love♡

★

十度天

SHIDUTIAN

—著—

北京燕山出版社
BEIJING YANSHAN PRESS

图书在版编目（CIP）数据

落入他的溺爱 / 十度天著 . — 北京：北京燕山出
版社，2022.7

ISBN 978-7-5402-6515-1

Ⅰ . ①落… Ⅱ . ①十… Ⅲ . ①长篇小说–中国–当代
Ⅳ . ① I247.5

中国版本图书馆 CIP 数据核字（2022）第 076303 号

落入他的溺爱

作　　者：十度天
出 品 人：一　航
选题策划：航一文化
出版统筹：康天毅
责任编辑：金贝伦　贾　玮
特约编辑：丁娓娓
封面设计：玖时柒
版式设计：林晓青
出版发行：北京燕山出版社有限公司
地　　址：北京市丰台区东铁匠营苇子坑138号C座
邮政编码：100079
发行电话：（010）65240430
印　　刷：湖南天闻新华印务有限公司
开　　本：880mm × 1230mm　1/32
印　　张：11.25
字　　数：368 千字
版　　次：2022 年 7 月第 1 版
印　　次：2022 年 7 月第 1 次印刷
书　　号：ISBN 978-7-5402-6515-1
定　　价：49.80 元

目 录

第一章

他的小天鹅，长大了

今年淮城入秋早。

连日来的阴雨天气让空气有些潮湿，今天难得放晴，微风阵阵，窗外的梧桐树叶被吹得簌簌作响。

琴房内，大提琴低沉婉转的声音流淌，女孩如瀑的黑发温顺地铺在身后，藕臂雪白，缓慢地拉动琴弓。

淮城音乐学院是在国内外都享有盛名的音乐学府。一年前，钟清瑶以专业第一的成绩考入了学校的管弦系大提琴专业。

"清瑶，还不走吗？"说话的是赵眠眠，钟清瑶从小玩到大的朋友。

"你也太用功了，难得今天下午没课，你倒好，在琴房练了一下午的琴。"赵眠眠递给她一罐饮料，心疼地说。

钟清瑶停了下来，将大提琴放在一边，说："这首曲子我还不太熟，就多练了会儿。"

她拉开饮料瓶的拉环，"刺啦"一声，瓶内冒出许多气泡来。

"我还不知道你？你每次一不想回家就会在琴房练琴。真搞不懂你，这么不想回去还不住校。"赵眠眠轻轻叹气道，"说到底你只不过是暂时住在顾家而已，和他们又没任何血缘关系，顾爷爷不能就这样一直把你绑在身边吧？"

"别这样说。"钟清瑶低垂眼眸，望着饮料瓶身上的水珠，低声说，"顾爷爷对我很好，是我自己想留下来多陪陪他的。"

"你就是太好说话了。"赵眠眠看她情绪不高，又问，"是不是顾家那个小崽子弟弟又跟你作对了？"

她摇头道："没。这几天好像他朋友的俱乐部开业庆祝，都好几天没回家了。"

"夜不归宿，嚣张又跋扈。"赵眠眠轻嗤一声道，"要是你顾叔叔还在，看那小崽子还敢不敢欺负你！"

钟清瑶喝饮料的动作一顿。

顾谨深吗？

记忆中的那个男人年纪稍长她几岁，因为自己现在暂住在顾家，论辈分，她会礼貌地喊他一声"顾叔叔"。

他已经四年没有回来了。

四年前，顾家的盛瑞集团在美国的分公司遭遇危机，公司连续亏损，净负债率甚至达到了 75%。顾谨深在那时候临危受命，奔赴美国。短短两年后，公司扭亏为盈。

然而公司尚未稳定，顾谨深还是没有回来。

钟清瑶望着窗外泛黄的梧桐树叶，思绪有些飘远。记忆中那个成熟稳重的身影，已经逐渐开始模糊，变得陌生。

她站起身，把琴放进硬式琴盒里，扣上锁扣，背在身上，说："走吧，回去了。"

回到南湾别墅的时候，正好下午 5 点。

昨天夜里下了雨，地面上积了深深浅浅的水洼，庭院里停着一辆黑色的劳斯莱斯。

这是一辆陌生的车。

钟清瑶忍不住多看了几眼，别墅车库内的车很多，一半都是她那个爱车的弟弟顾连铭的。也不知道这辆是不是他新买的车。

但是顾连铭性格张扬，爱的也都是些张扬的跑车，这种严肃沉稳的商务车，怎么也不像是他的风格。

她背着琴走进入户大厅，正好遇到李姨。李姨是别墅内的用人，在顾家已经干了几十年了，为人和善，也很疼她。

她指了指外面的车，问道："李姨，家里是来客人了吗？"

李姨笑得皱纹都加深了不少，她指了指二楼，说："顾先生回来了……"

钟清瑶脑海中空白了一秒钟，一时间竟没有反应过来李姨口中的"顾先生"是谁。

"顾先生回来得突然，这会儿正跟顾老爷子在书房聊着呢，小姐不上去看看？"

李姨的话在她的耳边回荡，令她整个人都是蒙的，琴都没来得及放下，就径直去了二楼书房。

走到门口，就听到书房内传出谈话的声音。

"盛瑞证券的业绩也在稳步增长，只去年公司年度总收入就同比增长了30%。美国那边已经交给张东了，张东的能力和魄力，我还是信得过的。"

声音熟悉，却又陌生。

她的心跳倏地快了起来。

门是虚掩着的，钟清瑶挪着步子过去，扒拉着门框，悄悄探出了半个脑袋，只留一双眼睛往里看。

透过落地窗洒下的大片阳光晃得刺眼，男人逆着余晖端坐于沙发上，他的双腿交叠，低低抱着手臂，裁剪得体的深色西装，也被镀上一层柔和的余晖。

钟清瑶看到他冷硬的下颌线，金丝边眼镜上反射出浅淡的光。而此时，他正巧抬起眼眸，朝她这里看过来。

视线在半空中交会，令她的心跳陡然漏了一拍。

顾老爷子也察觉到她，连忙朝她招招手，示意她过来："清瑶来了啊，快过来，快过来，你顾叔叔回来了！"

钟清瑶小步走进去，站在那里却手足无措起来，手指紧紧攥着裙子。她低垂着头，半晌没有说话。

顾谨深靠在沙发里看着她，唇角微微勾起，问："不认识了？"

静默了几秒钟，她按捺住胸腔里狂跳的心，低低地叫了一声："顾叔叔。"

顾谨深往沙发里一靠，应道："嗯。"

顾老爷子叹道："这孩子小的时候最喜欢跟在你屁股后头，最黏的就是你。这几年没见，反倒见你有些怕生了。"

顾谨深端起茶杯抿了一口，声音淡淡道："没事。"

"不过这孩子倒确实很乖，这不去年还考上了淮城音乐学院的大提琴专业，专业课、文化课都是第一名。"

"嗯，不错。"

顾谨深那句不咸不淡的赞许落在钟清瑶的耳朵里，让她小小地雀跃了一下。

小的时候，每次考了一百分，她都想第一时间把成绩单拿给顾谨深看。顾谨深会揉揉她的头，说一句"考得不错"。得到夸奖的小清瑶，肉嘟嘟的脸上霎时笑开了花。

顾老爷子笑呵呵道："哎，清瑶正好还背着大提琴，拉首曲子给你顾叔叔听听吧。"

她点头道："好。"

低柔悠扬的琴声从书房内传出，钟清瑶演奏的曲子是圣桑的名曲《天鹅》。

顾谨深靠在沙发上，静静聆听着，目光在钟清瑶的身上缓慢而过。女孩穿着白色及踝长裙，她的肤色偏冷白，露出一截纤细嫩白的脖子，像极了波光粼粼的湖面上一只安静的白天鹅。

她长高了，头发也长了。

太阳缓缓地西沉，逐渐没入地平线，落地窗外林木翁郁，金黄色的余晖温柔。

顾谨深漫不经心地转了转手表，神色微动。

他的小天鹅，长大了。

从书房出来的时候，夜幕已经缓缓降临，别墅内的照明灯亮了起来。

厨房内，李姨和负责烹饪的厨师正在忙碌着。今晚有个家宴，算是为顾谨深接风洗尘。

空气中有雨后初霁淡淡的青草味道。

钟清瑶在庭院中央的大路上走着，有点儿心不在焉。倏地，伴随着一阵鸣笛声和发动机张扬的轰鸣声，一辆红色的法拉利从钟清瑶身侧呼啸而过，卷起一阵风碾过水洼，溅了她一身的水。白色的裙摆湿了，还沾上了灰黄的泥水。

钟清瑶太阳穴突突跳了两下。

前面的法拉利倒车到她的面前，顾连铭戴着墨镜，一条手臂随意地搭在车窗边沿上。

"哟，这不是清瑶姐姐吗？"

顾连铭比她小两岁，高三了，活脱脱的纨绔子弟。用顾天成的话说就是，驾照才拿到半年，车已经买了四辆了，就这前几天又缠着顾天成想买新车。

"顾连铭，你开车不看路的吗？没看到地上有水坑吗？还开得那么快！我裙子全湿了！"

顾连铭瞥了一眼她的裙摆，说："我车子的轮胎上又没长眼睛，怎么知道地上有没有水？你自己也不躲开点儿。"

他不痛不痒的一番话，气得钟清瑶咬牙切齿的。

"好，好。"她神情自若地走到他的车旁。

顾连铭问："你想干吗？"

钟清瑶朝他微微一笑，随即对着车身猛踹了两脚。

顾连铭倒吸了一口气，喊道："哎哎哎，我这是新车！别给我踢坏了啊！"说着就下车检查车身，一脸的心疼。

钟清瑶说道："不好意思，我的脚上也没有长眼睛，你自己不会躲开点儿？"

"你！"顾连铭憋着一口气，却什么也说不上来。半晌，他才问道："我小舅舅已经回来了吗？"

钟清瑶没好气道："不知道！"

顾连铭也是从小被宠着长大的，天不怕地不怕的他，就怕一个顾谨深。有时候顾老爷子喊破嗓子他都不听，顾谨深一个眼神他就蔫了。

"今天俱乐部开派对我都没去，听说小舅舅回来了，我赶紧就回来，别是什么虚假情报啊。"他往里张望了下，问，"到底是不是真的？"

"你自己不会去看啊。"钟清瑶撂下一句话就走。

顾连铭看着她的裙子，脑海里忽然蹦出一个念头，跑过去拉住了她。

她甩开他，问："干吗？"

顾连铭喉咙动了动，不自在道："那个……裙子的事，你别去小舅舅那里告状啊！"

"怕我去告状啊？"

"你别以为小舅舅回来了，你就能得意忘形了！"

她抬了抬下巴，说："我就是得意，怎样？谁让顾叔叔从小就向着我呢。"说完她头也不回地往里走，留下顾连铭一个人在夜风中暴怒。

湿裙子穿在身上不太舒服，钟清瑶甩了甩裙摆，打算去房间换一件干净的。走到二楼的时候，顾谨深正巧从书房里走出来。钟清瑶一凛，垂下头快步往楼上走。

"跑什么？"身后的声音，在寂静的楼道里格外清晰。

"见到我，不打声招呼吗？"

钟清瑶脚步一滞，慢慢地转过身，却不敢去看站在那边的顾谨深。

空气中安静得出奇。

"顾叔叔好！"

顾谨深的视线在她的脸上稍做停留，看到弄脏的裙摆后，问："裙子怎么回事？"

"刚才在楼下不小心弄脏了。"

顾谨深目光浮动，思绪有些飘远。

眼前的小丫头说话的时候温声细语，整个人都透露着乖巧，像极了她小时候的样子。

她刚来顾家的时候，不过八岁。她父亲为救落水的顾老爷子而不幸溺亡了，她就此成了孤儿。顾天成感谢她父亲的救命之恩，就将她接来了顾家照顾。小丫头乖巧懂事，逢人就笑，一口一个"顾叔叔"叫得很甜，一点儿没有失了至亲的悲怆感。

顾谨深只当她是尚且年幼，随遇而安。到底是年纪尚小，对突然遭遇的家庭变故，也没什么感觉。

直到后来有一天，他深夜经过小丫头房间的时候，听到里面传来低低的啜泣声。那声音闷闷的，明显是正躲在被子里哭。

他脚下动作一顿，末了还是走了。

第二天早上，昨晚在被窝里偷偷哭的小可怜，又换上了一副乖巧的笑脸。

顾谨深轻哂一声，真是个有意思的小可怜。

第一次见到她哭，是什么时候呢？

想起来了。

那天周五，学校只上半天课，司机忘了时间没去接。他接到了班主任的电话，才知道小可怜在校门口等了很久。

来到学校的时候，发现她鼻尖红红的，嘴巴也抿得紧紧的。周围很安静，显然人都走完了。

她静静地跟在他的身后，直到上车后也一言未发。

"怎么想到给我打电话了？"

顾谨深有点儿奇怪，按理说应该打给司机才对。

半晌，女孩低低的声音传来："我只记得顾叔叔的电话……"

旁边的小可怜头垂得低低的，顾谨深看她一眼，收回视线没再说话。

恰逢夏日，马路两旁林木繁茂，阳光正烈。他看着窗外的景色，车内一片安静。忽然，他听到身边传来微不可闻的哽咽声。

他侧头看她。

小可怜依旧低着头，只是泪珠一颗接一颗地掉下来，砸在手背上，湿了一大片。

顾谨深一怔，问："怎么不躲着偷偷哭了？"

小可怜抬起头看着他，他才惊觉她的脸上已经布满了泪痕，长长的睫毛上还挂着水珠。

"别的小朋友……都有爸爸来接，可是瑶瑶没有了，没有了……"

她的声音柔柔的，却仿佛是一把锋利的刀，在他的心上不轻不重地划了一道，让他痛了一下。

不知怎的，他突然开口道："你有顾叔叔。"

"顾叔叔……"

他一揉她的头发，说："别的小朋友有的，我都会给你。"

顾谨深回过神来，揉了揉眉骨。

那都是好多年前的事了，眼前的小可怜长大了，好像变了，又好像没变。四年过去，她当初及肩的发现在已经及腰，又黑又亮，浓密顺直，一侧整齐地别在耳后。

片刻后，顾谨深抬手松了松领带，目光落在她的脸上。

"瑶瑶，过来。"

走廊里的直射灯下，顾谨深半张脸隐在阴影之中，灯光在金丝边镜框上轻微晃动，透出一股冰凉的压迫感。

钟清瑶小步走过去，喊道："顾叔叔。"

靠近后，她闻到了一丝极淡的木质香调，是他惯用的味道，是雪松、劳丹脂，还有白兰地，清淡冷冽。这个熟悉的味道，曾经陪伴她度过无数个孤单又惊惧的夜晚。

"刚才为什么看到我就跑？"

"裙子湿了，我急着去换……"

"在淮城音乐学院读大二？"

"嗯。"

他淡淡道："是不是我不在的这几年，瑶瑶已经把顾叔叔给忘记了？"

钟清瑶明亮的眼睛忽闪了一下，带着一丝慌乱。

"瑶瑶没有。"

他极轻地笑了一声，像以前那样，揉了揉她的头发。

"瑶瑶。"他突然出声，唇角稍稍上扬，"还是和小时候一样乖。"

晚上6点半。李姨端着一盘盘菜从厨房出来，放在餐桌上，冒着袅袅热气。

这是一顿寻常的家宴，但是菜式很丰富。

顾家是淮城鼎鼎有名的金融世家，顾老更是声名显赫，在金融圈，无人不知顾天成这个顶级大腕。

顾天成虽为人低调，但从骨子里透出来的富商气息是遮不住的。

这栋位于淮城南湾的别墅极其奢华，站在飘台上能将整个南湾尽收眼底。厨房料理台是进口的赛丽石，连餐桌旁的皮质餐椅都是芬迪的。

此刻，中厅的长餐桌上已经放满了菜，让人眼花缭乱。

顾天成已经坐在了上座，顾谨深则坐在餐桌左侧。钟清瑶走过去，默默坐在了餐桌最右侧。

顾天成笑问："清瑶啊，不跟你顾叔叔坐一起啊？"

"我坐在这里就好了……"

顾天成叹了口气，笑道："你小时候最喜欢坐你顾叔叔旁边，若是被其他人坐了去，你还会跟你顾叔叔闹脾气呢。"

说起小时候的事，钟清瑶的脸颊有些微微发热。

"到底是长大了，现在怕羞了。"

顾谨深抿了口红酒，也没说话。

"哪里的事啊，她就是假矜持罢了！"顾连铭走进餐厅，边摇头边说，"刚刚在前院清瑶姐姐还跟我嘚瑟呢，小舅舅回来，她别提有多高兴了。"

钟清瑶抬眼一瞪他，满脸写着"你不说话，没人把你当哑巴"。

"你瞪我干吗？我又没说错。"

"来来来，别矜持了。"

说着，顾连铭就把钟清瑶面前的餐具端到了顾谨深旁边，还做了个"请"的手势。

顾天成也说："你跟你顾叔叔也好一段时间没见了，多跟你顾叔叔熟络熟络。"

话已至此，钟清瑶也只能硬着头皮，坐到了顾谨深旁边。

顾天成招呼道："吃饭吧，吃饭吧。"

钟清瑶低头小口吃饭，身侧清淡好闻的木质香味，时不时萦绕鼻尖。

"谨深啊，你找个时间去你杨伯伯家一趟。你杨伯伯和我们也是世交，去看看杨伯伯，打个招呼。你这次回来接手盛瑞集团，有很多地方需要你杨伯伯的照拂。"

顾谨深一边盛汤，一边说："好的。"

公司上的事情钟清瑶不懂，只是默默听着。忽然，一小碗鲫鱼汤，放在了她的面前。

钟清瑶一愣，忙道："谢谢顾叔叔。"

他一边和顾老说话，一边极为自然地替她盛汤，就像小时候一样，很照顾她。

话锋不知道什么时候转到了她身上。顾天成说："清瑶也一起去吧，你杨爷爷喜欢你。"

她一点头："好。"

"那连铭……"

顾天成的话还没说完，就被顾连铭打断了："我不去，我不去，杨爷爷太死板了，去了我得无聊死。"

这话一出，顾天成顺势就说起他的种种劣迹来。

"你说说你，要是能有清瑶这丫头一半懂事，我就谢天谢地了。你们老师的电话都打到我这里来了，这几天没去学校都上哪儿鬼混去了？不好好学习，就知道逃课！"

顾谨深这时候慢慢掀起眼皮，看向顾连铭，问道："逃课？"

他的声音不轻不重，没有波澜，却让顾连铭猛然抖了一下。

顾连铭头一垂，说："我错了，我再也不敢了。"

顾天成继续数落着："这都高三了，还这么不上心，让你出国留学好混个文凭，也百般不情愿，我看你能有什么出息。"

顾连铭心里憋着气，却不好发作。看着对面悠然自得地喝汤的钟清瑶，气更是不打一处来。他指着钟清瑶大声道："怎么总说我啊，清瑶姐姐还偷偷瞒着你们找对象呢！上次在校门口我都看到了！"

"你胡说八道！"钟清瑶抬起头来，脸涨得通红。

"爷爷，我可没胡说，我上次都看到了，那个男的还揉她头来着，好亲密啊！"

顾谨深一顿，也侧眸看过来。

"你胡说！"钟清瑶气得嘴巴直哆嗦，可她越急，就越说不出一句完整的话来，"爷爷，我没有……"

顾天成敲了敲桌子，说："清瑶已经上大学了，谈恋爱也是正常的。她可比你乖。"

钟清瑶血气上涌，忍住在顾连铭头上暴扣的冲动。她平复了一下心情，拿起汤碗喝了一大口。

下一秒。

"喀喀喀——"她咳得差点儿一口气没提上来，胡乱地抓住了身侧人的手。对上顾谨深的目光，意识到刚才胡乱抓的人是谁后，她又如弹簧一样，整个人倏地弹开了。

"怎么了？"

"鱼……鱼刺，卡住了……"

在厨房听到动静的李姨也出来了。

"小姐被鱼刺卡住了？快喝点醋吧，我去拿。"

虽说是土方子，但也比什么都不试要好。

钟清瑶喝了一口醋，酸得她眉毛都皱成了一团。然而喉咙还是剧痛，鱼刺根本没下去。

李姨也着急："试试吞口饭团，不要嚼，直接咽下去。"

"没用的。"顾谨深站起身，拿起车钥匙说，"我送瑶瑶去医院。"

临了，他的视线淡淡地扫过顾连铭。

顾连铭委屈巴巴的，小声嘀咕道："这可不能怪我……是她自己卡的刺……"

晚上7点半，医院急诊部。

"啊——"

"嘴巴张大，再张大点！"

医生拿着口腔镜和压舌板在钟清瑶的嘴里一阵捣鼓。然而捣鼓了五分钟，还是没有找到卡住的鱼刺在哪里。

"你嘴巴要张大啊，只有张大才能看清楚，你这样我没法儿找啊。"

钟清瑶自觉已经把嘴巴撑得很大了，这几分钟下来，腮帮子都隐隐酸痛。再瞟一眼一旁的顾谨深，正站在旁边看着她。

天哪！她都没来得及刷牙，万一让顾叔叔看到自己的牙齿上卡着晚饭的残渣碎叶……想到这里，嘴唇都有点儿哆嗦。

医生将工具一放，说："你这么不配合，刺也难找，你们还是明天一早过来做喉镜取出来吧。"

"喉镜？"

就是那个用软管从鼻孔里插进去直到咽部的可怕喉镜吗？

"不要啊——"

钟清瑶可怜兮兮地看着顾谨深，头摇得像拨浪鼓。

"医生，劳烦您再试试，我们尽量不做喉镜。"

顾谨深说得谦恭，医生叹了口气，决定再试试，同时又不忘提醒道："小姑娘，你要配合一点儿。"

钟清瑶："……"怪我咯？

顾谨深的目光停留在她的脸上，说："瑶瑶，嘴巴张大。"

这一次，钟清瑶真的死命地张大了嘴巴，嘴巴都撑得疼。

"不要动，看到刺了！"

事情好似在朝好的方向发展。然而下一秒，一丝晶莹的口水，不受控制地从她的嘴角流了下来。

钟清瑶整个人石化了。

暮色沉沉，医院外的路灯已经亮了起来。

顾谨深去地下停车场开车，钟清瑶则站在医院急诊部的门口等他。

北风呼呼地吹着，站在风中的钟清瑶眼尾耷拉，愁眉苦脸，时不时叹一口气。

她自持形象，自认为展露在顾谨深面前的，也一直是一副岁月静好的模样。可怎么也没想到，四年后的再次相见，她会以先是鱼刺卡喉，再是流口水的形象给他平淡的一天留下浓墨重彩的一笔。

都说吹吹西北风能使人平静。

都是假的。

不然，她心里怎么还乱作一团，久久平静不下来，像是有一团毛线缠绕在一起，越扯越紧，越扯越乱。

不知什么时候，顾谨深已经将车开了出来，一辆劳斯莱斯停在她的面前。

夜风将她的头发吹乱，钟清瑶迎着风，被吹得眼神迷离，沉浸在自己的世界里。她木然地望着车身，许久没有动作。

车窗降下，顾谨深侧眸问："还站在这儿干什么？"

钟清瑶惊了一下，回过神来，下意识脱口而出："吹西北风……"

话一出口，她就懊恼不已。她在胡说八道什么啊？

风吹动树叶，她的影子在夜色中晃晃悠悠。

一阵静默之后。

"那是南。"

"？"

"你站的方向，吹过来的是南风。"

"……"

哦。

车窗外华灯初上，这座城市里的高架桥上车流如织。

劳斯莱斯车内，一阵无言。

钟清瑶望着窗外的浓重夜色，车窗玻璃上映着顾谨深的身影。这个角度只能看到他的侧脸，棱角分明，金丝边镜框上映射出冰冷的质感。

他单手扶着方向盘，神色平淡。

钟清瑶自知出糗，也没想说话，便沉默着没有打破这份宁静。

后来，倒是顾谨深先说话了。

"瑶瑶。"

她立刻转头，应道："嗯，顾叔叔。"

"喉咙还疼不疼？"

"不疼了。"她两只手乖巧地放在膝盖上，答得温声细语。

顾谨深一边开车，一边用余光淡淡瞥过那双拘束的小手。几年前，这双小手总是拉着他的衣角，屁颠屁颠地跟在他的身后。小时候她胆子很小，一见到生人就喜欢往他身后躲，将他的衣角捏得皱巴巴的。

目光向上，落到她及腰的长发上。

方才晚饭时顾连铭说的一番话，莫名就跳进了他的脑海里。

路口红灯亮起，顾谨深停了车，目光看向远处，两个手指弯曲着，若有若无地敲在方向盘上。

"瑶瑶谈恋爱了？"

钟清瑶瞬间愣怔了，连忙回道："没有，是连铭乱说的。"

"别早恋。"话一出口，顾谨深才反应过来，她已经二十岁了，早已不是早恋的年纪。就像顾老说的那样，她在大学谈恋爱是一件再正常不过的事。他改口道："我是说，谈恋爱要谨慎些，保护好自己。"

"我知道，顾叔叔。"钟清瑶说，"只是我现在还不想谈恋爱。"

他一侧眸，问："怎么？"

"主要是没有喜欢的。"

绿灯亮起。顾谨深不再说话，他踩下油门，转而看向前方的路况。

汽车缓缓驶离闹市区，来到僻静的市郊，沿着淮城标志性的南湾湖，驶入别墅区。

透过入户大厅的全景落地窗，可以看到里面一片灯火通明。

爷爷可能还在等她吧。

汽车平稳地停在门口，顾谨深下车后，又绕到副驾驶，拉开了车门。

钟清瑶一动，才发现因为刚刚正襟危坐太久，导致腿麻了。现在稍微一动，就像容嬷嬷拿着小针扎在小腿肚上。

"怎么了？"

钟清瑶不自在道："腿麻了……"

顾谨深垂眸看着她。

此刻，钟清瑶的不自在落在顾谨深的眼里，却有了不一样的意思。小小的身体窝在座椅上，眉心微蹙，嘴唇微嘟，还有几分欲言又止的羞赧。和她小时候撒娇的样子，如出一辙。

然而顾谨深也的确是这么认为的，未等钟清瑶反应过来，顾谨深已经弯腰将她从车里抱了出来。

身体突然腾空，她的脑袋里短暂空白了片刻。随后，顾谨深衣服上淡淡的木质香包围了她。

头顶响起平静的声音，带了几分无奈："瑶瑶，你不是小孩子了。"

显然，顾谨深误会了她的意思。言下之意，你长这么大了，怎么还撒娇要顾叔叔抱抱啊！

"不是的，顾叔叔，我没……"难道她要说，我没想抱抱，所有都是你一厢情愿的吗？！她似乎想象到了顾谨深一脸阴沉、面如寒霜的样子，说不定还会就此恼羞成怒地将她摔在地上。

她改口道："顾叔叔，其实……我可以自己走。"

"不是腿麻吗？"

"是……"

钟清瑶不再说话，身体僵硬在顾谨深的怀里，手都不知道放在哪里才好。

搂脖子？太羞耻了……

抓肩膀？姿势太难看了……

搂背？难度系数有点儿大……

一番头脑风暴后，钟清瑶轻轻地抓住了他的西装衣襟。疏淡又不失礼，距离刚刚好。

顾谨深淡淡地瞥了一眼怀里的人，轻轻勾了勾唇角。

顾谨深抱着钟清瑶走进别墅，会客厅内，顾天成果然还在等他们。

顾连铭也坐在沙发上，动作激烈地按着手机屏幕，应该是在打游戏。听到动静，他立马关掉了手机，直挺挺地坐好，俨然一副乖孩子的模样。

然而，他在见到被小舅舅抱着进来的钟清瑶之后，立马就从沙发上跳了起来。

"姐！你作死啊！不知道的人还以为你怎么了，你是卡鱼刺，又不是崴到脚！卡个鱼刺就走不了路了？还要小舅舅抱！"

顾连铭声情并茂的控诉，让钟清瑶的脸一寸地涨红，像熟透了的小番茄。

顾谨深走过来，将她放在沙发上。

"连铭。"

突然被叫到名字的顾连铭，头发丝儿都竖了起来，咧着嘴笑道："小舅舅……"

"期中考试在什么时候？"

"下个月的十号和十一号……"

"还有一个月。"顾谨深道，"我不想看到你的名字出现在成绩榜的最后一栏，至少要在班级进步十个名次。"

顾连铭的眼尾耷拉下来。天知道他已经有多久没翻开过课本了，连老师现在上到哪一课了他都不知道。考试时间还是老师天天念叨，他才勉强记住了。开学以来，成绩更是稳坐最后一名，无人可以撼动。进步十个名次？不如要了他的命吧。

顾连铭哀思如潮，但仍是强颜欢笑着攥紧小拳头，一副发愤图强的模样："小舅舅，我会努力的！"

顾谨深叮嘱道："你妈妈工作忙，别让她不省心。"

"我知道了……"

顾连铭的母亲，也就是顾天成的女儿，顾谨深的姐姐顾雅闪婚闪孕，二十岁就生了顾连铭，孩子跟了顾家的姓。只是顾连铭出生没多久，他父亲就去世了。

这么多年来，顾雅没再谈感情，而是将重心放在了事业上。如今她已经是响彻国内外的影后，拿奖无数。这几年还办起了工作室，培养新人。

她是个事业心十足的女强人，天南地北地飞，在家的日子屈指可数，也不怎么管顾连铭。

因此顾连铭和钟清瑶一样，从小就是在顾天成的膝下长大的。顾天成也心疼他没了父亲，格外宠他，几乎是有求必应。这不跑车一辆接着一辆地买，顾天成也没说什么。

妈妈没时间管，顾天成又宠爱，所以在顾谨深没出国之前，都是他在管着顾连铭。顾谨深走后，顾连铭也就彻底地放飞自我，浪上了天。

顾天成问："清瑶怎么样了？鱼刺取出来了吧？"

"没什么事。"

顾谨深松了松领带，坐在顾天成旁边的沙发上，拿起青瓷茶壶，给顾老的杯盏中续上水，说："这周末我准备去拜访下杨伯伯。"

顾天成点头道："也好，周末去的话，清瑶和连铭也都在家。"

顾天成的视线刚转到顾连铭，顾连铭就忙一摆手，道："我不去了，我下个月就要期中考了，我得在家用功复习。"

"爷爷，我看书去了啊！"说着，他就"噔噔噔"跑上了楼。

顾天成看了一眼他的背影，深深叹了口气，对顾谨深说："今天都这么晚了，还回泊港公馆吗？"

听到"泊港公馆"四个字，钟清瑶倏地抬起头来，看向顾谨深。

泊港公馆是顾谨深在CBD（中央商务区）附近购置的一套住宅，位于淮城金融商圈中心，离盛瑞集团总部路程很近。

几年前，顾谨深忙于工作事务，为了节约时间，经常住在泊港公馆。

那时候，钟清瑶在顾谨深面前总有着自己的小骄纵，拉着他硬是不让他再回去，顾谨深也由着她。

后来，泊港公馆因此闲置了很长一段时间。

这次顾天成再次提起，钟清瑶心里又小小地揪了一下。

顾谨深刚回国接手公司，一定有一大堆的事情要处理，现在她是怎么也没这个脸，再撒泼打滚地缠着他，不让他回泊港公馆了。又不是几岁的小孩子了。

钟清瑶只是看着他，也在等他的答案。

不知是有意还是无意，顾谨深的视线淡淡地扫过钟清瑶。两人的目光有了短暂的相交之后，他又不着痕迹地移开了视线。

"不回去了。"

顾天成道："嗯，这几天你就先在南湾住着，清瑶这丫头应该也想你了。"

他淡淡一笑："好的。"

洗过澡后，钟清瑶躺在床上盯着手机屏幕发呆。

顾谨深出国那年，钟清瑶还没有要手机，但是顾谨深的电话号码，她却记得清清楚楚。直到现在，那串号码也是烂熟于心的。

不知道四年过去了，顾叔叔有没有换新的电话号码。

她点开微信，添加联系人，搜了那个号码。搜索出来的联系人头像是空白的，昵称是"GJS"——"顾谨深"的缩写。

钟清瑶基本断定，这就是顾叔叔的微信。

等了一会儿，还是没有收到同意好友申请的信息。

手机响了一下，她点开，却发现是她的好朋友赵眠眠发过来的消息。

赵眠眠："过几天晚上系里有个和北华科技大学的联谊会，一起去吧？"

钟清瑶："去不了，我顾叔叔回来了。"

赵眠眠："你顾叔叔回来了？恭喜恭喜，你今天可乐坏了吧？"

想到今天晚上发生的一切，钟清瑶深深叹了一口气，别说是乐了，不哭就很好了。

钟清瑶："别提了，今天晚上脸都丢尽了。"

赵眠眠："怎么了？"

钟清瑶："一言难尽。"

赵眠眠："干吗？你顾叔叔还不让你谈恋爱？出去联谊都要管？"

钟清瑶："不是。总之，我去不了。"

赵眠眠："见色忘义啊，有了顾叔叔，不要朋友了！"

赵眠眠："可我呢！每个寂寞的晚上都不知道可以干吗，好想有个小哥哥陪陪我……"

钟清瑶打开满是垃圾短信的收件箱，随手点开一条短信，复制，给赵眠眠发了过去。

钟清瑶："这有什么难的？男人多的是，这些你慢慢挑。"

消息发出去后，钟清瑶就打开了明天专业课上要考核的曲谱看起来，想着再熟悉一下。

过了一会儿，手机响了一下，提示有新消息。

赵眠眠："人呢？"

钟清瑶刚想打字，就发现聊天记录里，刚刚给赵眠眠发过去的短信怎么不见了。

她刚刚不是发给赵眠眠的吗？

内心忽然蹦出一种很不好的预感。

钟清瑶颤巍巍地点开了联系人列表中顾谨深的对话框"GJS"。

GJS：我通过了你的朋友验证请求，现在我们可以开始聊天了。

下一秒，钟清瑶就看到了自己刚刚复制的短信。

此时她内心一阵天崩地裂！真的快被自己蠢哭，她居然把消息错发给了顾叔叔！

她呼吸一滞，手忙脚乱地按撤回，结果慌乱中却按成了删除键。

钟清瑶，卒。

这时，一条新消息发了过来。

顾谨深："？"

啊啊啊！钟清瑶在被窝里一阵疯狂蹬腿，把脸埋进了枕头里。这一刻，她甚至想就这么闷死自己，这样就不用面对如此尴尬的情况了。这种尴尬已经不足以用脚趾头抠出三室两厅了，她觉得至少能抠出一座魔仙堡来。

然而生活还是要继续。钟清瑶定了定神，面色自若地拿起手机，假装什么也没发生过。

钟清瑶："顾叔叔晚上好！"

钟清瑶："比心。"

钟清瑶表面镇定，然而手指却紧紧扣着手机边沿，紧张地盯着屏幕，生怕顾谨深会抓着刚才的事不放。

片刻后，一条新信息就发了过来，只有简单的几个字："早点儿睡。"

她顿时松了一口气。

钟清瑶："好的，顾叔叔晚安！"

她盯着对话框看了好一会儿，都没有新消息发过来。

翻了翻曲谱，钟清瑶发现自己心里躁郁不已，根本看不进去。于是决定好好听顾谨深的话，早点儿睡觉。

放下手机，关了灯，盖上被子，强迫自己冷静下来，酝酿着睡意。

突然，满室的寂静中，一声新消息提示音格外清晰。

钟清瑶点开屏幕，是顾谨深发过来的。

顾谨深："瑶瑶，少浏览些不健康的网站。"

钟清瑶："……"

这几天顾谨深都忙于接手集团事务，虽然同住在南湾，但是他每天早出晚归的，钟清瑶已经好几天没见到他了。

后来，还是在手机推送的财经新闻里看到了顾谨深。加粗加黑的标题格外醒目——

盛瑞集团换帅！金融巨子顾谨深将任集团新 CEO（首席执行官）！

文下还附有《盛瑞集团董事会关于任命顾谨深为总裁的意见书》一文。

顾家的盛瑞集团是淮城乃至全国的金融龙头企业，涉及银行、证券等业务，如今盛瑞证券已是国内最大的券商。除此之外，公司还在继续开拓其他业务，正着手于房地产领域的开发。

钟清瑶往下翻了翻，文章的内容无非是夸赞顾谨深多么年轻有为，头角峥嵘。

顾谨深在美国的那段时间，国内关于他的报道也是层出不穷，通过这些报道，钟清瑶也多少了解了一些。

顾叔叔真的很优秀。

接手美国分公司的烂摊子后，顾谨深在继任的这四年里，精准布局，准确地判断市场，让业内人士瞠目结舌。岌岌可危的公司，也在他的力挽狂澜下，活了过来。

赵眠眠凑了过来，瞄了一眼手机，问："又在看你顾叔叔的新闻？"

钟清瑶淡定地收起手机，道："温团长怎么说，今天排练结束了吗？"

"不知道要练到什么时候，萧娜正和团长在聊天呢，挑这个点闲聊，耽误大家的时间。"

赵眠眠是小提琴专业的，和钟清瑶一同加入了学校里的交响乐团。

她提到的萧娜和钟清瑶同专业，也是乐团中大提琴声部的一员。

练了好几个小时，临到排练结束时间，萧娜就找温团长闲聊去了。然而团长不发话，大家也不好就这么走了。

又等了好一会儿，两人的闲聊才结束。

温浚拍拍手，大声喊："好了！今天的练习就到此为止，大家回去吧！"

这时，排练厅里的学生才开始收拾乐器和谱子，准备离开。

今天是管弦系和北华科技大学的联谊会，有不少人因为晚上的联谊会将乐器留在了排练厅里，这会儿开始拿出镜子补妆，涂口红。还有几个甚至带了卷发棒，正给自己的头发烫着小卷儿。

赵眠眠也开始拿出镜子打量起自己的形象来。

前几天在赵眠眠的强烈要求下，钟清瑶还是答应了陪她一起去联谊会。

顾谨深工作忙，钟清瑶只和顾天成说了今天晚上会晚点儿回家。

"清瑶，虽说你不化妆也很好看，但是好歹也收拾下自己啊。"赵眠眠把镜子递给她，说，"你看你，排练了这么久，头发都乱了。"

她头发乱了吗？钟清瑶狐疑地接过镜子，照了照。

这时，萧娜从她身边走过，鼻腔里发出一声轻哼，略带着鄙夷。

有女生和萧娜打招呼："娜娜，联谊会你不去吧？"

"这种联谊会上能有什么优质男，居然还指望能在联谊会上脱单，笑死。"

"我也不去，那晚上要不要一起吃饭？"

萧娜拒绝道："不好意思啊，晚上我要和男朋友一起去看电影。"

萧娜特意将"男朋友"这三个字咬得很重，说完还瞥了钟清瑶一眼。

说起来，萧娜的这个男朋友和钟清瑶确实有些渊源。他是钢琴专业的一个学长，和萧娜在一起之前追过钟清瑶，只是钟清瑶一直没同意，后来他就和萧娜在一起了。

听说，是萧娜追的他。

在这层渊源下，萧娜一直将钟清瑶当成假想敌，从没给过她好脸色看。

萧娜家境不错，从小也是养尊处优长大的，因此颇有些小公主脾性，脸上也是藏不住事的。她不喜欢钟清瑶，谁都看得出来。

赵眠眠这个时候已经化好了妆，她拉着钟清瑶往外走，经过萧娜身边的时候，停了下来。

"联谊会上确实没什么优质男，但也比某人在垃圾堆里找男朋友要好。"说完，她头也不回地离开了。

在排练厅门口，好巧不巧就遇到了萧娜的男朋友周宇炎。

赵眠眠说："不好意思！让让！"

"宇炎！"萧娜跑了过去，顺势缠上他的手臂说，"你来接我了啊！"

周宇炎看着钟清瑶离去的方向怔怔地出神。

萧娜脸上维持着笑容，手下却掐了他一把，说："还看！看得眼珠子都快掉下来了！"

周宇炎回过神来，搂住萧娜问："没，宝贝晚上想吃什么？"

晚上的联谊会安排在锦园。

锦园是一家高档私人俱乐部，不对外开放，光是得到入会资格就很难。听说这家俱乐部是联谊会上一个男同学的叔叔开的，他提前和叔叔打了个招呼，就带大家来这里体验一把。

包厢内部宽阔，除了能唱歌外，还有台球桌等娱乐设施。

钟清瑶是陪赵眠眠来的，她本就兴趣不大，便一个人坐在沙发上玩手机。不时有男生过来找她搭话，她也鲜少理会，表现出"不想说话"的样子。

锦园六楼 VIP 包厢内，大理石圆桌旁围坐着五个西装革履的男人，端着酒杯，正谈笑风生。顾谨深坐于上首，轻晃酒杯，他眉眼淡然，时而含笑应声。

今天他在这里有个局，和几个商业上的老朋友聚一聚。

话题聊到了"后生可畏"这个词。

秦越看着手机摇头叹道："可畏什么啊可畏，现在的孩子哪有什么志气，一天到晚就知道玩。这不，我那读大学的侄子今天也在锦园，让我给他开了个包厢，说是搞什么联谊会，满脑子都是找对象的事。"

另一个人宽慰道："年纪到了，也该找对象了，以后大了会懂事的。"

"懂事什么？两个小时不到，酒都开了六瓶了！"

那人也只是笑笑。

"听说联谊的还是淮城音乐学院的学生。"秦越看向顾谨深说，"我记得你家那个小丫头也在那儿上学？"

顾谨深淡淡应道："嗯。"

秦越笑着打趣道："你说她会不会也在参加联谊会啊？"

白葡萄酒在玻璃杯中流淌，顾谨深手指在酒杯边沿划过，眼眸都没抬。

"不会。"

在他的印象中，那个小丫头从来没和"不懂事"这三个字沾过边。从小时候开始，放学回家后她就会在琴房练很久的琴，直到现在，这个习惯还没变。

顾谨深说："一般这个时候她都在家里练琴。"

秦越点点头，道："哦……你家那小丫头倒挺听话的。"

秦越继续翻看朋友圈，点开了他侄子发的一个短视频。

"不得不说，音乐学院的女学生长得确实都很漂亮。"他摸着下巴说，"我都想去联谊会上找个大学生女朋友了。"

另一个人笑问："有多漂亮？"

秦越把手机往桌上一放，说："你们自己看。"

顾谨深也淡淡地瞥了一眼。

视频是一行人在包厢内玩乐的画面，镜头粗粗扫了一圈，几乎是一扫而过，画面中短暂地出现了一个熟悉的身影，长发及腰，纤细窈窕。

顾谨深的眉头不受控制地跳了一下。

瑶瑶？

另一边，钟清瑶在包厢内无所事事。

矮桌上放着几瓶年份很好的酒，听说价格高得吓人，但她一口没喝，只吃了果盘里的几颗樱桃。

手机振了一下。

顾谨深："在哪儿？"

钟清瑶愣了下，顾叔叔怎么突然给自己发消息了？

刚想打字，屏幕那边的人似乎没了耐心，直接一个语音电话打了过来。钟清瑶惊得手都抖了一下，急忙走出包厢去接电话。

重型门合上，隔绝了里面的喧闹。

她按下接通键："顾叔叔？"

"在哪儿？"

"我还在外面……"

"还不回家？"

前几天在车上，顾谨深和她谈论起谈恋爱的事，还一本正经地告诉她"不要早恋"。她当时也答得干脆："我现在不想谈恋爱。"

如果这个时候说自己在外面参加联谊会，也不知是打自己的脸，还是他的脸。

想了想，她还是决定随便找个借口糊弄过去。

"今天晚上乐团有排练，还在排练，所以就还没回家。"

电话那头是一阵沉默。

钟清瑶甚至怀疑电话是不是已经挂断了，她看了一眼手机屏幕，通话时间还在继续。她疑惑地问："顾叔叔？还在听吗？"

"嗯。所以瑶瑶是在锦园排练，是吗？"

"……"钟清瑶只觉得背后一凉，缓慢地转过身。暖黄色的灯光下，顾谨深就站在不远处看着她。

一时间，钟清瑶甚至忘了收回手机。

"顾叔叔……"

顾谨深收了电话，一步步向她走近，直到站定在她的面前。灯光照在他的宽背上，在他胸前投下一片阴影。

钟清瑶就被笼罩在那片阴影之中，无形中给她一种强烈的压迫感。

"在这儿练琴？"

"顾叔叔……我……"

这时，包厢重型门被推开，赵眠眠从里面探出头问："清瑶，你怎么接个电话这么久，还不回来？都等你半天……"

话还没说完，赵眠眠剩下的话就堵在了嗓子眼儿。下一秒，她又讪讪地缩回脑袋，轻轻关上了门。

钟清瑶："……"

顾谨深看了一眼包厢，问："还回去吗？"

他的声音很平淡，不高不低，读不出任何的情绪。

"不……不回去了……"

钟清瑶以为顾谨深会直接送她回家，然而并没有。他带她坐电梯上了六楼，来到了他所在的包厢。

这个包厢和她刚才所在的包厢完全是两种风格，装潢很复古，还有蓊郁绿植和潺潺流水做装饰，铜炉中点着香，从镂空炉壁上冒出丝丝青烟。

包间很宽阔，中间还有屏风隔断。

圆桌上的几个男人，见顾谨深带了个小姑娘回来，都微微惊讶地问："这是……"

顾谨深并未答话，径直带着钟清瑶走进了屏风隔断的里间。

钟清瑶跟在他身后亦步亦趋，端端正正地坐在了沙发上。

顾谨深坐在她对面的沙发上，往后一靠，问："为什么骗人？"

钟清瑶低声嘟囔着："我知道错了……"

顾谨深又说："听不清。"

"我知道错了。"

"还是听不清。"

钟清瑶终于抬起头，正视着顾谨深的目光，道："顾叔叔，我知道我不该骗你，我会好好反省……"

顾谨深只浅浅地扫了她一眼，起身，往外走。

"等等。"钟清瑶叫住他，问道："顾叔叔，你……就这么走了？"

他走了，把她一个人留在这儿？

顾谨深脚步稍顿，说："瑶瑶，我还有个酒局。"

"那我？"

"你坐这儿。"他一垂眸，道，"反省。"

钟清瑶坐的位置旁边就是一面全景落地窗，窗外夜色浓稠，灯火星星点点。

时间静静流淌，也不知道过了多久。屏风隔断的外面，不时传来几人的谈话声，其中还有顾谨深温和的声音。

钟清瑶低头看着自己放在膝盖上的手指，神情游离，也不知在想什么。

顾谨深进来的时候，看到的就是小姑娘坐姿端正、低垂着头，也没玩手机的样子，倒真像是在认真反省。

见他进来，钟清瑶才慢慢抬起头来。随着动作，身后的几缕发丝垂在脸颊一侧，眼睛里光线流转，生出了几分楚楚可怜的姿态来。

顾谨深眼尾稍稍抬了抬，轻声问道："反省得怎么样了？"

"顾叔叔……我肚子好饿。"

空气中莫名安静了几秒钟。

顾谨深叹了口气，道："所以想了这么久就想到了这个？"

钟清瑶眼角一耷拉，在心里默默叹了口气——

铁石心肠的顾叔叔。

忽而，顾谨深淡淡的声音响起："想吃什么？"

她眼里亮起光芒："蛋糕可以吗？"说完又补充道："最好是草莓味的。"

锦园的旁边就有一家蛋糕店，卡通主题的，门口还有卡通人偶欢迎来客，因此吸引了不少小孩。有些路过的孩子，都要让爸爸妈妈买一份蛋糕带回家。

顾谨深站在门口沉默了一下，还是走进了这家充满童趣的蛋糕店。

一身严肃的西装领带，和蛋糕店的风格格格不入。

"一份蛋糕，草莓味的。"

"先生，我们这儿有很多不同款式和种类的草莓蛋糕，有草莓慕斯蛋糕、草莓鲜乳蛋糕、爆浆草莓蛋糕……还有戚风的、双拼的、千层的……

"不知道先生您要的是哪一种？"

顾谨深微微皱了皱眉。她只说了草莓蛋糕，却没告诉他具体是哪一种，出来的时候，他的手机也没有拿下来。

算了。

他开口道："每种都来一份吧。"

店员吃惊地张大了嘴巴，问："先生，您确定？"

他拿出卡，说："送到锦园六楼 01 包厢。"

有了一笔大生意，店员也是笑呵呵的，一边刷卡，一边搭话道："先生，您可真够宠孩子的。"

顾谨深微征。孩子？脑海中不禁浮现出那张因为饿肚子而楚楚可怜的脸。他不由得轻哂，确实挺像个孩子的。

从锦园回来的时候，已经是晚上 10 点了。钟清瑶吃得很撑，吃饱喝足后坐在车里昏昏欲睡，强撑着精神回了家。

到家的时候，顾天成还没睡，正在庭院里逗弄着饲养的虎皮鹦鹉。

"爷爷，你还没睡呀？"

顾天成收了羽棒，和蔼地道："你这么晚还没回家，爷爷不太放心，就在这儿等等你。"

钟清瑶鼻子一酸，也没吭声。

"这么晚回家是晚上学校里有安排？"

钟清瑶心虚，偷偷觑了顾谨深一眼。

顾谨深道："瑶瑶晚上有乐团排练，所以晚了点儿。"

钟清瑶的喉咙不自然地滚了滚，也顺着顾谨深的话往下说："是的，爷爷，今天晚上去排练了。"

顾天成点了点头，嘱咐了几句就上楼休息去了。

"早点休息！"顾谨深提醒道，"明天要去杨伯伯那里，别睡过头。"

次日，天朗气清，阳光明媚。

钟清瑶今天穿了一件鹅黄色的收腰连衣裙，小白鞋，长发干净利落地别在耳后。

顾谨深看到那一抹嫩黄的身影从楼梯上走下来，连严肃厚重的老式木质楼梯，也在此时变得明媚生动起来。

他整理了下衣襟，移开目光，说："走吧。"

到杨家大概40分钟的路程，路上堵了会儿车，开了将近一个小时才到。

见到杨道军的时候，他正在院里修剪花枝。

杨道军和顾天成一样，是商界赫赫有名的大鳄。杨家和顾家是世交，杨氏集团和盛瑞也有不少业务上的往来，当初顾谨深一边念书，一边学习管理集团事务，杨道军就教了他不少东西。

他也算是顾谨深的老师。

杨道军见他们来了，也是高兴得不得了，迎着他们进了客厅，又招呼用人们端果盘和小食出来。

"前段时间在美国的拍卖会上得了两瓶年份极好的罗曼尼·康帝，想着杨伯伯爱酒，就给您带过来了。"

顾谨深将带来的礼盒递到杨道军面前。

杨道军笑着接受道："你和清瑶能来看杨伯伯，杨伯伯就很高兴了。下次别再带什么礼来了，倒显得生疏了。"

在会客厅聊了几句，杨道军和顾谨深就去了别墅里的私人花园聊天。花园里绿草如茵，中间有个小凉亭，放着几把编织藤椅，几张老竹木桌。他们聊的都是些金融商圈的话题，钟清瑶插不上话，就去了另一边的阅览室。阅览室里有沙发、地毯、香薰，还有占了一整面墙的书柜。

湛蓝的天空中，悠闲地飘着几朵白云。

顾谨深靠在藤椅上，十指交叠搭在膝盖上，望着远处的绿茵。

杨道军喝着酒闲聊："还记得几年前，你接手公司不久，就完成了你们盛瑞科技最大的IPO（指一家企业第一次将它的股份向公众出售），年纪轻轻就有这样骄人的行业成就，这是杨伯伯年轻时也比不了的。"

"杨伯伯，您过誉了。"

"你现在回来了，我那老朋友天成也可以退休了，每天喝酒吃茶，享享清福，真是快活。"

顾谨深笑道："杨伯伯操劳了那么久，也是时候该享清福了。"

"享不了，我那儿子不争气，唯一争气点儿的女儿也志不在此，非要学什么珠宝设计，三年前去了国外学习，到现在也没回来。还记得吗？小名叫优优，小时候你们还一起玩过的。"

"有印象。"

"时间过得真快啊，一转眼你们都长大了，清瑶也长这么大了。"

顾谨深抬了抬眼，这个位置正好可以看到阅览室的巨大落地窗。落地窗下，女孩安安静静地坐在白色绒毛地毯上，手里拿着一本书，看得认真。

阳光从落地窗照进来，投下一小片光斑，正巧印在她白嫩的脸颊上。随着女孩偶尔的动作，光斑在她的脸上微微晃动，娴静而美好。

他看着那道身影，低声道："是啊，长大了。"

女孩起身，又去书架前拿另一本书。那本书放在书架的高处，她伸手够了够，没够到，又在书架前一蹦一蹦的，跳得很高。

顾谨深看了会儿，垂眸轻笑了一下。

杨道军也顺着他的目光看去。

"你啊，还是和以前一样，对那丫头这么上心。"

"那孩子从小没了父亲，我理应多照顾她一些。"顾谨深轻声说道，只是目光并未从那道身影处收回。

"话是没错，但现在她也大了，你也不用太放不下心了。再过几年，清瑶大学毕业就该找工作谈婚论嫁了，你总不能照顾她一辈子吧？"

顾谨深半晌没接话。

落地窗那头，小姑娘不知从哪儿搬来一把小凳子，踩在上面，去拿上面的书。倏地凳子一歪，人也摔了，书架上好几本书"哗啦啦"地掉了下来。

顾谨深下意识就要起身。

"你看你，又不放心了。"杨道军笑着打趣道，"我看啊，清瑶也别嫁人了，不如你就照顾她一辈子好了。"

阅览室内，钟清瑶手忙脚乱地理着掉下来的书，顾谨深正好进来。他的视线瞥过她抱在怀里的书，又落到她的脸上，声音淡淡地问："没事吧？"

"没，绝对没有。我刚刚都好好检查过书本，绝对没有摔坏杨爷爷的书，书角都是好的。"

"没问你这个，你有没有摔伤？"

钟清瑶愣愣地摇了摇头。

"把书放好，吃饭了。"

"哦。"

杨道军留了他们吃午饭，菜式很丰盛。有盐烤鸡翅、鲜虾丸、芦笋百合、石锅鱼，等等。

钟清瑶早就饿了，此时吃得津津有味。她刚夹了一点儿鱼肉，身旁的顾谨深轻声提醒道："小心鱼刺。"

几天前卡鱼刺的经历仍历历在目，钟清瑶脸热了几分，说："知道了，顾叔叔。"

杨道军喝了点儿酒，说话也开始滔滔不绝起来，从经济大势说到家长里短，又从未来宏图说到沧桑往事。

他指着眼前的一道油焖笋尖，娓娓道："我十五岁就去部队了，当兵的那几年，耙田、割稻，什么都做。部队里的馒头、被子都跟外面的石头一样硬，冬天冷得都不敢脱衣服，当时凭着年轻时的一股冲劲儿，硬是咬牙坚持了下来。

"那时候没东西吃，哪像现在吃得这么好？有一次村里一个大娘烧了一道油焖笋，那叫一个好吃。直到现在想起来，那滋味也是难忘。"

杨道军感慨道："现在这道菜，也算是我当兵时的念想了。"

说着，他就招呼钟清瑶说："怎么不见清瑶下筷？清瑶，你快尝尝这道油焖笋尖，尝尝杨爷爷的回忆啊。"

钟清瑶愣住了。吃到现在，她确实一筷子都没夹过那道油焖笋尖。倒不是她不爱吃，而是小时候吃过一次笋之后全身过敏得厉害，长了很多红疹，还奇痒无比。

自此之后，她就再也没吃过笋了。

现在这个情况，她也不好意思拂了杨爷爷的意。心想着过去这么多年了，稍微吃一点点应该没关系吧……

刚想动筷——

"杨伯伯，瑶瑶对笋过敏。"顾谨深说。

杨道军恍然大悟："过敏啊，那可吃不得，清瑶多吃点儿别的。"

钟清瑶点了点头。

顾谨深看了一眼身旁一脸乖巧的女孩，眉峰很轻地挑了一下。

还记得她到顾家之后第一次吃笋过敏，也是像现在这样，逞强吃了一口，结果半夜顶着一脸红疹，哭着跑进了他的房间。

那时候他正在半梦半醒间，忽然一团软绵绵的东西跳上床扑在了他的身上。反应过来是谁后，他一只手轻轻地放在她背上安抚道："瑶瑶怎么了？"

"顾叔叔，瑶瑶……瑶瑶可能要死了……"

他的手一顿，问："胡说什么？"

他开了灯，戴上眼镜。

房间内变亮，他才看清她的脸上长出了不少红疹，嘴巴也肿肿的。

"怎么回事？"

她一边哭，一边说："不……不知道……瑶瑶是不是要死了？"

他撩开她的袖子检查，发现手臂上也长出了红疹，像是过敏。

"有没有哪里不舒服？"

顾谨深这一问，钟清瑶顿时觉得浑身上下都不舒服："头痛，脖子痛，腰痛，腿痛，肚子痛，还觉得喘不上气……"

"……"

顾谨深随手披了件衣服，没惊动顾老爷子，带她去了最近的私人医院。挂了水，小丫头坐在他腿上昏昏欲睡。

他抬手盖在她眼睛上，说："困就睡会儿，还要一段时间才能挂完。"

不出五分钟，她就睡着了。

顾谨深低头一看，怀里的小人儿脸上挂着泪痕，鼻子下还垂着两道鼻涕，胸口微湿，蹭了不少在他的衬衫上。

他皱了皱眉。倒不是嫌弃，而是看到那张埋在他怀里的可怜小脸时，淡淡的躁郁就浮上心头。他意识到，自己好像不是很喜欢看她哭。

回忆在一声小小的惊呼中戛然而止。

钟清瑶惊奇道："哇——真的吗？可以骑马吗？"

杨道军说："当然了，爷爷的私人马场里有很多宝马，你想骑多久就骑多久。"

杨道军笑呵呵地向钟清瑶介绍自己的私人马场有多好玩，听得钟清瑶两只眼睛闪着光。

"清瑶什么时候想去骑马了，就让你顾叔叔带你过去玩。"

她扭头看向顾谨深，一脸期待。

顾谨深摇头道："这几天不行。"

"哦……"

杨道军安慰着说："没事，让你杨叔叔带你去玩一玩也行。"

杨叔叔指的是杨爷爷的儿子，钟清瑶和他不熟，想去但又不太好意思，扭扭捏捏地没应声。

顾谨深轻轻敲了下她的脑袋，道："急什么，会带你去的。"

钟清瑶眨眨眼睛说："哦……"

午后阳光静谧，微风轻轻地吹着。

吃过饭后，顾谨深又和杨道军聊了一会儿，就带着钟清瑶离开了。在回去的路上，顾谨深接到了秦越的电话。

钟清瑶没想偷听他讲话，但还是依稀听了个大概。好像是秦越邀请顾谨深去打高尔夫，话里大有些软磨硬泡的架势。

顾谨深挂了电话，问她："跟我去，还是回家？"

他问得笼统，钟清瑶愣了一下，才后知后觉地反应过来，他是在问她接下来的打算。跟他去打高尔夫，还是就此回南湾别墅。

"回家的话，我让家里的司机来接你。"

回家就要面对顾连铭这个讨厌鬼，钟清瑶连连摇头说："我也要去打高尔夫。"

她说得虔诚，顾谨深忍不住轻笑了一声，问："会打吗？"

"不会，"她答得理所应当，"顾叔叔不是会教我吗？"

"嗯，"他失笑道，"教你。"

钟清瑶不再说话，心里却有点儿闷闷的。没时间带她去骑马，却有时间和秦叔叔打高尔夫。

偏心！

这时赵眠眠正好给她发来消息，钟清瑶忍不住就跟她吐槽起来。手指在屏幕上翻飞，按得"啪啪"作响。

赵眠眠："你可知足吧，我也想去打 gef，但是没有 sq 的叔叔陪我。"

钟清瑶盯着那几个缩写，蒙了好一会儿，才弄清楚"gef"是指"高尔夫"，"sq"是指"帅气"。

钟清瑶："不是，我不开心的是顾叔叔偏心啊。"

赵眠眠："u1s1（网络用语，指'有一说一'），你顾叔叔对你已经很好了，我也想有个这样的叔叔，i 了 i 了（网络用语，指'爱了爱了'）！"

钟清瑶对着那几个缩写满脸黑线。

片刻后，她在对话框输入："bgwfwlyy，wkbd！"

赵眠眠："？"

赵眠眠："你发的什么意思？"

钟清瑶："别给我发网络用语，我看不懂！"

赵眠眠："……"

赵眠眠："你生活在 2G 网络时代吗？这都看不懂。"

钟清瑶："mc，sywxzzlxhbh，mnzlb。"

没错，所以我现在这里信号不好，明年再聊吧。

赵眠眠："？"

顾谨深看了一眼疯狂按屏幕的钟清瑶，问："在按什么？"

钟清瑶淡定地关闭了手机，答道："没什么。"

秦越约顾谨深去的高尔夫会所占地面积很大，依山傍水，景观视野都非常好。俱乐部还提供餐饮、SPA（水疗）等休闲项目，打完球再吃个高级早午餐，生活悠闲又自在。阳光、绿树、湖泊、草地，吸引了不少商业大佬来这里一边打球，一边聊些商业合作。

秦越这次约顾谨深来这里，倒不是为了谈工作，只是单纯地因为好久没见老朋友，约出来打打球，聊聊天。

从更衣室出来后，钟清瑶换了一套烟粉色的运动装。

顾谨深则是一身深蓝色套装，简单的运动服穿在他的身上，也穿出了型男模特的味道，宽肩窄腰，身形挺拔修长。

今天到场的，除了秦越，还有几个钟清瑶不认识的人。

"深哥——"隔得老远，秦越就向他们挥手打招呼。

他气喘吁吁地跑到他们面前，目光落在一旁的钟清瑶身上。

"把小不点也带来了啊？"他打趣道，"我记得这小不点小的时候就爱黏着你，怎么长大了还这么黏人啊？"

钟清瑶被他说得羞了，往顾谨深身后躲了一点儿。

顾谨深接过球杆，淡淡道："早上跟我一起去拜访了杨伯伯，所以就一起过来了。"

钟清瑶是真的不会打高尔夫，连握杆的姿势都要顾谨深手把手教。

"杆子放在四指与手掌相接处，中间两个手指用力按好杆子……"

顾谨深个子很高，教动作的时候，钟清瑶整个人都被笼罩在他的胸前。她的后背贴着他的胸膛，能感受到坚硬的肌肉和铿锵有力的心跳声。

她恍恍惚惚地缩在他的胸口，有些局促。清冽的木质香调离她很近很近，全然将她包围了。

"明白了吗？"顾谨深问。

钟清瑶迷迷糊糊听了个大概，胡乱点头道："明白……明白了……"

她握杆。

"姿势还是错的。"男人的声音近在咫尺，"这里握紧，左肩带动左臂，用胯骨带动打出去。"

顾谨深的手指滑过她的肩膀，一路向下，又停在她的手上。

不知怎的，钟清瑶只觉得脸烫得厉害，在他低沉的嗓音下，感觉自己的呼吸都有点儿乱。怎么打高尔夫她不知道，她只知道再这样下去，自己可能会因为无法呼吸而晕过去。

下一秒，她不动声色地离开了顾谨深的胸口。

"顾叔叔，我知道啦！我已经会了，你不用管我，我想自己打。"

顾谨深说："行。"

接着，他就去另一边和秦越他们打球去了。

钟清瑶独自在这里挥杆，打的球也是五花八门，不是打偏，就是打到球托。眼看着满满的一桶球见底了，然而打了几十杆，仍是一球未进。

她又巴巴地跑过去说："顾叔叔，还是你教我打吧。"

在顾谨深的指导下，球在空中划出一道漂亮的抛物线。

"哇——"她忍不住惊呼出声，"顾叔叔好厉害！"

秦越也说："你顾叔叔的球技，在场没人比得过他。"

顾谨深因为那一句"厉害"心情不错，勾唇问："还要不要我来教？"

"要——"

正聊着，隔壁场的几个人听说盛瑞的顾总在这儿打球，也过来打个招呼。前段时间，天运影视向盛瑞银行提交了贷款申请，但是还没批下来，今天他们也想借此机会打个照面，混个脸熟。

"顾总，秦总，今天真是巧了，有幸能在这儿碰到二位。"

顾谨深神色淡淡，简短地握手，点头。

天运影视的人看了一眼钟清瑶，想到刚才两人动作亲密，顾谨深还亲自教她打球，就理所应当地以为她是顾谨深的女朋友，因此夸赞道："顾总的女朋友真漂亮，球打得也漂亮。"

秦越忙说："那是顾老爷子宝贝的小丫头，别瞎说。"

那人"啊"了一声，连连道："失礼了，失礼了。"

打了这么久，腰都酸了，钟清瑶打了退堂鼓。

"顾叔叔，我不想打了，我想去休息会儿。"

"这就不打了？"秦越插话道，"别气馁啊，打球也是需要慢慢摸索和琢磨的，不会就让你顾叔叔教你。"

钟清瑶还是摇头说："我想去影音室看会儿电影。"

顾谨深应道："嗯，别乱跑。"

钟清瑶走后，秦越看着她的背影说："清瑶这丫头是出落得越来越漂亮了。"

顾谨深动作缓慢地擦拭着球杆，没说话。

秦越继续说："冰雪聪明，美丽动人。"

顾谨深一抬眸："所以呢？"

秦越向他使了个眼色，狡黠地笑："说起来我和清瑶也就差了八岁，不算太多，不如……"

顾谨深神色很淡地打断道："你不如做梦。"

夕阳渐渐西移，天边被染红了一片，这场球赛也进入了尾声。

顾谨深把球杆给了球童，便和秦越一起去了更衣室。

会所里的更衣室很大，而且都是单独的隔间，并配备有淋浴房，私密性较好。但为了美观，房门做的都是镂空雕花的，因此隔音并不太好。两人路过其中一个隔间时，房门未关好，正巧听到里面的谈话声。

"顾总身边那女的真漂亮，我还以为是他女人呢，没想到不是。"

"我没敢细看，只知道长得不错，身材也还行。"

"岂止是还行啊？胸挺大的，那小腰细得不知道掐起来爽不爽。"

"顾家的人你都敢想，胆子肥了，你那贷款还没审批下来呢！"

"想想又没关系，刚刚在球场我就想和她上床了！"

门外的秦越吓得脸都白了，捏在手里的手套都掉到了地上。

顾谨深性格稳重，在商场面对几个亿的大单子都是面不改色、淡然处之的。但秦越知道，向来秉节持重的顾谨深，却极宠钟清瑶那小丫头。现在里面的男人对那丫头，嘴巴这样不干净……

秦越战战兢兢地侧头去看顾谨深。

不出所料，身旁的男人脸色阴沉得可怕，眉眼稍稍向下，眼里的情绪看不分明。

他一抬手，摘下手套。

秦越大惊失色！他，他……该不会是要动手吧！

未等秦越反应过来，更衣室的门已经"砰"的一声被推开，推门声震天响。

门内的两人也被这一声巨响吓了一大跳，骂骂咧咧正要发作，在看清来人后，吓得失魂落魄。

两人相顾失色，自知刚才的话应该是被全听了去，顿时话都说不利索了："顾……顾……顾总……"

顾谨深的目光冷到极致，大步走了过去，拎起那人的衣领——

秦越第一时间按住了他的手，忙着打圆场。

"深哥！深哥！别动手，别动手！这边有很多业界人士，不少都是有商业往来的，事情闹大了对你，对盛瑞都不好！指不定明天媒体一报道，盛瑞的股价都要受影响了！"秦越一边说，一边死死按住他的手。然而顾谨深指骨泛白，丝毫没有松手的意思。

秦越心里急得不行，生怕自己一个没按住，顾谨深的拳头就招呼了上去。心下一着急，干脆把顾谨深的宝贝小侄女搬了出来。

"清瑶那小丫头还在影音室看电影呢！这里离影音室没多远，闹大了，她肯定会知道的！把她吓着不说，到时候她一问怎么回事，别人再把那些污言秽语说给她一听，你让她怎么想？"

顾谨深太阳穴的青筋依旧隐约可见，只是手下却慢慢松了力道。

一松手，那人又重重地跌回椅子里，抓着领口大口喘气。

同时松了一口气的，还有秦越。

秦越又看着那人骂道："你嘴巴放干净点儿！在顾总的背后嚼舌根，你算个什么东西？"

那人的脸色已经呈灰白色，一个劲儿地道歉。

顾谨深擦了擦手，淡淡一抬眼，问："天运影业是吗？"

那人一惊，小心地点了点头。

"盛瑞方现在决定，驳回天运影业的贷款申请。"

影音室内，钟清瑶优哉游哉地看着电影，丝毫不知道刚才在更衣室，差点儿就发生了一场因她而起的腥风血雨。

顾谨深和秦越过来找她的时候，正好一部电影播放完。她揉了揉眼睛，问："顾叔叔，你们打完球啦？"

顾谨深淡淡地"嗯"了一声。

秦越则是僵硬地笑着："打完了，打完了……"实则内心疯狂咆哮：你顾叔叔不仅打完球了，还差点儿顺便打了个人！

"差点儿顺便打了个人"的顾谨深神色淡然，仿佛什么事情也没发生过。

他抬手看了一眼腕表，问："瑶瑶是想现在回去，还是在这里吃个晚饭再回去？"

钟清瑶想了想，说："听说这里的香煎银鳕鱼特别好吃……"

顾谨深说："那就吃了晚饭再走。"

吃饭的时候，钟清瑶总觉得秦越怪怪的，但又说不上来哪里怪。再看顾叔叔，倒还和之前一样，一副高冷的模样。

她抬眼偷偷瞄了一眼秦越，又凑近顾谨深，在他耳边小声问："顾叔叔，你和秦叔叔吵架了吗？"

"没有。"

"我感觉秦叔叔好像有心事。"

"别想这些有的没的，吃饭。"

第二章
今晚没有月亮

十二月底，乐团有一次演出，将于淮城最大的音乐厅举行跨年音乐会。

这段日子以来，乐团起早贪黑地训练，为的就是能在两个月后的音乐会上有一次完美的演出。

音乐会还邀请了声名赫赫的小提琴家董思良友情演奏。除了他独奏的曲目之外，还有一首是小提琴和大提琴的二重奏。

大家本以为这个名额肯定是乐团的大提琴首席姜好瑜的，没想到董大师却说，他要亲自挑选成员。届时他会进行考核，在大提琴声部挑选出一名团员，与他同台演奏。

能和著名小提琴家董思良同台演奏是十分珍贵的机会，大提琴声部的成员们跃跃欲试，都想抓住这个机会。而其他声部的成员，则只有干羡慕的份了。

排练厅内，各声部配合流畅，乐声起伏变化。但是旋律在进行到其中一个小节时，温浚叫停了演奏。

"停！大提琴声部重来一遍！"

乐声再一次响起。

过了片刻，温浚再次叫停了。这一次，他的脸上明显多了不悦。

"停停停！大提琴声部的怎么回事？怎么总有人错音！自己的音准不准都不知道的吗？"

钟清瑶停下琴弓，看了一眼萧娜。萧娜就坐在她的旁边，刚才演奏的时候，她清晰地听到了萧娜的错音。

萧娜平日里是有些小公主脾性，但是不否认她的大提琴拉得还是不错的。不知道为什么，今天她会出现这种低级的错误。

而此时萧娜也是低垂着头，眼神闪躲，不敢去看站在指挥处的温浚。

温浚说："大家先休息15分钟！弹错音的人自己好好反思反思！"

休息的时候，赵眠眠跟钟清瑶谈论起八卦。

"听说你们声部的那个萧娜和男朋友吵架了，两人正闹分手呢。"

钟清瑶远远地看了一眼萧娜，只见她还抱着琴坐在琴凳上，一声不吭。

"他们前几天不是还在一起看电影吗？"

"不知道啊，不过看她今天这样子，八成错不了，应该是吵架了。"赵眠眠说，"你们声部错音的那人，该不会是萧娜吧？"

钟清瑶抬了抬眼，没说话。

赵眠眠又说："我还听说萧娜这段时间，每天晚上都扎在琴房里练琴，看来是势必要拿下和董大师同台演奏的名额。清瑶，你可要加油啊。"

钟清瑶说："我加着呢，但这个真的要看董大师的喜好了。"

赵眠眠不平道："实话实说，我觉得你拉得比你们首席姜好瑜还要好。"

忽然，随着"咚"的一声，场内响起一声尖叫。

是萧娜的声音。

此时萧娜那边已经围了不少人。

"怎么了？"

"不知道啊。"

过了一会儿，人群散开。萧娜抱着手臂，有人扶着她去了医务室。

问了人才知道，萧娜的琴凳不知怎么忽然塌了，她为了护琴，手腕在地上撑了一下，似乎是扭到了。

萧娜从医务室回来的时候，钟清瑶正在练习新的曲谱。谱架上出现一片阴影，她抬起头，萧娜站在她的面前。

"有事吗？"

"我的琴凳是你搞的鬼吧？"

"你是不是有被害妄想症？"

萧娜瞥了一眼钟清瑶的琴谱，突然冷笑道："这么用功啊？休息时间还不忘练习新曲谱，这么想拿到董大师的名额啊？为了和我抢名额做出这种下三烂的事情来！"

钟清瑶一脸迷惑。

"第一，你的琴凳塌了和我一点儿关系都没有。

"第二，我的确很想要这个名额，有什么问题吗？

"第三，我来这里是来练琴的，不是来伺候你娇滴滴的玻璃心的！"

萧娜满脸通红，胸口因为怒气而剧烈起伏着，手指着钟清瑶张口就要发作。

钟清瑶打断她说："对了，还有。第四，你挡着我灯光了，如果你公主病发作，还烦请你换个地方。"

因为在排练厅里与萧娜争执，钟清瑶整个下午的心情都不太好。下午有两节课，她都没怎么听进去。最后，还是姜好瑜听说自己声部的两名成员吵起来了，赶紧过来劝和。

"你们两个人都少说几句。

"娜娜，你的琴凳塌了纯属是个意外，不关清瑶的事。

"清瑶，你也是，娜娜刚才摔了手心情不好，你就别跟她计较了。"

姜好瑜是大提琴首席，也是学姐，平日里对大家都不错。钟清瑶也不想多事，就没再计较。

眼看音乐会的日子越来越近，乐团的排练也排得越来越紧。下午下课之后，钟清瑶又去排练厅练了两个小时。回家的时候，顾天成已经在等她吃饭了。只是，没有顾谨深。

直到吃完饭，顾谨深也没有回来。

钟清瑶知道顾谨深工作很忙，每天各种酒局和应酬也很多。这一次她也没多想，只当他又是忙着工作，所以回来得晚些。

"清瑶啊。"

她刚放下碗筷，顾天成就叫住了她。

"怎么了，爷爷？"

"你顾叔叔工作忙，你也是知道的。尤其是他现在刚接手公司，事情也比较多。"

钟清瑶点头道："嗯，我知道。"

"南湾离盛瑞总部远，不如泊港公馆便利。"

她静静听着，点点头。

顾天成停顿了一下，才说："所以，你顾叔叔从今天开始，就不回南湾住了。"

钟清瑶愣怔了两秒钟，又乖巧地点了点头。

顾天成见她没什么反应，倒有些意外："不过，谨深工作不忙的时候，还是会回南湾来看你的，没事的啊。"

钟清瑶应道："嗯。"

另一边，一辆黑色劳斯莱斯从盛瑞总部地下停车场缓缓驶出。顾谨深刚结束了一个和各分公司管理层的视频会议，此时又驱车赶往云琅山庄。

今晚在云琅山庄有个商务宴请。

后座，他看着手头上最新的并购案，笔记本电脑放在腿上，手指时而敲击着键盘。

半晌，他摘掉眼镜揉了揉眉骨。眼下事情积了一大堆，包括各个分公司的管理，都需要他统筹安排，工作量巨大，一天二十四小时，他都觉得不够用。

放在座椅上的手机亮了一下。他回过神来。

今天他没有回南湾，也不知道家里的小可怜会不会不开心。

顾谨深打开手机，给她拨了一个电话。

"嘟——嘟——"电话响了两声。

紧接着，电话那头传来了一阵忙音。

顾谨深："……"挂他电话？

汽车缓缓驶入云琅山庄。

顾谨深一蹙眉，正想回拨电话，车门外的泊车员已经恭敬地拉开了车门。他看了一眼手机屏幕，收回手机，弓身下了车。

盛瑞证券目前正着手一个并购案，今天和目标公司的负责人约在云琅山庄洽谈并购事宜。负责人热情不已，又是递酒又是吹捧，酒席上也是旁敲侧击，明里暗里地想要多讨几分好。

顾谨深显然不吃这套，任凭负责人说破了嘴皮子，也只是神色淡淡地来了一句："我知道陈氏寻求的是最高的价格和尽可能少的意外，陈总放心，我们盛瑞会为陈氏带来最大化的利益。"

话虽说得谦恭，但陈欢显然听出了顾谨深话里坚决的态度。显然他是讨不到半分好的。

陈欢心里也着急，好不容易约到了顾总，他是万万不肯放弃这个机会的。推杯换盏间，心里暗暗打着小算盘，想着该怎么讨好，才能让顾总松松口。

包厢内光线柔和，浅淡低柔的乐声在席间缓慢流动。这里的设计很别致，包厢是半包围式的。顾谨深搁了高脚杯，透过镂空玻璃，目光落到外厅拉大提琴的乐手身上。

他忽然想起了刚才被挂断的那通电话。

家里的小可怜，应该是不开心了。

整个酒局，陈欢的心思都在顾谨深的身上，此时他细微的眼神动作，陈欢都敏锐地捕捉到了。厅外乐台上，大提琴乐手容貌姣好，身姿袅娜，一头及腰的黑长发，美得极致。

陈欢暗自腹诽，果然男人都对漂亮的女人没有抵抗力，就连顾谨深也不例外。他和侍应生低语了几句，过了一会儿，台上的大提琴乐手就放下琴，朝他们的包厢走了过来。

张悠然在云琅拉了两年的大提琴，知道能来这里的人非富即贵。她长相出色，时常会有包厢内的大佬看上她，叫她过去倒倒酒，说说话。末了会给她一笔丰厚的小费，有的还会给她送些名牌包和珠宝。因此，这次侍应生过来跟她说让她过去，她也已经见怪不怪了，放下琴就走了过去。

"几岁了？"

"二十六。"

张悠然低声答道，目光偷偷看了一眼坐于上首的男人。他泰然沉稳，清冷英俊，和在座的一众油腻男都不一样。

她粗粗扫了一圈，从男人的衣着到小件配饰，都可以看出价值不菲。她不认识他，但依稀能感觉出这个人的地位不一般。

"二十六了啊，"陈欢说，"你这琴拉得不错。"

"谢谢！"

"去给顾总斟上酒。"

顾总？在淮城，顾姓的大佬不多，她没记错的话，遮了淮城半边天的盛瑞集团就是顾姓，也不知道眼前这个男人是不是……

张悠然添好酒之后，陈欢又说："你坐顾总旁边。"

张悠然早已习惯了这种事，也不扭捏，她放下酒瓶就要坐到顾谨深的身边。还未坐下，顾谨深就抬手稍稍挡了一下。

"不必。"

陈欢和张悠然皆是一怔。

"那你就坐那边吧。"陈欢指了指另一边的一个小沙发说，"有需要再叫你。"

张悠然闻言坐下，脸上却有些挂不住。这人居然拒绝了她坐在身边？

片刻后，席间又开始了谈话声。说的都是些商业话题，张悠然听得昏昏欲睡，快要睡着的时候，忽然听到了"盛瑞集团"这个名字。

她倏地清醒了。

再细听之后，她恍然大悟，这个男人真的是盛瑞集团的顾总！

放在身前的手指收拢和松开，她莫名紧张起来。盛瑞集团的顾总是何等尊贵，若是能和顾总……她就再也不用来这里拉什么大提琴了。

思及此，她就站起了身，扭着盈盈细腰走到顾谨深身边，重新给他倒上了酒。

旁边一个人揶揄道："你们学古典乐的手，都这么嫩的吗？"

"您说笑了，悠然从十二岁开始学琴，手上早就长满茧子了。"

"学了有十几年了，刚才都没听够，再给我来一首！"

说着，几人又让她拿琴过来拉首曲子。这一次，她拉的曲子是《天鹅》。琴音响起，顾谨深终于缓缓抬起眼眸，淡淡扫了她一眼。

张悠然也在此时抬起头来，察觉到顾谨深落在她身上的目光，明显多了几分柔和。

她心下一喜，脸微微热了。

夜色深浓。

散局之后，顾谨深在泊车廊上了车，微合着眼靠在后座椅上。

泊车员正要关上车门，一双手却拦住了。

"顾总——"

他睁开眼，侧头一看，张悠然正站在车旁边，气息微喘，显然是跑过来的。

他抬眼问道："有事？"

"顾总，很抱歉打扰你。我的高跟鞋坏了，也打不到车……"

"所以呢？"

张悠然犹豫着，不知道该怎么开口。

"失陪。"

眼看车门要被关上，张悠然鼓起勇气说："我就住在附近，顾总，您能不能送我回家？"

见男人没什么反应，张悠然继续暗示："或者，您不介意的话，可以来我家里坐坐。我知道顾总喜欢听大提琴曲，我可以拉给您听。"

她暗示得已经很明显，脸红着看着他，紧张得不行。

须臾的停顿之后。

"不好意思，我不感兴趣。"

张悠然怔住了。她被直截了当地拒绝了，这时连一旁的泊车员都在偷偷看她。

张悠然脸红得像在烧，曾经有多少男人想送她回家都被她拒绝了，这次被拒绝的人居然轮到了自己？她仍强撑着笑问："顾总是不喜欢听我拉的曲子吗？"

"嗯，太难听。"

车门被关上，汽车绝尘而去。

今天在酒局上顾谨深喝了不少酒，此时有些微醺。他拿出手机，拨出了一个电话。

过了一会儿。

"喂？"电话那头温温软软的声音传来。

"嗯，瑶瑶。"他交叠双腿，身体往后一靠，"刚才为什么挂电话？"

那头沉默了两秒钟，才低低道："不小心点到了……"

顾谨深没再深究她说的是真话还是假话，松了松领结问："在做什么？"

"刚洗完澡，准备睡觉了……"

"不打算再聊聊了？"

"不了。"

顾谨深余光瞥了一眼已经排到下个月的行程单，又抬手揉了揉眉骨，叹息几不可察。

"瑶瑶，忙完这阵子，我就带你去骑马。"

"不用……顾叔叔，你忙工作就好了。"钟清瑶顿了下说，"我也不是很想去骑马。"

"不想去？"顾谨深只当她是埋怨自己没带她去骑马，所以不接电话还语气冷淡。他耐心解释："顾叔叔这段时间真的抽不开身。"

"我知道……"

他不再多话，只说："好了，早点儿睡觉，别熬夜。"

窗外夜色沉沉，乌云在天边翻涌，云层压得很低，像是要下雨了。

自顾谨深打来的那通电话，已经过去了一周。

这一周，顾谨深没回过南湾，也没再给钟清瑶打过电话。

从顾老爷子的只言片语中得知，顾谨深忙得席不暇暖，偶尔给顾天成打来的电话也只是寥寥几句，汇报一下工作进度。

钟清瑶也懂事地没去打扰他。不打电话，也不发短信，至于骑马，她早就不去想了。

她趴在书桌上，翻开日历，指尖轻轻滑过上面圈红的数字。

明天，是她爸爸的忌日。

桌上放着一本《爱丽丝漫游仙境》，翻开扉页，里面是一张证件照，她爸爸的证件照。照片中的人剑眉星目，笑容爽朗，还是旧时的模样。

爸妈离婚得早，从她有记忆开始，生活里就只有爸爸。

在她的记忆里，爸爸一直都是很高大、很厉害的存在，而且从来都是笑着的。直到爸爸忽然离世，她才恍然，其实爸爸也没那么厉害。他也会哭，会痛，会消失不见。

爸爸走的那天，她拿着第一名的成绩单给爸爸看。

爸爸看了后抱着她转着圈圈，她又是笑，又是尖叫地抱住爸爸的脖子。

他答应她，下班回家了给她买个新书包，还是最流行的带翅膀的小书包，粉红色的，奖励给她。

她记得自己开心得不得了，头点得像小棒槌，一整天都在门口探着小脑袋，等着爸爸买给自己的小书包。

可是小书包没等到，等到的却是爸爸离世的消息。

大人们说，她的爸爸死了。

所有人看她的目光都带着同情，见到她就会长长地叹气："唉，真是可怜的孩子，这么小就没了爸爸。"

她住到了邻居奶奶家里，社区的阿姨过来找她聊天。

阿姨说，彩虹院里会有很多小朋友和她一起玩，还会有漂亮的老师照顾她，问她想不想去。

她拒绝得很用力："不要，我要等爸爸回来，爸爸还要给瑶瑶买新书包呢！"

出殡那天，看着不会动的爸爸，她第一次哭出了声，哭得震天动地，谁也拉不住。

门外响起脚步声，尘封的回忆，也在这个时候戛然而止。

门被推开，进来的是顾连铭。

顾谨深忙于工作不在南湾的这段日子，顾连铭又开始放纵自我，浪得飞起。眼看着离期中考试越来越近，他也没有收心的打算。此时，他穿着一身红黑色的摩托车骑行服，手里抱着一个头盔，看样子是刚从外面飙车回来。

"喂，爷爷还没回来吧？到时候爷爷回来了，你别说出去啊。如果爷爷问到你，你就说我今天在家看了一晚上书，知道了吗？"

钟清瑶合上书本，没理他。

"喂！"顾连铭走过来，拍着她前面的桌子说，"跟你说话呢！"

钟清瑶抬头一瞪他说："你能不能出去？我要睡觉了！"

"睡觉？"顾连铭瞥过她压在手下的书。刚才进来的时候，就看到她看着书鬼鬼祟祟的。

"在看什么书啊——"他一把抢走了书，几步跑到门口。

"《爱丽丝漫游仙境》？"顾连铭"扑哧"一声笑了出来，"天哪，你几岁了啊，还看童话故事？"

"还给我！"钟清瑶跑过去抢。

顾连铭却把手举过头顶，不让她拿到。

顾连铭比她小两岁，个子却已经高出了她整整一大截。一米八的大高个儿，钟清瑶踮着脚，怎么也够不到。

"顾连铭，还给我啊！"

"我就不给你，你要怎么样？又去小舅舅那里告状啊？"

钟清瑶血气上涌，红着眼睛，对着他又是抓又是挠的，一副整个人都豁出去了的样子。顾连铭有点儿被吓到了。

"给你给你！给你还不行吗？我的天哪！你属猫的啊？"

顾连铭看了眼手臂上的抓痕，脖子上也有点儿痛，显然也被抓了好几道。他嘟嘟囔囔道："一本破书至于吗？"

钟清瑶抱着书，指着门口一直道："滚出去——"

顾连铭讪讪地嘀咕了几句出去了。

钟清瑶扑到床上，被子一拉，蒙在了被子里，抱着书慢慢蜷缩起身体，眼泪无声地掉了下来。她哭了很久很久，一直都没有发出声音，只是眼泪不停地往下掉。

忽然，她身上一轻，被子被人拉开了。光线猛地照在她的脸上，视野一片明亮。

"顾叔叔……"

钟清瑶没来得及擦干眼泪，睫毛上还挂着泪珠，一双眼睛湿漉漉的。

顾谨深低眸凝视着她，心上好像被轻轻揪了一下。一难过就躲起来，闷在被子里偷偷地哭，和小时候一模一样。

"瑶瑶。"

这一声"瑶瑶"，让钟清瑶倏地清醒过来，手忙脚乱地去擦脸颊上的眼泪。

"不是……顾叔叔，我没有……我只是……"她极力想掩饰自己偷偷哭的事实，然而越说越乱，怎么也说不出一句完整的话来。

顾谨深在她的床沿坐下，抬手将她额边的发捋到耳后。手指碰到了她的脸颊，指尖温热。

这样无意中的温暖，是钟清瑶久违的。

"只是什么？只是想偷偷哭，不让顾叔叔发现？"

她抿着唇，眼泪蓄在眼眶里，就是没让它掉下来。

顾谨深扶着她的头，让她轻轻靠在自己的肩上。

"想哭就哭。"

钟清瑶任凭他的动作，靠在他的肩上，双目放空，看着小台灯的氤氲光晕，眼泪再次滚了下来。一滴接着一滴，浸湿了他的衬衫。硬是没有发出一点儿声音。

顾谨深的声音很沉："哭出来吧，你顾爷爷还在江城，今晚不会回来了。"

从她到顾家的那一天，她就极力告诉自己要懂事，要听话，不能让爷爷烦心，更不能让顾家的人讨厌自己。

顾连铭小的时候很爱哭，他一哭，爷爷的眉头就皱得紧紧的。从那个时候开始，钟清瑶的心里，哭就和不乖画上了等号。

她不能哭，不能不乖。

从小顾连铭就不喜欢她，他把她的作业本藏起来，看她急得团团转；故意把她锁在小黑屋里，还在门外吓她；故意把墨水点子洒在她的衣服上，在她背后贴小字条；和他的小伙伴们合起伙来欺负她，排挤她。

只是，任凭顾连铭怎么做，她就是一声不吭，没在人前掉过一滴眼泪。

难过吗？

难过。

那时她不过八岁，怎么可能不难过？只是她习惯了躲起来偷偷哭罢了。

还好，后来她有了顾叔叔。顾叔叔会保护她，为她撑腰，在她躲在被子里偷偷哭的时候，将她抱在怀里安抚。

房间内静谧无声，时间好像悄悄地静止了。

钟清瑶心里的情绪上涌，就像小时候一样，抓住顾谨深的衬衫，埋进他的胸口，哭出了声音。

顾谨深眼下微动，轻轻拍着她的背。

不知道哭了多久，哭声才转为低低的哽咽声。

"想爸爸了？"

钟清瑶靠在他的胸口点了点头。

顾谨深没说话，只轻轻揉了揉她的头。

钟清瑶低垂着眼眸，闷声说："今天没有月亮。"

顾谨深轻声道："嗯，可能要下雨了。"

"以前爸爸跟我说，月亮旁边那颗最亮的星星，就是月亮的守护者。

我是月亮，爸爸是那颗星星。可是今天没有月亮了，瑶瑶也没有爸爸了。"

他的视线往下，毛茸茸的发顶就在他的胸口。

许久，他说："你有我。"

翌日清晨，天空中下起了蒙蒙细雨，地上积着水洼，昨天夜里应该是下过一场雨了。

今天钟清瑶向学校请了一天假，她要和顾爷爷他们去长山陵园看爸爸。

顾天成昨天去了一趟江城，今天早上才匆匆赶回来，回来之后就有点儿咳嗽。他早早地就拿着祭品等在门口了，一身深灰色中山装，显得人干练又精神。只是微微佝偻的背影，仿佛无声地在说，爷爷已经不再年轻，早在不知不觉中变老了。虽意气风发，但身体却大不如前了。

驱车开了一个半小时，才到达长山陵园。

天灰蒙蒙的，雨还在下着。顾谨深替钟清瑶打了伞，两人并肩走在路上。

钟清瑶把白菊放在爸爸的碑前说："爸爸，瑶瑶来看你了。"

顾天成眼睛很红，偷偷抹了一把眼泪。

"钟先生，我顾天成这辈子感激的人是你，最对不起的人也是你。"

顾天成那天意外落水，正巧被下班回家的清瑶爸爸撞见，他毫不犹豫就跳下去救人。人救了起来，自己却因为力气耗尽，沉入了江底。救援队赶到救起他的时候，已经没了生命体征。

后来钟清瑶才知道，爸爸救的人是淮城鼎鼎有名的金融巨鳄顾天成。

接着她被接去了顾家。

临走前，邻居奶奶一遍遍地叮嘱她说："大户人家规矩多，你一定要乖，一定不要惹他们生气。"

扫墓的时候，顾谨深接到好几个电话，说的都是工作上的事。钟清瑶知道，顾叔叔昨晚回来应该是推掉了不少的工作，包括今天陪她一起来扫墓，也是从百忙之中挤出来的时间。

从陵园出来之后，顾谨深就径直去了公司，没和他们一起回南湾。

第二天，上完上午的课之后，钟清瑶和赵眠眠准备一起去食堂吃饭。走到一半，赵眠眠忽然要上厕所，又临时变道先陪她去上厕所。

因为是吃饭的点，厕所里空荡荡的。赵眠眠一边洗手，一边看镜子里的钟清瑶。

"昨天是你爸爸的忌日，你是不是又偷偷哭了很久？你看你的眼睛，都肿成什么样了。"

钟清瑶看了一眼镜子里的自己，眼睛有点儿红。

"十二年了，这么多年过去了，想起来还是会难过。"

赵眠眠说："别难过了，当年你爸爸奋不顾身跳江救人，报社媒体都说了，你爸爸是大英雄！而且你爷爷把你接过去之后，一直都对你很好。不是因为你爸爸救了他而表面上对你好，看得出来，爷爷是真心疼你的。"

"我知道。"钟清瑶关了水说，"走吧，去吃饭了，好饿啊。"

两人走后，厕所最里面隔间的门被轻轻地推开了。姜妤瑜从里面走出来，她在这里上厕所，却没想到听了全程。赵眠眠的话，还在她的耳边久久回荡。

原来钟清瑶的爸爸死了。

听赵眠眠话里的意思，钟清瑶似乎还被接去住在了被救人的家里。

她看到钟清瑶每天上下学都有豪车接送，还以为钟清瑶应该家境不错，只是没想到其中还有这么一个故事。豪车，好家境，高高在上的姿态，原来只是虚有其表。说到底，就是一个假公主罢了。

姜妤瑜给一个高中同学拨了电话，她的这个高中同学，爸爸是《淮城晚报》的总编。

"喂，唐唐，有个事情要麻烦你爸帮帮忙，是关于十二年前的一则新闻，能不能查到啊？

"真的可以吗？那太好了！

"那就拜托你啦，到时候请你吃饭！"

董思良的演奏考核定在两个星期之后。乐团里的排练也越来越紧张，今天排练完已经是晚上 8 点之后了。大家背着乐器陆陆续续离开了排练厅。

钟清瑶过去找姜妤瑜："姜首席，董大师要考核的琴谱还没下来吗？"

姜妤瑜笑着说："还没呢，到时候下来了我会给你的，你别着急。"

钟清瑶挠了挠头说："也不是着急，只是眼看考核的日子就快到了，琴谱再不下来，我怕没时间练了。"

"你练那么好，琴谱下来你肯定很快就能练好的，用不了几天的。"

钟清瑶又和姜好瑜说了几句就走了。

她走后，姜好瑜的目光看向放在桌子上的帆布包，她神情微动，咬了咬嘴唇。

姜好瑜和萧娜在同一幢寝室楼，不同楼层。晚上，两人在楼道里碰到了，萧娜和姜好瑜打了招呼。姜好瑜心里有事，朝她微微一笑，没再说什么。萧娜努了努嘴，往楼下走。

"哎——"姜好瑜忽然叫住她说，"娜娜，你等一下——"

姜好瑜几步跑下去，站在萧娜的面前，问道："我记得你跟清瑶是一个班级的吧？"

萧娜脸上满是不屑地问："是啊，怎么了？"

"是这样的，我刚刚收到了董大师考核的琴谱，刚在复印室复印好。"

姜好瑜一边拉开帆布包的拉链，一边说："我家里有事，要请几天假，清瑶晚上又不在学校住，我怕等我回来再给她，她就来不及练习了，到时候影响她的考核。"

姜好瑜把几份琴谱递给萧娜说："这些是要考核的曲子，你和清瑶是同班，正好明天帮我给她吧。"

萧娜接过琴谱，随手翻了翻。

姜好瑜说："曲子比较多，也不知道董大师会抽到哪一首，现在就要抓紧时间练了，要是晚几天再练，再怎么有能力，也会影响考核的。

"所以娜娜，清瑶那边就拜托你啦！"

萧娜"哼"了一声说："她把演出放在心上过吗？昨天也请假没来排练，不知道去干吗了。"

姜好瑜说："我听说昨天是清瑶爸爸的忌日……"

萧娜震惊地一抬眼。

姜好瑜继续说："我也是听别人说的，她爸爸很早就死了。为了救一个有钱人，把命都搭进去了……"

钟清瑶足足晚了一个星期才拿到曲谱。

曲谱被塞在她座位的抽屉里。

钟清瑶给姜好瑜发短信。

姜好瑜说："不会吧，我那几天请假了，怕来不及给你，所以一早就托萧娜转交给你了，你晚了一周才收到？"

钟清瑶盯着姜好瑜发来的信息，许久，捏着谱子的手紧了紧。

眼看离考核的日子只有一周了，钟清瑶埋头就开始练琴。

考核的日子如期而至。董思良坐在评审席，学生们抽签之后依次上台演奏。

萧娜胸有成竹地上了台，一首《幽默曲》出色完成，赢得了董思良的点头。她拿着琴下台，昂着下巴，骄傲地从钟清瑶的身边走过。

下一个演奏的，是钟清瑶，她抽到的曲目是布鲁赫的《晚祷》。

琴脚放到合适的位置，调整好姿势后，她开始缓慢地拉动琴弓。弓在琴弦上摩擦，音色时而婉转绵延，时而沉郁冷冽。

在场的一众人，都沉浸在了动人低哀的乐声中。

萧娜坐在台下，微微变了脸色。自己明明晚了一个星期才把曲谱给钟清瑶，她居然能在短短的一个星期之内，将曲子演奏得这么好！

这不可能！

考核结果公布，钟清瑶将于跨年音乐会上与董思良同台演奏。

乐团成员们都来恭喜她："清瑶，你的《晚祷》真的太好听了！你也太厉害了！"

"好羡慕你能得到和董大师合奏的名额。"

越过人群，钟清瑶看到萧娜背着琴往外走。她跟了上去。

"站住。"

声音不高不低，在安静的过道内清晰地响起。

萧娜停住脚步，回过身问："干什么？来跟我炫耀你得到了名额吗？"

钟清瑶笑了一下问："不恭喜一下我吗？"

萧娜冷哼一声说："别以为拿到董大师的名额，你就可以自以为是了。就凭你那点儿本事，晚会上能不能演奏好，还不一定呢！"

"我有没有本事，你不知道吗？"钟清瑶的眼神慢慢冷下来，盯着她说，"晚了一个星期才拿到琴谱，也能演奏出色拿到名额，让你感到很意外吧？你说我有没有本事？"

萧娜脸色微变，目光躲闪道："我不知道你在说什么。"

"你不知道？"钟清瑶一步一步逼近她说，"觉得我对你造成了威胁，所以就藏起琴谱，晚了一个星期才给我。为的就是让我来不及练习，拿不到名额，这不都是你的计划吗？”

萧娜不自觉后退了一步，背撞在了墙壁上。

“可惜你没有如愿，是不是很失望？”

面对不断逼近的钟清瑶，萧娜慌乱地推了她一把，拉开了距离。

“你干什么？我不知道你在胡说八道什么！”萧娜一只手紧紧攥着肩膀上的盒绳，嘴唇紧抿，“你让开！我要走了！”

“没有一句道歉就要走？”钟清瑶抓住她的手腕，拉住她说，“在这儿单独向我道歉，还是当着全乐团所有成员的面道歉，你自己选！”

“你放开我！”

“看来你是想选后者，想让所有人来看看你为了拿到名额算计同声部成员的‘丰功伟绩’是吗？”

萧娜猛然甩开钟清瑶的手，歇斯底里地喊道：“钟清瑶，你神气什么啊？你不就是靠着你爸的一条命才过上好日子，有什么脸在这里耀武扬威的？”

钟清瑶沉下脸问：“你说什么？”

萧娜揉了揉自己的手腕，上下打量了她一圈。

“裙子不错啊，还是迪奥最新秋冬高定系列的。靠父亲的命换来的裙子穿在身上，你不嫌硌硬啊？”

钟清瑶的脸色冷得像冰，拳头在身侧握得咯吱作响。

“也对，能飞上枝头变凤凰，怎么会硌硬呢？还能穿这么贵的裙子，要我说你爸死得还挺值的……”

“啪——”一道清脆的耳光声，在安静的过道内十分突兀。

萧娜的脸偏向一边。她半晌没缓过神来，抬手，抚上脸颊。火辣辣地疼。

“钟清瑶！你竟敢打我！从小到大，我爸妈都舍不得打我，你竟敢打我！”

“你再嘴巴不干净，我见你一次打一次。”

萧娜哪里受过这样的委屈，红着眼大喊道：“我说错了吗？你不就是靠卖父亲的命过上好日子的吗？”

“啪——”又一记耳光落了下来。

萧娜霎时蒙在了原地，片刻后，眼泪唰地流了下来。

"钟清瑶！我跟你拼了！"

萧娜红着眼睛，猛地向钟清瑶扑过去，两人顿时扭打在了一起。

办公室内，钟清瑶和萧娜两人站在辅导员办公桌前，垂着头。

两人现在的样子都不太好看，头发乱糟糟的，脸上、脖子上都是抓痕，衣服也歪歪扭扭的。

辅导员一边叹气，一边语重心长地教导她们。只是，让钟清瑶没想到的是，大学了还会因为打架被叫家长。萧娜哭哭啼啼地打给了她爸，在电话里委屈得不得了。钟清瑶却站在原地岿然不动，咬着唇，也不说话。

"你呢？"辅导员见她不动，开始翻学生联系册。

如果她记得没错的话，上面留的是爷爷的电话。她不想让爷爷知道自己在学校打架的事情，而且爷爷这几天身体不太好，不能再让爷爷为她费心。

"等等，老师。"她终于开口道，"我……我想起来电话是什么了。"

犹豫了一下，她拨通了顾谨深的电话。

电话响了两声被接起。

"顾叔叔……"

此时顾谨深刚结束一个高层会议，从会议室大步走出，方助理跟在他旁边，边走边汇报着接下来的行程安排。

顾谨深示意他稍等，接起电话："瑶瑶？"

"顾叔叔……你现在有空过来一趟学校吗？"

顾谨深看了一眼腕表，和美国分公司的电话会议将在半个小时后开始。他问："怎么了？"

"我在学校打架了……"

"打架？"顾谨深停了下脚步，甚至怀疑自己是不是听错了。在他的印象里，家里的小姑娘乖得不像话。从小到大，都是不用老师和家里操心的孩子，包括每次的家长会，都是一张张傲人的成绩单和老师滔滔不绝的表扬。他怎么也无法将她和打架联系在一起。

"顾叔叔？"钟清瑶见电话那边没声了，又问了一遍，"你有空吗？"

"嗯。"他重新迈开脚步说，"我马上过来。"

挂掉电话后，他平静地吩咐方助理道："半个小时后的电话会议推迟到明天，晚上怀业的竞标场你替我去。"

"好的，顾总！"

时近黄昏，天边云层烧红了一大片。

钟清瑶坐在窗边，一抹斜阳淡淡地打在她的脸上。她望着远处清塘上孤鹜振翅，水面荡起层层涟漪。

耳边萧娜的哭啼声变得模糊，思绪逐渐飘得很远。

顾谨深来到学校的时候，钟清瑶依旧靠在窗边发着呆，还是辅导员拉了一下她的胳膊，她才反应过来。

萧娜已经不在了，应该是被她爸接走了。

办公室内，顾谨深一身西装，架着金边眼镜，不知什么时候已经到了。

"顾叔叔。"她低低叫了一声，手指绞在一起，垂下头不敢去看他。

"怎么回事？"顾谨深眉头微蹙。

小姑娘脸上大大小小的抓痕很明显，原本柔顺地铺在身后的长发，此刻也乱得不成样子，就连裙子也破了。

辅导员走上来问："您是钟清瑶同学的叔叔吧？"

他从她身上收回视线："嗯。"

"您坐，这次主要是跟您聊一下钟同学今天和同学打架的事，还有她在学校的一些情况……"

顾谨深在椅子上坐下，十指交叠搭在膝盖上。

辅导员开始滔滔不绝，顾谨深一边听着，一边侧头看钟清瑶一眼。

钟清瑶悄悄抬眼觑他，正巧撞在他的视线上，又倏地垂下头，不安地抠自己的手指。

时间一分一秒地流逝，钟清瑶却怎么也没敢再抬起头看他了。

"走了。"

头顶响起男人温和的声音，谈话在不知不觉中已经结束了。

"哦、哦。"

钟清瑶猛然起身，几步跟上，在他身后走着。

劳斯莱斯平稳地行驶在路上。钟清瑶知道自己犯了错，从上车后一句话也没说。

"挺能制造惊喜的。"顾谨深睨一眼身侧乱糟糟的小脑袋说，"还学会打架了？"

他的视线落在抓痕上。

"疼不疼？"

钟清瑶扯了扯衣袖，遮住。

"疼……"

"知道疼了？"

"顾叔叔……"她抱着右手手腕，小心翼翼地伸到他面前说，"手腕，好疼……"

顾谨深一怔，握住她伸过来的手腕。握在掌心的手腕细细的，小小的，很柔软。他轻轻捏着她的手腕活动了一下，问道："这里疼？"

"哐——"钟清瑶疼得倒吸一口凉气，下意识地就要抽走手腕。

"别动。"

手腕被握住，细看之后，发现在内侧肿起了一大片。他低声吩咐司机："去医院。"

汽车很快就到达了医院，接诊的是一个头发花白的老医生，戴着眼镜，看起来很慈祥。老医生小声嘀咕道："怎么来得这么晚……"说着又扶了扶鼻翼上架着的眼镜，轻叹了一口气。

钟清瑶浑身僵住，面色灰白。来得太晚错过最佳治疗时间了吗？她的手……真的没得救了吗？

"医生！求你一定要救救我……我下个月底还有演出，我还要拉大提琴的，求你一定要想想办法！"她说得声泪俱下，眼眶红了一大半。

"你这就是普通深层软组织挫伤，没什么大碍的，好好养一两星期就好了。你咋还怕成这样了？"

钟清瑶："……"她黑着脸问："那您刚才怎么说来得太晚了？"

"我说的'太晚'是指时间太晚了！"老医生指了指墙上的钟说，"都5点半了，我的坐诊时间已经到了。"

钟清瑶："……"

顾谨深："……"

打扰了。

所幸的是，钟清瑶的手腕只是普通的软组织损伤，休息两个星期就没事了。医生给她配了一些喷剂和贴的膏药，又嘱咐她回家之后多冰敷，近期右手尽量不要动，过几天再慢慢加强腕关节的活动度。

顾谨深从窗口缴费拿药回来的时候，钟清瑶正坐在走廊的排椅上等他。

轻轻动了一下手腕，还是钻心地疼。

一片阴影出现在她的头顶，遮住了走廊上的白炽灯光。她稍稍一顿，抬起头。

顾谨深身形笔挺，高大的身影笼罩着她。做工精致的金属领带夹上，反射出幽冷的光线，更显得他矜贵疏淡。

"打个架把自己弄成这个样子。"顾谨深问，"后悔了吗？"

钟清瑶沉默片刻，才说道："后悔。"

顾谨深刚想说话，就听到可怜兮兮的小姑娘继续说。

"我好后悔。后悔当时还留了几分力道，没有发挥出真正的实力。不然，也不会把自己的手弄成这样了。"

顾谨深："……"他淡淡地瞥她一眼，理了下衣襟说："走吧，送你回南湾。"

钟清瑶却仍坐在椅子上不动，只是眼巴巴地望着他，喉咙里哽了哽，半晌，才低低地说："我不想回去……"

"怎么？"

"我……我不想让爷爷知道……"

她现在脸上、脖子上都是抓伤，手还扭伤了。脖子土的抓痕还能穿高领的衣服遮着，脸上的伤和手伤却不好掩饰，回家之后，爷爷肯定会看出端倪的。她并不想让爷爷知道自己打架的事。

她抬眸，眼里的光线倏忽闪动。

"顾叔叔，我可以跟你回家吗？回泊港公馆。"

泊港公馆位于淮城中央商务区金融商圈中心，以极高的价格和优越的地理位置成为淮城的地标性建筑。周边高耸入云的写字楼鳞次栉比，依次排列。马路上车流如织，霓虹灯闪烁。和南湾的宁静不同，这里的每一处都彰显着这个城市的繁华和喧嚣。

钟清瑶跟着顾谨深坐直梯上了楼。指纹解锁后，门"嘀"的一声打开了。顾谨深一边往里走，一边问："和家里打过电话了吗？"

"打过了。"她只跟爷爷说，乐团里有活动，这一周要住在学校里集中排练，其他的一概没提。

她忽然觉得，自己夜不归宿还找借口骗爷爷的行径，和顾连铭没什么两样。

顾连铭前几天期中考试刚结束，还真在班里进步了十个名次。顾天成一高兴，还给他买了之前他一直嚷嚷着想要的新车。

顾谨深脱掉西装，将其随意地搭在了沙发的靠背上，继而又扯下领带，只余一件白衬衫。

钟清瑶依旧拘谨地站在入户玄关处没动，看着顾谨深一系列的动作，微微晃神。

她看惯了顾谨深一丝不苟的样子，衬衫永远系到最顶端，西装永远笔挺看不见一丝褶皱，连不起眼的袖口和领带夹都精致无比。像现在的随意和慵懒，是她四年后第一次见。她忍不住多看了两眼。

顾谨深说："学校那边我帮你请过假了，这几天先把手伤养好。"

"好。"

"还站那儿做什么？"

钟清瑶回过神来，往里走，在沙发上坐好。

顾谨深解开袖口处的纽扣，把袖子往上一挽，一边往中岛西厨台走，一边问："想吃什么？"

钟清瑶微微惊讶了下，顾叔叔是要做饭吗？她连忙回答："都行。"

顾谨深拿了两块牛肋眼，开始处理食材。

钟清瑶直挺挺地坐在沙发上，眼睛四处转，开始打量这间房子。就像顾谨深本人一样，这间房子的装修以白、灰为主。从硬装到软装，再从色调到陈列，都显示着深沉和稳重。只是色彩和线条都太过冷硬，少了些许温馨。

她又将视线转到中岛台。岛台边，顾谨深微微低着头料理晚餐，顶部内嵌筒灯光线柔和，打在他颀长的身上。挽起的衬衫衣袖堆叠出褶皱，露出的一截小臂白皙修长。

钟清瑶手肘撑在沙发靠背上，两只手捧着脸，开始端详起顾谨深。她笑眯眯地想：顾叔叔真好看，做饭的时候也那么好看。

顾谨深忽而抬起头。

视线相交。

一时间，钟清瑶都没来得及收回视线。

"在笑什么？"

钟清瑶愣住了，连她自己都没有察觉到，自己的嘴角一直微微翘着。

"饿了？"顾谨深问。

她顺势点头。

"马上就好。"

片刻后，两个餐盘上桌。牛排表面微焦，上面撒着细细的盐之花，搭配法式伯纳西酱汁。放在自己面前的那份牛排，已经切成小块，因此她只用左手就能吃。

顾谨深拉开酒柜，倒了一杯红酒。

钟清瑶闻到高脚杯中飘出浓郁的酒香，她小小地期待着，等着顾谨深也给她倒上一杯红酒。

可是并没有。放到她面前的，是一杯柠檬水。

"我也想喝你那个。"

"瑶瑶，这是酒。"

"我知道啊……"

顾谨深拿着刀叉继续切牛排，头也不抬地道："小孩子喝什么酒。"

"我又不是小孩子！"

顾谨深稍顿，一抬眸。

钟清瑶嘀咕道："我都二十岁了……"

"嗯，二十岁很大吗？"

钟清瑶有点儿不开心了，把餐叉一放，皱着眉一本正经地问："顾叔叔，你是不是一直把我当小孩子看待？"

顾谨深看一眼气鼓鼓的小姑娘，唇角往上，微微扬了下，问道："就这么想喝酒？"

钟清瑶点点头说："主要是想尝尝味道，感觉好像很好喝。"她伸出手指试探性地一点点往他的酒杯挪过去说："顾叔叔，我就喝一口。"

顾谨深看了一眼偷摸过来的小手，没阻止。

钟清瑶心头一喜，赶紧拿过他的酒杯小小地喝了一口。

抿嘴，皱眉。

咦……真难喝。

她又略带嫌弃地把酒杯推到他的面前说："还是不要喝了。"

顾谨深笑了下，拿起酒杯，杯沿刚碰到嘴唇，鼻尖处就闻到一丝极淡的水蜜桃味。光线下，高脚杯通体透亮，杯沿处留着一抹淡淡的唇膏印，让他稍稍晃了神。

吃过晚饭，顾谨深去书房处理公司事务，钟清瑶则窝在沙发上玩手机。夜色已深。

直至深夜，这个城市仍在高速运转着，写字楼里依旧灯火通明，中央商务区的夜晚，似乎永远不会落幕。

客厅一面是超大的全景落地窗，能俯瞰淮城的繁华商圈和一线江景。江面上行驶着游轮，偶尔响起的汽笛声，犹如这个城市跳动的心。

钟清瑶放下手机，揉了揉眼睛。时间不早了，她准备去洗澡睡觉了。走到浴室，她才发现自己根本没有换洗的睡衣。

在浴室纠结了很久，钟清瑶才走到顾谨深的书房，轻轻敲了下门。她探进去半个小脑袋，只见顾谨深还戴着眼镜，在桌前忙碌。

顾谨深注意到她，轻声问道："还不睡？"

"嗯，准备睡了。"她扭扭捏捏地说，"就是……就是没有换洗的衣服……"

顾谨深一愣，他还真没想到这个。泊港公馆一直都是他一个人住，也不会想到添置什么女性的衣物。她住过来也突然，很多东西都没有提前准备。

他按了下眉心，有点儿头疼。最后，还是去衣帽间拿了一套自己的睡衣给她。

"今晚将就一下，明天我让方韦给你买一些日用品和换洗衣物。"方韦是顾谨深的助理。

钟清瑶接过睡衣，是深蓝色，休闲款的。

洗完澡后，她换上了顾谨深的睡衣。一穿上，才发现大得离谱。

袖子多出了一大截，尤其是裤子，裤腿拖得老长。钟清瑶把它一点点卷起，多出来的裤腿就都堆在脚腕处，走起路来特别不方便。她小心翼翼地提着裤腿往外走，风一吹，宽大的睡衣里空荡荡、凉飕飕的。

她维持着这个怪异的姿势走到书房。

"顾叔叔，我睡哪儿啊？"钟清瑶说，"还有，这个睡衣穿着也太大了……"说着，又扯了扯衣服比画了一下。

顾谨深从屏幕前抬起头来，小姑娘穿着自己的睡衣，长长的头发垂在脸颊两侧，深蓝色衬得她的皮肤更加白皙。

不知怎的，顾谨深喉咙里似乎微微痒了一下。他思忖，明天一定要帮她把睡衣买回来了。

他起身带她过去，边走边问："睡我旁边的次卧如何？"

"哦哦。"钟清瑶提着裤腿，人一摇一摆的，以一种极其怪异的姿势走着。

顾谨深见状，眉毛不自觉挑了一下，屈起手指轻轻敲了下她的头。

"好好走路。"

"不是……是裤子太长了……"

次卧的装修也很简单冷硬，多是由白灰的色块组成。钟清瑶躺在床上，穿着顾谨深的睡衣，能闻到熟悉清冽的木质香。是雪松、劳丹脂，还有白兰地的味道。也是顾叔叔的味道。

她本以为换了床会失眠，没想到闻着淡淡的香味，躺在柔软的床上，很快就睡着了。

睡到半夜，她被渴醒了，迷迷糊糊地开了门去喝水，没走几步就听到旁边主卧浴室传来的水声。

顾叔叔是才忙完，准备洗漱睡觉吗？也太辛苦了。

正想着，浴室里的水声在此时停住了。

钟清瑶一惊，就想着赶紧溜，不然顾谨深出来，还以为自己站在这儿偷听他洗澡呢。可她却忘了自己穿着尺码不合适的睡衣，走路也不方便，慌乱地走了几步，就一脚踩到了裤腿。

"砰——"

身体往前倒去，她下意识用手去撑，却压到了手腕，钻心地疼。手下力道一松，鼻子和地板就来了个亲密接触。

啊啊啊！好痛好痛好痛！她一边揉着鼻子，一边爬起来。

就在这时，顾谨深听到动静，立刻从里面开门出来。

"怎么了？"

他只随手披了一件睡袍，腰间松松垮垮地系着带子，交叠的衣襟敞开，露出一大块精壮的肌肉。腹部肌肉清晰可见，上面还淌着水珠，自上而下，慢慢地滑下来，滑入更往下的地带。

钟清瑶坐在地上，就这么直愣愣地看着他。下一秒，鼻子一热，鼻血就这么流了下来。

气氛有一瞬间的凝固——

钟清瑶："……"

啊啊啊！顾叔叔！你听我解释！真的不是你想的那样！

顾谨深将她从地上提起来，钟清瑶一边捂着鼻子，一边手忙脚乱地去找纸巾。

纸巾递到她面前，顾谨深微微一皱眉问："怎么回事？"

钟清瑶赶紧解释："顾叔叔，你千万别误会，我是因为刚刚撞到鼻子了才会流鼻血的，绝对不是因为看到了什么不该看的……"

"刚才是谁说自己不是小孩子了？走路都能撞到鼻子？"

钟清瑶语塞，低声道："还不是因为顾叔叔的裤子不合身……"

顾谨深没接话，只是说："我在家的时间不会太多，你照顾好自己。明天我会找个家政，到饭点的时候过来给你做饭。"

钟清瑶拒绝道："不用，我自己会做饭的。"

顾谨深不相信地问："你会？"

她认真地点头道："明天我来做晚饭吧，顾叔叔尝尝我的手艺。"

顾谨深一挑眉。

血很快就止住了。

"已经不流了，我去睡觉了。"钟清瑶又不忘补充道，"顾叔叔明天记得早点儿回家吃晚餐。"

她扔了纸巾，小心地提着裤腿往次卧走。忽然，身体一轻，顾谨深已经将她抱了起来。

"送你回卧室。"

钟清瑶在他怀里噤声，乖乖地没再动。

次日，钟清瑶睡醒起床的时候，顾谨深已经去了公司。整个屋子里静悄悄的，客厅里铺满了阳光。

餐厅的桌上放着两个培根三明治，还有一杯牛奶。钟清瑶吃完后，肚子有点儿撑。

眼看快到午饭的时间，可是她一点儿也不饿。干脆就没吃午饭，等着晚上做了饭和顾谨深一起吃。

下午，有专人送来了她的换洗衣物和日用品，零零散散的不少东西。

钟清瑶换了一件烟粉色的睡衣，看了一下品牌标志，和身上穿着的顾谨深的睡衣是同一款式的。试了一下尺码，不大不小刚刚好。

一个人待在静悄悄的泊港公馆其实很无聊，这次过来没拿大提琴，再加上她的手现在也拉不了琴，一整个下午她都无所事事的。午后的阳光温暖和煦，她躺在沙发上看了会儿书，不知不觉中就睡着了。

顾谨深回来的时候，钟清瑶还在睡着。

客厅里灯也没开，室内一片昏暗，只有室外霓虹灯微弱的光线从落地窗照进来。

他轻合上门，也没开灯，往里走，就看到钟清瑶窝在沙发上，呼吸均匀，脸上还盖着一本书，正睡得香甜。他放轻动作拿掉她脸上的书，又拿起旁边的珊瑚绒毯盖在她的身上。

钟清瑶的睫毛颤了颤，慢慢睁开了眼睛。

昏暗中，目光在短暂的对视之后，她瞬间清醒过来，"腾"地坐了起来，珊瑚绒毯顺势滑下。

"顾……叔叔？"

"嗯。"顾谨深直起身，走到开关处打开灯，又问道，"睡醒了？"

刺目的光线让钟清瑶微微眯了眼睛，伸手挡了挡。窗外天已经黑了，自己这是睡了多久啊……她看了下时间，晚上 6 点多。

顾叔叔今天回来得好早。

脑海中一个念头一闪而过——

对了，昨天她还信誓旦旦地说今天要做晚餐给他吃，还特意嘱咐他早点回家。没想到自己却睡着了，晚餐也没来得及做。

钟清瑶心虚地看了顾谨深一眼。

顾叔叔今天回来得这么早，不会就是为了吃她做的晚餐吧……

耳后根开始莫名发热，顿时觉得不好意思极了。

顾谨深的目光扫过干干净净的厨房，问道："午饭也没吃？"

钟清瑶嘴唇翕动，讷讷地说："起得晚了，吃了早饭不觉得饿……"

顾谨深抬眸看她一眼，没说话，走至厨房拉开内嵌式冰箱门，开始料理晚餐的食材。

钟清瑶坐了一会儿，起身走过去说："顾叔叔，我也来帮忙吧。"

"不用。"顾谨深瞥过她的右手道，"手上换过药了吗？"

钟清瑶微微一愣，低下头道："也忘记了……"

她干笑了两声，忙不迭又灰溜溜地坐回沙发，给手腕换药。揭下昨天敷着的膏药贴，胡乱抹了药，又撕开新的药贴换上去。然而只用左手，贴的时候却不太方便。捣鼓了一阵之后，药贴"啪"地掉在了地上。

钟清瑶不觉喟叹一口气，弯腰伸手去捡。

一双骨节分明的手出现在她的视线里，先她一步捡起了药贴。

顾谨深在她旁边坐下，轻轻拉过她的手腕，又拿了棉签开始替她抹药。

她的手很小，也很软。因为拉大提琴，指甲剪得干干净净的，只留一个小小的半圆弧，粉色的指甲盖上，还有浅浅的月牙。

"顾叔叔……"她忽然出声叫他。

"嗯？"

"我的脸……会不会毁容啊？"

昨晚她没怎么在意脸上的抓痕，今天早上照镜子的时候才发现，脸上好几道很长的抓痕，看着着实有些瘆人。

"胡思乱想什么？"

"我怕好不了了……到时候脸上留了疤得多丑啊。"

"没伤到真皮层，不会留疤的。"

"那万一留疤了呢？"

"也好看。"顾谨深没头没尾地来了一句。

钟清瑶当下愣是没听懂，刚想说什么，手腕已经抹好药，还贴好了药贴。刚才的话题暂且被搁置，她抱着手腕说了声："谢谢顾叔叔！"

顾谨深收拾好其余药贴，又问："你确定不用找个家政阿姨吗？"

尴尬的做饭事件又被提起，钟清瑶头摇得飞快地说："我会自己做饭的，今天真的是个意外。"

顾谨深浅浅地睇她一眼，略微扬眉。

小丫头一脸诚恳，眼睛睁得圆圆的，生怕他不相信，像极了一只逞强的小鸡崽。

他不着痕迹地勾了勾唇。就像上次拜访杨伯伯时，杨伯伯同他说的那样，也许自己对这个小丫头有点儿过度不放心了。

第二天，钟清瑶起得很早。她在屋子里找了一圈，没看到顾谨深，应该一早就去了公司。

厨房的电砂锅里，还煲着粥。她掀开盖子，一股热气混合着粥的鲜香味直冲鼻腔。

钟清瑶盛了一小碗，里面有干贝、虾仁，还有青菜。粥的味道也是出奇地好，她悠闲地晃着腿，心想着顾叔叔的厨艺原来这么好，做什么都这么好吃。

今天她没再睡过去，早早地就开始在厨房忙碌，准备晚餐。

其实她真的会做饭，在南湾别墅的时候，她经常会去厨房帮李姨打下手，久而久之，也就跟着学了不少。虽然做不了什么大菜，但是家庭小炒什么的，不在话下。

冰箱里的食材很丰富，钟清瑶挑了几样，做了两荤两素四个菜。

扭伤的右手还是不太方便，但是相较之前好了些，至少能小幅度活动了。

做完饭不过下午5点半，窗外余晖正盛，飞机掠过云层，留下一道好看的尾迹云。

钟清瑶小声哼着歌，坐在沙发上小腿一晃一晃的，心情很不错。

也不知道顾叔叔回来之后，看到她做了这么丰盛的菜，会不会很惊讶呢？说不定在尝到味道之后会更惊讶，还会夸她厨艺不错。

想到这里，钟清瑶无声地弯起嘴角笑了笑。

夕阳越来越低，淮城中央商务区迎来了第一个下班高峰。纵横交错的马路上车流不息，霓虹灯逐渐亮起。

顾叔叔还没回来，是路上堵车了吗？

钟清瑶看了眼餐桌上的饭菜，心不在焉地刷着微博。

盛瑞集团总部。

顾谨深身着西装白衬衫从会议室信步走出，今天盛瑞刚敲定了和陈氏信投的收购协议，意味着很快就能将陈氏收入囊中。晚上和几个项目负责人有个酒局，算是庆功宴。

顾谨深按了按领带结，今天是来不及回去给家里的小可怜做饭了。于是他吩咐助理订了一份晚餐，送去泊港公馆。

门铃响起的时候，钟清瑶正趴在沙发上看书。她倏地坐起身，把书扔在一旁，急急忙忙穿了拖鞋就去开门。

"顾叔叔，你怎么——"笑容霎时僵硬在脸上。门外站着的不是顾谨深，而是穿着制服的送餐员。

"小姐，这是您在雍景轩订的餐，您收好，祝您用餐愉快！"

钟清瑶愣愣地接过餐盒，门随着惯性"咔嗒"一声合上了。室内重新归于平静。她垂着眼眸，看着脚上穿反的拖鞋，出神良久。

在玄关处站了好一会儿，她才微微一动，把餐盒放在了餐桌上。

爵士白的大理石餐桌，在灯光的映射下，反射出幽冷的光，桌上的几个菜早已没了热气。

钟清瑶轻轻叹了口气，兀自盛了碗饭，拉开椅子，小口吃起来。她做的菜有些多了，吃了很久都没有吃完，最后只能倒进了垃圾桶。

洗完澡后，她躺进被窝里玩手机，只留了一盏壁灯没关，散发出暖黄色光晕。

晚上 10 点，门锁响动，紧接着是门一开一关的声音。

钟清瑶微顿，依旧维持着看手机的姿势，也没动。

顾谨深扯了扯领带结，往里走，首先入目的，就是放在餐桌上印着"雍景轩"三个大字的餐盒。

纹丝不动。

他不自觉蹙了下眉。

没吃晚饭？

顾谨深看了一眼小丫头紧闭的房间，猜想是雍景轩的菜可能不合她的口味。于是一边挽起袖口，一边往厨房走，准备给她做饭。

打开冰箱，他愣了下。冰箱内的食材少了些。再看垃圾桶，里面倒着一些剩菜。

倏地，顾谨深心口仿佛被什么钝器敲了一下，有些闷疼。

听到卧室门锁转动的声音，钟清瑶倏地合上手机，闭上了眼睛。

房间内光晕暗淡，壁灯投下柔和的光线，能看到床上蜷缩着的一小团凸起。

顾谨深走过去，在她的床边坐下。小丫头眼睛紧闭着，一动不动，像是已经睡着了，然而细微扑闪的睫毛却出卖了她。白白净净的小脸上，睫毛扑簌簌地颤动着。

"瑶瑶。"他低声叫她。

床上的钟清瑶却誓要将装睡进行到底，仍是闭着眼睛一动没动。

气氛陷入安静。

她甚至能听到耳膜边的心跳声。

她知道顾叔叔还没有走，便没睁眼。虽然闭着眼睛，但她还是感觉到他落在自己脸上的视线。

"今天敲下一个并购案，晚上有个局，我不知道瑶瑶做了晚饭。"

他的声音很低，微哑，像在解释。

钟清瑶还是没动。

"明天一定早点回来陪你吃晚饭，好不好？"

还是静默不动。

"瑶瑶……那你早点睡吧。"

顾谨深替她披了披被子，关了壁灯，叹息微不可闻。

轻缓的脚步声响起，然后是门轻轻关上的声音。

这时，钟清瑶才缓缓睁开了眼睛。看着合上的房门，抿了抿嘴唇。

深秋的天气变化很快，昨日还是暖阳明媚，今日天边就翻滚着乌云，空气很是潮湿。

下班高峰，车道拥挤不堪，行人步履匆匆。

今天顾谨深推掉了晚上的商务应酬，早早结束了一天的工作。回到泊港公馆后，却发现屋子里静悄悄的。

"瑶瑶？"他叫了一声，没人应。

走到卧室，没人。

厨房，没人。

书房，没人。

里里外外转了一圈，还是没有看到小姑娘的身影。打电话，一直没有人接；发短信，也没有回复。

顾谨深皱了皱眉，连身上的西装外套也没脱，就开始查看家里的监控设备。监控屏幕中，小姑娘穿着睡衣在客厅里玩了一下午，一会儿在沙发上看书，一会儿又去给绿植浇浇水，又或者是靠在窗台边发呆吹风。

似乎没有什么异常。

快进，再快进。

临近他快下班回家的时候，屏幕里的小姑娘套了一件风衣，出了门，接着就消失在监控视野里。

看了下时间，她离开不过一个小时。

可能是在家待得无聊了，想出门溜达一圈，应该很快就会回来。就像杨伯伯说的那样，他该对她放心一些。泊港公馆安保不错，而且她二十岁了，总不至于走丢。

顾谨深告诉自己平静下来。

他在沙发坐下，又站起来，又坐下。

毫无预兆地，他霍然起身，开门走了出去。

电梯徐徐向下，在 30 层的时候，上来两位四五十岁的女人，两人一边说着，一边走进了电梯。

顾谨深退后一步，望着显示屏上的数字缓慢跳动。

"刚打电话问过李姐了，说家里的老太太没什么事，就是受了点儿惊吓。"

"老太太也是可怜，得了帕金森后，人就一直很糊涂。这不刚才护工一个没看住，老太太就一个人摸出了门，差点儿从楼道口的露台那里翻下去。"

"可把李姐吓得不轻，急忙从公司赶回来了。听说多亏了一个小姑娘及时拉住了老太太，不然真得出事。"

顾谨深神情一顿。

两个中年女人的对话还在继续。

"听李姐说还是个很漂亮的小姑娘，说是找不到家在哪儿了，找错楼层才去了 23 楼，然后正巧就救了老太太。"

"小姑娘多大了啊？还能找不到家在第几层？"

"好像挺大了……"

"叮——"电梯门打开了，停在 23 层。

"到了到了，快走吧，去看看老太太怎么样了。"两个中年女人一前一后出了电梯。

电梯门正缓缓关上——

下一秒，顾谨深按下开门键，电梯门重新打开。他跟在两个中年女人的身后，去了23楼。

泊港公馆A栋的房型是超大平层，一层一户。此时23层入户大门开着，可以看到室内客厅坐着几个人。乖乖巧巧的女孩长发如瀑，被簇拥在中间。一个身着休闲西装的男人，正把一个削好皮的苹果递给她。

"要不钟小姐在这儿吃了晚饭再走吧，我奶奶的事，也不知道该怎么谢谢你。"

她接过，又礼貌地婉拒了。

男人又靠近她耳边说了什么，小姑娘霎时捂着嘴，笑弯了眼睛。

这个角度看过去，两人贴得极近。站在稍远处的顾谨深，眉头冷不丁挑了一下。

刚才电梯里的两个中年女人，在一旁笑着打趣道："小姑娘生得真水灵，看着和宵宵真般配。"

"是啊，也不知道是谁家的孩子……"

忽然，一个低沉的声音响起："不好意思，是我家的。"

众人闻声看去。

顾谨深很高，站在那里遮住了一大片楼道照明灯的光线，逆着光晕，西服的两颗扣子解开，露出内里的黑色衬衫，少了几分沉闷和严肃。

钟清瑶惊喜地喊道："顾叔叔！"

"瑶瑶，回家了。"

她点头，一路小跑着就蹦跶到顾谨深的跟前，仰着头问："顾叔叔，你怎么知道我在这儿的？"

顾谨深正欲开口，李旭宵就拿着一个塑料袋急忙过来说："钟小姐，你东西忘记拿了。"

钟清瑶接过袋子说："今天真的很谢谢你！有空我请你吃饭。"她道了谢，笑得眼睛弯弯的。

顾谨深双眉不甚明显地皱起，目光浅浅地扫过李旭宵，又看向她问："出去干什么了？"

钟清瑶扬了扬手里的塑料袋说:"家里没醋了,我买醋去了。"

"醋?"

"嗯。"她眨眨眼说,"顾叔叔,吃醋吗?"

"……"

电梯徐徐上升,数字一个接着一个跳动。电梯厢内,钟清瑶拎着两瓶醋站在顾谨深的身侧,安安静静的,看起来很乖的样子。

顾谨深微微低眸,能看到她睫毛纤长,在眼下投出一小片阴影,眨眼时犹如蝴蝶振翅。

"叮——"

电梯停在 32 层,顾谨深迈步走出问:"现在记住家在第几层了吗?"

钟清瑶吞吞吐吐道:"记……记住了……"

三天前顾谨深把她带到这里的时候,她刚和萧娜打完架。当时心情不好,又怕被责骂,所以只是低着头跟在他的身后,压根儿没注意楼层。

今天晚上本来打算做糖醋排骨来着,但是发现家里没醋了,就出门去买。回来的时候才反应过来,她好像忘记顾叔叔家在哪一层了。

凭着零星的记忆碎片,好像有"2"和"3"这两个数字,于是就按了 23 层。恰好看到 23 层有个老人一条腿迈出了露台,千钧一发之际,她冲过去拉住了老太太。

李家人为表示感谢,就留她在那儿坐了一会儿。

指纹解锁后,顾谨深又说:"记好了,别再走丢了。"

呃……确实是走丢。二十岁了走丢,又被顾叔叔领回家,这操作也太令人尴尬了。钟清瑶站在门口,深呼吸片刻,又反复确认了一下门牌号。

泊港公馆 A 栋 32 层 3201。

打死她都不会忘了。

晚上,窗外开始下起雨来。

连着三天,都因为种种原因,而没让顾谨深吃到她做的晚餐。

这次她死活没让顾谨深做饭,一路推着他进了书房,又贴心地替他关好书房的门。

除了糖醋排骨之外,她还做了白灼虾和蘑菇青菜。

吃饭的时候，钟清瑶就像考试时那么紧张，眼睛一眨不眨地看着顾谨深把一小块糖醋排骨放进嘴里，然后试探地问："顾叔叔，好吃吗？"

"很好吃。"

钟清瑶暗自在心里开心地打了个滚儿，这才美滋滋地吃起菜来。

接连两天，她都会早早地做好晚饭，等顾谨深下班回家。

而顾谨深则会在清晨做好早餐，放在餐桌上。她一起床，就能吃到美味的早餐。

吃过晚饭后，顾谨深会在书房处理一些公司事务，外面不时会传来小姑娘温温软软的声音。

"顾叔叔，我的干发巾哪儿去了啊？

"顾叔叔，我昨天看一半的书，你给我放哪儿了？

"顾叔叔，我们明天吃什么早餐啊？

"顾叔叔……"

…………

向来冷寂沉闷的泊港公馆，似乎变得生动起来。

顾谨深手指在笔记本键盘上轻敲，不自觉勾了勾唇角。

第三章

妈妈

温馨愉悦的日子，一直持续到第五天晚上。那天钟清瑶一如既往做了晚饭，和顾谨深坐在餐桌边吃着饭。

顾谨深的手机响了起来。

是秦越的电话。

刚一接通，手机里就传来秦越洪亮的声音。即使没开免提，钟清瑶还是清清楚楚地听到了。

"深哥，这几天晚上你都忙什么呢？接连推掉多少酒局了，今天华源的小赵总都找到我这里来了，说你是不是对他们的项目没意思，这个脸都不赏。我听他话里的意思，他都想找别家合作了。"

顾谨深神色很淡地说："那个项目我看过了，投资效益不高。如果小赵总想找别家合作，盛瑞没什么意见。"

秦越急了："不是，这肉虽然不肥，好歹也是块肉啊，你说不要就不要了？人家小赵总就是想请你晚上吃个饭，表个诚意。"

秦越忽然说："听说清瑶住你那儿了，是不是这小丫头晚上缠着你不让你去啊？"

钟清瑶夹菜的动作一顿。

"没有。"顾谨深站起身，一边听电话，一边往书房走，"这个项目后期的运作和开发周期会比较长，项目规划书我看到……"

书房门关上了，餐厅内归于安静。

钟清瑶慢慢垂下了眼眸。原来，自己住在这里，无意中给顾叔叔的工作带来了这么多困扰。

她看着桌上的菜，忽然没了胃口。

昨夜的雨，下了一晚都没停。

这会儿已经9点了，天边还是阴沉沉的，没什么光亮。餐桌上，还放着顾谨深准备好的早餐。

钟清瑶吃完早餐后，在沙发上发了会儿呆，然后开始整理她的东西。衣服一件一件折叠整齐，放进柜子。又把自己在这儿的日用品拿收纳箱装了起来，放在客房的墙角。

虽然在泊港公馆住了没几天，东西倒是不少。

整理好这一切之后，已经是下午了。钟清瑶去厨房煮了一碗面，还加了一个荷包蛋，端端正正地放在餐桌上。

她撕下一张便签，唰唰写下几个字，然后压在碗的下面，随后离开了泊港公馆。

中央商圈的道路上，还是一如既往地拥挤，汽车亮起一盏盏红色的尾灯，龟速前进着。顾谨深看了一眼腕表，一只手搭在车窗边，看着车窗外，另一只手的手指略微焦灼地在腿上轻敲。

透过车窗能看到马路对面繁华的商贸区，幢幢高楼下，商铺数不胜数，其中一家店吸引了顾谨深的视线，商店的牌额上印着一个大到离谱的草莓图案。

"那是什么？"

司机反应过来，忙道："前安路新开的一家网红蛋糕店，听说味道不错，在小年轻那里挺流行，生意挺好的。"

顾谨深忽然想到家里的小丫头，她好像挺喜欢吃草莓蛋糕的。

"前面掉头。"

司机疑惑。

"买蛋糕。"

路上堵了会儿车，顾谨深比平时晚了些时间回到泊港公馆。

"瑶瑶，顾叔叔回来了。"

回应他的是一片静谧。

顾谨深拎着蛋糕盒，一边往里走，一边扯了扯领带说："看我给你买什么回来了。"

回应他的还是一片静谧。

顾谨深扯领带的动作一顿，目光落到餐桌上的那一碗面上，还有那张白色的便笺。他把蛋糕放在了桌上，拿起便笺。上面只有寥寥两行字，字迹很清秀。

"顾叔叔，我伤好得差不多了，我回南湾了。

"给你做了晚饭，记得吃。"

顾谨深放下便笺，又看向那碗面。应该放了有些时间了，面已经坨了。

他的唇角微不可见地勾了一下。

这个傻孩子，不知道面放久了会坨吗？

他拉开椅子，坐下，扶着碗开始吃面。

中午 11 点 40 分，结束了上午课程的学生们都三五成群地往食堂走。食堂迎来了今天的第一波高峰，窗口挤满了一颗颗饥饿的小脑袋，打饭阿姨们忙碌得像一个个不停歇的小陀螺。

钟清瑶和赵眠眠去得晚了些，食堂里人已经不多了，窗口前三三两两地排着几个人。

赵眠眠拉着钟清瑶到一个人少的窗口排队。刚过去，就听见一道酥人的撒娇声："宇炎，人家不要吃那个嘛，那个看起来好油腻啊……"

是萧娜和她的男朋友周宇炎。两人排在钟清瑶和赵眠眠前面，正在窗口打饭。

萧娜这个菜不要吃，那个菜不要吃，一会儿说太油腻，一会儿又说看起来很硬咬不动。到最后，打饭的阿姨等得不耐烦地说："来来来，后面的同学先来吧。"

萧娜一看到排在她身后的人是钟清瑶，立马就亲昵地贴到周宇炎身上，抱住了他的手臂。她"哼"了一声，又昂着下巴睨了钟清瑶一眼。

食堂阿姨招呼道："后面这位同学想吃什么？阿姨先给你打。"

这个点，菜剩得已经不多了，还好钟清瑶爱吃的脆皮鸡腿还剩了几个。

"阿姨，我要一个脆皮鸡腿。"

她刚说完，萧娜就急忙说："阿姨，我先到的，你先帮我打！我要那个脆皮鸡腿，剩下的几个我都要了！"

"阿姨，那帮我打个鱼排吧。"

"还有鱼排！那个鱼排我也都要了！"

"红烧小排。"

"红烧小排！剩下我都要了！"

"粉蒸肉。"

"粉蒸肉！我都要，我都要！"

…………

五分钟后，出餐台上已经放了五六个餐盘，而且垒得像小山一样高。萧娜却仍在点菜，食堂阿姨打断道："这位同学，你的饭卡余额不足了。"

萧娜这才停下，拿回饭卡。

钟清瑶挑眉看着她问："萧娜同学不再来点儿什么了？"

萧娜气道："宇炎，我们走！"

食堂餐桌上，萧娜和周宇炎面对面坐着，中间的几个餐盘几乎占满了整个桌子。食物垒得巨高无比，引来不少人的侧目。从他们旁边走过的人，一个个都憋着笑窃窃私语。

周宇炎脸色很难看地说："你到底想干什么啊？点这么多又吃不完，别人都把我们当傻子看，丢不丢人？"

"干吗？我花自己的钱，关他们什么事？我乐意！"

又一个男生从他们旁边捂着嘴偷偷笑着路过，还频频回头看他们。

周宇炎觉得窘迫极了，压低声音说："你不嫌丢人我还嫌呢！"

"周宇炎！你是觉得和我在一起让你很丢人吗？"

"现在来看，是的。"周宇炎把筷子往桌上重重一放，面无表情道，"你自己慢慢吃吧！"说完，丢下萧娜一个人走了。

萧娜刚想追上去，一抬头，看到钟清瑶和赵眠眠就坐在她的对面，一边悠闲地喝着汤，一边看向她这里。

萧娜又急又气，脸一阵黑一阵白，拿起筷子开始大口吃菜。

"刚才萧娜的样子真是太好笑了，尤其是她男朋友丢下她走掉的时候，她那个脸臭得呀，笑死我了。"赵眠眠踢着脚边的石子，回头笑嘻嘻地对钟清瑶说。

柏油路的两侧是高大繁茂的梧桐树，透过树叶间的缝隙，能看到今天的天空很蓝，蓝得纯净澄澈。路面上落满了梧桐叶，踩在上面簌簌作响。

钟清瑶在赵眠眠的后面慢悠悠地走着，边走边道："也不知道她是在跟我置气，还是跟自己置气，吃那么多，也不怕撑着了。"

"你请假的那几天，你都不知道萧娜有多得意，好像做出藏谱子这种事的人不是她一样。"赵眠眠忽然问，"对了，你请假那几天，你顾叔叔带你去骑马了？"

钟清瑶叹气道："没呢，他一直很忙，应该早就把这事给忘了。"

"你顾叔叔这么疼你，你跟他提的话，他肯定会带你去的。"

"算了吧，他都很久没回南湾了。"

"说不定今天就回去了。"

赵眠眠无意中提了那么一嘴，没想到还真被她说中了。

傍晚暮色四合，钟清瑶排练完回到南湾，就看到大门口停着一辆劳斯莱斯。小花园里，顾谨深和顾天成正坐在楠木椅上喝茶。

"清瑶回来了啊。"顾天成朝她招招手说，"过来坐，陪爷爷喝喝茶。"

楠木小桌上放着一套白瓷茶具，煮茶壶还冒着氤氲热气。她在一旁的楠木椅上坐下，顾谨深将一盏茶推到她的面前说："尝尝。"

钟清瑶抿了一小口，香醇甘甜，还有一股淡淡的草药香。

"好喝吗？"

她端着茶杯，一脸认真地点头。

顾谨深轻哂。

顾天成也被她逗笑了："倒是个会喝的，七年的白毫银针，上品。"

钟清瑶不懂茶，只听说过白毫银针是白茶中的珍品，年份越久越香，于是又喝了一口。她正小口呷着茶，就听见顾天成说道："明天周六，你顾叔叔说要带你出去玩。"

钟清瑶喝茶的动作一顿，抬起眼睛悄悄看向顾谨深，他正神情闲适地替顾天成的茶杯续上水。

"去哪儿呀？"

顾谨深说："杨伯伯的马场。"

钟清瑶惊喜地问："去骑马？"

顾谨深颔首道："嗯，之前答应陪你去的。"

顾天成见她难掩欣喜，笑着说："你这小丫头，是不是和谨深闹着要骑马？谨深刚结束手上的收购案，就抽出时间说要陪你去。"

钟清瑶小声道："我可没闹……是顾叔叔要带我去的。"

顾连铭不知从哪里冒了出来，激动地喊道："骑马？什么骑马？我也要去！"

顾天成叹气道："平时不见人，一说到好玩的准有你！"

顾连铭撒着娇，一点儿没不好意思地说："哎呀，爷爷，我期中考都考好了，还进步了那么多，是该放松一下了。"

于是，周六的骑马活动，变成了钟清瑶、顾谨深，还有顾连铭的三人行。

在淮城，能拥有私人马场的人不多，杨道军是其一。他的私人马场坐落在淮城郊区自然绿化带中，凭着马场广阔的占地面积和马种的优质程度，称得上是淮城的第一马场。

钟清瑶在更衣间更换马术服，顾谨深则换好了衣服在外面等她。

这是钟清瑶第一次穿马术服，腰带和马术靴又比较繁复，她在里面捣鼓了好一会儿才穿好。

"瑶瑶？"顾谨深见她进去很久没出来，敲了敲门。

"顾叔叔，我好了，我好了！"

钟清瑶随手拿了个马术头盔戴上，就急急忙忙开门出去了。

顾谨深淡淡瞥了一眼。小姑娘一身暖咖色的马术服，显得整个人十分英气。视线往上，一顶头围不知道比她大了多少的头盔，歪歪扭扭地套在她的头上。

"头盔尺寸选大了。"

她这才后知后觉地晃了晃脑袋。呃，好像确实大了不少。

顾谨深走进更衣间，扫过一排排列整齐的头盔，替她选了一顶合适的。

"换这个。"

钟清瑶接过戴上，又捣鼓了一阵。

"扣错了。"

顾谨深的手忽然伸过来，接过了她手里的两根系带。他离她极近，钟清瑶的鼻尖恰好在他的胸口，能看到他衣服上的褶皱柔软，随着他细微的动作晃动。木质香调逐渐包围了她，有那么一瞬间，钟清瑶似乎觉得微凉的指尖轻轻滑过她的脸颊。

四周忽然变得安静。心跳清晰，扑通，扑通。

时间仿佛被无限拉长了。似乎过去了很久，顾谨深的手才收回，低沉的声音落在钟清瑶耳畔。

"好了。"

"嗯。"钟清瑶低低应了一声，耳边有些微热。

"小舅舅，"顾连铭早已穿戴整齐，站在远处喊，"你们好了没有啊？"

"好了。"

顾谨深往顾连铭那边走，钟清瑶赶紧跟上去。

"顾叔叔，杨爷爷的马凶不凶啊？"

"不凶。"

"我看电视里很多马都有脾气，不是谁都能骑的，还有人从马上摔下来，有点儿可怕。"

"那还骑吗？"

"骑……"钟清瑶似乎不放心，又问，"如果我不小心从马上摔下来了，顾叔叔会在下面接住我吧？"

"……可能吧。"

顾谨深在马厩替她挑了一匹相对来说小巧的马。钟清瑶眼睛冒光，又是摸摸它的耳朵，又是摸摸它的尾巴。

顾连铭无师自通，前后不过一刻钟，他就已经骑着他的马慢悠悠地跑动了。钟清瑶有点儿羡慕他，自己只敢小心翼翼地拉着缰绳，慢悠悠地走着。顾谨深跟在她的旁边。

马儿走得很慢，钟清瑶在马背上也随之慢慢地一摇一晃，温柔的风吹在脸上。远远望去一片绿茵，天空中还飘着白云。她的眼睛弯成了一道月牙儿："顾叔叔，好好玩啊。"

马场分为两部分：一部分是相对来说难度较大的沙场，设有小型障碍物等；另一部分是平坦的草地场。

后来，顾连铭已经去沙场玩了，钟清瑶还只敢在草地场活动。有进步的是，她现在能拉着缰绳慢慢小跑起来了。

顾谨深真的很忙，刚才接到公司的电话，就下了马去一旁接听。

钟清瑶一个人在草地场骑马。

顾连铭骑着马从沙场过来，语气满是嘲讽地道："骑得这么慢，你也太胆小了吧！"

"要你管！"

"杨爷爷的马给你骑就是浪费。"

钟清瑶懒得理他："顾连铭，你能不能离我远点儿？"

顾连铭心情不错，也没跟她计较，挑眉问："要不要我教你？"

"用不着，顾叔叔会教我的。"

"小舅舅教你太慢了，我教你是速成的！"

钟清瑶好奇了，问道："怎么速成？"

"那就是——"没等钟清瑶反应过来，顾连铭就一脚踢在了她的马上。顿时，马儿一阵嘶鸣之后，急速奔跑起来。

"啊啊啊！"

顷刻间，风呼啸着，飞速从耳边掠过。钟清瑶吓得整个人往后仰，在马背上猛烈颠簸，仿佛下一秒人就要飞出去了，脸霎时白成了一张纸，拉紧缰绳不停地喊顾谨深。

"顾叔叔——"

这一刻，她彻底地感受了一次什么是"人在前面跑，魂在后面追"。马还在急速奔跑，剧烈的颠簸让她觉得胃里一阵翻江倒海，仿佛张开嘴下一秒就能"哇"地吐出来。

就在这时，身后传来一阵同样急促的马蹄声。未等反应，她的手就被一个大手掌包裹住，紧接着，拉着缰绳用力往后一拉，马在一声高昂的嘶鸣声后，停下了。

顾谨深翻身下马，向她伸出手说："瑶瑶，没事了。"

钟清瑶惊魂未定，脑中空白了好一会儿。她趔趄着下了马，脚刚踩在地上身子就一阵发软，好在顾谨深及时揽住了她。

"吓到了？"

钟清瑶吓出躯体的游魂似乎还没回笼，怔怔地没回话。

马蹄声渐近，顾连铭骑着马过来了。

她一瘪嘴，指着顾连铭张口就说："顾叔叔——是顾连铭，他欺负我！"

马背上的顾连铭一个激灵。

顾谨深一个眼神睨过去，冷冷地开口道："你过来。"

顾连铭战战兢兢地下了马，挪着步子走过去。

"说，怎么回事？"

顾连铭嘟囔道："我教她骑马呢……谁知道她胆子这么小。"

呵呵。钟清瑶酝酿了会儿情绪，再抬头时，委屈得像是一棵小白菜："顾叔叔，我的脚刚刚好像撞到马镫了，好疼啊……"

"钟清瑶！你也太能装了吧！"顾连铭气得忍不住提高音量，"你要是脚断了，那也是你活活作出来的！"

顾谨深脸一沉道："你说什么？"

"小舅舅！她就是装出来的！作成这样，脚断了也活该！"

顾谨深陡然厉声道："你再说一遍！"

声音又沉又冷，倏地提高的语调，让钟清瑶也忍不住抖了一下，吓得她没敢再说话。

处于风暴中心的顾连铭，浑身都瑟缩了一下，头顶拔凉拔凉的。方才的熊熊怒火被浇了个一干二净，他垂下头。

"对不起！清瑶姐姐，我错了。"

顾连铭偷偷瞄了一眼顾谨深，只见他脸色仍是沉着，忙不迭又说："我不该踢清瑶姐姐的马，我知道我错了，我再也不这样了……"

顾谨深终于收回视线，低头问钟清瑶："还有没有其他地方受伤？"

事已至此，钟清瑶怎么也不敢说自己是装的，于是继续扮演委屈的小白菜："没有了……就是脚还是很疼……"

她坐在草地上，假装揉着脚说："没事的，顾叔叔，我休息会儿就好了。"

顾谨深在她面前蹲下，挽起她的裤腿检查了一下。

"如果待会儿还是很疼，我带你去医院。"

她点头。

顾谨深站起身，看向顾连铭，声音恢复了严肃沉冷："你，过来。"

顾连铭一个激灵，埋着头跟在顾谨深的身后。末了，他回头看了一眼坐在地上的钟清瑶。

钟清瑶勾起嘴角，笑了一下，无声地说了两个字：保、重。

顾连铭不由得一哆嗦。

广袤的绿茵上，几匹马儿在悠闲地吃着草。钟清瑶略略抬眼，远处，顾谨深和顾连铭面对面站着。

顾谨深正说着什么，而顾连铭的头也随之越埋越低，显然在挨着狠训。

几片枯草叶被风卷了起来，打了几个旋之后，在她的脚边停住。钟清瑶微怔，幼年的记忆，也在这时飘得远了。

那时她刚到顾家不到半年，她知道顾连铭不喜欢自己，所以一直躲着他。可是她想避，顾连铭却不想，隔三岔五带着他的小伙伴欺负她。

有一次顾连铭一改常态，说要跟她和解。前提是，帮他找到他的皮球。

顾连铭把她带到别墅后面的储物间说："上次玩的时候，球不小心被踢到里面去了，我一个人找不到，你去帮我找。"

她看着黑漆漆的大房间，有点儿害怕。她站在门口，迟迟没有动。

"喂，你不想和解了啊？"

"想……想的，但是……好黑。"

"怕什么，阳光这么好，又不是看不见。"顾连铭推着她往里走，怂恿道，"我跟你一起找，两个人就不怕了。"

储物间很大，而且放满了杂物。她很想跟顾连铭和解，所以找得很认真，连桌子底下也钻进去看了。

"我怎么没看到呢，你的球是什么颜色的呀？"

"蓝色的，你再仔细找找。"

她刚费力地移开一个瓦楞纸箱，就听见耳边"砰"的一声！一瞬间，房间内的光线就消失得无影无踪，陷入一片黑暗。

储物间的门被关上了。

她急忙摸着黑跑到门边，拉了拉，锁住了，尝试着敲门喊顾连铭，没有回应。

周围静得可怕，只有她一个人的声音。

这间储物间位于别墅后面，堆的都是些杂物，因此平时根本不会有人过来。

她不停地拍打着门，可是始终没有人给她开门。直到手拍得疼了，嗓子也喊哑了，她才靠着墙慢慢坐下来，屈起双腿，把脸埋进臂弯里。

她想，等爷爷和顾叔叔回家了，就会来找自己的。

于是，她在黑暗中静静地等。

顾天成在发现她不见了之后急得不得了，顾连铭也因此被吓到了，却不敢告诉他们，钟清瑶被他关在了储物间。

南方的冬夜很冷，她的身体越缩越小，紧紧抱着自己。

很冷，很黑。

很饿，很害怕。

记忆的最后，是顾谨深推开了储物间的门，站在光的入口。她扑进他的怀里，咬着唇，不哭，也不说话。

"为什么会在这里？

"别怕。

"我会为你撑腰。"

那天，顾连铭挨了顾谨深的一顿狠训，直到深夜，顾连铭的哭声也没停下来。

从马场回来已时近傍晚，暮色四合，夜空中只有稀疏的一两点星。

因为白天的不愉快，顾连铭整个人都怏怏的，坐在前座副驾驶默不作声。钟清瑶和顾谨深坐在后座，也没有打破这份安静。

抵达南湾的时候，已经将近 7 点了。

顾连铭低垂着头，留下一句"要去复习功课"后，就急急忙忙跑进了别墅，飞速消失在顾谨深的视线里。

"顾叔叔今天留在南湾吗？"

"不了，明天早上还有个宣传会需要出席。"

钟清瑶稍稍失落，走到门口，又回头问："那顾叔叔什么时候再有空？"

顾谨深笑了声，问道："还想去骑马？"

其实她是想问他什么时候不忙了，能回南湾住，但显然顾谨深理解错了她的意思，以为她今天没玩够还想再去。

"尽量抽空再带你去玩。但是年底之前，应该会很忙。"

钟清瑶沉默了一会儿。十二月底她在淮城音乐厅有演出，而且是和著名小提琴家董思良同台演奏。她很希望顾谨深那天能来看她的演出。

"那十二月底呢，还会忙吗？"

"不一定。"顾谨深见她唇角向下抿着，又说，"再看吧，我尽量。"

"好的，那顾叔叔……我先进去了。"

钟清瑶上楼之后没有回卧室，而是去了琴房练琴。音乐会将近，她除了在学校的练习之外，回家之后还会练习几个小时。

音乐会上和董思良合奏的曲子是舒伯特的《小夜曲》，每一个音符中都流露出舒伯特对心爱之人的深情倾诉。

像是一封情书。

曲子在拉奏到第二段的时候，钟清瑶略略抬眼，透过落地窗能看到楼下庭院里，顾谨深还未离开。

浓重夜色里，他倚在车边，目光看向她这里。

她的心乱了一下。

南湾湖吹来温柔的夜风，暖黄色的路灯将顾谨深的影子拉得很长。

夜里风声静谧，只留琴声，像在诉说什么。

情书吗？现在的这封情书，是拉给顾叔叔听的。

随着最后一个音符落下，钟清瑶停下弓，将大提琴放在了一边。她走到窗口打开窗户，靠在窗户的边沿，对着车旁的男人笑弯了眼睛。

"顾叔叔，好听吗？"

"好听。"

"是不是好听到让顾叔叔不想回泊港公馆了？"

他温和一笑，应道："嗯。"

"那顾叔叔别回去了吧，陪我去吃夜宵，我饿了。"

"想吃什么？"

"三中附近的那条小尾街，有家面馆的面超级好吃，我都好久没去吃了。"

晚上 8 点，街边两侧的路灯亮了起来。小尾街的夜市开始变得热闹，约上三五好友围坐在小桌前吃个烧烤喝个啤酒，话匣子就这么打开了。

这家小面馆钟清瑶高中的时候经常去吃，这几年来老板的生意也是越做越好。这会儿去，小小的店面已经爆满了，好不容易才找到空桌坐下。

小店里人声嘈杂，四方桌之间窄窄的过道时不时有人走过。

顾谨深看了一眼略显年代感的桌椅和油光发亮的桌面，站着没动。

钟清瑶察觉到他的迟疑，慢慢从旁边探出头，小心翼翼地问："要不……我们换个地方吃？"

"不用。"顾谨深拉开凳子坐下。

钟清瑶脱了外套放在凳子上，又问："顾叔叔，想吃什么面？这里要去前面点单的，我过去帮你一起点了。"

她指了指围了不少人的点单台。

"牛肉面。"

"好嘞。"一转眼，小姑娘已经扎进了人堆。

顾谨深的目光越过层层人群，追随着她的身影。点单台人很多，有几个男人挤在她的身后，像是贴在她的后背。他不自觉蹙起眉，站起身，朝那边走去。

这时钟清瑶刚点好餐，一转身就看到顾谨深皱着眉走过来。

"顾叔叔，怎么啦？"

顾谨深恢复如常，清冷地应道："没什么。"

"那我们走吧。"

出餐的速度很快，没过几分钟，出餐台就在叫号了。

"63 号——"

钟清瑶看了一眼手里的号码牌说："我去拿。"

她刚想起身，手里的号码牌就被一双修长的手抽走了。

"我去，你坐着。"

她眨眨眼，看着顾谨深款步走入乌泱泱的人群。

面馆里小桌之间隔得很近，钟清瑶刷着手机，隔壁桌的几个人正喝着酒聊天。

"哎，你和之前相亲的那个男的怎么样了啊？"

"别提了，没处几天就分手了。"

"啊？为什么啊？"

"他那方面不行！"

"他看起来挺健壮的呀，怎么，那方面没能让你满意？"

"和健不健壮无关，他是性冷淡！之前相亲的时候他就说他没谈过恋爱，都三十岁了！我早该想到的，三十岁了没谈过恋爱根本就不正常！"

"啊……那……那……"

"我算是看透了！这男人要是到了三十岁还不想找女人，十有八九都是性冷淡！"

女人稍稍尖锐的声音让钟清瑶一怔。

"性冷淡"这个词像是粘在她的耳边，一遍遍地循环播放。说起来，顾叔叔今年也三十了……钟清瑶抬眸看向顾谨深的背影，眼里多了些奇怪的意味。

难道……不会吧？

在她出神之际，顾谨深已经端着托盘走至眼前，他将面放在她面前，又给她递了双筷子，看到她一脸发愣的模样，问道："想什么想得这么入神？"

"没……"钟清瑶有些心虚地接过筷子，埋头开始吃面。

牛肉面上浮着一层辣椒油，还撒着葱花，香气扑鼻。心不在焉地吃了会儿，她终于抬头问："顾叔叔……你在美国那几年……谈过恋爱吗？"

"没有。"

"那你想谈吗？"

顾谨深没接话，眼睛眯了眯。

钟清瑶噤声，是她问得逾矩了。她居然八卦顾叔叔的感情经历，不过不用问，她也知道答案。

吃了一会儿，钟清瑶辣得脸蛋红扑扑的，鼻尖也冒出了细细的汗。

顾谨深抽了几张纸巾递给她说："慢点儿吃，我去给你倒杯温水。"

钟清瑶点头，她早就想喝点儿水解解辣。可望着顾谨深清冷禁欲的背影，脑海里"性冷淡"三个字又蹦了出来。顾叔叔还这么年轻……

她惋惜了片刻，默默拿出手机，打开浏览器搜索了什么。

"瑶瑶，水。"

顾谨深忽然回来，吓了钟清瑶一跳，她手忙脚乱地把手机"啪"地扣在了桌子上，随即心虚地拿起水杯喝水。

喝了会儿水，钟清瑶注意到顾谨深的那碗面几乎没动。

"顾叔叔，你怎么不吃？"

顾谨深轻描淡写地答道："太辣。"

钟清瑶有些不好意思，她忘记顾谨深不能吃辣了。

"我让老板重新做一碗。"

"不用，我不饿。"

"不不不，我去给你再点一碗。"说完，她就跑到点单台去点单。

这时，有人从桌旁经过，不小心撞到桌子，桌上钟清瑶的手机掉在了地上。

"不好意思啊。"

"没事。"顾谨深捡起地上的手机。

手机的屏幕还是亮着的，没锁。他淡淡瞥了一眼，手机界面停留在搜索栏，几条搜索记录分外明显。

"性冷淡有什么表现？"

"三十岁的男人性冷淡怎么办？"

"发现身边的人性冷淡，怎么委婉提醒他去看医生？"

顾谨深：？

时间飞逝，转眼间已经到了12月末，跨年音乐会近在眼前。这段日子以来，钟清瑶除了排练还是排练，不仅有乐团里的排练，还有和董思良的二重奏排练。

董思良平时性格很温和，但是一到演奏的时候，就会变得十分严肃苛刻。哪怕只有一个音钟清瑶没有弹出他想要的感觉，他也会严厉指出，并且让她反复练习，直到弹出他要的效果。好在经过多次磨合之后，大、小提琴二重奏已配合完美。

这次的跨年音乐会举办得很盛大，还会有电视台进行转播。音乐会的入场门票在开售之后就被抢购一空。钟清瑶作为乐团内部成员，留了两张：一张是给顾天成的，另一张是给顾谨深的。

至于顾连铭，不用说都知道，他对此毫无兴趣。

可是，在演出前三天，顾天成临时有事去了江城，赶不及在演出的时候回来了。

顾天成安慰她说，虽然不能在现场看，但是会准时看电视台的转播，不会错过她的演出。

钟清瑶虽然有点儿失落，但还是点头说"好"。

顾谨深在上次马场之后就没再回过南湾，顾天成也去了江城，南湾别墅就剩下她和顾连铭两个人。

今天是周二，钟清瑶下午没有课。

她站在路口，却不太想回家。她背着双肩包，里面放着给顾谨深的音乐会门票。

她在路口站了好一会儿，没有让司机过来接自己，而是打了辆车，去了盛瑞总部大楼。

淮城金融中心高楼林立，写字楼一座挨着一座。盛瑞总部大楼在其中格外显眼，钟清瑶站在底下抬头望，大厦高耸入云，阳光晃得刺眼，让她有点儿晕乎乎的。

小的时候她爱黏着顾谨深，经常跟着他来盛瑞总部玩。后来顾谨深出了国，再加上她也长大了，就很少过来了。

一楼大堂宽阔奢华，大理石地面锃光瓦亮，再往里就是一排闸机，需要刷卡进入。

钟清瑶走到大堂的前台说明来意。

前台是一个才来了一年的员工，没见过钟清瑶，上下打量了她一圈。

"不好意思，我们这里不能参观的。

"如果你没有合格的参访文件，我这边是不能让你进去的。

"不管你叔叔是谁，都是不行的呢。

说完，她没再看钟清瑶一眼，转而坐下开始"啪啪"打字。

钟清瑶叹了口气，准备打电话给顾谨深。

"钟小姐——

来人是顾谨深身边的助理方韦。方韦年纪比顾谨深稍长几岁，从钟清瑶小的时候，就跟着顾谨深做事了。

"方叔叔。

说话间，方韦已走至她跟前，问道："来找顾总？"

"嗯……"钟清瑶紧了紧书包肩带说，"我有东西要给顾叔叔。

前台的女员工看到方韦候地站起来，恭恭敬敬地问好。

方韦看了一眼女前台，又看了一眼钟清瑶，大概猜到了事情的经过。

"我带你上去找顾总吧。

"好。

总裁办在第68层，电梯门一开，钟清瑶就被里面忙碌的工作氛围感染了。总裁办外坐着一排分工不同的总裁助理和秘书，男士西装革履，女士身着职业一步裙，都在各自的工位上井然有序地忙碌着。

方韦伸手做指引状："顾总现在在会议室开会，钟小姐，您先在办公室等一下。"

钟清瑶走进去，又问："那顾叔叔大概什么时候开完会啊？"

"这个说不准。"

"好吧，那我在这儿等等他。"

方韦点头示意后，轻轻关上了门。

钟清瑶环顾了一圈顾谨深的办公室，很大，很简约，还有占了一整面墙的全景落地窗。另一侧有几组沙发，她坐在沙发上等顾谨深。

办公室里很安静，因为楼层较高，连窗外马路上汽车的鸣笛声都听不见。

这几天因为音乐会的事情，钟清瑶没有睡过几次好觉，此时阳光暖暖地照在她身上，靠着柔软的沙发，眼皮不自觉地开始打架。她随手抓了一个抱枕垫在头下，身子一歪就睡着了。

这一觉钟清瑶睡得很舒服。本来就想小小眯一会儿，结果就睡熟了。直到办公室门被打开，三三两两的脚步声响起，她仍抱着枕头睡得香甜。后来，她是被一道严厉的呵斥声惊醒的。声音低沉，声调不高，却很有震慑力。

"这就是你给我的方案！"

然后就是文件被重重地拍在办公桌上，"啪"的一声！

钟清瑶在梦里吓得哆嗦了一下，猛地睁开了眼睛。

"相关数据统计清楚，还有市场占有率重新去考证，明天 9 点例会之前，我要看到你修正后的方案！刘经理，我希望你认真对待这个位置，否则我会考虑是否换人。"

刘经理哆哆嗦嗦地把桌面上的一沓文件收好，额头冒出了一层薄汗。

钟清瑶蒙了。

顾叔叔回来了？

刚才的声音……是顾叔叔的吗？

这么凶？

她两只手扒着沙发，小心翼翼地从沙发靠背后面探出半个脑袋来。

刘经理率先注意到了她。

顾总的办公室突然多出来一个女人，刘经理脸上先是震惊，然后又归于平静，假装什么也没看到。

顾谨深察觉到他异样的目光，也往沙发这儿瞥了眼。他稍稍一怔，问道："瑶瑶？"

钟清瑶有些尴尬地扯了扯嘴角喊道："顾叔叔……"

顾谨深抬了抬手，示意刘经理："你先出去吧。"

刘经理如释重负，抱着文件就溜了。

在钟清瑶的印象中，顾谨深一直都是波澜不惊，而且很温和的。从小到大，都没有对她说过一句重话。她不知道，原来顾谨深在工作的时候这么严苛，甚至有点儿不近人情。

"瑶瑶怎么来了？"

钟清瑶把书包抱在怀里说："今天下午没课，我就过来找顾叔叔了。"

顾谨深拿了把椅子放在旁边，又在办公桌上给她腾出了一小块地方。

"到这儿来坐。"

她抱着书包过去，看着专门给自己腾出来的小块面积，心头微动。

她和顾谨深并肩坐着，顾谨深一边处理工作，一边不时和她聊几句。问她今天上了什么课，中午吃了什么，等等。

钟清瑶知道顾谨深很忙，后来也就不跟他说话了，拿了本书坐在他旁边看，安安静静的，也不发出声音。

顾谨深见她没想说话，也就投入了工作当中。

办公室内很安静，只有指尖敲打键盘的声音，还有翻动书页时细微的声音。

阳光渐渐西移，时间悄然流逝，耳边的键盘敲击声在不知不觉中停了。

钟清瑶侧头看过去。

顾谨深嘴角有浅浅的笑意："好看吗？"

她一愣，看了眼手里的书——《金融数据分析导论：基于 R 语言》。

"……"

书是她从书架上随手拿的，看了那么久，其实她一个字也没看进去。

她轻咳了声："还……还行。"

顾谨深合上电脑问："饿了吗，要不要吃点儿什么？"

"不用了。"她又紧了紧手里的书包。

从她过来开始，顾谨深就注意到她一直抱着书包，很宝贝的样子。

"书包里藏了什么？"

钟清瑶正犹豫着怎么开口，没想到顾谨深会主动提起。她这才一边拉开拉链，一边说："对了，我有东西要给你。"

"咚咚！"办公室的门敲了两下。

"进来。"

方韦拿着文件进来："顾总，这份贷款的核准文件上需要您签下字。"

顾谨深翻了翻，签下名字。

方韦又说："还有，《财经周刊》的访谈定在周五下午 2 点，访谈结束后正好能赶在 4 点前出席行业研讨会，时间上您看方便吗？"

"嗯，定下吧。"

方韦拿了文件出去了。

而钟清瑶伸进书包里的手，却停住了。

周五下午 2 点，正好是音乐会的开场时间。可是顾叔叔 2 点有财经媒体的访谈，访谈结束后还要赶往出席研讨会。

顾谨深看向她问："你刚才说要给我什么东西？"

钟清瑶不想因为自己影响到顾谨深的工作，于是在书包里随手抓了个东西拿出来。

一小瓶风油精。

顾谨深："……"

钟清瑶："……"

他拿在手里看了一眼问："为什么给我这个？"

钟清瑶定了定神，面色自若地开始胡诌道："我看顾叔叔工作太忙，可能有时候会觉得头昏脑涨，只要涂一点点风油精，就能立马缓解头痛的。

"我有时候练琴练久了头疼就会涂，很有效的。

"一滴提神醒脑，两滴年轻时髦，三滴永不显老。"

顾谨深嘴角隐有笑意。

"好，下次试试。"

跨年音乐会如期而至。

乐团一早就抵达了音乐厅，做最后的彩排工作。这场音乐会将由电视台进行实时转播，等于是面对全国的观众演出。

不少人都有些紧张，尤其是排演的时候，有人还因为紧张而弹错音。温浚作为团长急得不得了，他一遍遍地叮嘱成员们要放轻松，等以后登上更大的舞台，观众会比现在多好几倍。好在后来排演步入正轨，所有人都出色地完成了演奏。

排演结束后，乐团成员们就开始马不停蹄地换好演出服，去化妆间化妆。在更衣室，钟清瑶看着柜子里没有送出去的音乐会门票，心里有些难过。今天是对她来说很重要的日子，可是爷爷和顾叔叔都不能来。

"清瑶，发什么呆呢？"赵眠眠拍了一下她的肩膀，问道。

钟清瑶关上柜门说："没什么。"

"你待会儿可是要和董大师合奏的，你得打起十二分精神来。"

"嗯，我就是有点儿紧张。"她敛起神色说，"走吧，我们去化妆吧。"

两人走后，萧娜重重地关上柜门。

"嘚瑟什么啊，不就是个二重奏，又不是她的独奏会，还真把自己当主角了。"

"你少说几句。"萧娜的朋友压低声音，又指了指姜好瑜说，"首席还在呢，万一被她听到了，又要说你们团员之间不齐心了。"

"我就要说！谁要跟钟清瑶齐心啊！"

那人叹了口气，也走了。

成员们陆陆续续从更衣室离开，只剩下姜好瑜还在换衣服。

"娜娜，可以帮我拉下后背的拉链吗？谢谢啊。"

"好的。"萧娜忙过去帮她拉拉链。

姜好瑜说："希望今天我们的演出能顺顺利利的，离演出时间越近，我就越紧张，生怕出什么事。"

萧娜说："能出什么事啊，排练了这么久，大家都练得差不多了。"

"就怕有意外呀，之前我有个朋友乐团里演出的时候，就有个成员在演出前不小心把琴摔坏了，只能用备用琴。

"你也是知道的，每把琴都有细微的差别，她根本没有时间熟悉新的琴就上场了，结果演奏得一塌糊涂。

"哎呀——"

萧娜拉拉链的时候，不小心夹到了姜好瑜的皮肤。她连忙道歉："对不起啊……"

"没事。"姜妤瑜笑了笑说，"那我去化妆了，娜娜，你也赶紧过来吧。"

萧娜点了点头，出神地走出更衣室，脚步却不由自主地走向了候场室。那里放着所有成员的乐器，包括钟清瑶的大提琴。

此时所有人都在化妆室化妆，候场室空无一人。萧娜浑浑噩噩地走过去，在一排大提琴中找到了钟清瑶的琴。

她心里燃起了一团火。

凭什么钟清瑶能得到和董大师合奏的机会？凭什么老师同学都喜欢她？凭什么她总是一副高高在上的样子？她是站在镁光灯下的白天鹅，而自己只能站在她的阴影下！只要有钟清瑶在，镁光灯永远照不到自己。

想到这里，萧娜愤然拿起钟清瑶的琴就想摔下去。

抬起的一瞬间，她忽然停住了。

自己这是在干什么……

她将来是要成为优秀的大提琴家的人，怎么可以做出摔别人琴的事……

萧娜又触电般把琴放了回去，神色匆匆地打算离开这里。

抬眼的一瞬间，她愣住了——

门口站着的不是别人，正是钟清瑶。此时她正抱着双臂看着自己。

萧娜慌了神，嘴角扯出一抹不自然的笑，问道："你……你化好妆了啊？"

钟清瑶觑她一眼，又扫过自己的琴问："萧娜同学不去化妆，在这里做什么？"

"没……没什么！我东西忘在这里了，回来拿一下。"她急匆匆往外走，边走边说，"我去化妆了，要来不及了。"

演出正式开始，音乐厅内灯光渐暗，舞台幕布缓缓拉开。台下观众屏气凝神，静静等待音乐会的开场。

随着耀眼的灯光骤然亮起，台上所有演奏者皆被照亮，出现在观众的视线中。

钟清瑶坐在指挥的左侧，她粗粗往台下瞥了一眼，黑压压的一片。

随着指挥举起指挥棒，所有的乐器开始响起来。

一曲毕后，台下爆发出热烈的掌声。

鞠躬，退场。

几个节目过后，就是董思良和钟清瑶的二重奏——舒伯特的《小夜曲》。

舞台亮起，聚光灯下，钟清瑶一身黑色长裙，更显皮肤白皙。黑色的长发披在身后，温婉娴静。

小提琴乐声响起，大提琴深沉如海的声音适时加入，配合默契，震撼全场。

台下暗处的一个角落，顾谨深静静坐着，目光深沉地注视着台上的女孩，她的每一个细微的摆动都被他收于眼底。

他早就来了，只是她没有注意到他。他的手臂随意搭着靠背，西装的银白袖扣上，浮光盈盈闪动。

今晚，他的小天鹅很美。

演出很成功，谢幕仪式过后，音乐厅的观众们也都陆陆续续地离场了。

下台之后，钟清瑶去了趟洗手间。

感觉来得太突然，于是她就近去了演奏厅内场的厕所。几分钟后，钟清瑶站起身，脖颈微痒，她摸了下，才发现裙子后颈处脱线了，垂下一根线条。她随手那么一扯——

随着一阵"刺啦"声，她的后背倏地一凉，裙子竟然一直从后颈裂开到了尾巴骨，整个后背都暴露在了外面。

钟清瑶蒙了。

这裙子是什么破质量！她只是扯了一根线条，怎么整条裙子都裂开了啊！

这里离内场演奏大厅很近，她现在这个样子是怎么也不能出去的。她赶紧给赵眠眠发消息让她来救自己，然而却摸了个空。

她这才反应过来，自己压根儿就没带手机！

现在只能等有人进来，再向她们求助了。

时间一分一秒地过去，钟清瑶蹲得脚都有点儿麻了，但就是一个人也没有。

过了很久，门外忽然响起一道低沉的男声："瑶瑶，还好吗？"

钟清瑶脑海中空白了三秒钟。

顾叔叔？他怎么会在这里？这个时候，他不是应该在公司接受财经媒体的访谈吗？

隔间的门又被敲了两下："瑶瑶？"

钟清瑶慢慢地拉开一小条门缝，露出一个尴尬的笑容："顾叔叔，好巧啊，你也来上女厕所啊……"

"……"

顾谨深一如既往地沉静，只是眉心微蹙："没事吧？"

他一早就在人群中看到小姑娘拎着裙摆冲进了厕所，但是过了很久都没有出来，生怕她出了什么事。

"没事……"钟清瑶扭扭捏捏小声道，"就是……就是裙子裂开了。顾叔叔，你能帮我跟赵眠眠说一下，让她给我送件衣服过来吗？"

话音刚落，还没等顾谨深回答，洗手间外就传来脚步声，然后是女人交谈说笑的声音。

"完了！有人进来了！"钟清瑶一阵手忙脚乱，可顾谨深这么一大活人，也不知道能把他藏到哪里去。

外面的脚步声越来越近。

"顾叔叔，快进来——"

她把顾谨深往隔间里一拉，然后"砰"地关上了门。

顾谨深："瑶瑶，你……"

"嘘！"她像是在执行什么特工任务，满脸紧张，又无声地朝他比口型：别说话。

顾谨深轻笑了下，噤声。他静默地看着她鬼鬼祟祟地扒在门缝边，窥探着外面的情况。视线往下，发现她裙子背部开裂了，露出一片光洁的背，背上的蝴蝶骨精致白皙。一时间，竟觉得有些挪不开眼。

他解开衣扣，脱下西装外套，披在了她的身上。

钟清瑶微怔，嘴唇轻轻翕动，无声地说了句谢谢。

门外嬉笑交谈声还在继续，门内却出奇地安静。隔间狭窄逼仄，她和顾谨深离得很近很近，微微一偏头，就能靠在他的胸口上。

钟清瑶拢了拢披在身上的西装，耳后根开始莫名泛红。他的衣服上有很淡的木质香，清冽干净，带着几分白兰地的迷醉。

不知道过了多久，外面的交谈声才渐渐淡去。可能只有短短三分钟，但钟清瑶却觉得漫长得像过了一个世纪。

"没人了。"耳边声音响起，压得很低，似有浅淡气息轻轻扫过她的耳廓。

"哦、哦。"她急忙打开隔间的门，拉着顾谨深逃离了女厕所。

进入内场演奏厅后，环境变得嘈杂起来。顾谨深的西装很大很长，能将她的后背遮得严严实实的。

两人并肩走着。

"顾叔叔，你今天不是有媒体的访谈吗？"

"推迟了。"

推迟了？顾叔叔该不会是为了来看我的演出特意推迟的吧？思前想后，又觉得这么问未免也太过自恋了。

对了，她都没有跟顾叔叔说今天演出的事，他是怎么知道的？

她问："顾叔叔怎么知道我今天有演出的？"

"有电视台报道。"

钟清瑶默然。

这次音乐会有电视台的转播，在开演前就有电视台帮助宣传。她这次有幸能和董思良合奏，在节目单上也留下了她的大名。

只是她没有想到的是，顾谨深居然也会关注这些。

散场的时候，有工作人员在场内分发音乐会的纪念章，纪念章上还带有赞助商的品牌标志，算是一种宣传手段。

钟清瑶接过纪念章，在衣服上比了比，还挺好看的。

"为什么演出不告诉我？"顾谨深突然问。

钟清瑶一顿，边递给他一个纪念章，边说："不想耽误顾叔叔的工作。

"而且我总共也就三首曲子，顾叔叔不来也没关系。"

他声音淡淡地问："没关系吗？你小时候可是会因此失落很久，两天不理顾叔叔。"

钟清瑶忽然止步。

她从小开始学大提琴，因为表现优秀，经常会参加各种大大小小的比赛，每年学校里的文艺会演都少不了她。那时候顾天成管理公司很忙，都是顾谨深出席。

有一次顾谨深因为公司突然有事没能出席她的演出，她失落极了，伤心得肉大都没理他。但毕竟小孩子忘性大，她也不是真的不想理，憋了两天就憋不住了，转眼又屁颠屁颠地黏在他身后，像是一条小尾巴。

不过自此之后，顾谨深再也没缺席过她的演出。

思绪回笼，钟清瑶咳了一声说："那都是小时候的事了，我现在可不这样。"

顾谨深轻哂，倒也没再说什么。

演出结束后，乐团里有个庆功宴。

顾谨深离开音乐厅后，就赶往出席行业研讨会，钟清瑶则跟着大部队去了庆功宴。

晚上的俱乐部很热闹。

"干杯——"众人举杯高呼，酒杯与酒杯碰撞之后，又溅出不少啤酒来。

今天的演出很成功，大伙儿都情绪高涨。钟清瑶本不怎么喝酒，这会儿也兴致盎然地跟着大家畅饮，手里满满一杯冰啤一饮而尽。

这次的音乐会上，除了几个有独奏节目的首席之外，最受瞩目的当数钟清瑶了。借董大师的光，有媒体更是直言她是古典乐新星。在报道董思良的同时，连带着她也被猛夸一通。

不少人端着酒杯祝贺她。

钟清瑶也没拒绝，一杯接着一杯下肚，头就有点儿晕晕的。后来气氛逐渐达到高潮，她也喝嗨了。

散场的时候，她已经趴在赵眠眠的肩膀上醉得不省人事。赵眠眠不放心，拿钟清瑶的手机给顾谨深打了电话。

夜色已深，俱乐部里灯火未歇。赵眠眠抱着钟清瑶等顾谨深过来的那会儿，就有好几个人过来搭讪，她都一一打发了。

虽说这里是正经俱乐部，每层都有保安。但总归是两个女孩子，深夜在外遇到满身酒气的男人搭讪，还是有些害怕的。

而赵眠眠担心的这些，钟清瑶丝毫不知，抱着她的脖子蹭啊蹭的。

"眠眠……我跟你说，呃……董大师的胡子好多啊，还带小卷……"

赵眠眠推开她的脑袋说："别发酒疯了，你顾叔叔马上来接你了。"

等了大概半个小时，顾谨深就赶到了俱乐部。

赵眠眠远远地就看到了一身笔挺西装的男人，朝他们这里走过来。

她终于如释重负地叹了口气，紧接着疯狂摇晃着钟清瑶的脑袋说："醒醒，醒醒！你看那边，你顾叔叔来接你了！"

钟清瑶依旧蒙蒙的，云里雾里地看过去。在看到顾谨深之后，眼里的光芒亮了亮，脸上霎时绽开了一个大大的笑容。下一秒，她已经趔趔趄趄地向顾谨深跑过去，扑了个满怀。

顾谨深低眸，看了眼一头扎进自己怀里的小东西，一皱眉。

喝成这样？

赵眠眠讪讪道："那顾叔叔，清瑶就交给你啦。"

顾谨深点头示意："多谢！"

"不用谢，不用谢！"赵眠眠连连摆手，又忍不住偷瞄。心想着，怪不得清瑶这么喜欢她的顾叔叔，长得是真帅啊。

"顾叔叔……"怀里的人声音低低地叫他。他低头，静静听了半晌，也没见她有下文，无奈地揉了揉她的头说："我送你回家。"

怀里的小脑袋摇成了小拨浪鼓。

"我不要回去——

"我才不要看到顾连铭，我说了我要吃那个鸡蛋的，可是顾连铭他吃了两个……他还把球鞋放在我鞋子上，还有，那双鞋看起来好丑……"

钟清瑶埋在他怀里，乱七八糟地说了很多。

顾谨深只听懂了一半。

说到最后，声音越来越小，靠着他就睡着了。睡着前的最后一句话，他听清了。

她说："我要跟顾叔叔回家……"

深夜，淮城的高架桥上仍然车流拥堵。

钟清瑶在车上睡了一路，直到抵达泊港公馆还是没醒。

淮城早已在不知不觉中入了冬，只是今年冬天的第一场雪迟迟没有落下来。一下车，冷风呼呼地往脖子里钻。顾谨深脱下外套盖在她身上，然后连人带衣服将她抱起来。

坐电梯到32楼，进了屋打开暖气，将她轻轻放在床上。这是她之前的房间，她临走前整理好的衣服和日用品，都还整整齐齐地放在原来的地方。

顾谨深替她洗了脸，又准备去拉上窗帘。

"顾叔叔……"

他拉窗帘的手一顿，回头。

床上的小东西不知道什么时候睡醒了，正坐在床上睁着大眼睛看着他。

他走过去，下意识放低了声音问："怎么了？"

钟清瑶一脸认真，脸上还带着两团醉酒的酡红问："顾叔叔，你今天来看我演出了吗？"

"看了。"

"真的？"

"嗯。"

她似懂非懂地点点头，又倏地抬头问道："你真看了？"

顾谨深失笑道："看了。"他又替她将了将头发，轻声说："早点睡吧。"

"可是我睡不着，顾叔叔讲故事给我听吧。"

短暂的沉默后，顾谨深轻揉了下眉骨说："别闹，快睡吧。"他迈步准备离开，手臂却被抱住了。

"以前顾叔叔会讲故事给我听的，为什么现在不会了？"

"顾叔叔是不是没有以前那么喜欢瑶瑶了？"

"所以爱会消失，对不对？"

顾谨深眽着她，眉头不自觉跳了两下。

两人就这么对视了良久。末了，顾谨深一闭眼，轻轻叹了口气。

"想听什么故事？"

"都可以。"

房间的书桌旁有个小书柜，里面的书还是上次她住这里的时候留下来的。顾谨深随手拿了一本，是夏目漱石的《我是猫》。这是以一只猫的视角讲述的故事。

他拿着书坐在床边，翻开扉页。

钟清瑶像小鱼一样游过去，靠在他的胸口，静静地看他翻动书页。

房间内灯光柔和，顾谨深嗓音低沉，就像冬日山涧里流淌过的潺潺流水，不轻不重、不疾不徐地淌过她的心头。

故事大概讲了五分钟。钟清瑶突然出声问："顾叔叔，猫可以吃狗粮吗？"

顾谨深停顿了两秒钟说："可以吧。"

他继续讲述这个故事。

又过了三分钟。

"顾叔叔，猫吞了口香糖，肠子会不会打结啊？"

"……不会。"

"哦。"

故事继续。

又过了五分钟。

靠在胸口的小脑袋似乎安分了下来，没再问什么奇奇怪怪的问题。就在这时，故事第三次忽然被打断。

"顾叔叔，奥特曼到底有多高啊？"

顾谨深："……"

气氛陷入漫长又诡异的沉默。

钟清瑶等了许久，也没听到顾谨深的回答，她疑惑地从他怀里抬起头来，又问了一遍："奥特曼到底有多高？难道顾叔叔也不知道？"

顾谨深沉默了片刻。他是真不知道。眼前的小东西还满脸期待地看着他，等着他的答案，眼睛盛着满满的"求知欲"。

顾谨深拿起手机，打开浏览器，输入"奥特曼有多高"。

网页上跳出一条一条的搜索记录，顾谨深随手点进去一条，照着上面念。

"一般是 40—50 米高，最矮的 39 米，最高的有 600 米以上。"

钟清瑶有模有样地点头。

"有这么高吗……"

"嗯。"

夜色越来越深，今天是 12 月 31 日，跨年夜。

房间里顾谨深缓慢翻动着书页，时不时回答她一些奇奇怪怪的问题。

"科学家说，以前北极也有企鹅，只是后来灭绝了，北半球的食物也没有南半球的多，不利于企鹅生长……"

顾谨深正耐心解答着"北极为什么没有企鹅"的问题。说到一半，他低头看了一眼。女孩脸颊靠在他的胸口，长长的睫毛合着，呼吸均匀。

已经睡着了。

顾谨深合上书本。

时针已经悄然指向了 12 点，窗外的烟花在这时齐齐绽放，照亮了半边天。

这个跨年夜，心动的不只有粲然烟火。

钟清瑶醒来时，已经是第二天早上。遮光窗帘拉得严严实实的，房间内有些昏暗。宿醉让她有些头疼，抬手敲了敲脑袋，又揉了揉眼睛，视线开始逐渐变得清晰。入目的是一盏轻奢水晶吸顶灯，纯净通透。

她稍稍偏头，深灰色的窗帘紧闭着，将阳光遮挡在外。

这不是她在南湾的卧室。

意识逐渐回笼，她记得昨天演出结束后就去了庆功宴，庆功宴上她喝了好多酒，然后她看到了顾叔叔。

对，是顾叔叔带她回来的。

钟清瑶这才反应过来，这里不就是顾叔叔的泊港公馆吗？

脑海里忽然有一些画面闪过。

她叹气，一定是昨晚喝得太多了，所以才会做这么荒唐的梦。她居然梦到自己死皮赖脸地拉着顾谨深给她讲故事，而且他还真的耐心地给她讲了故事，讲的还是她很喜欢的《我是猫》。

可笑可笑，太可笑了。

钟清瑶掀开被子起床，目光瞥到床头柜上放着的一本书，封面上赫然写着：夏目漱石《我是猫》。

钟清瑶：？

三秒钟后。

这不是梦！她真的在喝醉酒后死皮赖脸地缠着顾叔叔讲故事了！

钟清瑶脸颊倏地涨红，一直红到了耳根。

盛瑞集团一直稳居国内第一金融集团的地位，这几年更是发展迅速，业务开拓不少，因此周末加班什么的，也成了常事。顾谨深作为集团总裁，加班更是不用说了。

钟清瑶这是第一次庆幸顾谨深工作忙，这样她就不用面对他了。

回想昨晚的所作所为，她尴尬到恨不得倒立头插马桶。

看了下时间，已经8点了，这个时候顾谨深应该已经出门了。钟清瑶蹑手蹑脚地摸到门边，打开了一条小缝。这个位置正好能看到厨房的西式中岛台。

岛台边，顾谨深一身黑色衬衫，显得整个人十分英挺。他今天没有打领带，最上方两颗扣子散开没系，不似平日里严肃，多了几分随意。衣袖挽起，正在岛台慢条斯理地料理早餐。

钟清瑶蒙了。今天顾叔叔居然没去公司？

在她愣怔之际，顾谨深稍稍抬眼，就看到门缝后面的那颗小脑袋。

"睡醒了？"

他的话音刚落，门就"砰"的一声关上了。

顾谨深："……"

钟清瑶靠在门后，脑子里像是积了一团糨糊，又塞进去好几只蜜蜂，乱成了一团，还"嗡嗡嗡"响个不停。

这时，门被敲了两下。

"瑶瑶，起床。起来吃早餐。"

她没应声，又靠在那儿好久，才云里雾里地洗漱了下。

嗯，只要我不觉得尴尬，尴尬的就是顾叔叔。

做足思想准备后，她才慢慢拉开门，走了出去。

餐厅大理石餐桌上已经放上了早餐，有玉米排骨粥、一屉蒸饺，还有一杯热牛奶。

顾谨深拉开椅子，在她对面坐下，开始慢条斯理地用餐，只字未提昨晚的事。

钟清瑶心不在焉地喝了一口粥，忘了吹，还烫到了舌头。

"在想什么？"顾谨深淡淡地问。

"没……没什么。"她慌张地拿起牛奶喝了一口，又被烫到。

"以后别喝那么多酒。"

"哦……"

她又问："顾叔叔今天不用去公司吗？"

"不用，元旦假期，休息一天。"

钟清瑶瞬间清醒。今天是元旦，新年第一天，昨天可是跨年夜啊！可是她却醉得谁是谁都不知道，连偶像的跨年晚会都没看。

她叹气道："早知道就不喝酒了，昨天江城卫视的跨年晚会邀请了陆菁大神，她几乎不接商演的，这是难得的一次，我还错过了。"

顾谨深抬眸问："陆菁？"

钟清瑶小鸡啄米般点头道："英国洛斯顿交响乐团曾经的大提琴首席，有名的大提琴家，我的偶像。"

顾谨深极轻地笑了一声说："你偶像挺多。"

"多吗？"她不追星，唯一的偶像就是陆菁了。

思索了片刻，她问道："我还有别的偶像吗？"

顾谨深嘴角难掩一抹笑意，道："奥特曼。"

"……"果然，躲得过初一，躲不过十五。该来的还是要来的。

钟清瑶咳嗽了两声，不动声色地转移话题："顾叔叔，昨天跨年夜有烟花吗？"

淮城是不让放烟花的，但是今年在市民中心广场有大型露天跨年晚会，晚会结束后有一个烟火表演，是通过相关部门审批的，因此特别难得。

而她昨晚醉得早，连个烟花影子都没看到。

顾谨深回答："有。"

钟清瑶失落地说："难得有烟火表演，我都没看到。"

"除夕夜还有一次。"

一听闻她立马精神了，眼睛亮了亮问："除夕夜还会有烟火表演吗？"

"嗯。"

"那除夕夜的时候，我一定不会错过了，我要和顾叔叔一起看烟花。"

顾谨深淡笑道："好。"

时间过得不紧不慢，转眼间已经到了一月中旬。今年过年早，一月底就是除夕夜了。

过了元旦之后，钟清瑶就开始忙于期末考核的演出，有时候看着琴谱一练就是一整天。不过，最后考核演出很顺利，她也迎来了寒假。

临近年关，年味也越来越重。商场里到处打折，推出了不少新年活动，路边的小灯柱也早早地挂上了红彤彤的小灯笼。

虽然她已经长大了，但是临到过年，还是会有抑制不住的小激动。今年除夕夜，她还要和顾叔叔一起看烟花表演呢。

但是意外总是来得猝不及防。

那天，南湾别墅来了一个陌生的女人。

她是和顾谨深一起回来的，一进门，就看到会客厅的沙发上坐着一个短发女人，眼尾的皱纹清晰可见。顾天成也坐在一旁的沙发上。

张美英一见到她就红了眼眶，一边哭，一边拉着她的手说："瑶瑶，瑶瑶都长这么大了……我是妈妈呀。"

钟清瑶脑海中乱成了一团，整个人都蒙蒙的，下意识就往顾谨深身后躲。

"您先冷静点。"顾谨深伸出手稍稍挡了挡，蹙眉问，"怎么回事？"

夜色昏沉，天边没有一颗星星，翻滚着团团云层，像是又要降温了。今晚没风，窗边的树叶静止不动。客厅内的水晶吊灯亮着，昏黄静谧。

气氛安静。

钟清瑶低垂着头坐在顾谨深的旁边，张美英声音哽咽着说了很多。她像是整个人浸在了水里，耳边的声音模糊成了一片。

很冷，她只想往顾谨深身边靠。

她也只听清楚了一个词——妈妈。

陌生的字眼。

从她有记忆开始，她的生活里就没有妈妈，爸爸告诉她，他们离婚了。离婚之后，张美英和钟家彻底断了联系，没人知道她去哪儿了。

"我是在电视上看到瑶瑶的，她在电视里拉那个大提琴。我当时看电视还想着，这个小丫头跟我长得还有几分像，后来我看到演出者名字的时候才知道，真的是我的瑶瑶，没想到都长这么大了……我走的时候，她才这么一丁点儿……

"我离开的那十几年里，也想回来看看瑶瑶。但是因为当时跟钟家闹得太僵，又没了联系方式，就一直没有过来。

"这次在电视上看到瑶瑶，我才下定决心过来看看她。可是我到了淮城之后，才知道孩子她爸早就去世了……

"我又打听了很久，才知道瑶瑶被接到这里来了。"

顾谨深问："那您现在的意思是？"

"我知道，我这十几年来亏欠了瑶瑶太多，我只想告诉瑶瑶，如果你愿意回来，家里永远有你的一个位置。"

顾谨深眉心微不可察地皱了皱。

顾天成说话了："不管是留在顾家，还是回云城，都让清瑶自己决定吧。"

张美英迟疑片刻，看向钟清瑶说："今年你愿意跟妈妈一起回家过年吗？过完年，你再决定是走还是留下，妈妈都会尊重你。"

钟清瑶愣住了，她一言未发，只是手指始终紧紧地攥着衣摆，指骨因为用力而隐隐泛白。

顾天成说："这样也好。让清瑶也感受一下云城那边的家庭，再做选择。"

钟清瑶始终没吭声。她不知道这场谈话是在什么时候结束的。

她躺在床上，头顶的灯光晃得刺眼。此刻她只觉得身心疲惫，身体像被绑上了厚重的铅块，让她动弹不得，甚至连哭都觉得费力极了。

夜已深，偌大的会客厅内只剩下顾谨深和顾天成两个人。

顾天成深叹了一口气，起身，准备回房间。

"爸。"

顾天成脚步顿住。

身后是顾谨深的声音，很轻，微哑。

"别把瑶瑶送走。"

顾天成在须臾的停顿之后，开口道："没想把她送走，让她自己选吧。"

钟清瑶和张美英是在次日 8 点离开的。从淮城到云城大概两个多小时的车程，不算太远。顾天成本想让司机送她们回去，但是张美英拒绝了，只说坐高铁就好。

云城是一个四线城市，不似淮城的忙碌和快节奏，是一座生活气息特别浓的小城市，以发展旅游业为主。尤其是坐落于云山上的总高 33 米的观音像，更是成了大多数人的打卡地点。

张美英的家，就在云山附近的商品房。

钟清瑶跟着张美英到家之后，才知道张美英在云城早已有了新的家庭，还有一个正在读初三的女儿。不过，这也是意料之中的事，她并不意外。

晚上，张美英在小饭店里包了一桌，来了不少七大姑八大姨。席间的话题，也都是围绕着钟清瑶。

中年妇女的嗓音很尖，音调稍稍往上提一点儿，声音就很刺耳。

"哎呀，都说淮城的人都很有钱。我还听说啊，淮城人是看不起我们这些外地人的，瑶瑶这小丫头在淮城住了这么长时间，是不是也变成淮城人了呀，看不起我们这里的小亲戚了呀？"

女人是边笑边说的，话里也是一半玩笑，一半调侃。

钟清瑶没当真，但听着还是很不舒服。

张美英打圆场道："瑶瑶刚来，你别拿她打趣了，别吓着她！"

钟清瑶一直埋头吃着碗里的菜，也没说话。

中年女人笑了笑，接着说："瑶瑶怎么光顾着自己吃啊，这么久不见你妈妈，也不给你妈妈夹个菜？"

饭桌上的其他人，也附和了几句。

钟清瑶顿了顿，往张美英碗里夹了一块辣子鸡。

张美英的女儿李欣欣忽然大声说："我妈妈有肠胃炎，不能吃辣的！"

钟清瑶愣住了，说得很小声："对不起！我不知道……"她又夹了一片山药。

李欣欣又说："我妈妈最不喜欢吃的就是山药了！"

夹着山药的筷子停住了。

张美英说："没事没事，山药好，妈妈爱吃。"

中年女人也笑了："一家人终于团团圆圆了，真好，真好啊！"

席间的谈话还在继续，钟清瑶低垂着眼眸，仿若游离在外。

一家人吗？不，她不是。她不知道张美英有肠胃炎不能吃辣，也不知道她最不喜欢吃的就是山药。她叫不出这些亲戚的称谓，更不知道在这个家里，她该以何种身份自处。

第四章

回淮城

　　云城的风很冷，云层很低，像是有一场雨将落未落。钟清瑶趴在窗口，望着不远处道路上被风卷起的枯叶出神。夜很黑，云很厚，看不到一丁点儿星光。

　　她忽然想到顾叔叔。这么晚了，他应该已经睡了，但是不知道为什么，她现在就是很想跟他说点什么。

　　她编辑了几个字："顾叔叔，云城好冷啊。可能要下雨了。"

　　她没想着顾谨深会回复，发完消息后，就放下了手机，看着在风中摇晃的几株小菖蒲。

　　手机振了一下，是顾谨深的消息。

　　顾谨深："还不睡？"

　　钟清瑶："睡不着。"

　　顾谨深："在想什么？"

　　钟清瑶稍顿，眼尾慢慢地垂下来，沉默。

　　"我在想，这个除夕夜不能和顾叔叔一起看烟花了。"

　　凌晨1点，四周静寂，夜风将歇未歇。

　　昨天夜里还是落了雨，直到第二天也没停，一连细细密密地下了好几天，眼看没几天就要过年了，还是没有停的趋势。雨滴落在窗户玻璃上，发出细微的声响。

云城的气温也因这场雨而骤降，温度跌到了零摄氏度以下。南方的天又湿又冷，这会儿行人都裹上了羽绒服，打着伞步履匆匆的。

张美英夫妻俩经营着一家晚间大排档，做些烧烤生意，下午5点半过后就要开始营业了。早早地吃过晚饭后，两人就出门了，留下钟清瑶和李欣欣两个人。

李欣欣几乎不和她说话，钟清瑶在家无事可做，也不好意思一直闲着，就把碗洗了，还把厨房打扫了一遍。

发了会儿呆，她决定出门走走。

屋外雨丝疏斜，细细密密地下着。钟清瑶撑着伞，漫无目的地走着。

有两个年轻人来问路，像是情侣。

"你好，请问一下，我们是过来旅游的，我们想去云山的观音像，从哪边上去比较近啊？我看这里有好多个入口。"

她回道："不好意思啊，我也刚来，不太清楚。"

女生还是道了句谢谢。

男生抱怨道："冷死了，亲爱的，要不我们别去拜什么观音了吧，这种都是假的，而且山上指定更冷！"

女生不乐意了："你懂不懂啊，云山的观音很灵的！每年都有好多人来还愿，知道什么叫'心想事成'吗？"

后来，男生还是不情愿地跟着女生走了。

钟清瑶抬头，看向远处立于云山最高处的观音像。

心想事成吗？

室外温度很低，钟清瑶在外面走了一会儿就回去了。进屋的时候，她听到李欣欣的房间里外放着音乐，还有打电话的声音。

"我都说了我知道了，妈，你就别老是唠叨了！

"我跟她好好说话了呀，但是她不理我，我有什么办法？人家是淮城人，眼界可高了。

"你都不知道，她洗个碗要用掉多少水！真的！水龙头一直哗啦啦都不停的！

"还有啊，你知道她晚上开空调要费多少度电吗？28度！一晚上要用掉多少电啊！"

钟清瑶微怔，她关上门，发出轻微的声响。

房间内的李欣欣见她回来了，倒也没有被撞见的慌乱，反而不慌不忙地走过来，把自己卧室的门关上了。

"砰——"

声音明明没有很大，钟清瑶却微微震了下。

另一边，南湾别墅。

临近过年，公司事务不多，顾谨深也能稍做歇息。

晚上，顾谨深回了南湾吃晚饭。汽车开入庭院后，他下了车，司机则去车库泊车。

回来的时候天色已晚，今夜依旧没有星星，只有南湾湖偶尔吹来稍凉的夜风。站在这里，能看到别墅二楼的琴房落地窗。

平常这个时候，窗户里应该是亮着的，小姑娘会安安静静地坐在窗前练琴，琴声婉转动听。

然而现在，就像是夜幕中藏起来的星星一样，不在了。

没有女孩，也没有琴声。

顾谨深在照明路灯下站了会儿，抬脚往屋里走去。

餐厅内已经备好晚餐，入座之后便开始用餐。顾天成会问一些公司里的事情，偶尔说道几句顾连铭的不是。

似乎和平常没什么不同。

用餐间隙，顾天成随口提了一句说："今天我和清瑶打过电话了。"

顾谨深稍顿，没说话。

"她说在那边挺好的，倒也没说要回来。"

顾谨深还是没接话。

顾连铭闻言插话道："看来清瑶姐姐在那边住得挺开心的啊！那她是不是就留在云城不回来了啊？过完年也不回来了吧？"

顾天成没应声，只是兀自说："说到底毕竟是那孩子的妈妈，瑶瑶留在云城也是情理之中的事。"

顾谨深忽然觉得烦闷，面对满桌的菜肴也没了胃口。

下一秒，筷子被搁在了桌子上。动作有些重。

顾天成和顾连铭都下意识地看向他。

空气中短暂地安静了两秒钟。

顾谨深起身道："你们慢用。"随后迈步上了楼。

书房内有些昏暗，房间内的吸顶灯没有开，只有书桌上一盏金属台灯亮着。

顾谨深坐于桌前的沙发上，笔记本电脑屏幕散发着幽幽光亮，映照在他的脸上。金丝边眼镜上，有浅淡的光泽流转。他拿出手机，查看了云城的天气。天气预报显示云城这几天有雨，气温很低。

看了片刻后，他又合上手机。

室内静谧，电脑屏幕的文档打开着，光标闪动，一个字也没有。顾谨深就这么一直看着空白的文档，出神良久，不知道在想什么。

云城的那场雨下了很久，直到除夕夜的前一天也没停。

小年夜这晚，张美英夫妻俩也歇了业，没去大排档做生意，应该要年后再开张了。

钟清瑶在卧室里看书，隔着门，能听到客厅里电视的声音。

李欣欣正说着话："爸，这个核桃的壳没有开，你帮我弄下呀。"

"没开壳就不要了，换一个，这边还这么多呢。"

"我就要这个，你帮我弄下呀！"

"哎呀，你自己弄去。"

紧接着是李欣欣的娇嗔声："妈！你看爸又欺负我了！"

钟清瑶盯着那一页许久没翻页，也不知道看了多久，直到房门被敲了两下，她的思绪才逐渐回笼。

张美英站在门口问："瑶瑶，要不要出来看会儿电视？"

她点头。

电视仍旧继续播放着，画面一帧一帧地闪动。客厅里的气氛，在钟清瑶坐下之后忽然安静了下来。

电视里女主角和男主角在吵架，李欣欣的父亲李叔正把剥好的核桃放在李欣欣面前的餐巾纸上。

张美英塞了几个核桃在钟清瑶的手里。

"瑶瑶，吃点核桃吧。"

她道了谢，放在手里，没吃。

客厅里的氛围安静，像是因为自己打搅了其乐融融的家庭氛围，而让她觉得局促不安。明明在盯着电视屏幕，却不知道在播放什么。

她不知道自己在客厅坐了多久，可能很长，也可能很短。

钟清瑶跟张美英说她困了，先回房睡觉了。张美英点头，叮嘱她晚上盖好被子。

她走进房间，关上门，客厅里的谈话声才又渐渐地响了起来。

钟清瑶今晚失眠了，直到凌晨 1 点还没有睡意。她没有开灯，准备去厨房倒一杯热水。

老小区木板门的隔音效果很差，经过张美英夫妇的卧室时，她听到了里面的对话声。

"你那淮城来的女儿，什么时候走啊？不会真要一直住在我们这儿吧？"

"她是我女儿，哪有赶她走的道理啊？等她自己选要留在这里，还是回淮城吧。"

"可是这都住了一个多星期了，她还没想好吗？她肯定看不上我们家的，在淮城多舒服啊，有钱人家，还有用人伺候着。"

"你别这么说，怎么说她也是我女儿……"

"还女儿呢！得了吧，这么久了，她叫过一句爸爸妈妈吗？还整天摆个死人脸，也不知道给谁看呢，欣欣说平常跟她说话都不带理人的，高傲得很！"

张美英没说话。

李叔继续说："你没发现自从她来了，我们家就没一天乐呵过，欣欣都多少天没笑过了，这个年我看也别想开开心心过了。"

张美英说："那你要我怎么办？总不能年都没过，就赶她走吧！"

钟清瑶没再听下去，她转身进了房间，将声音隔绝在外。

黑暗的房间内，钟清瑶坐在床上，抱着膝盖，头埋在臂弯里。

云城好冷，好冷好冷。

她呆呆地坐了很久，也不知道是什么时候睡着的。

醒来的时候，张美英在厨房里剁饺子馅，发出"咚咚咚"的响声，有几户人家早早地放起了鞭炮，"噼里啪啦"，热闹不已。

今天是除夕，阖家团圆的日子。

钟清瑶简单洗漱过后，想着去外面帮衬帮衬，张美英没让她做活，只让她在客厅看看电视就好。

她便没再坚持，坐在客厅的沙发上发呆。

厨房里剁饺子馅的声音还在继续，过了一会儿，传来张美英的声音："欣欣啊，赶紧起床！过来帮妈找找盐罐头在哪儿！"

李欣欣的房门依旧紧闭着，钟清瑶过去帮忙说："我来帮您找吧。"

张美英一边很客气地道了谢，一边找话题和她搭话："今年这场雨都下了多少天了还不停，也不知道要下到什么时候。过几天还要去走亲戚，怪不方便的。"

钟清瑶点头，不知道该说什么。

张美英又说："手机上天气预报怎么说？啥时候停啊？"

"我看下。"钟清瑶拿出手机查看天气。

忽然，随着一道摔门声，李欣欣就从卧室里出来了。

她踩着大步子走过来，也不知是有意还是无意，胳膊肘撞在钟清瑶的身上。手机也因为没拿稳，而掉入了厨房水池。

张美英赶紧把它捞了出来。

"快看看，应该没事吧，还能打开不？"

张美英又对李欣欣说："还不快给你姐姐道歉！"

李欣欣反驳道："这又不能怪我，谁让她这么爱表现？妈妈，你是叫我帮忙，又不是她，她非要凑过来。"

张美英说："你这孩子怎么说话呢？"

手机还能用，钟清瑶说了句"没事"，转身进了房间，没再出来。她望着雨幕中的小菖蒲出神，一直维持着这个姿势到傍晚。

直到一道手机铃声划破了满屋的静谧。

她接起，轻声问道："顾叔叔？"

"瑶瑶。"

耳边那声熟悉的"瑶瑶"，忽然让她的眼眶有些酸涩。

她调整好情绪，声音低低地问："嗯，顾叔叔，有什么事吗？"

顾谨深今天在饭局上喝了不少酒，可能有些醉了。沉默了片刻，他问："瑶瑶，想不想要陆菁的珍藏版大提琴？"

今天下午，他和几个项目的合伙人聚了聚。饭局定在徐总的私人山庄里，徐总年近五十，是个十分追求生活品质和精神世界的人。私人山庄里有他专门的收藏馆。

收藏馆装潢复古，深红色的幕帘、暗金色花纹雕刻、巨大玻璃展柜，陈列架上满满当当的，珠宝、古董、字画等，藏品很多。顾谨深独独被一把大提琴吸引了视线。

徐总介绍道："这是英国洛斯顿交响乐团的大提琴首席用过的琴，用这琴开过许多场个人音乐会，琴身木板上还刻有她的名字呢，还是比较有收藏意义的。"

顾谨深看了一眼——

陆菁。

很熟悉的名字。

他思忖片刻，才想起前不久，钟清瑶和他说过，陆菁是她的偶像。当时他还调侃她说，怎么不是奥特曼。

想到这里，顾谨深轻笑出声。

徐总见他莫名笑了，问道："顾总，怎么了？"

顾谨深敛起神色，只是问："徐总，这把琴可以转卖给我吗？价格不是问题。"

徐总说道："顾总，这琴如果是我的，我当场送你也没问题。只是这琴是我一位朋友的太太放在我这里的，我也不好做主……"

顾谨深又问："徐总的这位朋友是？"

"顾总知道 ROYA 珠宝的金总吗？这琴就是他太太的收藏，他太太平时爱做些古典乐鉴赏。"

ROYA 珠宝是顶级的珠宝品牌，因其独特的设计理念和新颖的设计感，成为了国内的顶奢珠宝。但它极其高昂的价格，足以让大多数人望而却步。

徐总继续说道："下个月 10 号 ROYA 有场新品珠宝发布会，金总的太太也会出席。顾总如果有兴趣的话可以去看一看，我可以给您安排一下，顺便谈一下买琴的事。"

顾谨深淡笑道："有劳徐总。"

他望着展柜后面的那把琴，脑海中忽然浮现出小丫头抱着琴开心的样子，长发如瀑，美得像湖面上的天鹅。

思绪回笼，顾谨深摘下眼镜，按揉眉心。

自己可能真的喝醉了，而且醉得不轻。

"顾叔叔，你还在吗？"电话那边温温软软的声音传来。

"在，"他问，"你刚才说什么？"

"我说，就算我想要，陆菁的珍藏版大提琴买都买不到吧？"

顾谨深没接话，电话那边沉默了一阵。

他忽然问："瑶瑶，想回淮城吗？"

这一次，轮到钟清瑶沉默了。

顾谨深目光看向远处阑珊的灯火，沉沉开口道："如果在那边不开心，那就回来。顾叔叔接你回家。"

"回家"——多么温馨的两个字。

钟清瑶却不知道自己的家到底在哪里，是淮城南湾吗？还是这里的云城？好像都不是。

"瑶瑶？"顾谨深没听到她的声音，又问了一遍，"瑶瑶不是说要看烟花表演吗？今晚十二点淮城的烟火表演就开始了。我来接你回家，好不好？"

钟清瑶的眼眶一阵酸涩，下一秒，眼泪便无声地掉了下来，一滴接着一滴，止都止不住，像是打开了泄洪的闸门，一瞬间奔涌而出。

毫无防备，措手不及。

"顾叔叔……"她出声，才发现声音已经变得很沙哑，蓦然间情绪铺天盖地涌来，她忍不住哽咽道，"顾叔叔……我不开心……一点儿也不开心。我好想……好想顾叔叔……"

顾谨深猛然一怔，心像是被一双手狠狠地揪住了。

"瑶瑶，别哭。顾叔叔接你回家。"

顾谨深甚至没有顾得上换一件新的西装，从衣饰架拿了件大衣披在身上就出了门。

他拨通司机的电话，声音沉冷道："马上出发去云城。"

从淮城到云城只需两个多小时的车程，但恰逢春运高峰期，加上城区到处限速，光是驶离淮城城区，就用了一个多小时。

此时，正好晚上7点。

夜风凛冽，顾谨深坐在车后座，看不清眼底的情绪。

道路依旧拥堵，亮起一盏盏红色的尾灯。

顾谨深摇下车窗，冷风在一瞬间灌入车内，久久无法平息内心不断升起的躁郁感。

浓重夜色中，汽车驶入湖云高速。

司机看出顾谨深的焦躁，也是紧踩油门。

大概又开了一个多小时，夜色越来越黑，离云城也越来越近。顾谨深拨通了钟清瑶的电话说："瑶瑶，我还有一个小时到云城。"

钟清瑶抱着膝盖坐在房间里，声音闷闷地说："嗯。"

"很快就到了，我们回到淮城大概晚上 11 点，不会错过烟火表演的。"

"好。"

"瑶瑶真乖。"电话那头的顾谨深似乎笑了一下说，"乖乖等顾叔叔过来。"

钟清瑶刚想说点什么，但未等她开口，电话里忽然传来一声震天巨响，然后是汽车急刹的声音。

"顾叔叔！发生什么事了？"

偏偏就在这时，她的手机响起一阵刺耳的电流音，然后自动关机了。

难道是手机没电了？

她急急忙忙去拿充电器，充了半个小时，还是没法儿开机。想了想，有可能是之前手机掉进了水池的原因。

云山附近就有维修手机的小店，店主是云城本地人，就开在居民楼一层，有生意了出来做做生意，没生意的时候就在楼下打麻将。

钟清瑶套了件外套出了门。到维修店的时候，店主正和其他几个人围着麻将桌打麻将。见来生意了，招呼了另一个人接他的牌，戴上眼镜就开始在工作台上修手机。

手机是进水导致的电池损坏，只需要更换下电池就好了。钟清瑶着急，麻烦他快一些。店主满口答应，又热情地让她看看电视等一下，只说很快就好。

钟清瑶心不在焉地看着电视。这时，电视节目忽然插播进来一则新闻。

"因连日降雨，湖云路段发生山体滑坡，造成双向断道，湖云高速将暂时关闭，据悉有车辆被掩埋，人员伤亡情况不明，现场具体情况我台将继续追踪报道。"

湖云高速。从淮城到云城，正好就要经过湖云高速。

钟清瑶看了下新闻中提到的事故发生时间，晚上 8 点 25 分。顾叔叔和她打电话的时候，好像就是那个时间点。通话结束得突然，她只听到电话那头传来的一声巨响。

一股莫名的恐惧开始滋生。

顾叔叔……

时间一分一秒地流逝。手机店店主换电池可能只用了半个小时不到，她却觉得漫长得像过了一个世纪。

手机重新开机后，钟清瑶立马就回拨了电话。

电话响了两声，接通了。

"顾叔叔！你没事吧？"她着急得不行，一连串的话脱口而出，"我刚刚看到新闻说湖云高速发生山体滑坡了，还有车辆被埋。我手机又恰好开不了机了，没法儿联系你，关机前我听到你那边有好大的响声，我就……"

"瑶瑶。"

她突然被打断。

"别怕。我没事。"电话里的声音干净清冽，像是被夜风洗涤过。

她的心倏地安静了下来。

顾谨深说："高速封闭了，已经有专业部门过来清理路障，可能需要一些时间，我要晚一些时间过来了。"

钟清瑶摇头道："没事的，我会等顾叔叔。"

顾谨深坐在车内闭目。

司机犹豫道："顾总，路障清理至少需要两个小时，道路通车可能要三个小时之后，要在 12 点赶回淮城看烟火……应该是来不及了。"

顾谨深缓缓睁开眼睛。

车窗外，隐约可见远处云城方向的万家灯火。那里，有个小姑娘还在等他接她回家。

到达云城的时候，已经是晚上的 11 点半了。

从淮城到云城，他用了将近六个小时。还未下车，他就看到缩在小区居民楼下的那一抹小小身影。

"停车。"

顾谨深迈步下车，向那道身影走去。而此时，钟清瑶也正巧抬起头来。

目光所及之处，是汽车大灯耀眼的白光。

光亮的最中央，顾长挺拔的身影徐徐向她走来，在大片的逆光里，身上被镀上了一层细细的光。

钟清瑶看着那道越来越近的身影，心里不由得一酸。

"顾叔叔……"

顾谨深察觉她的鼻尖被冻得通红，问道："等很久了吗？"

钟清瑶摇头道："没有……只等了一会儿。"

"对不起，是我来晚了。"

"不晚。"

"可是来不及带你回淮城看烟花表演了。"

钟清瑶摆摆手，又揉了揉僵冷的鼻子说："顾叔叔，你傻啦？云城也有烟花呀。"

云城没有禁燃烟花，除夕夜，家家户户都会买些烟花和仙女棒，在零点的时候燃放，庆祝新的一年到来。虽然烟火没有淮城的盛大，但是多了许多生活气息。

广场中心巨大的电子屏上显示着时间，离零点还有 15 分钟。

她笑着说："还有 15 分钟，顾叔叔要是再来晚一点儿，就真的看不到烟花了。"

"哦，对了，"钟清瑶想到什么，从口袋摸出一个小锦囊来，递到顾谨深面前道，"这是给顾叔叔的。"

顾谨深接过。这是很普通的小锦囊，刺绣针脚也略显粗糙，正面绣着"平平安安"，反面绣着"万事顺遂"。

顾谨深笑着问："这是什么？"

"这是平安福。"钟清瑶眼睛弯弯地说，"你知道吗？云城有个很灵的观音像，可以让人心想事成的那种，我就是从那儿求的平安福，花了 50 块钱呢。"

顾谨深笑意更浓了，缓缓问道："心想事成？"

"嗯。"钟清瑶认真道，"真的。"

她指着远处的观音像说："就是那个——"

顾谨深遥遥看了一眼，观音像隐在薄雾之中，有些看不真切。再回眸的时候，身边的小姑娘已经双手合十，闭着眼睛，一脸的虔诚。

过了半晌，钟清瑶才慢慢睁开眼睛。

顾谨深问："许了什么愿望？"

"不是，"她摇了摇头说，"我是在还愿。"

"还愿？"

"我之前就跟观音姐姐许愿，想见到顾叔叔，然后顾叔叔就真的来了，算不算心想事成？"她轻声说着，嘴里呼出一口口白气。

远处吹来的风很温柔，钟清瑶的几缕发丝被吹乱，柔柔地贴在脸颊上。

顾谨深手指轻轻摩挲着掌心的平安福，淡淡地笑了。

"十、九、八、七……"

广场的大屏幕上开始倒数计时，钟清瑶兴奋地拉着顾谨深的袖子说："倒计时了，烟火快开始了！"

顾谨深垂眸。

小姑娘正眼睛盯着大屏幕，跟着一起倒数。

"五、四、三、二——

"一！"

一瞬间，烟火一簇接着一簇上天，在天空中轰然炸开。五彩斑斓的烟火交相点缀，将新年的夜晚映照得犹如白昼。

钟清瑶候地又一次双手合十，虔诚地闭上眼睛，悄悄地许下心愿——

希望，能永远永远跟顾叔叔在一起。

顾谨深笑着问："又在还愿？"

钟清瑶一边笑，一边摇头说："当然不是，这次是许愿。新年的第一个愿望，往往都能成真。"

顾谨深看着她，嗓音略低地问："那瑶瑶新年的第一个愿望，许的是什么？"

"当然是——成为小富婆，坐拥小白脸啦！"

顾谨深轻轻哂笑。

额间传来微凉，他抬眸望天，浓黑的夜幕中悠悠地飘起了雪花。这是今年冬天的第一场雪。

钟清瑶忍不住惊呼道："顾叔叔，下雪了！"

顾谨深"嗯"了声，静静地看着她伸手去接雪花，又慢慢融化在掌心。

"冷吗？"他问。

钟清瑶掸了掸手，又放在嘴边哈气道："好冰啊，手要冻僵了——"

忽然，鼻尖拂过一丝清淡的木质香调，像冬日里的雪松干净冷冽。下一秒，她的手指被握紧，包裹在顾谨深的掌心。

钟清瑶稍怔，侧眸看去。

"别玩雪了，太冰。"

顾谨深的手很大，几乎能将她的整个手包裹住。他的掌心温热，她的手指也逐渐温暖起来。

"嗯。"

烟花还在天空中继续绽放。那一刻，仿佛雪花也有了颜色，每一片雪花落下都有了声音。

多年以后，钟清瑶再回想起今天，还是会不自觉地扬起嘴角。犹记得那晚吹来的夜风温柔，万千烟花灿烂，还有顾谨深掌心灼热的温度。

烟火表演一直持续到凌晨 1 点多。广场中心的人渐渐散去，夜色已经很深了，从淮城到云城用了六个小时，一直没休息，司机也已经疲惫不堪。

烟火表演结束后，顾谨深决定先在云城的酒店住一晚，等明天早上再回淮城。

"先送你回去？"

钟清瑶不是很情愿回张美英那里，就拉着顾谨深的衣袖没松手，也不回话。

顾谨深垂眸问："那跟顾叔叔走？"

她这才抬头，又轻轻点了点头。

云城旅游业发达，许多人会选择在过年假期的时候来这边旅游，因此云城大大小小的酒店，都已经爆满了。

酒店前台在电脑上一顿操作之后说："没有总统套房了，现在就剩下一个豪华双床房了。您去别的酒店也是一样的呢，可能连空房也没有了呢。"

双床房是一个房间内有两张床。

钟清瑶眨眨眼，心跳有点儿快。这是要和顾叔叔睡一间房吗？

前台服务人员还在滔滔不绝地介绍着："我们的豪华双床房也是很不错的，全房精致欧式风格，有高速 Wi-Fi，还提供精美早餐……"

顾谨深问："没有多余的空房了吗？"

"抱歉先生，没有了呢，这个时候能有空房已经很难得了，这还是因为之前有顾客临时取消预订才空下来的。"

顾谨深微微皱了下眉说："瑶瑶，还是先送你回……"

他还没说完，钟清瑶就打断道："顾叔叔，就这个吧。"

顾谨深提醒道："只有一间房。"

钟清瑶眨着单纯的大眼睛，一脸人畜无害的模样："嗯，有什么问题吗？"

在外面冻了好几个小时，钟清瑶早就冷得身体僵硬，脖子缩在羽绒服的领子里，跟着顾谨深坐直梯到 516 房间。

刷卡之后，房门打开，房间内灯光、暖气同时开启。热热的风吹出，钟清瑶在空调出风口站了会儿，四肢逐渐舒展，觉得舒服极了。

"别站在风口吹，小心感冒了。"

顾谨深脱下大衣挂在衣饰架上，又倒了杯热水递给她。

钟清瑶边喝水边打量这个房间，欧式装修精致豪华，但房间有点儿小。房间里除了两张床和一组沙发，就放不下别的东西了。

两床之间，也不过隔了一米的距离。

顾谨深走过来揉了揉她的头说："已经很晚了，早点休息，明天我们就回淮城。"

其实现在已经将近凌晨 2 点，马上就天亮了，睡不了几个小时，顶多小憩一会儿。

"好。"钟清瑶喝了口水，又继续问道，"顾叔叔？"

"嗯？"

"湖云高速发生山体滑坡的时候，你在吗？我在电话里听到声音了。"

"在，"顾谨深语气淡淡的，"坍塌就发生在离车十几米处，我们差一点儿就被埋了。"

差一点儿……她就看不到顾叔叔了。

钟清瑶有些难受地说："顾叔叔，对不起……"

"说什么对不起。"顾谨深笑了，微微俯身，看着她道，"乖乖把热水喝完，别想其他的。"

她小声吸气，说了句"好的"。

喝完水，洗漱过后，钟清瑶就钻进了被子里。她侧着身子，看着顾谨深慢条斯理地脱掉西装外套，解下领带，只留一件白衬衫……

顾谨深侧眸看过来。

钟清瑶倏地闭上眼睛，心跳个不停。

她依旧闭着眼睛，直到浴室里响起水声，才慢慢地睁开。

像现在这样和顾谨深睡在同一房间，还是在钟清瑶很小很小的时候。那时候只知道顾谨深对她好，所以就想时时刻刻黏着他。她经常半夜抱着枕头，偷偷摸摸地跑到顾谨深的房间，让他给自己讲故事。

听着故事，不知不觉就在顾谨深的床上睡着了。

第二天醒来，发现又回到了自己的房间。她知道是顾谨深抱自己过来的。

而且，她总是有各种各样的理由去他的房间：今天打雷了她害怕，路上遇到大狗狗被吓到了，房间里太黑了好像有鬼，晚饭吃太多了睡不着……

不管是多么蹩脚的理由，只要她抱着枕头过去，顾谨深都会揉揉她的头，纵容她一次又一次。

后来，她一点点长大了，有了少女青春期的羞涩，就再也没半夜跑去顾谨深的房间过。

她想快点儿长大，可是有时候又不想那么快长大。长大之后，和顾谨深之间总像隔着什么。

顾谨深从浴室出来的时候，床上的小姑娘已经睡着了。他下意识放轻了脚步，走到她床边，给她掖了掖被子。

小姑娘在睡梦中翻了个身，含糊地说了一句："顾叔叔……"然后不再动了。

顾谨深轻轻笑了一声，关上了床头的灯。

这时，她枕头旁边的手机亮了起来，不停地振动。顾谨深拿起手机看了一眼，上面备注着"张美英"。

他接起。

电话里的女声略显着急地问："瑶瑶？你去看烟花了吗，怎么还没有回家？"

顾谨深压低声音道："你好。"

张美英一愣，问道："你是？"

"我是顾谨深。"

"你……你来云城了？"

"嗯。"顾谨深换了个手接听电话，目光落在钟清瑶的脸上，又将她的碎发拨至耳后。

"我明天会带瑶瑶离开。"

张美英问："这么快就要走了吗……瑶瑶呢？她同意了吗？"

"我不会强迫她。"

张美英话里染上了几分落寞地说："这才住了几天就要走……可以过完年再走吗？我真的……有点儿舍不得我的瑶瑶……"

顾谨深的指尖停留在钟清瑶的脸颊，他神色冷淡地说："她也是我的瑶瑶。"

凌晨3点，窗外的雪仍在悄无声息地往下落。过了除夕夜的喧嚣，此时整个城市陷入一片宁静。

房间内，也是满屋的静谧。

黑暗中，钟清瑶翻了个身，皱着眉睁开了眼睛。

她揉着肚子，有点儿难受。

她蜷缩起身体，强迫自己闭上眼睛睡觉，想着睡着了就好了，可是疼痛不但没减轻，反而越来越疼了。

顾谨深并未熟睡，听到动静后，打开了床头的壁灯。

"瑶瑶，怎么了？"

"顾叔叔……"小姑娘神色痛苦，声音也哑哑的。

顾谨深立即掀开被子下了床，走到她的床边。伸出手，轻轻贴在她的额头上试了下温度。

"不舒服？"

"我肚子疼……"刚说完，她就觉得身体某处一热，有什么东西汹涌而出。

钟清瑶怔住了。

"顾……叔叔，我可能要去下厕所。"

她猛然掀开被子，顾不上自己还穿着小熊秋衣秋裤，慌慌张张地就往卫生间跑。

顾谨深还未反应过来，小姑娘就一头冲进了卫生间，门"砰"的一声关上了。

床上的被子是掀开的，他瞥到白色床单上的一抹鲜红。

眼神只是稍做停留，顾谨深就移开了视线，接着拨通服务总台的电话，要了一些卫生用品和一次性换洗用品。

钟清瑶在厕所里，脸红成了小番茄——她居然在这个时候来例假了。身上的裤子是不能穿了，更重要的是当下她没有那个东西，都不知道该怎么办。跟顾谨深要，又羞于启齿。

正当她犹豫不决的时候，卫生间的门被敲了两下。

"瑶瑶，东西给你放在门口了。"

钟清瑶愣了愣，片刻后，打开了一条门缝，门口放着一个小袋子。

她悄悄地把袋子拿了进去，里面是一些女性卫生用品，连贴身的一次性小裤裤都准备齐全。

她的脸热了热。

等钟清瑶收拾好自己，已经是 10 分钟之后了。从卫生间出来时，保洁阿姨正在房间里换床单。

钟清瑶在看到床单上的血迹后，脸越发地红了，烫得像烧起来。

保洁阿姨瞥了她一眼，眼神怪怪的。

钟清瑶窘迫地低下头，快步走到顾谨深身边挨着他坐下。

顾谨深将了将她的头发，轻声问："还痛不痛？"

"好点儿了……"

"喀喀。"保洁阿姨神色不自然地咳嗽了一下，瞄了一下两人，加快了更换床单的动作。

钟清瑶蒙了片刻，才后知后觉地反应过来——保洁阿姨该不会误会什么了吧？床单上的那抹血迹，再加上顾谨深刚才那句令人浮想联翩的话……

——痛不痛？

——好点儿了。

她真想当场昏厥！直到保洁阿姨换好床单出去，她的脸还是红得发烫。

"顾叔叔——"钟清瑶抓乱头发，气呼呼地说，"刚才那个阿姨肯定误会了！"

"误会什么？"

她对上他的眼睛，漆黑的眼眸深邃认真，里面倒映着自己的影子。

寂静的夜晚，灼热的呼吸，加速的心跳。

钟清瑶莫名慌了神。

"没……没什么。"她慌张地别开眼，紧接着，两三下踢掉拖鞋飞速爬上了床，又拉起被子把自己盖得严严实实的，背过身去，不再看他。

顾谨深看了一眼，不动声色地弯了下唇。

次日，雪越下越大。天空雾蒙蒙的一片，拉着遮光窗帘，房间里昏暗如夜晚。

钟清瑶一直睡到了 10 点才醒来。往旁边一看，顾谨深已经不在床上了，她坐起身揉了揉头发。

正在这时，房门在"嘀"声后被打开，顾谨深拿着餐盘走进来问："醒了？"

钟清瑶睡得晕乎乎的："我睡了好久啊……"

他把餐盘放在小桌上说："快起床把早餐吃了，吃完早餐我们回家。"

回家？对，今天顾叔叔要带她回家了。

起床洗漱过后，钟清瑶坐在小沙发上吃早餐，边吃边往顾谨深那边瞟。

顾谨深接了个电话，站在窗口说着什么。此时他只穿了一件白色衬衣，站在半拉的窗帘边，灰蒙蒙的天光从窗帘的缝隙中透进来。

他拿着电话听着，不时应声几句。察觉到钟清瑶的视线，淡淡的目光扫了过来。

"好的，我知道了。"

他挂断电话，朝钟清瑶这边走过来，晃晃手中的手机道："老爷子的电话。"

"爷爷？"

"嗯，他问我们什么时候回家。"

钟清瑶喝了一口牛奶，沉默了半晌，说道："走之前，我觉得还是要和她道个别。"

"她？"顾谨深反应过来这个"她"是谁后，微微点了点头说，"好。"

到张美英家的时候，雪还是没有停。站在那扇防盗门前，钟清瑶忽然就有点儿害怕。她害怕因为自己的到来，而破坏这个家的氛围，尤其害怕李叔和李欣欣看她的眼神，充满着排斥。

顾谨深将她的犹豫尽收眼底，问道："害怕？"

钟清瑶没回话，深吸了口气后，敲了敲门。

不出片刻，略有年代感的防盗门就从里面打开了。张美英围着围裙，看到来人后先是愣了下，然后脸上露出欣喜之色。

"瑶瑶？我还以为你已经回……"

话说到一半，她看到钟清瑶身后站着的高大男人，又说："顾先生也来了。"

顾谨深稍稍点头道："你好。"

张美英将两人迎进屋，又拿出果脯和糖果招待。

客厅是无窗户型，屋内光线不是很好。李欣欣和李叔坐在客厅看电视，电视机发出幽幽的光芒。

见到衣冠笔挺的男人，两人站起来，过来客套地问了声好。

"欣欣，陪你姐姐聊会儿天。"

张美英又去拿茶叶和茶杯准备泡茶。

顾谨深礼貌阻止道："不必泡茶了，这次瑶瑶是过来跟您道个别，我们马上就要走了。"

"这……"张美英迟疑了会儿说，"稍微坐会儿吧，快到饭点了，你们还没吃午饭吧？正好我们已经在做饭了，留下来吃个饭再走吧？"

顾谨深没回话，低头看钟清瑶，等待她的答案。

张美英手指揪着围裙，凝视着她说："瑶瑶，吃了饭再走吧？"

钟清瑶看着张美英闪动的眸光，一时间竟不知道该怎么拒绝。

12点的时候，张美英从厨房里出来，将一个个菜放在桌上。五个人围坐在小小的四方桌前，略显拥挤。

钟清瑶和顾谨深坐一边，两人靠得很近。但她一点儿也不觉得挤，她甚至想离他再近一些。在这个拘束的家里面，似乎只有紧紧挨着顾谨深，自己才会有安全感。

吃饭的时候，钟清瑶只夹了离她最近的两个菜。

张美英招呼道："瑶瑶，怎么光吃这两个菜，其他的也多吃点。"

"妈！她都住这儿这么多天了，你还不知道她挑食啊。"

李欣欣又对顾谨深说："淮城来的叔叔，瑶瑶姐姐可不是一般挑食，她要是不喜欢，可是一口都不吃的，都不知道要浪费多少东西呢！"

顾谨深微微一笑。

"没事。"他的话里满是宠溺，"顾家养得起。"

李欣欣又说："可是挑食这习惯总是不好的呀，要是让别人看到她这个样子，就会觉得很没教养……"

顾谨深缓缓掀起眼皮，看向她。

"瑶瑶是顾家的人，有没有教养，还轮不到别人来评头论足。"

顾谨深这话是意有所指，李欣欣一时语塞，脸色变了变。

吃饭中途，电视机播报了一则新闻。湖云高速路段发生二次坍塌，高速再次封闭。相较于之前，坍塌面积更广，情况更严重，预计要到明天才能通车。钟清瑶他们的行程，就这么被耽搁了下来，只好多待一天，明天再走。

南方冬天入夜很早，不过傍晚6点，屋外已经全部黑了。

晚饭过后，顾谨深陪着钟清瑶坐在沙发上看书。

小姑娘看得认真，一小绺发丝垂落在脸侧，顾谨深轻轻将她的头发别到耳后。

小茶几上放着不少果脯和饼干，张美英又让李欣欣去给钟清瑶倒水。

李欣欣不情愿地去了厨房，因为中午吃饭闹得不愉快，心里的一团火正没处发泄。

厨房里没开灯，窗外路灯微弱的光线透进来，李欣欣气冲冲地倒了杯水，一边往杯子里加了很多盐，一边小声嘀咕道："也不知道哪里冒出来的小野种，就会使唤人！咸死你！"

她一脸得逞地转过身，就看见顾谨深站在厨房门口，高大挺拔的身影隐在黑暗中，唯独那双幽深的眼眸明亮，直直地看着她。

李欣欣握着水杯的手抖了一下。

"小孩，你再叫一个野种试试？"

云城下了一夜的雪，晨起往外看，路上都被覆盖了一层薄薄的雪。

湖云高速已经通车，钟清瑶和顾谨深是在次日清晨离开云城的。

张美英一路将人送到小区门口，握着钟清瑶的手说："妈妈理解你的选择，毕竟顾家是你从小长大的地方，顾家人对你也很好，你对那里也有了感情，妈妈不强迫你留在云城。"

"本来是想让你来云城过个开心的年的，结果妈妈也没做到，没能让

123

你开心一点儿。"张美英缓了缓神，又笑着说，"不说这些了，瑶瑶以后要是想来云城了，就跟妈妈说，妈妈给你做好吃的。"

张美英说了很多，钟清瑶默默地听着，点了点头。

上车之后，她安安静静地坐在车里。

恰逢正月初二，不少走亲访友的人在今天出行，云城虽然只是个小城市，马路上也堵得厉害。在云城的这段日子，她不知道自己对张美英是什么感情。但有一点她很确定，她是一点儿也不想和顾谨深分开。

此时大桥上的车流静止不动，钟清瑶坐在车里昏昏欲睡。

顾谨深抬手看了一眼腕表，身体往后靠了靠。

忽然，肩膀上微微一重。

他侧眸看去，肩膀上靠着一颗毛茸茸的小脑袋。视线往下，是合着的长长的睫毛。

她睡着了。

顾谨深唇角轻轻勾了勾，望向窗外。

车内一片宁静，只有暖气吹出时低低的声音。

云城路况不是很好，一路上开开停停，司机一个没注意，就急踩了下刹车。突如其来的惯性使得两人都往前倾，顾谨深及时扶住了钟清瑶的头，没有让她往前摔去。

司机意识到自己的失误，看着后视镜连忙道歉道："对不起，顾总，刚才前面的车忽然……"

"好了。"司机的话还没说完，就被顾谨深打断了。声音明显压低了，他稍稍抬了抬下颌，示意司机继续开车。

司机通过后视镜瞥到已经睡着的女孩，心中了然，瞬间噤了声，一路上都没再说话，各个转弯都开得稳稳当当的。

钟清瑶昏昏沉沉地睡了一路。直到汽车开进淮城繁华地带，短促的鸣笛声惊醒了她。回到淮城的时候，已经将近中午11点。

淮城也下了雪，比云城的还要稍大些。南湾周边平坦的绿化带上覆上了厚厚一层雪，白茫茫的，遥遥看去和南湾湖连成了一片。

南湾别墅里没有人，顾天成和顾连铭都不在。

顾谨深说，顾天成拜访老友去了，而顾连铭则在前几天就坐飞机去了琼城。

顾连铭的妈妈顾雅最近都在琼城拍戏，没时间回淮城过年，顾天成就让顾连铭去片场探探班，算是和妈妈小团聚。

钟清瑶四处张望了下说："今天李姨也不在吗？一个人也没有。"

"这几天李姨都是在饭点的时候才会来做饭，她不知道我们今天回来。"

墙上的挂钟时针已经指向"11"，顾谨深问："饿了吗？想吃什么？"

"没什么特别想吃的。"

顾谨深走到厨房，钟清瑶跟在他的屁股后面问："顾叔叔要做饭吗？"

"还是瑶瑶想出去吃？"

钟清瑶忙摇头道："才不，我想吃顾叔叔做的。"

遥想上次吃到顾谨深做的饭，都是好几个月以前了，那时候和顾谨深住在泊港公馆，他每天都会给自己准备各种好吃的早餐。

顾谨深见她这么捧场，笑了下，拿了些嫩排骨准备做排骨面。

他走到料理台前处理食材，钟清瑶也一并跟过去。

走到烹饪台前，她仍是亦步亦趋地跟在他身后。

几次后，顾谨深眼里带着浅浅的笑意问："不去外面等吗？"

钟清瑶摇头。

顾谨深轻轻笑了一声，没再说话，随她跟着。

水流"哗哗"地冲洗着食材，冲刷在顾谨深指骨修长的手上。钟清瑶安安静静地跟在他旁边，时不时递递东西，帮衬帮衬。

片刻后，两碗香喷喷的排骨面就做好了。

"好香啊！"

钟清瑶早已饿得前胸贴后背，捧着自己的那碗面迫不及待地往餐厅走。

身后的小尾巴一溜烟就没影了，顾谨深用纸巾擦了擦手，稍感无奈。

这一顿饭钟清瑶吃得很饱。

吃饭的时候，顾谨深接了几个电话，谈的都是公司项目的事情。用餐过后，他收拾好餐具就准备去书房处理一些临时事务。

楼梯走到一半，顾谨深停住脚步，一回头。

原本窝在沙发里的小姑娘，不知什么时候又跟在了他的身后。

钟清瑶一个没注意，撞在了他的后背上。

好硬。

钟清瑶揉了揉鼻子。她知道顾叔叔虽然看起来身材修长精瘦，但实则脱下衬衣后，身上的肌肉健硕有致。这还是上次她不小心看到的，也是像现在这样不小心撞到了鼻子。

"瑶瑶。"

她一抬头，问道："嗯？"

从云城回来，她似乎变得黏人不少，几乎快赶上她小的时候，他走到哪儿，她就跟到哪儿。

顾谨深站得比她高了两级台阶，这样看下去，她小小一只，倒真像是他身后的一个小尾巴。

他开口道："我要去书房处理工作。"

"哦……"小姑娘眼里的光芒瞬间暗了下去，小声开口道："那我就不跟着顾叔叔了。"

她刚准备转身下楼，就听见顾谨深问："要陪我一起工作吗？"

钟清瑶眼里的光芒又一簇簇亮起。

"要——"

和她之前跑去盛瑞总部找顾谨深一样，顾谨深在办公桌上留了一小块地方给她。

顾谨深戴着金丝边眼镜，目光专注地看着笔记本电脑屏幕，时而敲击键盘。

钟清瑶则安静地坐在他的旁边看书。只是这次她没有再拿什么《金融数据分析导论》这种看不懂的书，而是拿了一本她喜欢的书看。

看书时间过得很快，不知不觉窗外的雪停了，几只麻雀在枯树枝上停留。

顾谨深拉开抽屉拿钢笔，看见抽屉里放着一盒糖果。

前段时间秦越去了趟德国，随手带了几盒糖果回来，用来哄他刚上幼儿园的小外甥，顺便还塞了一盒给顾谨深说："拿着拿着，拿去给你小侄女吃。这糖哄小孩可管用了，百试百灵。"

顾谨深表面轻嗤，却鬼使神差地让秦越把糖果塞进他的口袋，没有拒绝。

后来回到南湾，他就随手放在了书房的抽屉里。

一盒糖果放在了钟清瑶的面前，钟清瑶从书本中抬起头。

"你秦叔叔给的。"

糖果盒是精致的锡铁盒，里面是粉色的糖果，应该是草莓味的。

钟清瑶看了几秒钟，把糖果盒往前一推说："我不要，小孩子才吃糖果呢。"

顾谨深掩唇轻笑了下，没再说什么，注意力重新转移到屏幕里的数据上。

钟清瑶继续看书，偏偏这嘉云糖香味诱人，隔着锡铁盒都能闻到。心不在焉地看了会儿书，她终于忍不住打开盒子吃了一颗糖。浓郁的草莓味瞬间席卷她的味蕾，充满口腔。

顾谨深略略一瞥，似笑非笑地问："不是说小孩才吃糖果吗？"

小姑娘咳了下，理直气壮道："我先做五分钟的小孩。"

顾谨深闷笑了声。

书房门在这时被推开，顾天成不知什么时候已经回来了。

"爸。"顾谨深站起身。

顾天成见到钟清瑶，高兴得不得了："清瑶回来了啊，回来了就好，回来了就好。回来了，爷爷也能经常看到你了。"

"爷爷。"

顾天成拍了拍她的手背，喟叹道："怎么在云城这几天瘦了这么多啊？脸都尖成什么样了……"

钟清瑶摸了摸脸说："爷爷，现在流行小尖脸呢。"

两人坐着聊了好一会儿，顾天成忽然想到了什么，转而对顾谨深说："谨深啊，明天晚上公司里没安排吧？"

顾谨深应道："暂时没有。"

"不管怎么样，你把明天晚上的时间空出来。优优刚回国，明天要来我们家吃晚饭。"

钟清瑶微怔。

优优是杨爷爷杨道军的女儿杨晗优，从小就在国外读书，是珠宝设计师。后来毕业回国，踏入珠宝设计行业，她所设计的作品更是广受业内称赞，但她在事业上升期却毅然选择了再次出国深造。

钟清瑶没见过她。

她到顾家的时候，杨晗优就已经出国了，只是她经常能在杨爷爷的口中听到关于杨晗优的事情。

从只言片语中得知，杨晗优是一个很优秀的人。

顾天成说："明天如果临时有安排，能推的就推掉。"

"好的。"

顾天成看见顾谨深的笔记本屏幕亮着，问道："还有事情没处理完吗？"

"嗯，有个募投项目出了点儿小问题，我重新审核下申报材料。"

虽然顾谨深作为集团总裁几乎是全年无休的，但是在年头公司事务不多的时候，也能稍歇几天。只是现在项目出了问题，不得已又要投入工作。

顾天成点了点头说："尽快解决，别耽误明天的晚餐。"

"好的。"顾谨深应道。

话锋忽然转到了钟清瑶身上，顾天成无奈道："清瑶，你这小丫头是不是又黏着你顾叔叔了？你顾叔叔工作的时候也舍不得撒手。"

钟清瑶脸一热，小声嘀咕道："我可没有不撒手……"

顾天成无奈地笑了笑说："玩可以，但别吵着你顾叔叔工作。"

"我才没有玩呢。"钟清瑶一本正经地解释道，"刚才顾叔叔说肩膀酸，我在这儿给他按摩呢。"

说着，她就屁颠屁颠地跑到顾谨深的身后，像模像样地给他按着肩膀。

顾谨深轻哂，倒没戳穿她。

"好好好……"顾天成摇了摇头，嘱咐了几句就出去了。

肩膀上的小手力道很轻，像小猫轻轻挠着，顾谨深往靠背靠了靠，倒有几分享受这个按摩服务。

"顾叔叔。"

"嗯。"

"为什么爷爷一定要让你陪优优姐吃晚餐啊？"

"因为我们和杨伯伯他们家是世交。"

"世交就是感情很深的意思吗？"

"差不多。"

钟清瑶继续殷勤地按着，假装漫不经心地问："那顾叔叔和优优姐的感情也很深吗？"

"不算很深，只在小时候见过。"

"哦，这样啊。"

钟清瑶握着小拳头在他的肩膀上轻轻地敲，继续旁敲侧击地问："你们小时候经常在一起玩吗？"

"嗯。"

钟清瑶的笑容稍稍僵硬了一下，没好气地加重了手下的力道。

"我没见过优优姐，她是不是很漂亮呀？"

"也许吧。"

钟清瑶暗自不爽，停下了按摩的动作，然后开始一声不吭地收拾自己的书。

"不按了？"

"不了，手酸。"

浑身上下都酸！

淮城的雪越下越大，丝毫没有要停的迹象。经过昨天一夜，这会儿望出去已经是白茫茫的一片了。

钟清瑶其实挺想去外面玩雪的，但是几年前她玩雪之后手上长了好几个冻疮，涂了药膏也不见好，到最后都溃烂了，又疼又痒。

那个冬天光顾着养手上的冻疮，耽搁了练琴。过年后去上大提琴课，拉曲子都生疏了，还挨了大提琴老师的批评。

自那以后，钟清瑶就没怎么玩过雪了。

今天外面已经积了一层厚厚的雪，她也没出去玩，而是在琴房练了一天的琴。

从琴房出来的时候，夜幕已经渐渐低垂。

在楼梯上，她听到一楼会客厅传来一个陌生的女声。

"顾伯伯，这是我给您准备的柳园的《寒山幽居图》，是柳园先生早年的作品，现在很难找到了，希望您能喜欢。"

紧接着是顾天成的笑声："这画属实难得，伯伯喜欢，太喜欢了！"

"但是我没给谨深哥哥准备礼物，我感觉他什么都不缺，想来想去我都不知道该送什么好了！"

低沉的男声响起："不必。"

钟清瑶的脚步顿住。

129

谨深……哥哥？

她走到会客厅，第一眼看到的就是一张精致的侧脸，栗色的长鬈发一直垂到腰际。

顾谨深先注意到了她，忙招呼道："瑶瑶，过来坐。"

坐在沙发上的女人也在这时转过头，精致的妆容，漂亮的五官，鲜艳的红唇，像是皑皑白雪里开出的一朵玫瑰花，红得让人惊艳。

杨晗优轻启红唇："谨深哥哥，这就是清瑶吧，常听我爸提起瑶瑶。"

钟清瑶的视线落在顾谨深的身侧，杨晗优就坐在他的旁边。

墙上的挂钟嘀嗒嘀嗒地走着，钟清瑶的心仿佛也随之乱了。好像有什么东西，被别人分享了。

偌大的客厅，在水晶灯的映照下明亮而温馨，和窗外的银装素裹形成鲜明的对比。

一个温暖，一个冰凉。

钟清瑶没什么心思欣赏雪景，她慢慢走过去，在沙发处停顿了下，然后坐在了顾谨深对面的沙发上。

虽然杨晗优和顾谨深之间还隔着一段距离，但钟清瑶就是觉得心里有点儿闷闷的。

她也没那么厚脸皮挤到两人中间去坐。

顾天成笑了笑说："说起来，清瑶和优优今天是第一次见面吧？"

杨晗优也笑着说："是呀，第一次见到瑶瑶，以前我整天赖在这里玩的时候，瑶瑶还没来，都没见过呢。"

钟清瑶低头喝着茶水，没吭声。稍稍一抬眼，就能看到杨晗优红色的指甲，上面镶着璀璨的钻。

杨晗优又说："其实也算不上第一次见，瑶瑶之前在音乐会上和小提琴家董思良的二重奏，可是在各大网络平台上小火了一把。我看过演奏的视频，瑶瑶的大提琴拉得真不错。"

钟清瑶低低地说："多谢优优姐姐夸奖！"

顾天成说："你要是这几年没出国，在国内就不只是小火了。设计行业谁不知道杨家有你这个美女设计师啊。"

杨晗优在出国前，已经是国内皆知的首席珠宝设计师了，只是后来出国，就渐渐沉寂了下来。

杨晗优也只是笑笑说："我只是想以更好的姿态回归珠宝设计而已。

"这一次回国，在 ROYA 珠宝的新品发布会上，我会带着我的作品以一个更优秀的设计师的身份走进媒体的视线，让所有人看到一个新的我。"

钟清瑶知道 ROYA 珠宝，是国内外都名声大噪的顶奢珠宝名牌。

ROYA 的设计师更是万里挑一，哪怕是进入初选面试，都需要光鲜的履历和非凡的作品来作为敲门砖。

原来这个美丽的女人，出众的不仅仅是外貌而已。

顾天成说："你在国外的这几年，你爸都想死你了，整日里在我面前念叨，我耳朵都起茧子了。"

杨晗优扬起嘴角问："那顾伯伯呢，有没有想优优呀？"

"想，想！"

她又看向顾谨深，声音变柔了些问："那谨深哥哥呢？"

钟清瑶一顿，抬起头，往顾谨深那边看去。

顾谨深靠在沙发里，表情疏淡，目光浅浅地扫过她。

还未开口，李姨在这时走进了会客厅，问："老先生，厨房已经准备好了，要开饭吗？"

顾天成摆摆手道："开饭吧，聊了这么久，大家都饿了。"

当下的闲聊就此收尾，顾谨深从沙发起身，往中厅走。

杨晗优立马跟过去，一边和顾谨深并肩走着，一边问："谨深哥哥，我在财经论坛上看了你的访谈，其中提到了投资银行核心竞争力的问题，你说要充分利用证券公司的资源和品牌效应，可利用的资源是指什么呀？我看不太懂……"

顾谨深解释道："证券公司的分支机构与渠道，还有卖方的研发实力，主要在发掘客户价值和提升客户市值上……"

两人你一句我一句地讨论着投资银行核心竞争力的话题。杨晗优不时点头，对顾谨深的回答说些自己的看法。

钟清瑶默默地跟在后面，愣是一句话都插不上。

中厅的长餐桌上已经摆满了菜肴，洁白的餐具摆放整齐，剔透发亮。

顾天成已经在长桌主位入座。

顾谨深坐在长桌左侧。

杨晗优拉开他旁边的椅子，刚准备坐下，就听见顾谨深开口道："瑶瑶，发什么呆？吃饭了。"

他偏了偏下颌，示意钟清瑶坐他旁边的椅子："过来坐。"

杨晗优拉着椅背的手一僵，然后慢慢松开了。她略显尴尬地笑了笑问："瑶瑶坐这里吗？"

顾谨深拿起毛巾擦了擦手应道："嗯。"

杨晗优扯了扯嘴角，只好移步坐在了另一把椅子上，和顾谨深面对面坐着。

今日是正月初三，年味正浓着。

到了顾天成这个年纪，会格外珍惜阖家团圆的日子，春节也是按照老一辈的习惯来。

别墅里挂着小红灯笼和红对联，大大的"福"字贴在大门上。

只可惜顾雅忙于事业，过年也没能回家。好在许久没见的杨晗优过来吃饭，冲淡了些顾天成心里的落寞。

他拿出珍藏许久的百年贵腐酒来招待这次的晚宴。

杨晗优也是很捧场，一个劲儿地夸："这个酒好香啊，优优都没想到顾伯伯还有这样的好酒，这个年份的贵腐酒好难得的！"

顾天成被夸得乐呵呵的，骄傲地炫耀起自己的珍藏："这还不算什么，我的酒窖里比这个好的还有不少。我都不敢告诉你爸，就怕他知道了给我顺走几瓶。"

杨晗优捂着嘴呵呵地笑。

顾天成指了指钟清瑶的杯子问："清瑶要喝一点儿爷爷的藏酒不？"

钟清瑶稍顿，偷偷觑了顾谨深一眼。

就算她想尝尝，顾叔叔也不会同意吧。之前也是，他只准她喝柠檬水来着。

不过这次顾谨深倒没阻止，声音淡淡道："只能喝一点点。"

钟清瑶愣了下，才反应过来顾谨深这是同意了，忙不迭拿着杯子凑过去，倒了一点点。

她喝了一小口，结果出乎意料地好喝，惊喜道："顾叔叔，是甜的——"

顾谨深轻笑了下问："喜欢喝？"

钟清瑶头点得像个小棒槌般应道："喜欢。"

"喜欢也不能多喝。"

钟清瑶噘了噘嘴，有点儿不满。她低头用筷子戳着碗里的饭粒，小声说：“凭什么大家都能喝，就我不能。我又不是小孩子……”

顾谨深失笑，揉揉她的头发说：“上次你秦越叔叔送了我几瓶果味气泡水，放在公司了，下次拿来给你喝。”

“什么气泡水呀？”

“云森的。”

“云森？”钟清瑶眼睛亮了亮。

早就听说云森的气泡水好喝，但是因为价格太贵又比较难买，所以一直没尝试过。

她忍不住想笑：“秦叔叔戒酒了？怎么还喝上气泡水了呀？”

“用来哄他刚上幼儿园的小外甥的。”

钟清瑶蒙蒙地点点头，又觉得有点儿不对劲。过了好一会儿才反应过来——

所以，顾叔叔是在用哄小孩的气泡水来哄她吗？

瞬间，钟清瑶就不是那么想喝那个气泡水了。

这时，杨晗优笑了笑，说：“谨深哥哥管得这么严啊，瑶瑶稍微喝点儿酒也没关系吧。”

“她还小。”

他几乎是不假思索的话，让钟清瑶一口气堵在喉咙里出不来，又闷又气。

小小小！总是说她小！她不想理他了！

杨晗优说：“看到瑶瑶，我就想到了我们小的时候。谨深哥哥，你还记得吗？小时候你也像现在这样，特别照顾我。好像也就八九岁吧，我那时候走路总是很慢，还容易摔跤，你总会放慢脚步等我。”她掩嘴轻笑道：“因此我们补习课总是迟到，还挨了老师不少骂呢。”

钟清瑶小口吃着碗里的饭粒。

想不到顾叔叔小时候还是个暖男，对优优姐姐温柔又贴心。

顾谨深没接话，夹了些鱼肉放在小餐碟里。

杨晗优说了许多他们小时候的事情，钟清瑶都没听说过。听到后来，心里就越来越堵。

“还有啊，我考试没考好，谨深哥哥会给我讲题分析。也不知道为什么，你教的我总是很快就能听懂。

"对了，有一次我跑步摔伤了脚，还是谨深哥哥背我回教室的呢，你还记得吧？"

相较于杨晗优的兴致勃勃，顾谨深神情疏淡，连眼皮也没抬。

"不记得了。"

一句话，让杨晗优的话戛然而止，笑容僵了僵。

其实，后来杨晗优说的那些钟清瑶没细听，只是专心地扒拉着碗里的鱼肉，仔仔细细挑着鱼刺。这时——

一个小餐碟放在了她的面前，里面是一些鱼肉，显然是已经挑过刺了。

"吃吧。"

钟清瑶惊喜了下，抬眼笑道："谢谢顾叔叔——"

"慢点吃，可能有的刺还没挑出来。"

"嗯嗯。"

杨晗优的眸光在两人身上徘徊片刻，略微有些惊讶。她愣了半晌，状似漫不经心地笑着说："谨深哥哥好疼瑶瑶啊。"

顾天成打趣道："优优，你是不知道，谨深平日里最疼这丫头，都快把她给宠坏了。"

吃过晚饭，雪已经停了，地上覆盖着厚厚的一层雪。

他们在客厅聊了会儿之后，又去庭院看了会儿雪。

庭院里的林木草地上都覆着皑皑白雪，杨晗优捧了一抔雪，又倏地撒出去。

"今年的雪下得好厚啊。

"这棵树还在呀，长高了好多啊。小时候捉迷藏，我最喜欢躲在这棵树后面了。"

杨晗优一边堆着雪人，一边和顾谨深聊着小时候的事。钟清瑶没作声，蹲在地上，用手指在雪地里乱涂乱画。

玩了会儿雪后，顾天成推开后院的玻璃门说："雪好不容易停了，这么晚了，要不优优你别让司机来接了，干脆让谨深送你回去吧。"

杨晗优一顿，看向顾谨深说："这太麻烦谨深哥哥了吧……顾伯伯，让司机送我回去就好了。"

顾天成摆摆手说："没什么麻烦的，反正谨深也没什么事。"

杨晗优眨了眨眼睛问："谨深哥哥，可以吗？"

"走吧。"顾谨深说。

杨晗优脸上露出了笑容，道："谢谢谨深哥哥，麻烦你了。"

顾谨深往内厅走，雪地上留下一排脚印。

杨晗优赶紧跟上去："记得小时候我最喜欢跟着谨深哥哥的脚印走，这样就不怕雪地里有暗坑摔跤了。"

钟清瑶抬起头。

两人的身影已经步入内厅，身后留下深浅不一的一排脚印，一大一小，交缠在一起。

钟清瑶呆呆地看了会儿，然后走过去，把他们的脚印踩乱。似乎又觉得不够，还在上面使劲蹦跶了会儿。

"瑶瑶，在做什么？"

正原地蹦跶的身体倏地僵住，钟清瑶极其僵硬地转过身，装模作样地扭扭腰，踢踢腿。

"刚才晚饭吃太饱了，我做运动呢……做运动……"

顾谨深缓步向她走过来说："戴上。"

她这才看清，原来顾谨深的手里是一双毛绒手套。

她没动，像在发怔，鼻头冻得通红。

顾谨深拉过她的手，将她的手仔仔细细地套进手套里。

深冬凛冽的夜里，风停了，雪也停了。

随着顾谨深黑色大衣微动，她闻到了熟悉的雪松气息，有些贪恋。

顾谨深嘱咐道："玩雪的时候记得戴手套。"

两只手都戴上了厚厚的手套，看起来鼓鼓的。钟清瑶看了眼，还是麋鹿图案的，有点儿可爱。

她闷闷地说："顾叔叔不是去送优优姐姐回家了嘛……"

"嗯，马上走了。"他说，"想起来你还在玩雪，给你拿双手套过来。"

"哦……"

顾谨深轻笑了下，揉了下她的头说："走了。"

直到顾谨深离开，庭院响起汽车引擎的声音，钟清瑶才略略回过神来。

树旁立着一个小雪人，是刚才杨晗优堆的。

钟清瑶搓了搓手套，像是赌气似的，在杨晗优的雪人旁边，堆了一个更大、更高、更胖的雪人。

到后来，隔着手套，手都冻得有些疼了。

忽然，有什么东西被扔在她的脚边，随即"砰"的一声，炸开了。

钟清瑶吓得惊叫出声。

一道欠揍的笑声霎时响起："哈哈哈！"

一回头，就看到顾连铭站在不远处捧着肚子笑个不停。

刚在脚边炸开的是一个小鞭炮，也不知道顾连铭从哪儿弄来的。

钟清瑶皱眉道："顾连铭，你幼不幼稚啊？"

顾连铭说："怎么说现在也算是我们新年的第一次见面，给你放个鞭炮，讨个好彩头。"

"幼稚！"

钟清瑶不再理他，继续堆自己的雪人。

"喂！"顾连铭说，"我刚下飞机赶回家，你都不跟我聊聊天，叙叙旧啊？"

"有什么好聊的？"

顾连铭一挑眉，问道："心情不好？"

没得到任何回复。

顾连铭当她默认，继续说风凉话："听爷爷说，优优姐回国了，今晚还在这儿吃饭了。"

"哎呀，听说小舅舅还亲自开车送优优姐回家！"他浮夸地"哇"了一声，"哇——小舅舅对优优姐也太贴心了吧？"

钟清瑶的腮帮子鼓鼓的，一下一下用力地把雪拍到雪人的脑袋上。

"优优姐和小舅舅算是青梅竹马，这次回国怎么说也得再续前缘啊。

"优优姐长得还这么好看，再过不久，我就该叫她小舅妈了吧？"

钟清瑶觉得耳边实在聒噪，捏了个雪球就扔过去。

"顾连铭，你烦死了——"

顾连铭灵活地躲开了。

"哎哟，好凶啊，还是优优姐温柔多了——不对，不应该叫'优优姐'了，应该叫'小舅妈'。"

好几个雪球朝他扔了过去，顾连铭一边得逞地笑，一边闪躲着进了内厅。

四周终于清静。雪人咧着嘴，仿佛也在嘲笑她。

钟清瑶对着雪人说："你也觉得优优姐会成为小舅妈吗？是就点点头，你不动就说明不会。"

钟清瑶笑了："我就知道不会——"

话还没说完，下一秒，雪人的头往下一倒，滚了下来。

雪人：我点头了。

"……"

钟清瑶踢了下地上的雪人头，表情有些萎靡不振。心想着，不就是小舅妈吗？优优姐姐可以，她难道就不可以吗？

晚上 10 点，夜色沉沉。

钟清瑶坐在书桌前，心不在焉地复习着乐理知识，偶尔在本子上做些笔记。

"音程度数……移谱号……"

"E 大调的稳定音级是 I 级 E 音、III 级 #G 音、V 级……小舅妈……"

钟清瑶写字的手一顿。

看了眼本子上的笔记，她又面无表情地把"小舅妈"这三个字划掉。

从窗外看出去，照明灯昏黄，庭院内一片寂静。

顾谨深还没有回来。

明明吃过晚饭顾叔叔就送优优姐回去了，从南湾到杨爷爷家又不算太远，这都好几个小时了，就算是路上堵车，也用不了这么久吧？

脑海中一个念头忽然蹦了出来——

顾叔叔该不会要留宿在杨爷爷家吧……

就像顾连铭说的那样，顾谨深和杨晗优两小无猜，青梅竹马，又是久别重逢，感情来了挡都挡不住。

这夜深人静的，指不定就擦枪走火，干柴烈火了……

呸呸呸。

钟清瑶赶紧甩了甩脑袋，把这个可怕的想法甩掉。

顾叔叔是性冷淡，怎么可能干柴烈火呢？这火想烧都烧不起来。

想到这里，她稍稍放心了些，重新投入学习，只是眼睛时不时会往庭院的大门瞟，看看顾谨深是不是回来了。

时针不知不觉中又走了一个数字。

钟清瑶最后迷迷糊糊地趴在书桌上睡着了。

劳斯莱斯缓缓驶入别墅，顾谨深泊好车后往入户大厅走。他下意识地往钟清瑶的卧室瞥了眼，卧室的灯还是亮着的。

还没睡吗？

人在安静的时候，总是会不由自主地回忆从前。

顾谨深记得以前也是这样。有时候公司有事他加班到很晚才回家，小姑娘就会留着灯等他。她会坐在地毯上看书，背单词，在看到他回家之后，会开心地跑出来，告诉他今天发生的趣事。比如今天学校里跑进来一只超可爱的小奶猫，食堂里的番茄炒蛋只有番茄没有蛋，老师改错了一道题给她多算了一分……

他不怎么说话，很多时候都是静静地听她讲。小姑娘也是乐此不疲，抱着他的手臂，小嘴巴说个不停。

顾谨深松了松袖口的纽扣，往楼上走。经过钟清瑶卧室的时候，看到卧室的门没关。

"瑶瑶，还没睡吗？"

他的脚步稍缓。

小姑娘穿着毛茸茸的白色睡衣，趴在书桌上，长长的头发倾泻在腰际，很安静。走近看时，才发现她已经睡着了，脸枕在手臂上，另一只手里还拿着一支笔。

顾谨深拿走她手里的笔，放在桌上。桌上的本子还打开着，他瞥了一眼——

前面还端端正正地记着笔记，但是后面开始涂涂画画，还写着好几个"小舅妈"三个字。

顾谨深微顿。

小舅妈？

思忖片刻，他并不记得家里有这个亲戚的存在。

顾谨深合上本子，放轻动作，将她抱起放在床上，盖好被子。

钟清瑶睡得很熟，一直没醒。

他的目光在她脸上停留了两秒钟，走到墙壁开关处关上灯，缓步走出去，又轻轻关上了门。

第五章

陆菁的琴

这一晚，钟清瑶睡得并不踏实。她做梦了，梦到了顾谨深。梦里的顾谨深把她的本子撕碎，像是变了个人。

"听说你想做连铭的小舅妈？"

他的嘴角还带着三分邪魅，三分讥诮，三分狂狷，还有一分浪荡不羁。

他捏起她的下巴，缓缓说："女人，知不知道，你在玩火。"

她吓得连连后退着说："顾叔叔……不是的，我没有我没有！"

她忍不住想逃。

"瑶瑶。"

忽然，顾谨深又变成了往日沉稳清隽的模样，温和地叫她的名字。

"瑶瑶，过来，到顾叔叔这儿来。"

她愣愣地走过去说："顾叔叔……"

谁知下一秒，顾谨深忽然死死扣住她的手腕，满脸戏谑道："没有？嘴上说着不要，身体却很诚实嘛。"

瞬间，顾连铭和杨晗优都出现了。

杨晗优亲昵地靠在顾谨深的怀里，顾连铭则指着她喊："就是你！竟然还妄想做我的小舅妈！"

顾谨深则说："瑶瑶，你太不听话了，罚你抄写'小舅妈'三个字一万遍，不抄完不许吃饭。"

"呜呜呜——"她一边哭，一边写。

好不容易抄完了，拿过去给顾谨深看。结果他把纸一扔说："'小舅妈'的'舅'写错了，回去重抄。"

钟清瑶吓得瞬间就醒了。

她猛地睁开眼睛，窗外的阳光照入房间内，视野明亮。房间内很安静，只有胸腔里的心还在狂跳不止。

她重重地松了一口气，还好只是一场梦。

时间还很早，本来这个点钟清瑶是要再睡会儿的，但是今天她一点儿也不想再睡了。

洗漱过后下了楼，顾谨深正坐在餐桌前吃早餐。他喝了口咖啡说："今天起得挺早。"

钟清瑶胡乱"嗯"了声，拉开对面的椅子坐下，她还没从刚才的梦境中缓过神来。

没想到顾叔叔在她的梦里变得这么油腻……

心神恍惚地吃了会儿早餐，钟清瑶还是忍不住问："顾叔叔……你昨天回南湾了吗？"

"回了。"顾谨深抬眼看着她问，"怎么了？"

"没什么……"钟清瑶喝了口牛奶，好似不经意地说，"顾叔叔昨天回来得挺晚的吧？"

"嗯，和杨伯伯聊了会儿。"

"哦……"钟清瑶暗自窃喜。

她早就知道，顾叔叔不会留宿在杨爷爷家的，回来晚也不是其他什么不可告人的原因，而是陪杨爷爷聊天了。

心情瞬间轻松了些，钟清瑶津津有味地继续吃早餐。

顾谨深用餐时一如既往地儒雅，刀叉在餐盘上切割，也不会发出一点儿声音。

钟清瑶偶尔抬眼偷偷看他。顾谨深一身笔挺的深灰色西装，沉稳妥帖，白衬衣的领口处打了条藏蓝色条纹领带，领带上还夹着精致的金属领带夹，连细节处都做到了一丝不苟，十分正式。

钟清瑶大概猜到了些，问："顾叔叔今天要去公司了？"

"嗯。"

"这么快啊。"

淮城是个快节奏的城市，虽然年还没过完，但是金融街的大部分公司已经开始高速运转，写字楼里忙成一片。盛瑞集团也不例外，早早地结束了过年假期，正式开工了。

钟清瑶稍稍有些失落地说："有部贺岁档电影过几天首映，我本来还想邀请顾叔叔一起去看呢。"

顾谨深语气淡淡地问："瑶瑶想去？"

她点头。

"什么时候？"

顾叔叔这么问是说明有时间陪她一起去吗？钟清瑶小小期待了一下，说："就这几天，10 号首映。"

"10 号不行。"

"好吧……"她戳着餐盘里的鸡蛋说，"既然顾叔叔 10 号晚上有安排了，那就过几天再看好了。"

钟清瑶只当顾谨深 10 号那天有重要的应酬或者商业洽谈什么的，也没多想。直到那天，她在微博上看到了"ROYA 新品发布"这一热搜。

她微怔，点进话题。

今天晚上是 ROYA 珠宝的新品发布会，热搜里除了讨论今晚即将登场的珠宝之外，就是 ROYA 的新任首席设计师——杨晗优。

10 日晚，ROYA 新品发布会正式拉开帷幕。会场中心灯光璀璨，香槟玫瑰和尤加利叶交相点缀。

发布会现场已经挤满了各大媒体，闪光灯"咔嚓咔嚓"闪个不停。各界名流也相继到场，场内橄榄枝四处抛投。

相比会场正厅的座无虚席，外场的 VIP 接待室里安静无声，走廊外偶尔有踩着高跟鞋的女人和打着领带的男人走过。

"顾总，您这边请！"

今天的发布会徐总也来了，正引着顾谨深往接待室走，在走廊迎面碰到了杨晗优。

杨晗优见到顾谨深先是愣了下，眼里随即露出惊喜之色。

"谨深哥哥——"

杨晗优踩着细高跟鞋走过来说："我没想到你会来 ROYA 发布会，我一直以为你对这种满是闪光灯的场合不感兴趣呢。"

不仅是各大媒体，连不是圈内的人都知道，顾谨深从不出席类似这种时尚娱乐性的活动。之前各大时尚品牌向他送出不少邀请函，但都被他一一回绝了。因此杨晗优在这里看到顾谨深，属实有些意外。

杨晗优按捺住内心的欣喜，优雅地伸出右手说："今天是我主设计的'记忆'系列珠宝首次发布，我很高兴你能来。"

顾谨深在短暂地回握之后淡声道："提前恭喜你。"

杨晗优正想说点什么，就被一道声音打断了。

"顾总——"

说话的正是 ROYA 的掌门人金总，金太太优雅地挽着他的手臂。虽然金太太已经年近五十，但岁月几乎没在她脸上留下什么痕迹。

"早闻顾总年轻有为，可没想到比我想象的还要年轻几分啊。"

"金总，让您见笑了。"

两人简短地握手之后，金总介绍道："这位是我的太太。"

金太太莞尔道："徐总已经跟我说过顾总想买琴的事了，我已经提前让人去云琅山庄取了，大提琴很快就能送到。"

一旁的杨晗优一愣。

买琴？谨深哥哥来这里，是为了买大提琴吗？

金总又热情地说："顾总，您要是看中什么打个招呼就好，我们让人给您送过去。今日还让您为这样的小事亲自跑一趟，我倒有些过意不去了。发布会马上就要开始了，现在这琴还没送来，要不顾总移步去会场中心看会儿秀，稍等片刻？"

顾谨深谦恭道："好，琴的事就劳烦金总了。"

会场内的灯光暗了下来，场内的嘈杂人声也渐渐安静下来，新品发布会正式开始。

主持人开场，金总上台一番致辞之后，就有一个个模特戴着 ROYA 珠宝从 T 台徐徐走出。熠熠灯光下，更显得模特身上的珠宝璀璨夺目。

顾谨深坐在前排贵宾席，单手随意地托着下颌，忽明忽暗的灯光从他脸上掠过。

金总临时有事离了席，金太太坐在顾谨深旁边的席位上。她早就看出他兴致不大，目光也只是虚虚地落在某处。

后来有人过来俯身在金太太耳边说了什么，她微微点了点头。

"顾总，琴已经送到了，要去看一看吗？"

顾谨深这才收敛起目光，思绪回笼。

会场中心的发布会还在继续，场内，是主持人激情高昂的声音。

"现在就让我们有请这次'记忆'系列的主设计师，杨晗优设计师！"

杨晗优的目光一直追随着顾谨深缓步离去的背影，直到助理喊了下她的名字，她才回过神来。

"优姐，你怎么了？到你上台了。"

"没事。"杨晗优敛起神色，拎起裙摆走向 T 台中央，一时间快门声四起，无数聚光灯照在她的身上。

"大家好，我是'记忆'系列主设计师杨晗优，欢迎大家来到 ROYA 新品发布会。

"我的设计灵感来自我小时候的一本日记本，里面记录着我年幼时青涩美好的记忆……我想每个人的记忆里，都有那么一个人存在，他让你难忘，让你怦然心动。我的小时候，就有那么一个他，给了我很多美好的记忆……"

台下有媒体记者问道："所以你的设计灵感，也来自小时候的那个'他'，是吗？"

"嗯，也可以这么说。"

"那他今天到场了吗？"

杨晗优看了一眼台下空着的座位，眼底闪过一丝落寞，继而又收回目光，笑着说："嗯，他今天也来到了发布会的现场。"

另一边，钟清瑶趴在床上，闷闷地关闭了直播视频。

微博上已经有营销号发布了这个"他"指的就是盛瑞顾总，还配有顾谨深在发布会现场的照片。底下的评论也是讨论声一片。

"盛瑞的顾总出了名地严肃沉闷，他也会参加这种时尚圈的新品发布会吗？天哪！"

"这哪是为了看珠宝啊，顾总就是因为自己的小青梅，所以才来的吧！"

"我记得没错的话，杨设计师很小的时候就出国了吧，没想到十几年过去了，顾大总裁还是默默站在她的身后。"

"他愿意等她十几年，她又设计以他为灵感的珠宝系列！好浪漫啊！"

不出片刻，微博话题"有一种浪漫是我愿意等你十几年"就被顶上了热搜。

钟清瑶越看越闷，对着那些评论暗自腹诽：什么就十几年了，都是谣传！原来顾叔叔说今天有事，就是为了出席优优姐的新品发布会。

她一股脑儿把手机后台全部清空，然后扔在了一边。

手机在这时亮了起来，来电显示是"顾叔叔"。

钟清瑶就这么看着手机不停地闪动，一直没动，直到手机自动挂断。

顾谨深一连拨了好几个电话都没人接，不觉蹙眉，又给李姨打了电话。

"顾先生，小姐没出门，一直在家呢。"

听到李姨的话，顾谨深紧绷的神经才稍稍缓和了些。

"就是小姐好像心情不太好，今天晚上都没去琴房练琴。"

顾谨深的视线从那把刻着"陆菁"名字的大提琴上移开，淡声道："我知道了。"

挂断电话，顾谨深又对着那通没接通的去电愣了许久，脸上依旧是一丝不苟的沉稳与冷静。半响，他才淡淡道："金太太，下半场的秀我得失陪了，金总那边我会去打个招呼。"

"没事。"金太太笑了笑，想到刚才没通的电话，随口问了一句，"是您要送琴的那位没接电话吗？"

"嗯，没带她去看电影，可能闹脾气了。"

金太太笑意更深了些说："那可有点儿头疼了。"

"嗯，回去哄哄。"他说。

手机又进来一通电话，锲而不舍地响了许久，自动挂断后又拨了过来，大有不打通不罢休的意味。

钟清瑶拿起手机，才发现来电的是赵眠眠。

"怎么才接电话啊？我打得手都酸了！"

电话那头人声嘈杂，拉动行李箱的声音此起彼伏，应该是在机场。

之前赵眠眠说起过，她爸受邀出席一个电影的签约仪式，地点在北城。赵眠眠在家闲着无聊，就想跟着她爸一起去北城玩玩，当作旅游，这会儿应该是已经到了。

钟清瑶缓了缓神说："我刚才在洗澡，没听到。你已经到北城了吗？"

赵眠眠这边有些嘈杂，她提高了说话的音量："我现在在北城国际机场的免税店呢，特意来问问你，有没有什么想买的东西，到时候我给你一并捎过来。"

钟清瑶心不在焉地用手指卷着发尾说："没什么想买的……"

"不是吧，爱马仕的铂金、凯莉什么的，不来一个吗？"

"不了，真没有想买的东西。你在北城玩得开心点。"

钟清瑶对这种奢侈品兴趣不大，语气也是恹恹的。

"干吗？心情不好？那个小崽子弟弟又惹你生气了？"

"不是他，是顾叔叔。"

赵眠眠推着登机箱停住脚步，摘了墨镜问："你顾叔叔这么疼你，是什么事惹你生气了啊？"

赵眠眠的这句话把钟清瑶问住了。

她这是在生什么气？是因为顾叔叔没有陪自己去看电影才生气吗？

好像不是。

刚开始顾谨深说不能陪她去的时候，她并没有像现在这样不开心。她这股烦闷的情绪，好像是在看到他出席优优姐的新品发布会后才冒出来的。

直到最后挂断电话，她也没回答上来。

夜色渐浓，天边是浓稠的昏蓝。

钟清瑶走到窗口吹风，恰巧就看到一辆黑色的劳斯莱斯缓缓驶入别墅。她的心里"咯噔"了一下，然后面无表情地走到卧室门口，关上了门。

她重新坐在书桌前看书，思绪却是空白的。

片刻后，门被敲了两下。

"瑶瑶。"

听到熟悉的声音，钟清瑶一怔，没吱声。

"瑶瑶，开门。"

她烦闷地揉了揉头发，应声道："我、我准备睡觉了，有什么事明天再说吧。"

说完，她就关掉了卧室的灯。

房间内陷入黑暗，安静得能听到自己的心跳声。

过了许久，门外也没有任何动静。

顾叔叔走了吗？

钟清瑶没开灯，轻手轻脚地摸到门口，打开门——

入目的是一个宽阔的胸膛，穿着一身笔挺的深灰色西装。

钟清瑶在短暂的怔忪后，抬头。下一秒，就毫无防备地撞进了顾谨深幽深的视线里。

她下意识就想关门。

顾谨深忽然伸手往门上一撑，抵住她关门的动作问："不是说睡了吗？"

她半天憋出了两个字："梦游。"

"好，是梦游。"顾谨深低笑，顺着她的话说，"那现在醒了吗？"

"顾叔叔今天晚上不是有事吗？怎么有空回南湾了？"钟清瑶一副无所谓的样子，但话里着实有些阴阳怪气的味道。

"我让方韦定了电影票，陪你去看电影。"

"不要，"钟清瑶一口回绝道，"我现在已经不想看电影了。"

"还在不开心？"

"我可没有不开心，我心情很好。"

"那为什么瑶瑶今天连琴也不想练了？"

"谁说我不想练的，我只是忘了。"钟清瑶硬着头皮往下说，"马上开学了，接下来有乐理考试，我忙着复习就给忘了。"

她推开门往二楼琴房走，到琴房后，打开门，开灯。

琴房中央，放着一个黑色的硬式琴盒。她一愣，这是一个陌生的琴盒。

她怔怔地走过去，打开琴盒上的一个个锁扣。入目的是一把无比精致的大提琴，琴身上刻着"陆菁"两个字。在灯光下有淡淡的光泽闪动，像是用金线刻出来的。

"这是……"

"给瑶瑶的礼物。"

背后响起低沉的声音，脚步声缓缓靠近："陆菁的珍藏版大提琴，瑶瑶

146

一直想要的。"

钟清瑶伸出手慢慢地抚过琴身,一簇簇烟花在心底"砰砰"绽开。

"喜欢吗?"

钟清瑶收回手,敛起神色,面不改色地否认道:"不喜欢。"

顾谨深抬了抬眉梢,仍耐心地问:"瑶瑶喜欢什么样的?"

"会发光的,一看就是仙女用的那种。"

"那给你定制一把镶满钻石的大提琴。"

"……不要,硌手。"

顾谨深拿出手机说:"那我问问元星科技的陈总,能不能定制出会发光的大提琴。"

钟清瑶挡住他的手机。

"哎呀,顾叔叔!"她一皱眉,"我要练琴了,你在这儿我都没法儿专心练琴了!"

她推着顾谨深往外走,边推边说:"让我一个人好好练会儿琴,顾叔叔要去看 ROYA 新品发布会就去,千万别耽误了时间。"

"砰——"琴房的门毫不留情地关上了。

把顾谨深推出去后,钟清瑶走到陆菁的大提琴旁边,伸出手,又倏地收回,然后一顿操作将琴盒合上,扣上锁扣。

用一把大提琴就想收买她,她才不上当呢。

她冷漠地转身,拿起自己的琴开始拉。拉曲子的时候,她的目光时不时往那边的黑色琴盒瞟。

心不在焉地拉了会儿琴,她停下弓,将大提琴放在一边,然后走到了黑色琴盒边。琴盒上整整有六个锁扣,每个锁扣都精致无比。钟清瑶按捺住心底的惊喜,慢慢地取下一个个锁扣,打开琴盒。她痴痴地看了许久,才小心翼翼地把琴拿了出来。

手指在琴身处一遍遍流连而过,钟清瑶抱着琴开心地转了个圈圈。

她看了眼紧闭的门,门外没有声音,心想:顾叔叔应该已经走了吧?

从琴盒凹槽处取下弓,上松香,做好准备工作后,她认真而庄重地在琴弦上拉响了第一个音。

远处南湾湖水清凌凌地晃荡着,散开一圈又一圈的涟漪。少女的心事,就像偷偷藏起来的琴声一样小心翼翼,又暗暗萌动,生怕让人窥探了去。

走廊里光线昏黄，顾谨深靠着墙，双手低低地环抱在胸前，合眼。

年后工作堆积如山，连日来的高速运转，让他有些倦意。听着熟悉的琴音，他脑海中不自觉地跳出很多画面，大多是钟清瑶年幼时的各种画面。

她第一次来到顾家，仰着头乖巧地喊他"顾叔叔"。

第一次学大提琴，拿着琴弓，小心翼翼地在弦上拉出第一个音。

第一次学骑自行车，摔破了皮，眼睛很红，可就是忍着没哭。

第一次拉着他的手指，笑着说"最喜欢顾叔叔了"。

最后的画面，停留在她得知自己要远赴美国时，那张赌气的小脸。

那天晚上，他看到推门进来的小姑娘时，稍稍有些意外。这几年她长大了些，已经很久没有像小时候那样抱着枕头进他房间了。

他微愣，笑了笑，温声叫道："瑶瑶。"

小姑娘一声不吭地站在门口，他走过去，顺了顺她的头发问："要陪我聊会儿天吗？"

她依旧垂着头不吭声。

"对了，前几天给你买了个发卡，正想给你。"

顾谨深笑了下，往里走。

下一秒，脚步却忽而顿住了。

视线往下，一双小小的手拉住了他衬衫的衣摆。她的头埋得很低很低，看不见表情，只是拉住他衣摆的手，指骨因为用力而泛着白。

许久，她低低地开口："可不可以……可不可以……不要去美国？"

他沉默了很久，才道："不行。"

声音很轻，很柔软，语气却是深深的不容置喙。

拉着衣摆的手一点儿一点儿地松开了。她倏地抬起头，眼眶微红，说得很用力："我再也不要理顾叔叔了！"

她扔下一句话就跑了出去。

顾谨深站在原地，看着被捏皱的衬衫衣摆，独自愣怔了很久很久。

她不是第一次和他赌气了，之前也是好几天不肯理他，坐都要坐得离他远远的，但总是没几天就憋不住了。因此这一次，他也以为她只是像以前那样闹闹小脾气，几天就好。

然而几天过去了，她没和他说话。

一个月过去了，她还是没和他说话。

无论他买什么礼物，怎么哄，她愣是一句话也不跟他说。直到他出发前往美国的那天，一众送行的人里，唯独不见她。

他轻敲她的房门说："瑶瑶，顾叔叔要走了，不来送送顾叔叔吗？"

房门锁了，里面的人一言不发。

"瑶瑶，等顾叔叔处理好那边的事，就会回来。我向你保证！"

他在她的房门口站了许久。

楼下传来顾天成催促的声音，他迈步下了楼。直到离开南湾，也一直没有看到那抹小小的身影。

只是，他不知道的是，小姑娘一直躲在窗帘后面，一声不响地望着楼下。看着男人弓身进入车内，一直到汽车缓缓驶离别墅，慢慢远去，消失成一个模糊的小点。

一瞬间，她的眼泪"吧嗒吧嗒"往下掉，止都止不住。

她把顾谨深送的丝绒发卡扔在地上说："我最讨厌、最讨厌顾叔叔了！我再也不要理顾叔叔了！"

顾谨深在接手美国分公司的烂摊子后，二十四小时连轴转都是常事。工作间隙，他会抽出些时间往家里打电话。

有时候顾天成让她过去跟他聊两句，钟清瑶也是拒绝，关上房门不去听他们的对话。

"瑶瑶呢，最近怎么样？"顾谨深问。

"挺好的，没让我操心过，前不久还去参加了大提琴比赛，拿了个第一名。"顾天成说，"就是还生气呢，怎么都不肯听电话。"

顾谨深道："没事。"

让他没想到的是，小姑娘在这件事上执拗到了极点，将"不理顾叔叔"贯彻到了底。

后来，他越来越忙碌，拨出的电话也越来越少，睁眼闭眼都是股市数据和各种报表，忙到连稍稍喘息的机会都没有。

也许是强负荷造成的心理压力，他时常失眠。远在大洋彼岸的无数个夜晚，他会倒一杯威士忌，打开手机。手机里保存着小姑娘拉的大提琴曲，有时候戴上蓝牙耳机，他一听就是一整夜。

次日晚上，顾谨深从公司出来后就回了南湾。

走进会客厅的时候，钟清瑶正拿着一杯牛奶往楼上走，两人迎面碰了个正着。

"瑶瑶。"

钟清瑶回了句："顾叔叔。"然后面无表情地上了楼。

顾谨深原地怔了两秒，扯了扯领带结，有些躁意。

时近傍晚，还没有开饭。顾谨深坐在客厅的沙发里，看着方书发给他的行程单。

"李姨，你看到过我的那本《我是猫》的书吗？我找不到在哪儿了……"

顾谨深从屏幕前抬起头，就看到小姑娘穿着拖鞋从楼梯上跑下来。

李姨从厨房出来问："书找不到了？我今天收拾的时候没看到这本书，是不是放在哪里忘记了？"

钟清瑶有些着急地说："我今天下午还看过的，到哪儿去了呀……"

顾谨深略略垂眸，就看到沙发的抱枕下，压着一本书，正好露出书的一角。

顾谨深不动声色地移了移抱枕，把书遮了起来。

小姑娘还在这里摸摸、那里看看地找。

李姨说："要不问问顾先生，说不定顾先生看到过呢？"

钟清瑶动作停住，往顾谨深那儿看去。

顾谨深神情闲适地往沙发上一靠，摘下眼镜慢条斯理地擦着镜片，等着她向自己开口。

空气静默了几秒。

脚步声响起，离他越来越近。顾谨深微不可见地勾了勾唇角。

视线里出现一双白色拖鞋，顾谨深勾唇，抬头刚想说什么，钟清瑶就从他身边擦身而过。

"哎，这书哪儿去了呢……"她一边嘀咕，一边往楼上走，愣是看都没看顾谨深一眼。

顾谨深怔住，眉头冷不丁跳了一下。

吃晚饭的时候，顾天成和顾谨深聊了些工作上的事。钟清瑶一直默默低着头吃饭，一句话都没和顾谨深说。

顾天成问："过几天清瑶也要开学了吧？"

她点头。

"也没几天了,"顾天成说,"这几天你要是想去哪里玩,让你顾叔叔不忙的时候陪你去,开学了就没什么时间去玩了。"

顾谨深往她碗里夹了一块排骨说:"瑶瑶之前不是说想看电影吗?顾叔叔陪你去。"

钟清瑶瞥了一眼排骨说:"谢谢,但是我现在不想看电影了。"

说完她就继续低头吃饭,全程没吱声。

一碗饭很快就吃完了,钟清瑶食量不大,这会儿已经很饱了。

"爷爷,我吃完了,我去琴房练琴了。"

纤细的身影消失在木质楼梯的拐角处,顾谨深收回目光,视线落在她的餐盘上。碗里干干净净的,只有他夹给她的那块排骨,还好端端地留在餐盘里。

顾天成看出了点端倪,问道:"怎么了,和瑶瑶吵架了?"

"没。"

顾谨深摘下金丝边眼镜,按揉了下发胀的眉心。

盛瑞总部。

偌大的落地窗前,顾谨深手握一杯美式咖啡,眺望着底下闪烁的霓虹灯,有些心烦意乱。就这么一直站着,直到咖啡逐渐变冷,一口没喝。

办公桌上的手机响了下,顾谨深放下咖啡杯拿起手机,不过是软件推送的一条垃圾消息。只是这条推送消息的标题,却让他久久没挪开眼。

——孩子总闹情绪怎么办?这几招教你轻松应对!

鬼使神差地,顾谨深点了进去。看了几分钟,他轻嗤一声,不知所云。

这时,秦越发来了一条消息,是邀请他周末去打高尔夫。

他忽然想起秦越哄孩子总是很有一套。半晌,他编辑了一条消息发了过去。

顾谨深·"怎么哄小孩?"

秦越:"?"

秦越:"你认真的?"

顾谨深:"别废话。"

秦越:"问这个干吗?清瑶那小丫头闹脾气了?"

顾谨深："好像是。"

秦越："什么叫'好像'啊？具体有什么表现啊？"

顾谨深皱了皱眉，发了条语音过去："和平时不太一样，昨晚吃饭的时候，我给她夹了块排骨，她一口没吃。"

过了一会儿，秦越的语音发了过来。顾谨深点开，里面是狂放的大笑声："哈哈哈哈哈哈哈——"

又有几条语音发了过来。

"哈哈哈，深哥，你没事吧？

"平时面对几个亿的大单子眉头都不皱一下，现在就因为清瑶没吃你夹的一块排骨，你就斤斤计较到现在？"

秦越笑得停不下来，又发过去好几条语音，但都提示发送失败了。

消息下面有一排灰色的小字。

——对方开启了好友验证，你还不是他（她）好友，请先发送好友验证请求，对方验证通过后，才能聊天。

秦越：？

顾谨深不是个会哄人的人，在这方面可以说是一窍不通。面对股市的波谲云诡他尚能精准布局，准确分析各个节点，然而在面对闹情绪的小姑娘时，他只觉得束手无策。像是走进一个漆黑的房间，没有光亮，不知道门在哪里，四处乱撞怎么也走不出去。

这几天晚上，顾谨深都尽量没让方韦安排什么应酬，结束一天的日程后就早早回了南湾。只是哪怕他回来得早，钟清瑶脸上都没什么喜色，一连几天都不怎么和他说话。

夜晚的空气很沉闷，连日来的大雪已经停了，堆积的雪悄无声息地融化，地上湿漉漉的一片。

顾谨深买了现下很火的网红蛋糕，回去的时候，钟清瑶正坐在沙发上，膝盖上放着一本相册，正兴致勃勃地向李姨介绍着乐团去年夏令营的照片。

"当时人真的超多，很多项目都排了好久的队。这里是可以滑草的地方，我当时害怕就没去玩。

"往那边走就是鳄鱼公园，上面是玻璃桥，水里是真的鳄鱼，超恐怖……"

李姨看到顾谨深来了，从沙发上起身说："顾先生，您回来了。"

钟清瑶的话音也在这时停住，脸上的笑容慢慢收起。

顾谨深"嗯"了声，走过来问："在看什么？"

李姨笑了笑说："是小姐去年夏令营的照片，现在拿出来看看也挺有趣的。"

"这么有趣吗？"顾谨深把蛋糕放在矮几上，顺势在钟清瑶旁边坐下。

钟清瑶翻着相册，也不作声。

"这是什么？"他问。

"玻璃栈桥。"钟清瑶言简意赅道。

"这个呢？"

"高空索道。"

"这个呢？"

"吃饭的餐厅。"

顾谨深问："不跟顾叔叔介绍介绍吗？"

钟清瑶继续翻动相册，头也不抬地说："没什么好介绍的，反正照片上都有，都看得懂。"

"那个……我去厨房看看煲的汤好了没有。"

李姨察觉到两人之间微妙的气氛，识趣地走开了。

安静的客厅里，只有翻动相册时发出的细微声响。顾谨深刚想开口，钟清瑶就把相册往他身边一放说："我回房间了，顾叔叔，你自己看吧。"

"瑶瑶。"

她停下脚步，问："顾叔叔还有事吗？"

顾谨深抬了抬下颌，示意矮几上的蛋糕："我给你买了你喜欢的草莓蛋糕，要尝尝吗？"

"谢谢顾叔叔，但是马上要吃晚饭了，我就不吃了。"

她头也不回地上了楼，独留顾谨深一人坐在客厅沙发上。

还有一盒被遗忘的蛋糕，同样孤零零地待在那里。

顾谨深翻动着相册，照片里钟清瑶的脸颊白白净净，她戴着遮阳帽，笑得眼睛弯弯的。往后翻，是她和小羊驼的合影。天气应该很热，她的脸上有两团红晕，比着剪刀手，有点儿娇憨。

顾谨深倏地轻笑了声。

吃过晚饭，钟清瑶照例去琴房练琴。她打开黑色琴盒，里面是陆菁的珍藏版大提琴，想了想，最后还是拿了自己的琴。

窗外雪已经停了，只是空气里依旧沉闷，天也是灰蒙蒙一片。

"啪——"

曲子拉到一半，头顶的灯倏地灭了。随之整幢别墅都陷入了黑暗。钟清瑶吓了一大跳，在黑暗中愣了好几秒钟才反应过来。

是停电了吗？

琴房里空荡荡的，周围是漫无边际的黑暗，有风声从窗户灌进来，有点儿像鬼哭狼嚎。

钟清瑶有些害怕，她放下大提琴，摸着黑急匆匆地往外跑。

"爷爷——"

没跑几步，就撞在了一个坚硬的胸膛上，她吓得惊叫出声。

"瑶瑶别怕。"顾谨深揽住她的肩膀，手掌抚着她的头发轻轻安抚着。

"顾叔叔？"钟清瑶还未回过神来，蒙蒙地靠在他的胸口，任由那双温热的大掌轻抚而过，声音也是糯糯地问："停电了吗？"

"可能跳闸了，已经让人去查看了，很快就好。"

顾谨深说话的时候，钟清瑶能感受到他胸膛里细微的震颤声。

钟清瑶忽然就清醒了，她不动声色地推开他说："我知道了，我去楼下找爷爷。"

黑暗中，她一边摸索，一边往门口走。刚走到门边，一双手就先她一步，"砰"的一声把门关上了。

猝不及防的一声巨响，让钟清瑶不自觉颤了下，她下意识转过身——

下一秒，顾谨深已经走近，抻直手臂将她困在门后。

钟清瑶愣愣地抬头看着他，四周安静，只有突然加速的心跳声清晰可闻。

两人面对面站着，四目相对，离得很近。

"这几天为什么不理我？"

钟清瑶耳朵红红的，也不吭声。

"说话。"

"我……我没有。"

"说谎。"

钟清瑶喉咙不自然地动了动，回避视线不去和他对视，但仍是硬着头皮说："我就是没有。"

"那为什么这几天不像以前一样黏着顾叔叔了？给你买的蛋糕也不吃？"

"不想吃。"钟清瑶小声嘟囔着，"顾叔叔管得可真多……"

顾谨深嗓音低了低："不乖。"

钟清瑶咬着唇，有些生气。

明明是顾叔叔做错了事，还反过来说她不乖？表面上说着自己有多忙，其实都是骗人的，既然这么忙，怎么还有时间参加优优姐的新品发布会呢？

钟清瑶越想越气，不甘示弱地回撑道："顾叔叔也不乖。"

顾谨深愣了两秒钟，继而低笑出声问道："我？"

"对啊，公司里事情那么多，你也不好好工作，跑去参加什么ROYA珠宝的新品发布会，你很闲吗？"

"前几天确实挺忙的，"顾谨深说，"那天参加ROYA新品发布会也是推掉了一个应酬。"

钟清瑶冷笑道："哦，看不出来，顾叔叔对珠宝这么感兴趣。"

顾谨深笑着说："我对珠宝不感兴趣，对陆菁的大提琴比较感兴趣。"

"什么意思？"钟清瑶一抬头。

"前几天送你的大提琴，是ROYA金总的太太的，她正好在那天会出席发布会，所以我去现场跟她谈一下买琴的事。至于珠宝，我没什么兴趣。"

钟清瑶眨着眼睛，像是没听懂，半晌没回话。

顾叔叔去ROYA发布会，是为了买琴？

她安静片刻，呆呆地问："那……那ROYA的设计师呢？也不感兴趣吗？"

"什么？"

"没……没什么。"钟清瑶不着痕迹地转移话题，"所以顾叔叔10号那天没陪我去看电影，是为了给我买陆菁的大提琴吗？"

"不然呢？"

昏昏沉沉的黑暗中，钟清瑶看不清他的表情，但是低哑的声音里似乎隐有笑意。

"顾叔叔……"

"嗯？"

"其实……其实……"

"啪——"

忽然，别墅的灯在一瞬间亮了起来。琴房的吸顶灯也亮了起来，黑暗散去，视野里一片明亮。

顾谨深的脸也清晰地映入钟清瑶的眼帘。他眸色沉沉，目光专注地看着她。宽大的胸膛挡住了一部分光线，她就缩在他胸前的那片阴影下。稍稍侧眸，就能看到顾谨深棱角分明的下颌线条。

这个姿势，就像是被环抱在他怀里一样。

钟清瑶的脸瞬间烫了起来，呼吸的温度也在这一刻急速上升。

顾谨深低下头，继续刚才没说完的话题："其实什么？"

"什么也没！"

钟清瑶推开他，脚步一刻不停地往楼下走，逃也似的离开了琴房。

耳朵烫得厉害。

一楼的矮几上，还放着那盒被遗忘的草莓蛋糕。打开蛋糕盒，里面的蛋糕设计得十分少女心，连草莓都摆成了爱心形的。她忍不住想笑，顾叔叔的品位还挺少女的。

顾谨深下来的时候，钟清瑶正悠闲地坐在沙发上吃蛋糕。

她抢在他前面说："我之前是不想吃的，但是我现在饿了，你可别误会。"

顾谨深没说什么，只是坐在她对面的沙发上，双腿交叠，往后靠，静静地看着她小口吃着。

"顾叔叔。"她一抬头，忽然道，"我想去看电影。"

顾谨深稍稍一顿，温声笑道："好。"

来到电影院，里面挂着各种爱心和玫瑰装饰，钟清瑶这才后知后觉地反应过来——今天是 2 月 14 日情人节。

不少情侣手挽着手来影院看电影，即使现在已经是晚上 10 点了，影院内人依旧很多。

最近上映的几部贺岁档影片都很火热，今天又赶上情人节，这会儿电影票都卖得差不多了，最近的场次已经买不到视线好的位置了。但是如果看下一场的话，又太晚了。

钟清瑶偷偷觑了一眼一旁的顾谨深，那副金丝边眼镜显得他严肃又疏离，像是在说"赶紧选，选了赶紧看，跟你看电影浪费的时间，我都能赚十万个亿了"。

再三纠结之后，钟清瑶还是决定看最近的场次，不过最近场只剩下几个后排角落的位置，好在她视力不错，也不用担心看不清。

至于顾叔叔嘛……他应该也不会介意。

钟清瑶买了一桶爆米花和一杯热可可，眼看着电影马上就要开场了，她拉着顾谨深急匆匆地往影厅走。

影院的大理石地砖上不知是谁洒出来的可乐，钟清瑶没注意，一脚踩上去，打了个滑。瞬间，脚踝处就传来一阵剧痛。她倏地向一旁倒去，手上的热可可也洒在了脚上。

痛上加痛。

幸好顾谨深及时扶住了她问："没事吧？"

"烫烫烫，痛痛痛……"

钟清瑶一瘸一拐地坐在影院外厅的座椅上，顾谨深轻轻抬起她的一只脚检查伤势。

"扭到了？"

钟清瑶皱着眉点头。

手机振动，来电显示是"赵眠眠"。

刚接起，就听到赵眠眠激动的声音："好消息好消息，我刚从我爸那儿得到的最新消息——"

钟清瑶疼得小声吸气，声音也有点儿断断续续的："什么……什么好消息啊？"

顾谨深将她的脚踝放在掌心，小白鞋上全是热可可，湿湿的。

顾谨深说："太湿了，我帮你脱掉吧。"

"嗯……"钟清瑶点头。

虽然顾谨深手上放轻了动作，但是在脱鞋的时候，还是碰到了扭到的脚踝，钟清瑶疼得忍不住嘤咛一声。

"弄疼你了？"

她点了点头。

"那我轻一点儿。"

钟清瑶忽然想到她还在和赵眠眠打着电话，可是电话那头忽然就没了声音。

"喂？眠眠？怎么没声音了？"

她狐疑地看了眼手机，通话时间还在继续。

"呃……那个……"电话里传来赵眠眠不自然的声音，"那个，我电话是不是打来得不是时候？啊，不打扰你们了，你们继续啊，我待会儿再打过来。"

刚说完，电话就挂断了。

钟清瑶蒙了。什么跟什么？

她又打了过去问："你在说什么啊？"

赵眠眠神神秘秘地问："今天情人节，你什么时候脱单的？都开始有性生活了？"

钟清瑶脸一热说："你在胡说八道什么啊？谁有性生活了？"

话音刚落，她才反应过来顾叔叔还在呢。果不其然，顾谨深在这时抬起眼眸看向她。

赵眠眠说："那我刚才听到什么你太湿了，还弄疼你了，你还一边小声喘着气……"

"赵眠眠！"钟清瑶脸腾地涨红了，"我跟顾叔叔在电影院呢！我只是不小心扭到脚还弄湿了鞋子，你想什么呢？"

"哦哦哦……"赵眠眠干笑了几声说，"是我误会了，哈哈！"

"你刚才要跟我说什么好消息？"

"哦哦，对了。"赵眠眠说，"我前几天不是跟我爸去了北城参加一个电影的签约仪式嘛，我听说《音》那档节目的拟邀名单里有你！"

"我？"

"对啊，之前你和董思良大师的二重奏这么火，节目组会邀请你也不奇怪。不过我也不是很确定，如果是真的，等开学了系主任应该会联系你。"

《音》是一档目前很火的音乐节目，每期都有不同的音乐主题，并且会邀请不同的嘉宾，大多是一些有名的音乐家。

直到最后挂断电话，她还是云里雾里的，不敢相信自己也会在节目组的拟邀名单里。

因为鞋子湿了，顾谨深又带钟清瑶去商场里买了双鞋子。回到电影院的时候，电影已经开场了。影厅内光线暗淡，钟清瑶又拉着顾谨深找了好一会儿才找到座位。

这部贺岁档电影在上映前花了不少工夫做推广，坐下来一看才发现，其实电影情节干瘪又无聊，就像是流水账那样没什么营养。

开场不到半个小时，就有人陆陆续续地离开影厅。

钟清瑶打了个哈欠，转头看了一眼顾谨深。只见他目光专注，安安静静地看着电影银幕，倒也没看出来他有半分无聊的样子，反而还看得挺认真的。

似乎是察觉到她的目光，他侧眸看过来问："怎么了？"

钟清瑶讪讪地摇了摇头，又重新端坐好，把注意力投入电影中。

电影是很老套的狗血爱情片，全片贯彻了"我爱你你不爱我，他爱我我不爱他"的宗旨，几个情节拖拖拉拉演了好久。影片进行到一个小时后，男女主角表明心意，开始忘我地拥抱激吻。

钟清瑶后背一僵。

就像是网上经常说到的，人生总要经历几次和爸妈其乐融融一起看电视时，忽然跳出少儿不宜的画面时那种令人脚趾抠地的尴尬感。

男女主角越吻越动情，沉浸式音效让接吻的黏腻声犹在耳边。

钟清瑶不动声色地直了直背。呵呵，都是成年人了，不就是接个吻吗？小场面，小场面。

她硬着头皮继续往下看，然而男主角在热吻了几分钟后，动作开始越来越大胆，甚至连上衣都脱了。

男主角是当下正红的"小鲜肉"，很瘦，脱掉上衣之后，凹陷的肋骨隐约可见，就像是两排干瘪的排骨。钟清瑶继续立定，内心毫无波动，甚至还有点儿想吃黄焖排骨饭。

好在，男主角把女主角压在床上之后，画面没有再继续。镜头一转，切换到了下一个情节。

总算结束，钟清瑶长舒了一口气。

"瑶瑶。"

突然被点名的钟清瑶脊背忽地绷直，僵硬地侧过头看向顾谨深。

他一只手虚虚地托着下颌，目光依旧停留在银幕上，不咸不淡地来了一句："看得还挺认真。"

他终于缓缓地看向她，目光里满是审视的意味。

四目相视后，钟清瑶忽然有种做错事被顾谨深抓包的心虚感。

"还……还好吧。"她镇定地捋了捋头发。

顾谨深只是看着她。

"怎么了？"钟清瑶不甘示弱地与他对视，半点不虚。她心想：我看你刚刚看得也挺认真的，难道只有顾叔叔能看，我就不能看吗？

就这么对视了几秒钟，顾谨深收回视线，没再说什么。

经历了这个小插曲，钟清瑶是没什么心情看电影了，拿出手机翻了翻微博。

"ROYA新品发布"的话题热度依旧没减，往下滑，竟然还看到了"幽深夫妇"的新话题。

点进去，全是有关顾谨深和杨晗优的微博，更是有CP（网络用语，英文Coupling的简称，一般指情侣档、人物配对）粉撰写的"小剧场"上了热门，底下的评论好几千。

——#幽深夫妇#昏暗的房间内，两个影子甜蜜地依偎在一起，黑暗中顾总温柔地吻了吻小优的唇，说："宝贝，我爱你。"

钟清瑶嘴角抽搐了一下，心里生出一股闷气。她切换微博小号，手指如飞地打字，发出评论。

二狗子：顾总是交不起电费还是咋的？灯都舍不得开，被金钱支配的爱情注定不会长久。

——#幽深夫妇#某天晚上，窗外大雨滂沱电闪雷鸣，小优害怕地窝在顾总的怀里。顾总轻声哄着，亲吻她："别怕，我永远是你的避风港湾。"

二狗子：看来老天也不看好这段恋情，哭得好大声啊，希望这场雨能洗涤这场罪孽的爱情。

…………

连续回了好几条评论之后，激起了CP粉的不满。

网友A：这个微博昵称叫"二狗子"的怎么回事啊？你是现实生活过得不快乐，所以来报复社会的吗？

网友B：就是啊，我看他就是嫉妒"幽深夫妇"这么恩爱，就是个"柠檬精"。

网友C：估计是个单身几十年的猥琐大叔，可能现在正抠着脚吃泡面呢。

钟清瑶气得嘴唇发抖，她愤愤地关闭手机，不再去看评论。

顾谨深问："什么事这么生气？"

"没什么。"钟清瑶淡定地道，"微博上有个热心网友做好事被人喷了，我替她生气呢。"

顾谨深说："网友挺热心。"

"嗯。"钟清瑶一本正经地说，"可能这就是正道的光吧。"

…………

耳边人声嘈杂，钟清瑶迷迷糊糊地睁开了眼睛。

电影已经结束了，大屏幕上播放着片尾曲和演职人员名单，座位上的人稀稀拉拉地起身往影厅外走。

"顾叔叔，电影都结束了啊……"

钟清瑶揉了揉眼睛，她居然看着电影睡着了。稍稍一动，身上就有什么东西滑落下来——

是顾谨深的西装外套，不知道什么时候披在了她的身上。

"走吧。"他起身。

"哦。"钟清瑶把外套递给他，跟在他身后走出影厅。

今天是情人节，影院里也搞起了活动。只要是情侣，拿着电影票根就能去服务台免费领取一对编织手链。有男款和女款各一条，普通的黑绳编织而成，还带有半个爱心的小挂坠，两款合在一起，就是一颗完整的爱心。

钟清瑶凑热闹，也去领了一对。

"顾叔叔，好看吗？"她在顾谨深面前晃了晃问。

"嗯。"

钟清瑶试着戴在手腕上，但是单手试了几次，怎么也扣不好锁扣。

一双修长的手出现在她的视线里，接过她手里的手链，帮她扣住。微凉的指尖在她的手腕处停留，让她觉得有点儿痒痒的。

"谢谢顾叔叔！"

她意识到手里还有一条男款的："顾叔叔也戴吧。"

没等顾谨深应声，她就拉起他的手腕，替他仔仔细细地戴好。

顾谨深也随她，没拒绝。

手链处的半颗爱心若有若无地碰在一起，让她心里升腾出一股微妙的感觉。

凛冬过去，像是春风拂过密不透风的角落，有什么东西在心底悄然生根发芽。

影院大厅的电子屏上，还在播放着情人节活动的宣传片。

"未来的几十年里，我想和你一起看一万场电影，每一场电影都代表着一句'我爱你'。"

钟清瑶轻轻摩挲着手腕处的手链。其实，她也想和顾叔叔看一万场电影。

回到南湾的时候，夜色已经很深。

钟清瑶洗完澡就躺进了被窝里，顾谨深则去书房处理一些公司里的事务。他脱下西装外套，又松了松手腕处的衬衫纽扣，动作忽然一顿。低头看去，手腕处还系着一根黑色的编织手链，半颗爱心坠在上面。在冰冷的金属腕表的衬托下，显得有些突兀。

顾谨深停顿了两秒钟，没摘。

他走到书桌前，打开笔记本电脑开始投入工作。

浓浓的夜色下，同样没睡的还有钟清瑶。她早早地就躺在床上，躲进了被子里。可是几个小时过去了，还是翻来覆去睡不着。

拿出手机看了会儿朋友圈，因为今天是情人节，朋友圈里大多是些秀恩爱的动态。

往年的情人节她都是自己过的，但是今年不一样。她和顾叔叔一起看了电影，还戴了同款手链。

钟清瑶拿出手机对着手腕拍了张照，也发了条朋友圈。

点开照片，放大。

心跳忽然快了起来，她躲进被子里不停地滚来滚去。过了好一会儿，才从被窝里探出头来。

房间没拉窗帘，透过落地窗往外看，隐约有微弱的光亮照进来。她抬手摸着手链，心跳似乎还是没有平息下来。

后来，她就这么摸着手链，不知不觉就睡着了。

第二天醒来的时候，窗外天光正好。淮城连下了好多天的雪，许久没有看到像现在这样温暖的阳光了，今天连气温也稍稍回升了些。

下楼的时候，李姨正在厨房煲着给顾天成的参杞汤。顾天成的年纪渐渐大了，身体各项机能也是日趋下降，李姨经常会做些滋补的汤膳，给他补身体。

这边李姨刚把参杞汤盛出来，那边炖的鸡汤又好了。

钟清瑶看李姨忙个不停，就主动过去帮忙，端着参杞汤给爷爷送上去。

顾天成不在房间，她便又去了书房。

里面传出了顾天成的声音。

"我年纪大了，也不怎么关注你们年轻人的东西。我听说你和优优在网络上的话题度很高啊。"

钟清瑶站在书房门口，脚像是粘住了，动弹不得。她愣愣地听着书房内的谈话。

顾谨深的声音，还是一如既往的平淡："不清楚，我没关注那些。"

"我看网上传得有模有样的，所以你跟优优有没有在交往？"

"没有。"

"说起来……你也到年纪了，是该考虑一下这方面的事了。"

顾谨深没接话。

"优优这孩子挺不错的，我们和杨家素来交好，你和优优又是从小在一起玩大的，不如你们趁现在彼此多了解了解，能发展就发展一下……"

钟清瑶手指扣住托盘的边沿，不自觉地暗暗用力。

"没那个必要。"顾谨深拒绝得很干脆。

顾天成愣怔片刻，问："你现在整日里不是忙公司，就是陪着清瑶那丫头，什么时候打算打算自己的事？"他语气里有了几分责备，"我知道你有自己的想法，我现在的身体大不如前了，我可不想等我死的时候，还没看到我的儿媳妇。还有，昨天优优还跟我说起你，说要请你吃个饭，有工作上的事情要找你谈谈。她刚回国，能帮忙的，你尽量多帮些。"

钟清瑶轻轻推开书房的门走了进去。

"爷爷，您的参杞汤已经煲好了。"

顾天成见她来了，说道："清瑶，你来得正好，快帮爷爷好好催催你顾叔叔，让他赶紧找对象结婚。"

钟清瑶偷偷看向顾谨深，下一秒，就蓦地撞进了他的眼睛里，心跳仿佛漏了一拍。

他正看着她，眼里的意味不甚分明。

钟清瑶脑袋里昏昏沉沉的，直愣愣地小声吞吞吐吐道："我觉得……顾叔叔现在工作这么忙……不结婚也挺好的……"

周末，天朗气清，气温回升，淮城总算有了些入春的迹象。

今天顾谨深没在南湾，钟清瑶一个人坐在小花园的藤椅上晒太阳，手里抱着热水袋，惬意得不想动弹。

这会儿温暖的太阳晒着，让她有了些睡意，眼皮一下一下地耷拉着。

"啊，冷死了冷死了，赶紧给我焐焐！"

顾连铭不知道从哪儿冒了出来，一把抽走了她手里的热水袋。

钟清瑶瞬间回过神来，睡意也顷刻间消散了。她有些不满地说："顾连铭，你怎么总是一惊一乍的啊？"

"我怎么了，借你个热水袋焐焐也不肯吗？"

顾连铭身上还穿着一身红黑色的摩托车骑行服，看来是刚飙车回来，冻得够呛。

对此，钟清瑶也是见惯不怪了。顾连铭年纪虽不大，但他却十分注重自己的形象问题，大冬天的，也依旧开着摩托车四处招摇。任凭寒风呼呼地吹，他也像没感觉似的，眉头都不皱一下。

但是钟清瑶知道，他一回家就原形毕露，像是冻成僵硬的小鸡崽，巴不得整个人都塞到暖气里去。

就拿飙车这件事来说，明明有加厚防风的骑行服，他偏不穿，只说看起来臃肿，不符合他的气质。

"排气管管线、胎内钢丝、发动机什么的，只要是能改的我都改了，改装过后真是绝了，没枉费我心心念念等了三个多月……"

顾连铭还在眉飞色舞地炫耀着自己新改装的摩托车有多么酷炫。

钟清瑶虽然不想管顾连铭的事，但还是提醒他道："你知不知道，再过几个月你就要高考了？"

"知道啊，怎么了？"

"我觉得你用来研究摩托车的时间，不如多做几套题。"

"这段时间我一直被小舅舅盯着，做题都快做傻了好吗？我都好久没碰过车了，今天第一次试车！"

不得不说，顾连铭这段时间成绩进步得确实飞快，顾谨深盯得紧，顾连铭也没敢在他眼皮子底下懈怠过。

他偶尔会趁顾谨深不在的时候，偷偷溜出去玩。今天顾谨深和顾天成都不在南湾，顾连铭一大早就出了门，比平时上学还积极。

钟清瑶没再说话，反正不关她的事。

顾连铭把热水袋扔给她，饶有兴味地问道："你猜小舅舅今天去哪儿了？"

"还能去哪儿？不是在公司，就是回泊港公馆了。"

"不不不，还有第三种可能，说不定小舅舅现在正和优优姐约会呢。"

钟清瑶一怔，随即道："你以为顾叔叔跟你一样这么闲吗？还约会呢，顾叔叔工作都忙不完！"

说完，钟清瑶转过身去不再理他，心里却有点儿乱乱的。

之前顾天成的一番话犹在耳边。顾谨深已经到了该结婚的年纪了。可是她一点儿也不想他结婚，更不想和别人分享他。

如果顾谨深真的要结婚的话，为什么对象不能是她呢？她又不是不可以。

钟清瑶又在藤椅上坐了会儿之后，觉得心里越来越烦闷，就给赵眠眠发了条消息，约她出门逛街，想着放松一下心情。

周末的商场人不算太多，赵眠眠又是买包又是买鞋，钟清瑶没看中什么，逛了一圈什么也没买。

赵眠眠刷着卡买得起劲，"扫荡"了一圈后，又拉着钟清瑶去了内衣店。

刚进店，她们就听到了熟悉的声音。

"这个款式的，还有没有别的颜色？我感觉这个颜色不是很衬我的皮肤。"

走近后，就看到萧娜拿着一款文胸跟售货员说着。

只是，店内并没有看到周宇炎的身影，估摸着周宇炎没好意思陪她来内衣店，自己去别的地方坐着等她了。

萧娜看到了她们问："你们怎么在这儿？"

赵眠眠挑选着内衣说："买内衣啊，不然来这儿干吗？"

萧娜嗤笑一声道："这家店可不卖少女背心，对尺寸可都是有要求的。"她明里暗里地嘲讽着："我说，你们是不是走错地方了？"

赵眠眠立马就急了："你说谁穿少女背心呢？说谁平胸呢？"

"谁平胸说谁啰。"

赵眠眠不甘示弱，缓缓扫视一圈，调侃道："怎么没看见你男朋友呀？怎么，他连内衣店都不愿意陪你逛吗？"

这话戳到了萧娜的痛处。

她气冲冲地把内衣一放，对售货员说："这个，这个，还有这个，我都要了，帮我拿 34C 的！"

萧娜加重语气，特意强调了尺码是 34C。售货员包好之后，她趾高气扬地拎着袋子走了。

赵眠眠不屑道："看她那嘚瑟样，不就是 34C 嘛，搞得好像谁没似的。"

她把手里的黑色蕾丝文胸塞到钟清瑶手里说："我记得你也是 34C 吧，买了买了，我可咽不下这口气。"

钟清瑶拿起来看了一眼。文胸只有薄薄的一层蕾丝，堪堪遮住某一点。这也太……太性感了点儿。

钟清瑶讪讪道："这款不太适合我吧……"

"有什么不适合的？难道要穿大妈款内衣吗？你看你总穿得跟个小孩似的，一点儿女人味都没有……"

小孩？

钟清瑶愣了愣。她真的穿得像小孩吗？怪不得顾叔叔总说她小来着……

钟清瑶把文胸捏在手里，有了一丝动摇地问道："我真的……一点儿女人味都没有吗？"

赵眠眠点头道："目前来看，没有。"

"那……那穿了这个会变得有女人味吗？"

"那当然了，瞧瞧这款式，多性感啊。"

"可以迷死人吗？"

"必须的，狂流鼻血的那种，看一眼就欲罢不能，爱你爱得不行。"

钟清瑶深吸一口气，斩钉截铁道："好！买了！"

售货员笑盈盈地过来推荐同款吊带睡衣。

黑色丝质款，V 领，同样性感诱惑。

钟清瑶晕乎乎的，也一并买了下来。拿着袋子，她脸色酡红，有些烫。

如果顾叔叔看到了……会不会觉得她很有女人味呢？也许还会像赵眠眠说的那样激动得流鼻血。说不定，还会发生点儿什么美丽的意外……

啊！好害羞。

赵眠眠冷不丁冒出来一句："你脸怎么这么红？"

"啊？有吗……"

钟清瑶一摸自己的脸。

好烫啊。

两人又逛了会儿街之后，赵眠眠接到家里打来的电话，说是这会儿家里来了客人，急催着她回去见见。

赵眠眠拗不过她妈妈，又不好意思就这么走掉。

钟清瑶没介意，大度地说："你赶紧回去吧，反正逛了这么久腿也酸了，我们下次再逛。"

一个人逛街没什么意思，赵眠眠走后，钟清瑶本想就此回南湾。但是一想到爷爷和顾叔叔都不在南湾，回去又只有她和顾连铭两个人，她忽然就改变了想法。

还不如去找顾叔叔呢。

商场离泊港公馆很近，钟清瑶拎着购物袋，慢悠悠地去了泊港公馆。

经过花店，她还顺便买了束蔷薇花，粉色的。

顾谨深的房子太沉闷了，一点儿温馨的感觉都没有，正好可以用蔷薇花来装点一下。

钟清瑶一路轻声哼着歌来到泊港公馆，坐电梯一直到32楼。

打开门，里面静悄悄的。

"顾叔叔？"钟清瑶捧着花走进去。

没人回应。

屋子里空荡荡的，顾谨深并不在泊港公馆。

钟清瑶找了个瓶子把花插好，端端正正地放在客厅的玻璃茶几上。

窗外阳光和煦，从落地窗洒进一片温暖的金色。

钟清瑶在沙发上坐了一会儿，还是决定出门。

电梯无声地下降，在23层的时候"叮"的一声打开了，迎面走进来一个人。

"钟小姐——"

钟清瑶盯着他的脸愣了好几秒。

想起来了。

之前她住在泊港公馆的时候，因为走错楼层去了 23 楼，正巧拉住了半个身子都翻出露台的老人，李家人因此还感谢了她好久。

她救下的老人正是他的奶奶。

钟清瑶笑着说："是你啊。"

"真巧，我刚看望完奶奶出门，没想到就在电梯里碰到你了。"李旭宵走进来，电梯门缓缓合上了。

钟清瑶问："奶奶身体好些了吗？"

"好多了，前段时间她还跟我们说起过你，说还没来得及谢谢你。"李旭宵忽然想到什么，又道，"对了，之前就说要请你吃饭感谢你的，结果拖到现在还没请你。"

钟清瑶笑着摆摆手说："不用，不用……"

李旭宵笑着，说得诚恳："给个机会让我表示下感谢，不然真的太过意不去了。"

钟清瑶和赵眠眠逛了一个上午，现在还真有点儿饿了。

她想了想，最后还是点了点头。

金融中心附近的法式餐厅里，艺术吊灯投下暖黄光晕，舒缓的音乐在餐厅内流淌。

顾谨深和杨晗优面对面坐着。

杨晗优一边翻看着菜单，一边说："那就一份经典鹅肝和法式肋眼牛排——对了，听说这里的焗蜗牛挺不错的，谨深哥哥，你要来一份吗？"

"不用了。"

"……嗯，那你看看有没有想吃的。"

金丝边眼镜后的那双眼睛冷淡而疏离，仿佛自始至终没有投入过这场午餐。

"爸说你有工作上的事情要找我谈。"

杨晗优稍顿，合上菜单递给侍应生说："先这样吧。"

她重新看向顾谨深说："谨深哥哥，这么多年过去了，你怎么比小时候

168

还要无趣了呢。难道除了工作，我们就没有别的可以聊了吗？"

顾谨深抬手看了眼腕表说："我不觉得我们有除了工作之外的事情可以谈。"

杨晗优耸耸肩道："真无趣。"

"好吧，那就谈工作。"她说，"不知道你有没有关注过各大门户网站和自媒体，目前我们两个人的话题度和讨论度都很高，我最近在准备'记忆'系列珠宝的宣传片，我想这也许是一个很好的卖点。"

顾谨深缓缓抬头。

"我觉得我们之间的回忆很贴合'记忆'系列珠宝的设计概念，所以想邀请你在宣传片内稍微露一个镜头，增加一点儿话题度。"

"抱歉，我不接受你的提议。"

杨晗优没有想到顾谨深会拒绝得这么直截了当，连稍稍的婉转都没有，顿时让她有些下不来台。

在她愣怔之际，顾谨深又问："还有别的事吗？"

杨晗优回过神来："没……"

"失陪！"

顾谨深起身，从座位离开。

他停住脚步说："还有，如果以后要谈工作，不必选在这种地方。你可以联系我的助理方韦，他会安排好会议室。"

杨晗优愣在座位上，像是被人从头到脚泼了一盆冷水。

她拎起包包，快步跟上他的脚步问："谨深哥哥，你不吃午餐了吗？"

"我没有陪别人吃午餐的习惯。"

顾谨深头也没回。

他的步子迈得很大，杨晗优几乎快跟不上他的脚步。

"谨深哥哥，你等一下——"

杨晗优还在亦步亦趋地跟着，前面的男人忽然顿步。

"怎么了？"

话音刚落，她就看到法式餐厅门口走进来一个长发及腰的女孩，身边还跟着一个男人。

笑容灿烂，两人正说着什么。

杨晗优微愣，笑了笑问："瑶瑶交男朋友了啊？"

说话间，顾谨深已经向两人走近，眉心几不可察地皱起。

"瑶瑶。"

"顾叔叔——"

钟清瑶见到顾谨深，霎时笑容更灿烂了，惊喜道："你怎么也在这儿？"

杨晗优踩着高跟鞋过来说："瑶瑶也来了。"

在看到杨晗优之后，钟清瑶脸上的笑容一点儿一点儿地冻住了。

顾叔叔和优优姐在一起？

"约会"这两个字，倏地从脑海里蹦了出来。

顾谨深的视线淡淡地从李旭宵身上扫过，然后落在她的脸上问："还没吃饭？"

钟清瑶点头道："顾叔叔呢？要陪我一起吃午餐吗？"

顾谨深轻"嗯"了声道："好。"

原本两个人的午餐，就此变成四个人。钟清瑶和李旭宵并排坐着，对面坐着顾谨深和杨晗优。

因为还在对"约会"事件耿耿于怀，钟清瑶低头切割着小牛排，一直没有说话。

顾谨深坐在对面，沉默地凝视着她，面前的餐点一点儿没动。

空气有些凝滞，只有餐厅内不轻不重的音乐，在四人之间流转。

李旭宵率先打破了沉默说："那个，这家法餐还算正宗，蜗牛和鹅肝都不错。大家随意啊，这顿我请。"

顾谨深轻晃了下红酒杯，淡淡道："瑶瑶，不介绍下吗？"

钟清瑶停下刀叉说："新认识的朋友李旭宵，之前我在泊港公馆23层救下的老人，就是他的奶奶。他为了感谢我，所以请我吃饭。"

她又对李旭宵介绍道："顾叔叔，还有，优优姐。"

杨晗优笑了笑，说道："我和谨深哥哥还以为瑶瑶交男朋友了呢，所以就过来想问问你是不是。"

钟清瑶一下一下地划拉着餐盘里的奶油蘑菇，闷声道："不是。"

"关于交男朋友这事，你顾叔叔也挺为你操心的。瑶瑶以后要是交了男朋友，可要第一时间带回来给你顾叔叔看看啊，不然他都不放心。"杨晗优笑着说。

钟清瑶抬起头，酸溜溜道："我知道，不用顾叔叔操心。"

顾谨深淡淡睨她一眼，没接话。

钟清瑶继续阴阳怪气道："顾叔叔工作这么忙，就不要操心我的事了。要是有空的话，就来这里吃个浪漫法餐，聊个小天，这样就挺好的。"

空气中的温度越来越高，似乎即将到达燃点，一触即发。

顾谨深眼神平静，只是握着高脚杯的手在慢慢地收紧。

杨晗优的视线在两人之间逡巡片刻说："今天是我约的谨深哥哥，也是听说这家法餐比较正宗，所以就过来尝尝，顺便谈一下工作的事情，也没聊什么。"

像是在解释，钟清瑶却隐隐听出了话里的另一层意思。

她无所谓地"嗯"了一声，继续低头用餐。

李旭宵虽不知道发生了什么，却也感觉到气氛有点儿奇怪。于是就想着说点什么，活跃活跃氛围。

"对了，这里的甜品也很不错。听说甜品是能让女生快乐的东西，你们要不要点一份尝尝？"

杨晗优优雅地拒绝道："抱歉，我在减肥，不吃高热量的食物。"

"没事没事，女生都比较注重身材管理，我能理解。"李旭宵又问钟清瑶，"那清瑶要来一份吗？焦糖奶冻和草莓派都还不错。"

钟清瑶问："我能要双倍快乐吗？"

李旭宵愣了几秒钟，随即反应过来她说的意思，忍不住笑了："行啊，你要几倍快乐就几倍快乐，我请客。"

"哈哈，一百倍呢？"

"只要你吃得下，一万倍都行！"

两人继续说笑着。

顾谨深的视线从两人身上扫过，胸口像被什么堵住了似的，有些闷。他稍感烦躁地将杯中的红酒一饮而尽。

杨晗优酥酥软软的声音响起："谨深哥哥，我看你都没怎么吃，是牛排不合胃口吗？"

钟清瑶话音停住，侧眸看过来。

视线相对。

她漫不经心道："顾叔叔最喜欢吃牛排了，一日三餐吃牛排都没问题。"

杨晗优"啊"了一声，声音依旧柔软："谨深哥哥这么喜欢吃牛排的吗？"

钟清瑶听着那一声声娇滴滴的"谨深哥哥"，觉得着实有些刺耳。

不就是谨深哥哥吗？谁不会啊？

钟清瑶静默了两秒，忽然说："当然了。

"对吧，谨深叔叔？"

杨晗优笑容微僵。

顾谨深也在此时慢慢掀起眼皮看向她。

钟清瑶忽视掉停留在她脸上的灼热目光，继续神色自若地说："看我干吗？谨深叔叔是很喜欢吃牛排啊。我没说错吧？谨深叔叔。"

顾谨深微微靠向椅背，声音无波无澜。

"你叫我什么？"

"谨深叔叔啊。"钟清瑶假装若无其事地说，"怎么了？不喜欢？"

顾谨深眼睛眯了眯。

"没事，不喜欢那我换一个。

"谨深大叔。"

午餐在不甚愉悦的气氛中结束了。

李旭宵家里是做酒店开发的，午餐过后，李旭宵邀请钟清瑶他们去自家的温泉度假酒店玩。

"不了，瑶瑶不喜欢泡温泉。"

"哇——我好想泡温泉啊！"

钟清瑶和顾谨深几乎是在同一时间开口。

话音刚落，钟清瑶侧头看他一眼，仿佛在说"我什么时候说不喜欢泡温泉了"。

"没关系，顾叔叔如果不想去的话可以先走。"

酒店有室内和户外两个泡汤区域，男女是不同的汤池，周围天然绿植蓊郁，伴有潺潺的人工溪流，私密性很好。

钟清瑶闭着眼睛惬意地靠在池边，身心放松下来。

顾谨深最后还是跟他们一起来了，她不知道他最后有没有去泡温泉，反正她是泡得挺舒服的。

池水微动。

钟清瑶睁开眼，就见杨晗优也缓步下到了汤池里。

这里大大小小的汤池有不少，钟清瑶不知道杨晗优为什么要跟她泡同一个。

她还是比较喜欢一个人。

杨晗优说："这边挺舒服的，听说汤池都是引的天然温泉。"

"嗯。"钟清瑶胡乱应了声，不想多说话。

"偶尔来这里度度假，放松放松挺好的。瑶瑶有没有和谨深哥哥一起出去度过假？"

"没有，顾叔叔工作挺忙的。"

"我小时候就经常拉着谨深哥哥到处玩，他倒也随着我。"

"哦。"钟清瑶闭上眼睛，不想再说话。

"我今天约谨深哥哥吃饭，就是为了让他帮个忙。我主设计的'记忆'系列珠宝，最近在筹备一个宣传片，毕竟我是以我和他小时候的回忆为灵感设计的，所以我在想，如果谨深哥哥能在宣传片内有个镜头，也能提升下话题度。"

钟清瑶不知道杨晗优为什么要跟她说这些，就随口问道："哦，那顾叔叔同意了？"

杨晗优温柔地笑道："你知道……他一直都随我的。"

可能是温泉水太烫，钟清瑶觉得胸口烦闷，燥热得厉害。

她忽然就不想泡了，边起身往池外走，边说："优优姐，你慢慢泡，我先出去了。"

刚走到池边，杨晗优柔柔的声音在背后响起。

"瑶瑶，你喜欢谨深哥哥吗？"

钟清瑶蓦地一怔，停住了脚步。

半晌，她缓缓回过头，脸上是灿烂的笑容。

"当然了，顾叔叔这么疼我，我当然也喜欢顾叔叔了。"

第六章

"男朋友口红"

时间过得很快，三月初，淮城音乐学院正式开学，迎来了新的学期。

开学没几天，钟清瑶就被叫到了系主任的办公室，去办公室的途中，她大概猜到了些什么。

之前赵眠眠跟她说过，《音》这档音乐节目拟邀她去参加节目录制，只是还不确定消息的准确性。

果不其然，到办公室后，系主任说的还真是这件事。

《音》多是邀请有所成就的音乐家，虽然钟清瑶从小到大拿过不少奖项，在国际比赛中也取得过优异的成绩，她的履历不差，但是再怎么光鲜的履历，和音乐家还是比不了的。

素来都冷着脸的系主任，难得脸上有了笑容，言语中也不乏赞许，让钟清瑶好好珍惜这个机会，好好表现，也代表淮城音乐学院在全国观众面前争个光。

能和许多她所憧憬的大提琴家同台，钟清瑶自然也是惊喜不已。

没有任何犹豫，她就应了下来。

节目的录制在一个月后，地点是北城，和淮城离得很远，坐飞机也要三个小时。

当她把这个好消息告诉爷爷的时候，爷爷不住地夸赞她，替她开心。

唯独顾谨深沉着脸，没什么笑意。

"一个人去？"

钟清瑶咬着苹果，怀里抱着平板电脑，优哉游哉地看着剧，头也没抬地应声道："对啊。"

"去多久？"

"节目录制的话一天就够了，但是加上彩排和前期准备工作，起码要提前一周去。"

"知道北城离这里多远吗？"

"知道啊，坐飞机三个小时，也还好吧。"

顾谨深走过来，抽走她手里的平板电脑，目光沉沉地审视着她问："还好？"

钟清瑶把平板电脑抢过来，重新窝进沙发里。

"本来就还好啊，顾叔叔还去美国了呢，不是更远？"

顾天成听到动静，走过来问："怎么了？"

钟清瑶趁机告状："爷爷！顾叔叔不让我去北城！"

顾谨深淡淡解释道："一个人去那么远的地方，我不放心。"

顾天成说："北城也还好，不算太远。再说清瑶也不是小孩子了，她想去就让去她吧。"

"她还小。"

一听到这话，钟清瑶瞬间像个小刺猬一样，竖起了满身的尖刺。

"我怎么小了？顾叔叔总说我小，我哪里小了，哪里小了？"说着，还挺了挺胸脯，像是要极力证明什么。

他淡淡地睇她一眼，道："小。"

钟清瑶气到爆炸。

好，不就是觉得她没有女人味吗？等她穿上性感蕾丝吊带衣出现在顾叔叔面前的时候，看他还会不会说她小。她在心里暗暗打起了小算盘。

出发去北城的前一晚，钟清瑶在房间里收拾行李。在北城待一周，说长不长，说短也不短。零零碎碎的东西加起来，就收拾出了整整两个行李箱。

她瞥到偷偷藏在衣帽间角落里的购物袋，走过去，拿出袋里的包装盒，解开上面的蝴蝶结，小心翼翼地打开。里面是她之前和赵眠眠一起逛街

175

的时候买的黑色蕾丝文胸，还有一件同款性感V领吊带衣。

唉，都没机会穿。

"瑶瑶。"低沉的男声响起，脚步声渐近。

钟清瑶赶紧合上包装盒，倏地塞进了衣柜里。

"顾……叔叔。"

顾谨深的目光在衣柜处停留片刻，问："藏了什么？"

"我能藏什么东西啊。"她讪讪地笑道，"就是一些以前的衣服，已经好久不穿了，我想着找个时间扔到旧衣回收站去。"

她不动声色地拉上柜门问："顾叔叔找我有什么事吗？"

好在顾谨深没再深究藏了什么，只是问："行李都收拾好了吗？"

"收拾好了。"

"明天早上7点我们出发去机场，别睡过头。"

"嗯嗯，我知道了。"钟清瑶忽然一顿，偏过头看着他问："我们？"

"嗯。"

"那个……顾叔叔，你不用特地送我到机场，让司机叔叔送我就好了。"

顾谨深轻笑了一声，伸手揉了揉她的头说："我也去北城。"

钟清瑶愣愣地看着他，蒙了好一会儿，才问："顾叔叔也去北城？"

"嗯，有个财经论坛。"

其实，顾谨深时不时就会收到各种大大小小的财经论坛邀请函，不过他多是拒绝，让方韦一一处理了。

那天在收到北城论坛主办方邀请函的时候，顾谨深本没在意。直到他听说论坛地点是北城，而且时间上正好和钟清瑶的出发时间差不多，他随即应了下来。

钟清瑶仰头看着他问："所以顾叔叔是要和我一起去北城吗？"

"嗯。"

惊喜和期待糅杂在一起，钟清瑶的嘴角不自觉地翘起，眼睛也弯弯的。

"早点休息。"

她开心地点头。

顾谨深离开后，钟清瑶对着自己的行李箱出神良久，不知道在想什么。

片刻后，她从衣柜里将那套性感吊带衣拿了出来，然后塞到了行李箱里。

做完这一切后，钟清瑶脸色羞赧，呼吸也升温了些。

安静的卧室内，她的心"扑通扑通"跳个不停。

在北城举行的互联网金融论坛为期五天，各地业内人士云集于此。还有众多电视台和报社记者，也早早地在会场蹲点，为的就是不错过这一行业盛事。

今天是论坛的开幕式，钟清瑶醒来的时候，顾谨深已经前往会场出席开幕式了。

《音》的节目彩排定在两天之后，这两天她没事可做，只能在酒店看看电视练练琴。

其实节目组是安排了酒店入住的，但是顾谨深没让她去，直接在金融中心的洲际酒店订了个总统套房，离论坛会场和节目录制地点都挺近的。

酒店套房很豪华，除了主卧、次卧和超大客厅外，还有专门的SPA（水疗）房和私人露台花园，连浴室都有好几个。

钟清瑶其实不太满意。

这次来北城，她除了参加《音》的节目录制外，还有一件头等大事要完成。

她瞥了一眼藏在角落的性感内衣。

本想着趁这次机会在顾谨深面前好好展露一下自己的女人味，但是总统套房太过"贴心"，不仅房间够用，主、次卧离得还超远，私密性极好。

真的是好棒棒呢。

她真想好好"谢谢"他们。

一个人待在空荡荡的酒店，其实很无聊，钟清瑶窝在沙发里看同城的微博。

不少来这里旅游的人，都会打卡北城的沛江。

沛江江景是北城的一大特色，江面辽阔，还有成群的鸥鹭在空中盘旋，每天都有许多游客来江边喂食，打卡拍照。手里拿着面包高举过头顶，江鸥就会飞过来叼走面包。

钟清瑶也想去喂江鸥。

现在已将近黄昏，也不知道顾叔叔那边的开幕式结束了没有。

她拿出手机给顾谨深发了条消息。

钟清瑶："躺尸。"

消息很快回了过来。

顾谨深："怎么了？"

钟清瑶："好无聊，我想去沛江玩，顾叔叔什么时候回来？"

顾谨深："马上就结束了，我来接你。"

她没想到顾谨深会答应得这么快，开心地在沙发里打了个滚，然后回了个"飞吻"的表情过去。

顾谨深淡淡地瞥了一眼对话框中眼冒爱心嘟嘴亲吻的小人动图，倏地轻笑了一声。

某电视台的财经记者在会后得到了几分钟的访谈时间，她刚问出一个问题，就见顾谨深笑了下。

她顿时神经紧绷，反复思考着是不是自己的问题太过弱智，才引来顾总的嗤笑。

她小心翼翼地问："顾总，那个，是有什么问题吗？"

顾谨深收回目光道："没什么，你继续。"

等待的时间里，钟清瑶仔仔细细地化了个妆。

她换上了仙气飘飘的连衣裙，外面套了一件轻薄的风衣外套，连衣裙只到膝盖处，露出一截小腿。

有点儿冷。

不过这没什么，漂亮就行了。成为仙女的第一步，就是要挨得住冻。

钟清瑶在全身镜前照了照，很满意。于是自拍了一张照片，又精修了半个小时，给顾谨深发了过去。

钟清瑶："仙女准备好啦！"

钟清瑶："漂亮吗？"

毕竟是她精心修了半个小时的，照片上的她巴掌大的小脸、铜铃般的眼睛，还有樱桃小嘴……

顾叔叔会不会夸她漂亮呢？钟清瑶期待地等待着顾谨深的回复。

过了一分钟。

顾谨深："这谁？"

钟清瑶："？？？"

钟清瑶："你再好好看看！！！"

顾谨深："什么？"

钟清瑶顿时嘴角僵硬，忍住颤抖的手给他发了条消息过去。

钟清瑶："顾叔叔眼神这么不好，以后老了会被骗买保健品的！"

顾谨深没再跟她讨论这个问题，直接给她打了个电话。

"下来，我到了。"

"知道了。"挂断电话，钟清瑶忽然释怀了些。

顾叔叔平日里总是戴着眼镜，估计近视得有两千度吧。

她捋了捋头发，优雅地下了楼。然而此时她有多优雅，到沛江的时候就有多狼狈。

半个小时后，钟清瑶站在沛江边瑟瑟发抖，被迎面吹来的冷风毫不留情地锁喉。没有仙气飘飘，也没有窈窕娉婷，只有被吹得乱七八糟的头发无情地拍在脸上。

"知道冷了？"

顾谨深的声音在背后响起。

钟清瑶回过神来，把脸上凌乱的头发别到耳后，仍是嘴硬道："不冷。"

其实顾谨深来接她的时候，就跟她说江边很冷，让她回酒店换一件衣服，但是她不愿意，还一本正经地告诉顾谨深，仙女是不怕冷的。

肩膀一重，一件大衣披在了她的身上，还带有淡淡的余温。

钟清瑶可不想被打脸，伸手去扯："我说了，我不冷……"

"穿上。"顾谨深阻止道，语气严厉了些。

她讪讪地收回手，乖乖地没再动。

其实顾谨深严肃起来钟清瑶还是有些怕他的，唇线紧绷，尤其是那副金丝边眼镜后面的冰冷眼神，有股不怒自威的压迫感。

她不是没有见过顾谨深发火的样子，不论是训斥顾连铭，还是在公司训导下属，都严厉得不带一点儿温度。

但是他从来没有对她发过火，甚至连一个冰冷的眼神都未曾有过。在她面前，他永远都是那个温和的、最疼她的顾叔叔。

钟清瑶拢了拢大衣，很温暖，还有淡淡的雪松香味。

黄昏时分，远处霞光万顷，烧红了一大片云。落日余晖洒落在江面，像是无数的碎金荡漾在江水里。

179

星星点点，波光粼粼。

她靠在护栏上，忍不住赞叹道："好漂亮啊——"

江面吹来丝丝缕缕的风，吹起她身后的长发。在暖黄色的霞光里，她侧脸温柔，像是染上了一层红晕。

顾谨深目光停留在她的侧脸上。深深凝视，没挪开眼。

钟清瑶没听到他的回答，侧过头问他："顾叔叔，是不是很漂亮呀？"

目光交缠在一起。

顾谨深不着痕迹地收回视线，望向远处的霞光。

"嗯，很漂亮。"

一直都很漂亮。

空中盘旋着许许多多的白鸥，鸣叫声此起彼伏。

有人用嘴咬着面包，等待着白鸥衔走面包的一刹那拍下照片。

钟清瑶也去买了点儿面包。她不敢用嘴咬着，只是撕下一小块面包用手举着，也让顾谨深给她拍照。

白鸥扇翅而下，停留在她的手上。

顾谨深拿起手机拍下，将画面定格在那一瞬。

照片里的女孩笑容灿烂，身后是漫天的霞光。

忽然，好几只白鸥飞到她的身边，扑腾到了她的头顶，还尖锐地嘶啼了一声。

钟清瑶吓了一大跳，瞬间扔了面包，本能地就往顾谨深那边躲，一头扑向了他的胸膛。

顾谨深稳稳地接住忽然扑过来的小东西，轻轻拍了拍她的背。

"没事了。"

钟清瑶静静地埋在他的胸口，周围的喧嚣声仿佛逐渐淡去，只剩下耳边有力的心跳声。

胸腔传来细微的震颤，顾谨深似乎笑了笑。

"怕成这样？"

怀里的人没吭声。

他抱着她，手掌在她的头发上轻抚。

顾谨深见她沉默，当她默认了，话里隐有笑意地问："还没缓过来吗？"

钟清瑶忽然不想离开他的胸膛，沉默着点了点头。

就让她再多怕一会儿吧。

许久，她低声开口问："顾叔叔，你还没回答我的问题。"

"什么问题？"

"就刚刚在酒店的时候，在微信上发给你的那个问题。"

顾谨深回想了片刻她刚才问了什么。

钟清瑶没再等，从他怀里抬起头，眼睛里有细微的光线闪动："我漂亮吗？"

顾谨深凝视着她的眼睛说："这个问题，我刚才回答过了。"

"顾叔叔，你什么时候回答过了，你又骗我！你刚才都没回复我！"

说着，她就拿出手机翻出聊天记录给他看。

"你看啊——"

顾谨深将她重新按回怀里，声音沉沉道："我回答过了。"

今天是去节目录制现场彩排的日子，大概就是熟悉一下节目流程，走走过场之类的。

钟清瑶在节目中有一个独奏的环节，是十分珍贵的机会。

彩排结束后，她看了下时间，已经下午5点多了。互联网金融论坛的下午场会议，应该也就差不多结束了。

这里离论坛会场很近，她想着干脆不回酒店了，直接去会场那边等顾谨深结束，然后一起回去。

钟清瑶没有入会资格，会场安保自然也不会让她进去，于是她站在会场的大门口等着。

在外面等了一会儿之后，渐渐有人从大厅里出来了。个个都是西装革履，皮鞋锃亮，领带系得一丝不苟。几个人边走边说，还在谈论着今天论坛会议中的内容。一看就是刚结束会议的金融大佬们。

钟清瑶退到角落，降低自己的存在感。

"这是哪儿来的小丫头？"

一个男人经过她身边的时候停住，饶有兴味地打量了她一圈，语气戏谑地问："看着也不像记者啊？"

另一个人上前说："是不是对论坛感兴趣，但是没有人会资格啊？这都是小事，我可以带你入会啊。"

钟清瑶摇头。

男人似乎是被她的反应逗笑了，哈哈笑了两声。

"该不会是个小哑巴吧？"

"是不是迷路了，要不要哥哥送你回家？"

钟清瑶皱了皱眉，退后一步说："我在等我顾叔叔。"

男人也跟着上前一步问："你顾叔叔？是谁啊？"他伸手一拉钟清瑶的胳膊，笑着说："这里叔叔没有，哥哥倒是有一个。"

钟清瑶挥开他的手说："他马上来了！"

此时，身后响起一阵脚步声。几个西装笔挺的人从大厅内走出，钟清瑶在看到为首的男人时，脸上绽开笑容，快步迎了过去。

"顾叔叔——"

顾谨深似乎愣了下，随即笑着揉了揉她的头。

"瑶瑶怎么来了？"

"我刚结束彩排，就来这里等顾叔叔了。"

钟清瑶抱着顾谨深的手臂往外走，在经过刚才的男人身边的时候，往顾谨深身边又靠了靠。

他察觉到了她的动作。

"怎么了？"

钟清瑶瞥了一眼男人说："没什么，他说想做我哥哥。"

男人脸色僵了僵，他怎么也没想到，这个小丫头还真是来等人的，对方居然还是盛瑞的顾总！

"误会，误会……"他尴尬地赔着笑脸说，"都是误会……"

"这小姑娘是顾总带来的？那正好和我们一起去吃饭吧？"

说话的是一位私下和顾谨深交好的人，钟清瑶见过几次。

"不了，她怕生。"顾谨深又说，"袁总，今天的酒局我不去了。"

"别呀，就因为小姑娘，顾总你酒局都不去了啊？如果她不愿意一起去，就让她自己打车回去就好了啊。"

顾谨深只是笑了笑说："抱歉。"

钟清瑶眨眨眼，有点儿不好意思了。原来会议结束后顾叔叔有酒局，早知道就不来这里打扰他了。

"顾叔叔，没事的，我可以自己回去的，反正这里离酒店也没多远的路。"

"我送你回去。"

"真的不用！"

最后，她还是坚持自己回酒店，没让顾谨深送。又不是小孩子了，这点儿路还能迷路吗？

回酒店途中会经过一家商场，钟清瑶进去逛了逛。

商场一楼是各大彩妆品牌的专柜，各种各样的口红在展示柜上排成一排，让人眼花缭乱。

柜姐迎了上来，一副标准的微笑脸。

"您好，有什么可以帮您的吗？"

钟清瑶扫过展柜上的一排口红，犹豫了一下，问："请问，就是，有没有……那种，嗯……就是涂了会比较有女人味的那种……"

"有的呢。"柜姐介绍道，"这支口红是我们的新品，颜色是比较明艳的正红色，而且有一种淡淡的果香。"

钟清瑶闻了下，是淡淡的水蜜桃味。

柜姐笑着说："这支口红还有一个名字，叫作'男朋友口红'呢。"

"男朋友口红？"

"对，因为涂了之后，就会让男朋友忍不住想吃掉呢。"

吃掉……

被顾叔叔吃掉吗？

钟清瑶的脸一下子热了起来，脑海里闪过许多画面。

她不自然地清了清嗓子说："那个……就……就这个吧。"

暮色渐渐下沉，入夜后，北城开始下起雨来。半个小时后，天边开始划过闪电，闷雷滚滚。

顾谨深参加酒局去了，钟清瑶一个人待在酒店里。

她拿出口红在手背上试了试色。

是很娇艳的正红色，淡淡的香味散发着无声的诱惑。

反正今晚顾叔叔不在，她决定先演习一下。

她在浴缸里泡了个澡，还撒上了玫瑰花瓣。出来的时候整个人热腾腾的，脸也红扑扑的。

浴室里有专门的梳妆台，钟清瑶把自己的睫毛刷得很长很翘，然后仔仔细细地涂上了"男朋友口红"。

原本白净的小脸上，多了一丝陌生的妩媚感。像是埋藏在土壤里的种子忽然破土而出，开出一朵红玫瑰，散发着明媚和娇艳。

拿出性感吊带衣的时候，钟清瑶的脸更热了。她深吸一口气，三两下剥落浴袍，换上了那件吊带衣。

黑色，深 V 领，蕾丝边。

极致诱惑。

钟清瑶拍了拍仿佛即将烧起来的脸颊。

清醒一点儿！要把每次演习都当作实战来认真完成！

她光着脚丫子走出浴室，打开香薰机。片刻后，空气中充斥着令人迷醉的甜腻香味。

窗外的闪电划过厚厚的云层，将夜幕撕得四分五裂。

客厅内忽明忽暗。

钟清瑶倚在顾谨深卧室的门边，摆了好几个妖娆的姿势。

她清了清嗓子问："顾叔叔，你现在还觉得瑶瑶没有女人味吗？"

她又压低嗓音，学着顾谨深说话的音调说："喀喀，瑶瑶，你太有女人味了，顾叔叔再也不会觉得你是个小孩了。"

钟清瑶忍不住捂着嘴偷笑。

"那顾叔叔喜不喜欢瑶瑶？"

话音未落，身后忽然传来一阵响声。

未等她反应过来，身后的门已经从卧室里面打开了。

钟清瑶脸色骤变，惊恐地转过了身——

明暗交织中，顾谨深站在门口，正目光沉沉地看着她。

窗外暴雨如注，空气中满是雨水的潮闷和香薰机散发出的甜腻香味。

钟清瑶在撞见那双漆黑的眼睛时，心跳猛然漏了一拍。她愣在原地，甚至连摆好的妖娆姿势都忘了收回。

一秒、两秒、三秒……时间仿佛在这一刻静止。

突然，闪电划过，伴随着轰响的雷声，钟清瑶瞬间清醒过来。她慌慌张张地收回动作站好，手指绞在一起，声音都是颤抖的。

"顾……叔叔……"

此时，她只穿了一件轻薄的吊带衣，那两根纤细的吊带，脆弱得仿佛轻轻一扯，就会悄然断裂。

锁骨暴露在空气中，再往下是大片白嫩的肌肤。

顾谨深的目光落在她的眉梢、唇边、锁骨，然后是 V 领处……

只是短暂停留了一秒，他就移开了视线，脱下身上的西装外套，披在了她的身上，遮住了那抹旖旎。

"冷不冷？"

钟清瑶局促地垂下眼，摇头。

她虽然想在顾谨深面前展现女人味，但是她现在根本没有准备好，顾谨深的突然出现，更是让她措手不及。

明明只是演习的，怎么忽然就变成实战了？

她不知道刚才自己在门外说的那些话顾谨深听到了没有，她现在也不敢主动挑起这个话题。

钟清瑶把外套裹得紧了些。

"顾叔叔……今晚不是有酒局吗？"

"嗯，我提前结束了。"

酒局过半，外面开始暴雨闪电，顾谨深怕她一个人在酒店害怕，于是提早离了场。

回到酒店的时候，房间内很暗，只有浴室里透出光亮。他走近，依稀能听到里面小姑娘哼歌的声音。

看起来心情不错，没有他想象的那么害怕。

顾谨深稍感无奈，也许真的是自己对她太不放心了。

于是他又回了卧室，处理一些工作事务。

坐下没多久，门外就响起她的声音。

很酥很软。

顾谨深敲击键盘的动作一顿，缓缓抬眼看向那道门。

打开门的一刹那，她惊讶错愕的表情被他尽收眼底。在看到她身上的那件吊带衣之后，他的眼眸沉了沉。

"那……顾叔叔，我先回房间了……"

钟清瑶埋下头匆匆往回走。

光滑的地砖上沾了水，她走过那片水渍的时候，不小心打了个滑。瞬间，整个人往旁边倒去——

顾谨深第一时间接住了她的身体，手臂从她腰间穿过，紧紧环住了她。

披在她肩膀上的西服外套滑落，无声地掉在了地上，大片肌肤再一次裸露在空气中。

雨越落越密，空气中那股甜腻的香味久久不散，变得燥热。

钟清瑶感受到搂在自己腰间的那双手臂，坚硬，有力。此时，只环抱着她一个人。

闪电的明暗交替中，她从顾谨深怀里抬起头，脸上染着红晕，迷蒙地眸着眼睛。

"顾叔叔……我不是小孩了……"

软糯的声音像忽然荡漾开的水波，不轻不重地撞在顾谨深的心口。

红唇轻轻翕动，像是邀约，让他喉咙里痒了一下，背在身后的手不自觉握紧成拳。

"瑶瑶涂口红了？"

钟清瑶脸一红，害羞地低下头道："嗯……顾叔叔，好看吗？"

"这个颜色不适合你。"

她一愣，再抬头时，看到的只有他眼底的平静。那双眼睛没有任何波澜。

铺天盖地的失落淹没了她，仿佛自始至终投入的只有她一个人，只有她一个人在害羞，在紧张，在情动，在怦然心动。

而这一切，顾谨深都没有。

她忽然觉得自己像个小丑。

下一秒，钟清瑶用力地推开顾谨深，冲他喊："不适合就不适合！反正也不是涂给你看的！"

她跌跌撞撞地跑回卧室，把门摔得震天响。

回到卧室后，她坐在梳妆镜前，扯了几张纸巾用力地擦掉口红，然后把吊带衣脱掉，扔到了垃圾桶里。

顾叔叔真的差劲透了！

客厅内，顾谨深依旧站在原地，手上柔软的触感似乎还没消散，手背处凸起的青筋显示着他刚才隐忍得有多用力。

他燥热地扯了扯领带结，垂眸的一瞬间，他看到白衬衣胸口处残留着一抹口红印。

应该是刚才蹭到的。

鲜红，刺眼。

那是暗暗叫嚣的荷尔蒙，是飞蛾扑火的引诱。

许久，他走到钟清瑶卧室的门边，敲了敲门。

"瑶瑶。"

钟清瑶看着镜子里的自己，没好气地回道："顾叔叔别跟我说话，我最讨厌你了！"

门被打开，顾谨深站在门口。

"讨厌我？"

她忘记锁门了，没想到顾谨深会直接进来。钟清瑶从镜子里偷偷瞄了一眼，顾谨深唇角抿着，细框眼镜后面的眼神凌厉。

让她稍稍虚了那么一下。

然而气已经生了一半，她怎么也拉不下这个脸向顾谨深服软，仍是说："就是讨厌你，顾叔叔能不能出去？"

顾谨深直接走了进来。

"你说什么？"

钟清瑶喉咙动了动，声音渐渐变小："眼神不好就算了，连听力也不太好。既然顾叔叔不出去，那我出去……"

她站起来，气呼呼地往外走。

经过顾谨深旁边的时候，手腕被握住了。

"去哪儿？"

"不要你管。"

钟清瑶去掰他的手指。然而两人之间的力量悬殊，她的那点力气，在顾谨深看来就跟小猫挠痒似的。

"我不管你，谁管你？"

"好痛！"

手腕处的力道终于松了。

钟清瑶转身就走。可下一秒，后背就贴上一个坚硬的胸膛，顾谨深抓住她的手将她禁锢在胸前。

她愣住了。

"瑶瑶。"顾谨深突然出声，"乖一点儿。"

他握着她的手腕，轻轻一拉，将她带入怀中。

手下的触感光滑柔软，他没有过多贴近，只是虚虚地环着。即便如此，也能感受到女孩细瘦的腰肢不盈一握，毛茸茸的发顶就在他的胸口。

她明明还是那样小。

"瑶瑶，乖一点儿。"

清冽的木质香调瞬间包围了她，钟清瑶被困在顾谨深胸前，退无可退，无处可逃。

她挣扎了一下说："才不要乖，反正就算再乖，顾叔叔也不喜欢我。"

顾谨深稍顿，随即失笑道："我什么时候说过不喜欢瑶瑶了？"

"就——"钟清瑶一时语塞，顿了顿，闷声道，"就刚才。"

"刚才怎么？"

她小声嘟囔道："刚才顾叔叔说我涂口红不好看……"短暂的停顿后，又不忘补充道："还有……还有那件衣服，顾叔叔也没夸我穿上好看。"

顾谨深微凉的指腹，在她的腕骨处轻轻摩挲了下。

"就因为这个，就跟我闹脾气？"

"我没闹。"

"你还小，那个口红的颜色不适合你。"他停顿了下，又说，"那件衣服也是。"

听到顾谨深的话，钟清瑶颓然地垂下眼。

为什么她穿了最性感的吊带衣，涂了最鲜艳的口红，顾叔叔还是把她当作小孩子看待？难道她要在顾叔叔面前做一辈子的小孩吗？

她不想的啊！

瑶瑶已经在很努力很努力地长大了啊，顾叔叔什么时候才能看到，她不再是个小孩子，而是一个女人。

一个能喜欢顾叔叔的女人。

"难道在顾叔叔的眼里，我就一直是一个长不大的小孩吗？"

虚环在腰间的手臂紧了紧。

一个极轻的吻落在她的发顶，她听到顾谨深温声说——

"瑶瑶是我从小捧在手心长大的天鹅。"

钟清瑶一顿。

"天鹅？"

"嗯。"

他的唇还停留在她的发丝上："瑶瑶就像天鹅，美丽，娴静，纯粹，是彻骨的干净。"

钟清瑶恍惚了一下，有一些记忆深处的画面在脑海中闪过。

依稀记得那个秋日的午后，落日余晖温柔。顾谨深刚从美国回来，她拉大提琴曲给他听，那首曲子就是圣桑的《天鹅》。

顾谨深闭上眼睛，唇边是柔软的发丝。

"可是我养大的这只小天鹅，明明羽翼未丰，却扑腾着翅膀，不停地想要飞走。"

房间里只有一盏落地灯亮着，镂空编织灯罩将光线切割成细碎的光斑，落在顾谨深的背上。

怀里，是他宠在心尖上长大的小天鹅。

"我希望这只小天鹅慢点长大，能在我身边多待一会儿。"

钟清瑶怔怔地听着。低沉的声音仿佛带了蛊惑，朦朦胧胧地飘到她的耳边。抽走了她所有的感官，就此周遭的一切淡去，剩下的只有他的呼吸、他的心跳。

顾叔叔，你知道吗？瑶瑶就算长大了，也想一直一直待在你的身边。

她伸出手，想去握住腰间的那双手，但就在这时，顾谨深忽然搂住她的腰，就着这个姿势，将她抱到了床边。

钟清瑶脑袋里一片空白。

顾叔叔这是？

正当她害羞地以为要发生点儿什么的时候，顾谨深却忽然放开了她。

"把鞋穿好。"

"……"

原来只是想让她穿鞋，亏她还想了那么多。

钟清瑶瞄了一眼光着的脚丫子，忽然就想要撒撒娇。

她轻轻晃动了一下小脚丫，然后娇滴滴地说道："我要顾叔叔帮我穿！"

顾谨深垂眸看着她。

一秒，两秒，三秒。

钟清瑶忽然就有点儿虚，有点儿后悔这么作了。

顾谨深盯着她，半晌没动。

她不自觉地咽了下口水，生怕顾谨深下一秒嘴巴里就蹦出一句"你好骚啊"。

她保证，如果顾谨深真的这么说，她立马就离家出走。

绝对！

须臾的静默之后，顾谨深蹲下，轻轻握住她的脚踝。小巧的脚指头上，还涂着红色的指甲油。

钟清瑶的脸热了热。

这是她刚才为了展现女人味特意涂的，现在看起来真是够做作的。

"不好看，去洗掉。"

"哪里不好看了……顾叔叔不喜欢？"钟清瑶动了动脚趾，若有若无地蹭了蹭他的掌心。

不安分的脚被他捉住，顾谨深的眼眸沉了沉，不动声色地把拖鞋穿到她的脚上。

然而钟清瑶却不想就这么放弃，她鼓起勇气，用穿着拖鞋的脚慢慢地蹭在他的西装裤腿上，从小腿处一点儿一点儿往上……

空气的温度在这一刻升高。

顾谨深拉开她作祟的脚，身体顺势欺压而下。

钟清瑶倒在身后的大床上，他的手臂就撑在她耳边。只是顾谨深并未压下来，两人之间还隔着很大的距离。但是这个暧昧的姿势，已经让她的心怦怦直跳。

"做什么？"

钟清瑶直直地盯着顾谨深的眼睛，半晌才从嘴巴里憋出几个字："做……做……做……"

她的话憋在嗓子眼儿还没说出口，顾谨深的手机就响了起来，打破了一室暧昧的气息。

顾谨深直起身，坐到沙发处接听电话。

"什么事？

"天华那边的贷款手续是没有问题的，那份项目材料我看过了。"

钟清瑶慢慢从床上起身，顾谨深坐在沙发处讲电话，没再看她一眼。

她在床边坐了一会儿，然后慢慢挪到了顾谨深身边，挨着他坐在沙发上。

顾谨深的手指搭在膝盖上轻叩，金属腕表衬得他的手很白，往下是修长的手指，干净的指甲是浅浅的粉色。

一个想法在她脑海里冒了出来——

顾叔叔的手这么好看，涂指甲油应该也会很好看吧？

她"噔噔噔"跑到桌边，把那一小瓶红色的指甲油拿过来，然后又忙不迭地坐回顾谨深身边，把他的手拉了过来。

顾谨深淡淡瞥她一眼，继续讲电话。直到指甲处传来微凉的触感，他才重新将视线转回去。

只见指甲上被涂上了红色的染料，小姑娘还闷着头一脸认真地给他另外的几个手指甲上色。

顾谨深蹙眉，正欲收回手。

哪知小姑娘扬声说了一句："别动！都涂到外面去了……"说完，还颇为不满地皱了皱眉。

倒像是他做错了事。

顾谨深稍感无奈，重新把注意力放在电话上，随她在自己手上折腾。

"好，你把那个项目的可行性报告做好了发给我。"

挂断电话，顾谨深抓住了小姑娘使坏的手问："玩够了没有？"

钟清瑶嘟囔道："还没……还有另一只手没涂呢……"

他睨了一眼左手五个红艳艳的手指甲，眉心跳了跳。

用力擦了擦。

好家伙，居然还擦不掉。

"洗掉。"

钟清瑶捂着嘴偷笑道："挺好看的呀，洗掉可惜了。"

"瑶瑶。"他声音沉了沉。

"我就不。"谁叫你刚才说我不好看来着。

她一脸得逞地边笑边逃离他的身边，没走出几步就被他拎了回来，摁在沙发上。

宛如按住一只弱鸡。

钟清瑶一阵扑腾，求饶道："我洗！我洗！给你洗还不行吗？"

顾谨深松开她，慢条斯理地整了整衣襟。

她觑他一眼，暗自腹诽：真是人面兽心的顾叔叔。

屈于顾谨深的淫威之下，钟清瑶不得不拿来卸甲水和卸甲巾，不情不愿地给他洗掉指甲油。

女孩低垂着眼眸，睫毛在她的眼下投出一小片阴翳，整个人安静又乖巧。

细软的手指握着他的手，时不时在他的掌心划过，带过一阵热流。

他忍住想要用力回握住那双手的冲动，将视线移至窗外。

外面的雨小了些，仍在细细密密地下着。

深藏于他心底的某种情绪，也随着这场春雨控制不住地滋生猛涨，像藤蔓一样不断延伸，直至攀附他的全身。

《音》的正式录制地点在北城最大的浔星大剧院。

节目录制的过程很顺利，钟清瑶独奏的《巴赫无伴奏大提琴组曲》，更是在现场得到了众多大提琴名家的赞赏。

录制结束的时候，正好是下午 5 点。钟清瑶迫不及待地跟顾谨深分享今天的喜悦。

消息刚发出去没多久，顾谨深的电话就打了过来。

"顾叔叔——"

"录制结束了？"

"对呀。"她手指绕着发尾说，"今天见到了好多我喜欢的大提琴家，还跟他们聊天了，好开心呀。"

顾谨深似乎笑了一下，说："浔星大剧院是吗？我来接你。"

"顾叔叔那边也结束了吗？"

"结束了。"

钟清瑶听到顾谨深那边有略微嘈杂的人声，还有皮鞋踩在大理石地砖上的声音。

看样子，也是刚刚结束下午场的会议。

"乖乖等我过来。"

"嗯！"

挂断电话后，她站在剧院的门口等顾谨深来接自己。

她低着头看手机，等了一会儿后，视线里忽然出现了一双小高跟鞋，带着细闪。

"钟清瑶？"

钟清瑶缓缓抬头，在看清来人之后忍不住惊讶地问："萧娜？你怎么在这儿？"

萧娜一身长礼服，头发利落地绾起，俨然是一副准备上台演奏的装扮。

"干吗？就你能来浔星大剧院演奏，我就不行吗？"萧娜依旧是那副趾高气扬的表情，还带着得意。

钟清瑶静默了片刻，忽然想起来，今天晚上在浔星大剧院有一场芭蕾舞剧《吉赛尔》。

"你来给《吉赛尔》现场伴奏？"

萧娜骄傲地"哼"了一声问："怎么？不行吗？"

这场芭蕾舞剧因为规模不大，所以没有请庞大的交响乐团来进行伴奏，但是又不甘于只放伴奏带，于是就请了一些乐手来现场演奏，算是给舞剧增光添彩。

淮城音乐学院的不少学生在乐团排练之余，偶尔也会接接私活。赚钱是其次，主要就是为了打出知名度，能有更多的机会被职业交响乐团看中。

在淮城音乐学院，一些优秀的学生只要到了大三，就有机会跟着职业交响乐团实习演出了。

钟清瑶没想跟她多纠缠，于是说："行行行，那就祝萧娜同学今晚的演出顺利。"

萧娜得意之余，忽然想到钟清瑶是来录制《音》这档节目的，还是节目组主动邀请的。

而自己……

连《吉赛尔》的伴奏机会，都是她爸爸动用了很多人脉才得到的。

其中的差别不言而喻。

萧娜的满腔得意，忽然像是膨胀的气球被戳了一个洞，一下子就瘪了下来。

钟清瑶狐疑地问："你真的是《音》节目组主动邀请的？"

"不然呢？"钟清瑶反问她，"难道你不是《吉赛尔》主动邀请的吗？"

她这样一问，萧娜瞬间就有点儿心虚，但仍旧强装镇定道："是……是啊！我当然也是节目组主动邀请的了！"她紧了紧肩上的盒绳说："不跟你说了，我要进去了！"

钟清瑶眼睛也没抬地道："慢走，不送。"

15分钟之后，顾谨深出现在浔星大剧院门口。

钟清瑶开心地迎上去。

顾谨深笑了笑，将她脸上的发丝捋到耳后，温声问："冷不冷？"

"不冷不冷！"

"回酒店吧。"

萧娜刚从里面出来，就看到不远处，钟清瑶亲昵地抱着一个男人的胳膊坐进车内，两人举止亲密，不像是普通朋友。

男人衣着华贵，连坐的车都是顶级豪车。

有个念头，在萧娜的脑海里一闪而过。

她赶忙拦了一辆的士，并让师傅跟着前面的豪车。

直到她看到那辆豪车停在洲际酒店的泊车廊，两人一同步入酒店。

萧娜冷笑一声。

主动邀请？

原来就是这样的主动邀请啊。

互联网金融论坛结束后，钟清瑶就和顾谨深回到了淮城。

气温回升，枝头冒出新绿，四月的淮城春意正浓。

四月，也是盛瑞集团的子公司盛瑞智科首次公开募股的时候。这段时间顾谨深忙于智科的IPO项目，24小时连轴转是常事，已经好久没有回南湾了。

这个月除了智科的IPO，还有一件重要的事。

四月底，是顾谨深的生日。

顾谨深这个月这么忙，估计早就把自己生日的事情给忘了。但是钟清瑶可没忘，她精心挑选了好久，给他订了一件CHIOEA的高定衬衣。这几天应该就会到了。

接到秦越电话的时候，钟清瑶正在琴房练琴。她微微惊讶了一下，秦叔叔怎么会给她打电话？

电话一接通，就听到秦越压低嗓音说："你顾叔叔快死了，你现在赶紧过来救他！快快快！"

钟清瑶心里"咣当"一下，正想问个清楚，秦越就已经把电话挂断了。

她心急火燎地赶到盛瑞总部，又马不停蹄地坐直梯到顶层总裁办，气儿都来不及喘一口。

一打开总裁办的电子门，就看到顾谨深正西装革履地坐在办公桌前忙碌着。

在看到她的那一刻，顾谨深似乎愣了下。

"瑶瑶？"他搁下钢笔问，"你怎么来了？"

钟清瑶还喘着粗气，一句话说得断断续续的："秦……秦叔叔说……你……说你快死了。"

顾谨深闻言，转头看了一眼秦越。她这才看见，此刻秦越正坐在一旁的沙发上。

秦越站起来，"嘿嘿"笑了两声说："可不是快死了吗？都发烧好几天了，让你休息也不休息，工作是永远忙不完的，再这样下去可得不死吗？"

"发烧？"

秦越这么一说，钟清瑶才发现，顾谨深的脸上果然有着一抹不自然的红晕，脸上也满是疲态。

秦越走过来说："谁跟他说都不听，估计就你的话好使，快好好劝劝你顾叔叔。"

钟清瑶走过去伸出手摸了摸顾谨深的额头。

顾谨深握住她的手腕拿开，说："没事。"

"这还没事？都烫成什么样了？"

顾谨深依旧不为所动。

钟清瑶一脸悲恸地说："顾叔叔啊，你还以为你是二十几岁的年轻小伙子吗？"

顾谨深摘下眼镜。

"什么意思？"

"男人上了年纪，如果不好好注重身体健康，就会秃头爆痘内分泌失调长出啤酒肚，提前进入更年期的！"

顾谨深："……"

最后，顾谨深终于同意回泊港公馆休息一天。吃了药后，顾谨深躺在床上沉沉睡去。

暮色下沉，霓虹灯渐次亮起，远处是铅灰色的云。钟清瑶煮了点儿清淡的白粥，这会儿正在电砂锅里焖着。

顾叔叔已经睡了一下午了，不知道醒了没有。

她放轻动作打开了卧室门，里面很昏暗，只有窗外霓虹灯微弱的光线照进来。

顾谨深还在睡着。

看来最近他真的太累了，应该很久没有好好睡一觉了。

在门口站了一会儿后，钟清瑶蹑手蹑脚地走进去，低头看了看，他的睫毛合着，似乎睡得很沉。

顾叔叔的床好大，一个人睡这么大的床，太浪费了。

以后顾叔叔的被窝里，会不会还有一个她呢……

说不定顾叔叔还会抱着她睡，在早晨将她吻醒……

钟清瑶捂了捂脸。

瞎想什么呢？

目光渐渐下移，到他凸起的喉结，她不自觉伸出手，想要去摸一摸。

反正顾叔叔睡得那么沉，就轻轻摸一下，不会被发现的。

手离得越来越近——

在即将碰到的时候，顾谨深忽然缓慢地睁开了眼。

钟清瑶被吓得倏地缩回了手。

"顾叔叔……你醒啦？"

顾谨深轻"嗯"了声，带着稍重的鼻音，听起来更加性感了。

"那个……我煮了粥，我给你盛一点儿过来吧？"她慌慌张张地甩下一句话，匆匆离开了卧室。

厨房内，电砂锅里的粥还冒着热气，钟清瑶用勺子一下一下地搅着。

电话忽然响起，是李旭宵的。她擦了擦手，接起。

"今天有空吗？通岑路那边新开了一家日料店，听说味道不错，要不要一起去吃个晚饭？我请客。"

李旭宵之前就跟她打过几次电话，说要请她吃饭。但是钟清瑶觉得，上次他已经请自己吃过一次法餐表示感谢了，没必要再吃，就一直没答应。

因此，这次她还是婉拒了他。

李旭宵又问明天，她还是拒绝。

最后他没再坚持，只说等她有空了再一起吃饭。

这边钟清瑶刚挂断电话，手机就收到了一条来自 CHIOEA 的新信息。信息提醒她，之前在 CHIOEA 订下的高定衬衫已经到了。

那是她给顾叔叔准备的生日礼物。

想到顾谨深穿上衬衫的样子，钟清瑶不自觉勾起唇角，甜滋滋地笑了。

"在跟谁打电话？"

一道冷冷的声音蓦地响起，回头，顾谨深正站在厨房门口看着她。

钟清瑶收起手机，随口说："是住在 23 楼的李旭宵，上次还一起吃过法餐的那个。"

顾谨深一步步走过来，脸上没什么表情。

"说了什么？"

"也没说什么，他说要请我吃饭，我拒绝了。"

说话间，顾谨深已经走至眼前。

"瑶瑶刚才为什么对他笑？"

"我哪有对他笑啊。"

"你有。"

"没有。"

"有。"

钟清瑶无奈，去探他的额头："顾叔叔……你是不是烧糊涂了？"

然而下一秒，顾谨深却抓住她的手，忽然靠近，一只手撑着冰箱门，脸慢慢地倾下来。

两人距离很近。

因为发烧，他的呼吸比以往更热了些。

耳边是他近乎呢喃的低语。

"瑶瑶，不许再这样。听到没有？"

耳边的呼吸滚烫，钟清瑶只觉得自己的身体在急速下坠，却找不到任何可以攀附的东西。

她定了定神，轻飘飘地问："不许哪样？"

顾谨深微微离开她耳边，与她对视。

她梗着脖子继续问："不许和李旭宵出去吃饭，还是不许和他打电话？"

"都不许。"

迎着那道太过凌厉的眼神，钟清瑶忽地败下阵来。

她移开目光，一边随手拿起料理台上的番茄酱不安地捏着，一边小声嘀咕道："顾叔叔连这都要管，真像提前迈入更年期的唠叨大叔。"

"我唠叨？"他的声音低了低。

"本来就是啊……顾叔叔现在闲到我和朋友吃饭打电话这种事都要管了吗？"

"朋友？"他微微一蹙眉，"你跟他很熟吗？你们才认识几天？你又了解他多少？"

"就是因为还不熟，所以才要多了解啊，不然怎么交朋友？"钟清瑶不满道，"我又不是三岁小孩，顾叔叔还怕我交友不慎误入歧途吗？奇怪。"

"怎么，现在顾叔叔管不了你了是吗？"

她捏着番茄酱小声嘀咕道："没怎么，顾叔叔有本事就一辈子管着我。"

顾谨深低头靠近，目光里带着审视地问："你说我有没有本事？"

钟清瑶一凛，手里一个用力，愣了片刻，声音忽然软了下来："顾叔叔……"

那道温声细语，让顾谨深眉心舒展了些："知道错了？"

"顾叔叔疼瑶瑶吗？"

"疼。"

"那……"她扭扭捏捏地说，"如果……如果我把番茄酱弄到你的衣服上了，顾叔叔应该不会怪我吧？"

顾谨深一顿，视线慢慢往下。

白衬衣上赫然糊了一团黏稠的红色。

而钟清瑶的手里正捏着那包番茄酱。

"那个……应该洗得掉的。"钟清瑶伸手去擦，手指所触及的，是隔着衬衣都能感受到的坚硬腹肌。

踌躇一秒，她还是忍不住轻轻戳了戳。

紧接着，手腕就被捏住，顾谨深不动声色地拉开她的手说："我去换一件衣服。"

"哦……"

戳一戳都不让，小气。

卧室内，顾谨深脱下脏掉的白衬衣，换了一件深蓝色的。

他缓慢地系着纽扣，思绪却逐渐飘远。

腹部似乎还残留着她指腹柔软的触感，就如同之前他怀抱着她时那样，娇小的身体靠在他的胸口，同样的柔软，温热。

顾谨深一顿，低头一看。

衬衫纽扣居然扣错了。

盯着错乱的纽扣几秒钟后，他又稍显烦躁地解开。

卧室门敲了两下，钟清瑶从门口探出头问："顾叔叔，你换好衣服了吗？"

"好了。"顾谨深系好纽扣。

她端着粥走进来，又让顾谨深在床上躺好。

"躺好躺好，我给顾叔叔煮了粥，赶紧吃点儿吧？"她舀起一勺粥，又吹了吹，递到顾谨深的唇边。

顾谨深看着她，没动。

"怎么了？顾叔叔，张嘴。"

他沉默了一秒，说："我自己来。"然后便去拿碗，却被挡住了。

钟清瑶甜甜地笑着说："顾叔叔还生着病呢，估计浑身上下都没什么力气，连勺子都拿不动，还是让贴心的小瑶瑶来喂顾叔叔吃吧。"

"瑶瑶，我没有严重到需要喂的程度。"

两人对视两秒。

钟清瑶一本正经地轻叹一口气，学着顾谨深平日里的语气："顾叔叔，乖一点儿。"

顾谨深眼睛眯了眯，饶有兴味地看着她。

"你说什么？"

"乖一点儿，不要总是让我操心。"

他轻笑。

"还管起我来了。胆了大了。"

钟清瑶理直气壮道："干吗？不行吗？"

五分钟后。

"啊——"

顾谨深张嘴，就着她的手吃下那一勺粥。

钟清瑶眼睛弯弯的，又给他递过去第二勺，还不忘表扬道："真乖！"

一碗粥，很快下去大半。

"顾叔叔真乖。"正当钟清瑶美滋滋地准备继续喂时，身后忽然响起一道声音。

"深哥身体怎么样了？退烧了没有啊？我给你买了点药过来，你要——"

秦越话说到一半，忽然停住，他立在门口，呆呆地看着两个人。

钟清瑶递过去的勺子还没来得及收回，顾谨深也正微张着嘴等着吃粥。

气氛忽然安静了几秒钟。

"那个，我看门没关就进来了，没打扰到你们吧？"

钟清瑶飞速把那勺粥塞进顾谨深嘴巴里，勺子还撞到了他的牙齿，然后倏地把碗放在了床头柜上。

"我……我去厨房看看热水烧好了没有。"说完埋下头，匆匆忙忙地走了出去。

秦越走过来，把药放在床头柜上，又盯着那碗吃了一半的粥好几秒。

"深哥，待遇不错啊，还有小棉袄亲自喂粥。"

顾谨深用纸巾擦了擦嘴，没接话。

"既然小棉袄走了，这个重担也只能交托在我身上了。"

秦越拿起碗，舀了一勺粥吹了吹，递到顾谨深的嘴边。

"啊——"

顾谨深一抬眼，冷冷地看向他，没动。

秦越一顿，不解地问："怎么了？"

"哦，对了。"秦越恍然道，"你瞧我，把最重要的步骤给忘了。"

他重新把粥递过去——

"深哥真乖——"

钟清瑶怕顾谨深半夜又烧起来，所以当天晚上住在了泊港公馆。睡到半夜，她不放心，又偷偷摸摸地去顾谨深的房间看。

房间内昏暗又安静，钟清瑶用手背试了试顾谨深额头的温度，感觉降了不少。

看着对方睡着的样子，她忽然就不想走，感觉自己就像是个老流氓，总想着对貌美如花的顾叔叔做点儿什么。

然而，她也确实这么做了。

她慢慢地凑近，再凑近——

唇瓣离他，只剩一点点距离。

"瑶瑶。"

蓦地，顾谨深的声音忽然响起。

钟清瑶猛然一惊。

他的眼睛仍然闭着，半响，才缓缓睁开，凝视着她。

那双眼睛分外清明澄澈，没有半分刚睡醒的惺忪。

"又要做什么？"

"我……我想看看你烧退了没有……"她急着狡辩道，"手背试不出来温度，就想试试额头来着……电视里都这么演的。"

她硬着头皮贴上了顾谨深的额头。

额头相抵的那一瞬间，她的鼻尖轻轻擦过顾谨深的鼻梁，带起一阵短暂的战栗。

寂静的黑暗中，只有两人重合的呼吸。

她开始觉得缺氧。

"还烫吗？"

浅浅淡淡的一句话，宛如平地惊雷，让钟清瑶瞬间清醒，她赶紧抽离，拉开彼此间的距离。

"不……不烫了！顾叔叔再见！"

她逃也似的离开那里。

许久，顾谨深缓缓抬手，以手背覆盖眼睛。

房间里，还残留着一丝水蜜桃味的馨香。心底的某种情绪伴随着这抹馨香，悄无声息地潜入，搅乱了他一夜的梦。

次日清晨，顾谨深已经退烧了，钟清瑶起床的时候，他已经去了公司，桌上还放着做好的早餐。

吃过早餐后，钟清瑶去 CHIOEA 拿高定衬衣，赵眠眠正好也在附近，于是两人就一起逛了街。

赵眠眠啧啧道："给你顾叔叔准备的生日礼物？送这么暧昧的礼物啊？"

"这怎么就暧昧了？"

赵眠眠一本正经地解释说："你知不知道，女生送男生衬衣是表示喜欢他，也是示爱的一种方式。"

钟清瑶收好衬衣，没什么反应。

"我本来就喜欢顾叔叔……"

"不是那种喜欢，是男女之间的那种喜欢，想要和他结婚的那种！"

结婚？

她就是想和顾叔叔结婚啊，又没错。

但这个想法，她也只敢在心里想想。

"说起来，你顾叔叔年纪都那么大了，还不打算结婚吗？"

"顾叔叔年纪才不大呢！"她反驳道。

"说到结婚，最近在网上他和 ROYA 珠宝的一个设计师的话题度很高啊，男才女貌，挺般配的，你顾叔叔不考虑一下吗？"

一提到杨晗优，钟清瑶就有点儿心里不是滋味了。

之前杨晗优还说要邀请顾谨深加入珠宝宣传片的拍摄，还是以他们两人的回忆为设计灵感的珠宝宣传片。

这么暧昧的含义，顾谨深真的会同意吗？

"有什么般配的？"钟清瑶闷声道，"顾叔叔才不喜欢她这样的呢。"

"那他喜欢什么样的？"

钟清瑶想了想说："顾叔叔喜欢温柔娴静，不高也不矮，鹅蛋脸，圆眼，中分，头发黑长直……"

还没说话，赵眠眠就抢着补充道："然后身高是一米六七，会拉大提琴，还是姓钟的。

"哦，对了，还要叫他顾叔叔的。"

钟清瑶被她说得脸一红，嗔道："你说什么呀……"

赵眠眠挑眉看着她说："你说呢？你这都是在往自己身上描述啊。你怎么不直接说你顾叔叔喜欢你呢？"

钟清瑶死不承认道："我可没说。"

赵眠眠深深叹了口气说："以后你顾叔叔结婚了，你会不会特别伤心啊？"

钟清瑶沉默。

赵眠眠没再继续这个话题，忽然问道："对了，你之前在北城录制的《音》，今天晚上就播出了吧？"

"嗯。"

"多少人想去都去不了，我估计这周五演奏会的独奏节目，十有八九会有你。"

这周五，有省级领导会来淮城音乐学院视察，晚上有一场音乐晚会。

这是一场专门面向省级领导的演奏会，能在演奏会上独奏的学生，代表的不仅是个人，更是学校的门面和荣誉。

因此不管是演奏能力，还是个人履历，都需要十分光鲜出彩。

之前她在录制完《音》回来之后，系主任找她谈话，明里暗里提到过这件事，话里的意思是有意安排她的独奏。

但毕竟事情还没尘埃落定，钟清瑶也不敢说得那么绝对，就怕中途会出现什么变故。

果不其然，在公布独奏节目名单的前一天，淮城音乐学院的校园论坛上就出现了一则匿名帖。

帖子内容暗指钟清瑶通过出卖身体获得《音》的节目资源，并配有当事人从浔星大剧院演奏结束后，手挽着男人出入酒店的照片。

短短半个小时，帖子被顶上首页，底下跟帖无数。

"我就说《音》怎么会忽然邀请管弦系的学生去录制节目呢，原来是这样。"

"靠出卖身体得来的机会，这也太脏了吧。"

"我见过她几次，表面看起来挺清纯的，没想到骨子里原来是这样的，哈哈哈！"

…………

钟清瑶滑动照片粗粗地瞥了几眼，神色平静。

反倒是赵眠眠急了眼，一个电话打了过来。

"你看学校论坛了没有？全往你身上泼脏水！"

"我看到了。"

"你和你顾叔叔硬是被说成了那种关系，也不知道是谁发的匿名帖在胡说八道！"

钟清瑶的语气没什么波澜："我知道。"

"你知道？是谁啊？"

"还能是谁，蠢得无可救药的那个。"

"你说萧娜？"赵眠眠一愣，随即又说道，"先不管是谁，你赶紧回帖澄清啊，再这样下去，周五演奏会的独奏节目还能有你吗？"

"不急，小麻雀飞得越高，她摔下来的时候就会越痛。"

次日，独奏节目名单公布。意料之中，名单上没有她。

再往下，她看到了萧娜的名字。

论坛上的帖子热度依旧不减，在学校里总有各种目光投在她的身上。

然而钟清瑶仿佛置身事外，始终不以为意。

萧娜这段时间可谓是风头正劲，不少同系学生都向她投来羡慕的目光。

她把钟清瑶的沉默当作了默认，以一个胜利者的姿态冷嘲热讽道："其实钟清瑶同学的演奏能力还是不错的，可惜她太争强好胜了，所以走上了歪路，希望经过这件事，她能够改过自新吧。"

很快，周五的演奏会到来。

萧娜的独奏《梦幻曲》，可谓是备受瞩目。

音乐厅后台化妆室内，萧娜坐在镜子前补了许久的妆，一遍又一遍。

有人来催她，她不耐烦地说："我是有独奏节目的，又不是乌泱泱一片人的交响乐节目，到时候灯光一打，焦点全在我身上，妆没化好很明显的！"

她觉得眉毛画得太细了点儿，于是又拿着眉笔细细地描。

身后传来脚步声，萧娜头也没回地说道："不要催了，我马上就好了！"

"恭喜啊。"

熟悉的声音响起，萧娜从镜子里看到是钟清瑶，轻嗤一声："是你啊。我没记错的话，今天的演奏会没有你的节目吧？"

钟清瑶淡淡地说："是没有。"

"那你来干什么？表演小丑吗？"

萧娜的笑意更浓，嘲讽的意味不减："如果我是你，就找个地方偷偷躲起来，省得来这里成为大家的笑话。"

"萧娜同学怕是在这里化妆化太久了，也没时间看论坛。"钟清瑶凑近她说，"到底谁是笑话啊？"

"你什么意思？"

萧娜闪过一丝慌乱，赶忙拿出手机打开论坛。

帖子依旧在主页，只是底下多了钟清瑶的澄清回帖。

——我只是和顾叔叔一起去了北城，没想到被有心人传成这样。

文字下配有顾天成生日宴时，她和顾谨深，还有顾天成在一起的照片。

这条回帖很快就爆了。

所有人都没有想到，钟清瑶居然是顾家的人，舆论顿时一边倒。

"哇——居然是顾天成大佬！所以这个男人就是盛瑞集团的新任总裁顾谨深吗？他的报道太少了，原来本人长这么帅啊！"

"发匿名帖的人安的什么心啊，钟同学有必要靠出卖身体换取节目资源吗？我看就是帖主嫉妒吧！"

"这种人心思太恐怖了，就是有红眼病！眼睛红得都快滴血了！"

正当舆论正盛时，发布匿名帖的人——萧娜，也被爆出。

与此同时，萧娜之前为了得到二重奏名额藏曲谱的事情，也一并被"吃瓜"群众挖了出来。

"原来是她！我早就听说萧娜看不惯钟清瑶，没想到她居然会用这么卑鄙的手段陷害！"

"和这种人做同学，真的太恶心了，她也配去演奏会独奏吗？"

…………

底下不断有新的回复帖出来。

萧娜看着手机，身体都有些站不稳。

话说到一半，系主任就气势汹汹地赶了过来，脸色非常难看。

"萧娜，你怎么回事？马上就要演出了，你给我闹这么一出事！"

萧娜慌忙摇头道："不是的，我……"

"你知道今天的视察对学院，对我们管弦乐系有多重要吗？

"你先不要上台了，你的节目我想办法撤掉吧。"

萧娜整个人呆愣在原地，一句话都说不出来。她根本无法接受自己好不容易得到的机会，就这样被无情地夺走。

钟清瑶悠悠地走上前。

"老师，舒曼的《梦幻曲》我很熟，我在青培杯国际大提琴比赛中演奏过，并得到金奖。我想我可以试试。"

钟清瑶的演奏能力系主任还是信得过的，临到演出也没有更好的办法。于是系主任点头同意让她顶替萧娜，独奏《梦幻曲》。

系主任走后，萧娜声嘶力竭地朝她喊道："你是故意的！早不澄清晚不澄清，偏偏选在我要上台的时候澄清！你就是想看我出丑！看我被顶替节目，你很高兴是吗？"

"对啊，你才知道？"

钟清瑶慢条斯理地背上大提琴，把那句话原封不动地还给她："如果我是你，我就找个地方偷偷躲起来，省得来这里成为大家的笑话。"

萧娜脸色惨白，眉笔在她的手里几乎被捏断成两截。

钟清瑶从容地走过去，在经过萧娜身边的时候，停住，斜睨着她，红唇轻启。

"小丑。"

随着钟清瑶的独奏《梦幻曲》最后一个音符落下，音乐厅内顿时掌声雷动，得到了视察团领导的频频点头。

演奏会结束后的第二天，就是顾谨深的生日。钟清瑶把那件 CHIOEA 衬衣抱在怀里，抚摩了一遍又一遍。

衬衣是深沉的深蓝色，和顾谨深给人的感觉一样。

她心想着，顾叔叔看到自己给他准备的生日礼物，会不会很开心呢？

最近顾谨深忙于盛瑞智科的 IPO，也没时间回南湾过生日。钟清瑶拿上衬衣，然后又精心挑选了一个蛋糕，独自去了盛瑞总部。

傍晚时分，中央商务区的幢幢写字楼里依旧忙碌，四格窗里一片灯火通明。不少身着职业装、戴着工牌的员工还在加班，电梯里稍显拥挤。

钟清瑶尽量往里靠了靠，小心翼翼地保护着怀里的蛋糕。

电梯门缓缓开合的时候，又挤进来几个抱着文件的人。其中一个人不小心挤到了她，钟清瑶趔趄了一下。

那人匆匆忙忙说了句"不好意思"。

钟清瑶没在意，她第一时间去看怀里的蛋糕，看到蛋糕安然无恙后，才轻轻松了口气。

几分钟后，电梯到达 68 层的总裁办。

她拎着蛋糕脚步轻快，脚下像踩着云朵那样飘飘然，嘴角也无意识地勾起，脸上荡漾着笑容。

总裁办门没关，虚掩着。

里面传出秦越略带调侃的声音。

"你的小棉袄还挺贴心，你发烧那段时间，把你照顾得还不错吧？"

顾谨深敲击键盘的手一顿，忽然回想起钟清瑶住在泊港公馆那晚幼稚的挑弄，倏地轻笑了一下。

"嗯，还不错。"

钟清瑶没想到，此时办公室里正谈论着自己，她脚步不由自主地停住，没进去。

她确实很想知道，在顾叔叔的眼里，自己是什么样的。

秦越说："果然有小棉袄在，病都好得更快。重新看到你这生龙活虎的样子，我很是欣慰啊。"

顾谨深话音依旧淡淡的，没什么波澜地说："你有空在我这里闲聊，不如上心一下五天后的项目竞标和参会对手。竞争对手有多少，与秦鑫投资相比的优势与劣势有哪些，这些你都了解过了吗？"

秦越长叹一口气说："我是担心你的身体才来看看你，你别跟我说工作上的事，行不行？"

"随你。"

秦越揶揄道："话说这么贴心的小棉袄，你有没有想过一直把她绑在身边啊？"

站在门口的钟清瑶一怔，用力捏紧了蛋糕盒的系带，等待顾谨深的回答。

"没有。"

回答得没有丝毫犹豫。

钟清瑶失落，心往下沉了沉。

她调整了一下心情，正准备推门而入，就听到秦越又问。

"听说瑶瑶在学校里很受欢迎啊，很多男孩子都在追求她，你就不担心她哪一天就被拐跑了？"

她再一次停住，心跳不由自主地加快。

顾叔叔，在意瑶瑶一点儿好不好？

一点点就够了。

如果你说"担心"，瑶瑶就原谅你刚才的冷漠。

里面传来顾谨深毫无温度的声音——

"和我有什么关系？"

在他话音落下的一瞬间，所有的希冀和幻想全部被粉碎。

刹那间，钟清瑶感觉到身上涌起刺骨的寒意，浸润着她的四肢百骸，是她从未感觉过的冷。

——和我有什么关系？

是啊，有没有人追她，和顾叔叔有什么关系？他又不喜欢她，就算她交了男朋友，顾叔叔也不会在意的。说不定还会笑着看着她出嫁，然后轻飘飘地说一句她等了很久的"瑶瑶长大了"。

钟清瑶失魂落魄地离开了那里，带着那件衬衣、那盒蛋糕，还有她那份可笑的喜欢。

办公室内，顾谨深的话却还没说完。他接着说："因为不管那些人再怎么追，我都不会同意瑶瑶这么早就谈恋爱。"

"这还早啊？都大学生了，是该谈恋爱了。瑶瑶有男朋友了，对方还能替你照顾照顾她，你也能少在她身上操点心。"

顾谨深取下眼镜，慢条斯理地擦拭镜片。

"我的瑶瑶用得着别人来替我照顾吗？

"她有我就够了。"

秦越被他一句话堵得说不出话来，就没见过这么护崽的人。

"得得得！没人跟你抢着照顾，但是她总有一天得长大吧？难不成，你还能照顾她一辈子吗？"

他重新戴上眼镜，镜片上微微反着光。

"为什么不能？"

秦越这回是真的无话可说了："小瑶瑶真是太可怜了。"

"我这是为她好。"他说。

远处霓虹灯依旧在闪烁，在他眼里逐渐虚幻，失去焦点，模糊成一片。

顾谨深承认，他存了私心。他自诩为她好，却在无数个午夜梦回时，自私地想将她占为己有。

钟清瑶只想逃离，她拎着蛋糕盒和衬衣袋子，匆匆忙忙往大堂旋转门走。

"砰——"

忽然，她撞到了一个人，手里的蛋糕也随之掉在了地上。

蛋糕摔烂了。

"对不起啊——瑶瑶。"

钟清瑶抬头，杨晗优一身优雅裸色长裙，妆容精致地站在她的面前。

"瑶瑶，你也来找谨深哥哥吗？"

"嗯。"她木然地点了点头。

视线往下，她看到杨晗优手里拿着一盒蛋糕，包装很精致。

杨晗优似乎是注意到她的视线，说道："今天是谨深哥哥的生日，我想着他工作忙，所以就给他买了蛋糕送过来，省得他忙于工作都不好好照顾自己。"

钟清瑶没说话。

"还有，'记忆'系列珠宝的宣传片很成功，话题度很高。这也有谨深哥哥很大的功劳，所以我也想借此谢谢他呢。"

钟清瑶眼里光线微闪："宣传片？"

"对啊，你还没看吗？"

在钟清瑶愣怔之际，杨晗优又说："先不跟你说了啊，我得给谨深哥哥送蛋糕去了。"

钟清瑶浑浑噩噩地打开手机，搜索了 ROYA 珠宝"记忆"系列宣传片。

宣传片里的珠宝璀璨夺目，在视频的最后，出现了一个高大挺拔的背影，杨晗优轻轻把头靠在了他的肩膀上。画面渐渐暗下来，然后慢慢出现 ROYA 的品牌标志。

那么浪漫。

那个背影虽然只出现了短短五秒钟，却深深刺痛了她的眼睛。

——和我有什么关系？

是啊，没关系。

钟清瑶垂下眼眸。此时，她小心翼翼护了那么久的蛋糕，正冷冰冰地躺在地上，像是一堆垃圾。

第七章

多在乎一点点

　　回到南湾后，钟清瑶呆坐在地毯上，房间里是浓重的黑暗。

　　深夜，万籁俱寂。她就这么静静地看着窗外孤孤单单的月亮，星星被云层藏起来了。就像她八岁那年刚来顾家，她孤孤单单一人，不知所措地站在门口，是他蹲下身与她平视，对她露出温和的笑。

　　——叫什么名字？

　　——我叫瑶瑶。

　　——叫我顾叔叔。

　　——顾叔叔。

　　——真乖！

　　往事一幕幕清晰无比，她自以为是地认为，自己拥有很多美好的回忆，却不想这一切都在慢慢消失。本以为孤孤单单的月亮，好不容易有了守护她的星星，现在星星却告诉她，他不在乎她。

　　他应该要去守护别的月亮了吧？

　　算了。反正她习惯了。

　　第二天去学校的时候，钟清瑶脸上的倦意很深，眼底的黑眼圈很严重。

　　赵眠眠关切地问：“你昨晚熬夜了？熬夜会脱发的知不知道？你是不是想偷偷熬成‘地中海’，然后亮瞎所有人？”

　　“我只听说过悄悄拔尖，然后惊艳所有人。”

"你那看的都是毒鸡汤！"

钟清瑶没什么心情跟她斗嘴，不经意间看到赵眠眠换了新的手链，问道："怎么不是你以前戴的那条手链？"

赵眠眠晃了晃手腕说："ROYA'记忆'系列的新品，怎么样，好看吧？"

钟清瑶下意识一皱眉："那你以前那条呢？"

"扔了。"

"扔了？我记得那条手链你戴了很久，你以前很喜欢的啊。"

"你也说了是以前了，那条手链都旧了，我早就不喜欢了，所以换了一条更好看的。"

旧了。不喜欢了。扔了。

钟清瑶心里涌起一股酸楚，眼眶发红地问："难道旧了就要扔了吗？她明明陪了你很久啊……你以前明明那么喜欢她的，为什么不喜欢了？为什么说不喜欢就不喜欢了……"

赵眠眠一脸蒙："你干吗？我不就换条手链吗？你这么激动干吗？"

一个抱着篮球的男生跑过来，不小心撞了一下钟清瑶。她往后趔趄了几步，胳膊被撞得有点儿疼。

"对不起啊，你没事吧？"

钟清瑶摇了摇头说："没事。"可是下一秒，不知怎的眼泪便夺眶而出，像是决堤的洪水倾泻而下，一颗接着一颗，擦都擦不完。

男生显然是被吓到了，惊慌失措地问："你……你哪里不舒服？不是说没事吗？"

赵眠眠赶忙拿纸巾递给她，关切地问道："你怎么了？撞到哪里了？"

钟清瑶一句话也没说，只是任凭眼泪不停地流下来。

她哭了很久，才把眼泪收住。

赵眠眠安慰她说："你是不是因为之前的演奏会压力太大了？你要多接触接触新的人，交个男朋友出去玩一玩，心情马上就好了。"

这边赵眠眠的话刚说完，钟清瑶就接到了李旭宵的电话，同样是邀请她吃晚饭。

钟清瑶沉默了许久，最终说了一句"好"。

下午的课结束后，钟清瑶一走出校门口，就看到李旭宵的跑车大喇喇地停在那里。

"清瑶，在这儿呢。"

钟清瑶走过去，拉开车门，她看到副驾驶的座位上放着一大束红色的玫瑰花。

李旭宵说："路过花店，就顺便买了一束，正好送你，也不知道你喜不喜欢红色的。"

钟清瑶恍惚了一下。还记得顾谨深说，她不适合这么鲜艳的红色，不好看。

她手指紧了紧，把花抱在怀里。

"谢谢，我很喜欢。"

李旭宵带她去了通岑路新开的那家日料店。吃过晚饭后，他们又去明水滩走了走。吹着柔和的夜风，两人聊了很久。最后是李旭宵送她回南湾的，到家的时候已经是晚上 10 点多了。

钟清瑶拖着疲惫的身体往里走，准备上楼回卧室，整个人都没精打采的。

"去哪儿了？"

钟清瑶微微一愣，一转头，就看到了坐在沙发上西装革履的男人。幽深的眼睛盯着她，眼底泛着冷意。

"谁送你回来的？"

顾谨深这会儿出现在南湾，让钟清瑶有些意外。

"顾叔叔怎么回来了？"

他从沙发上起身，步履沉稳地走过来，站在她的面前说："回来看看你，给你买了蛋糕。"

钟清瑶瞥了眼茶几上的蛋糕，没说话。

顾谨深的目光落到她怀里抱着的大束红玫瑰上，淡淡地问："谁送的？"

"李旭宵。"

"瑶瑶今天就是和他在一起到现在，是吗？"

"怎么了，不行吗？"

顾谨深压抑住自己紊乱的情绪，尽量让自己心平气和地和她说话："瑶瑶最近和他走得很近。"

"我只是想交朋友。"

理智在清醒和蒙眬交织的边沿，顾谨深唇线绷得很紧，半晌才出声："是朋友，还是男朋友？"

"有区别吗？"她很轻地笑了一下说，"顾叔叔放心，我交男朋友了会第一时间告诉你的，顾叔叔还要看着我出嫁呢。"

顾谨深的眉心一跳，手指收紧。

钟清瑶眼睑微垂着，长长地呼了一口气，觉得有些疲惫。

"顾叔叔，我有点儿累，我先回房间睡觉了。"

走到一半，她忽然停住，回头说道："对了，蛋糕我不吃了，我早就吃腻了，这会儿看到蛋糕觉得有点儿恶心。"

私人击剑场馆内，两个身影正在剑场上交锋，馆内是金属剑清脆的交鸣之声。

顾谨深身手敏捷，出剑快准狠，剑如雨点般向秦越刺去。面对毫不留情的进攻，秦越无从招架，只能退居防守，节节败退。

一局终了。

秦越摘掉面罩，大口喘着粗气。

"不玩了，不玩了！深哥，你吃枪药了啊？攻势这么猛，不知道的，还以为我哪里惹到你了。"

顾谨深身着白色击剑服，身形很修长，他收回剑，摘下面罩，脸上没什么表情。他未发一言，径自走向一旁的休息区。

秦越跟上去问："怎么了？今天心情不好啊？"

"没有。"

"没有？我才不信呢。"秦越说，"让我来猜猜，到底是谁能让向来泰然处之的深哥乱了心神呢……"

秦越装模作样地思索一番说："没猜错的话，应该是清瑶那小丫头吧？"

顾谨深没接话，只是神情冷冷地解开防护手套。

"怎么了？这丫头不是一直都挺乖巧的吗？又哪里惹你不高兴了？"

"乖吗？"

顾谨深想起她像个小刺猬一样反抗他的样子，太阳穴又开始隐隐作痛。半晌，才似是感叹地说："没小时候乖。"

小时候，她总是跟在他身后，软软的小手抓着他，很听他的话。

"她是做了什么，让你这么不高兴啊？"秦越问。

顾谨深揉了揉发胀的太阳穴，无奈道："这几天她和一个男人走得很近。"

"就因为这个啊。"秦越无奈道，"所以你就是因为瑶瑶谈恋爱了，所以才这么不开心？"

"谈恋爱"这三个字，又让顾谨深不自觉一蹙眉。

"我不希望她这么早就谈恋爱。"

"不早了好吗？其实你的心情我很理解，瑶瑶是你从小养大的小宝贝，你舍不得很正常。"

秦越拍拍他的肩膀，一本正经地安慰道："你现在就像是那种老父亲，看到养了很久的小棉袄突然要嫁人了，就会有种自家白菜被猪拱了的感觉。老父亲，你要看淡点。"

顾谨深冷冷觑他一眼。

秦越讪讪地一笑，收回手。

"话说拐跑瑶瑶的那男人是谁啊？我很好奇，到底是什么人能让我们瑶瑶看上啊？是做什么的？"

"不知道。"顾谨深说，"只知道叫李旭宵。"

"李旭宵？"秦越一下子跳起来说，"不会是木林温泉酒店的那个小少爷李旭宵吧？"

顾谨深一抬眸，问："你认识？"

"我之前和木林酒店有过合作，知道李总有这么一个儿子，其实就是个拿着家里的钱来挥霍的二世祖，没一点儿本事！这就算了，听说这小少爷很爱玩，女朋友是一个接着一个地换，每天都不重样的！"

顾谨深的脸色一点点变差，眉心越蹙越紧。

"不是吧？小瑶瑶居然喜欢上他了？"秦越惋惜地一拍脑门。

顾谨深回到南湾的时候，李姨正在一楼客厅往花瓶里插玫瑰花。

"顾先生，您回来了。"

他几乎是立马就注意到了客厅的角角落落，都摆上了不少玫瑰花。是浓郁的正红色，很艳。

他淡淡瞥了一眼问："哪儿来的？"

"最近每天都有人送花给小姐，多得都放不下了，家里的花瓶都被占

214

了。我想着待会儿出去买几个花瓶，把这些花都插起来。"

顾谨深的视线从玫瑰花上移开，他看到厨房很干净，没有烹饪过的痕迹。

"今天没做饭？"

李姨解释说："老爷子去了江城，连铭少爷每天有晚自习，都是在学校吃的。小姐说今天不在家吃饭，和人约了要出去吃，所以今晚就没做饭。"

她压低声音，笑吟吟地说："我估摸着呀……小姐就是和送花的那个人出去吃。"

顾谨深的心底忽然涌上一股躁郁，他不耐烦地扯了扯领带。

"瑶瑶现在人呢？"

"还在房间，好像在化妆。"

"去做点饭，她今天不出去吃了。"

李姨愣了好几秒，才反应过来，连忙应声道："好，那我现在就去给小姐做饭，做完饭我再去市场买花瓶。"

"不用去买了。"他忽然开口。

"那这些花……"

"全部扔了。"

顾谨深来到钟清瑶卧室的时候，她正坐在梳妆镜前给自己涂口红。

从镜子里看到高大的身影走进来的时候，她只淡淡瞥了一眼，便收回目光，对着镜子继续涂口红，仿佛没看到男人一般。

看到她嘴唇上那抹艳丽的红色时，顾谨深眼神黯了黯说："我说过这个颜色不适合你。"

钟清瑶恍若未闻，又抿了抿嘴唇，顿时唇上的颜色更鲜艳了。

"你说不适合，就不适合？顾叔叔不喜欢，那是顾叔叔的事，大有喜欢这个颜色的人在。"她说得轻飘飘的，"反正我又不是涂给你看的。"

"那你想涂给谁看？"他在镜子里与她对视着，"李旭宵吗？"

钟清瑶一顿，那句冷冰冰的话，又倏地在她耳边响起。

——和我有什么关系？

她忽然笑了笑，捋了捋烫成大波浪的头发，无所谓道："和顾叔叔有关系吗？"

顾谨深声音偏冷地问："你说有没有关系？"

"没有。"钟清瑶从梳妆镜前起身，冷漠地从他身边走过。

下一秒，顾谨深忽然一伸手，将她拦住了。

"顾叔叔能不能让一让，我要出门了。"

"不许去。"

"为什么不许去？"心底忽然升腾起一股无名火，钟清瑶拔高音调朝他喊道，"顾叔叔我管得还不够吗？"

顾谨深的手背隐隐泛起青筋，渐渐握紧，但仍是克制着："怎么，不能管你了？"

钟清瑶用力甩开他的手说："我不要你管！"

手臂处传来细微痛意，顾谨深眼底微动，像是压抑着一场即将到来的风暴。

"不要我管是吗？"他看到放在卧室角落的CHIOEA购物袋，走过去，打开纸袋，里面是一件深蓝色的衬衣。

他忽然极冷地轻哂道："送给他的？作为玫瑰花的谢礼？"

"对。"

"你就这么喜欢他？"

"对！我就是喜欢他！不用你管！"

钟清瑶气冲冲地扔下一句话后，就大步往门口走。

与此同时，身后霎时响起一道极其凌厉的声音。

"你再走一步试试！"

陡然提高的音调，让钟清瑶的脚步倏地顿住，她不禁抖了一下，顾谨深的语气是从未有过的严厉和森冷。

"过来！"

没等她反应，顾谨深已经阔步走过来，一把抓住她的胳膊把她拉过来，钟清瑶随之跌在沙发上。

"觉得自己长本事了，是吗？我管不了你了，是吗？"

沙发很柔软，她没有感觉到痛。然而顾谨深严厉的话语，却吓到了她，让她整个人都蒙了。顾谨深从来没有这么凶过她，这是他第一次用这么严厉的语气跟她说话，第一次这么粗鲁地拽她的手臂。也是她第一次被他斥责。

钟清瑶就像是一只受惊的小鹿，被吓到不敢说话，愣愣地睁大眼睛看着他。几秒钟过后，她眼眶忽然一阵酸涩，眼泪不受控制地流了下来。

在看到她的眼泪后，顾谨深骤然回过神来，心像是被人狠狠地剜了一下，浑身的戾气忽然收敛，语气也软了下来。

"瑶瑶……"他俯身用指腹轻轻去擦她的眼泪，说，"对不起……我不是要对你凶，是我不好。"

可钟清瑶就是忍不住，没有发出一点儿声音，眼泪不停地往下掉。

顾谨深将她揽入怀里，让她靠着自己，轻轻抚摩她的头发。

"是我错了，我不该凶你……可是瑶瑶为什么总是不听顾叔叔的话？"

在楼下听到争吵声的李姨不放心，上了楼。

"顾先生……你们没事吧？"

钟清瑶思绪回笼，推开他，一声不吭地背过身，抱着膝盖不再去看他。

顾谨深瞥了一眼她小小的背影，说："没事。"

"那个，晚餐已经做好了，要不要我给小姐拿上来？"

"拿上来吧。"

片刻后，李姨拿着一碗排骨面上来了。

顾谨深接过，温声道："瑶瑶，是你最爱吃的排骨面，快尝尝！"

钟清瑶还是不理。

沉默了许久之后，顾谨深揉了揉她的头说："那我放在这里，你什么时候想吃了再吃。"

钟清瑶躲开，远离他的触碰。他的手在半空停住，收回。

"还有，从明天开始，你跟我待在一起。下课之后，我会让司机直接接你去盛瑞总部。你哪儿也不准去。"

钟清瑶原本没把顾谨深说的那句"哪儿也不准去"放在心上，直到她下课后，看到停在校门口的那辆劳斯莱斯。

顾谨深并不在车内，钟清瑶坐在后座望着窗外，脸上时而掠过斑驳的光影。

疾驰的车辆、倒退的街景，穿过高架桥，车窗外的景物渐渐变得繁华，车流开始拥堵。

她问司机："我们不是回南湾吗？"

"顾总让我接小姐去盛瑞总部。"

"我可以不去吗？我没带琴，我要回南湾练琴。"

他看一眼后视镜，如实道："顾总已经让人提前把琴送去盛瑞总部了，小姐过去就可以练了。"

钟清瑶重新缩回座椅里，不再说话。

城区车辆穿梭，让她忽然有些恍神。小时候她总是缠着顾谨深让他来接自己放学，但是顾谨深很忙，只能偶尔抽空出来接她。

有一次她拿着一百分的卷子在校门口等，也是像今天这样，来接她的是顾谨深的司机，车内没有他。当时她失落极了，闹着要去找他。司机无奈，只好把她送去了盛瑞总部。见到顾谨深的时候，她脸上绽开笑容，把书包里的卷子拿出来给他看。得到表扬后的自己，一下子就把刚才的不开心都给忘了。

可是如今，很多事情却不能像小时候那样说忘就忘，也不能像小时候那样当作什么都没发生过，睡一觉醒来，什么不开心都能抛在脑后。

司机从后视镜看到她情绪低落，打开音响放了些舒缓的音乐。

汽车抵达盛瑞总部后，她又被一路带去了总裁办，连片刻的停歇都没有。

一见到顾谨深，钟清瑶就忍不住小声抗议道："顾叔叔这么大的人了，难不成上班还要人陪？"

顾谨深无视她的嘲讽，神色自若地拍了拍早就放在他旁边的小椅子，温声笑道："瑶瑶，过来坐。"

"不坐。"钟清瑶偏过头说。

以前她喜欢坐在顾谨深旁边陪他工作，可是现在她才不要呢。

顾谨深打开抽屉，里面是他让方韦准备的一些零食，有不少。他拿出一包草莓饼干晃了晃，还特意捏着包装袋发出不小的声音。

"给你买了吃的。"

刹那间，钟清瑶感觉到一股极为强烈的羞愤直冲脑门。

"顾叔叔！你把我当什么了？"

她的脸涨得通红，胸腔里的愤怒几乎快要爆炸："三岁小孩吗？"

"没有。"顾谨深起身，踱步到她跟前说，"我以为你爱吃。"

余怒还没消失，钟清瑶深深吸了一口气，忍住把草莓饼干全塞进他嘴巴里的冲动，尽量心平气和地说："谢谢！但是我不爱吃。"

"那你喜欢吃什么？"他接着说，"那边还有其他的，果冻、糖果，还有……"

"我不要！"钟清瑶连忙打断他，掷地有声地说出了五个字，"我不是小孩！"

他轻笑了一声道："好。"

钟清瑶端着那股子坚决，气势汹汹地坐在了离他很远的真皮沙发上。

顾谨深走近，刚想说点什么，一旁的内线电话就响了。接起电话，说了几句之后，顾谨深对她说："瑶瑶，顾叔叔现在有个临时会议要开，你在这里等我。还有，大提琴在里面的休息室。"

钟清瑶背过身依旧没理他，直到脚步声响起，然后是门轻轻合上的声音，她这才缓缓转过身。

在沙发上坐了一会儿之后，钟清瑶眼神散漫地望向那道合上的电子门，然后起身走过去，拉了拉门把手。

"……"居然锁住了。

跟顾连铭一样幼稚。

顾谨深的会议还没结束，钟清瑶拉了会儿琴就不想拉了。坐在顾谨深的座位上，她像好奇宝宝一样动动他的钢笔，翻翻他的文件。

拉开抽屉，在看到塞了满满当当一抽屉的零食时，钟清瑶顿时尴尬了。

这……

她面无表情地关上抽屉，然后无聊地玩手机。不知道过了多久，她收到了李旭宵的消息。他邀请她去参加一个泳池派对，时间就在今晚。正当她犹豫着该怎么回的时候，手里的手机忽然就被抽走了。

"泳池派对？"

顾谨深不知道什么时候结束了会议，正站在她的身后。

"你还给我！"钟清瑶一把把手机抢过来，正想回复的时候，才发现列表里的李旭宵不见了。

"你把他删了？"

"瑶瑶，别跟他来往，他不适合你。"

"顾叔叔，你也太幼稚了吧！关着我就算了，还删我好友！"

顾谨深俯下身问："难道你还真打算今晚和他出去约会？"

"那又怎样？"她回道，"难道顾叔叔还不让我谈恋爱了？"

"他不行。"

"怎么不行了？李旭宵比顾叔叔不知道要好多少倍。"

顾谨深冷笑着问："他比我好？"

"对。"

他靠近沙发，微眯着眼睛说："好，那我不管你了。"

这句话忽然让钟清瑶喉咙一酸，有些发紧地说："那说到做到，顾叔叔再打扰我谈恋爱，就一辈子找不到女朋友！"

方韦正好拿着文件从外面进来，钟清瑶气冲冲地走到门口，头也不回地离开了。

方韦问："顾总……要通知底下的安保人员拦住钟小姐吗？"

"不用。太惯着她了。"

盛瑞总部大厦位于金融商圈中心，顶层视野宽阔，能俯瞰整个明水滩。霓虹灯光映照在江面上，游轮驶过，划破了波光粼粼的水面。

笔记本屏幕亮着，上面是各种复杂的数据分析表。顾谨深对着屏幕，精神却久久不能集中起来。脑海里挥之不去的，是她转身离去的背影。

也不知道她回家了没有。

许久，他打了个电话回南湾。

"瑶瑶回家了吗？"

李姨说："没有啊，小姐不是去您那儿了吗？"

"我知道了。"

挂断电话，他又拨了她的电话，电话提示忙音。过了五分钟再打过去，还是忙音。发微信，显示消息被拒收。

顾谨深眉间一蹙，忽然想到在她手机里看到的那条消息。

泳池派对。

他给秦越打了电话："你有没有办法查到淮城今晚有哪些泳池别墅开派对？"

"这个小意思，不过，深哥，你查这个要干吗？"

"瑶瑶不见了，可能去参加什么乱七八糟的派对了。"

秦越哈哈大笑道："所以你是想去捉奸？"

"你说什么？"

"没没没，我这就去查啊，瑶瑶不见了我也很担心的。那种派对上喝酒喝疯了的人很多的，万一——个酒后乱性，小瑶瑶就被欺负了，我可心疼……"

顾谨深捏紧手机，话语冷得像冰："还不快去！"

李旭宵包下了一整幢泳池别墅开派对，邀请了不少圈内好友。估摸着也是家里条件不错的小少爷，各个都带了自己的女伴。女伴们穿的泳衣都只有一点点布料，火辣的身材一览无余。其中有几个人钟清瑶有些面熟，好像是前段时间演了部网剧、小有话题度的女演员，还有十几线的小模特和不少叫不出名字的女主播。

灯光闪烁，劲爆的音乐声在耳边叫嚣，吧台上的鸡尾酒堆得很高，冰桶里放着几瓶香槟。钟清瑶兴致不高，默默地坐在角落里看手机。滑到微信，她把顾谨深从黑名单里放了出来，然后是电话。

顾叔叔也太没用了吧，不就是拉黑了电话和微信，这就找不到她了？

看了下时间，派对都开始一个多小时了，顾谨深还没来找她。

思索了片刻后，她拍了一张泳池派对的照片，照片里还特意露出了自己裸着的腿，加了个滤镜，然后发了朋友圈。

这时，一旁响起一阵嬉笑声，两个男人抱起一位身材火辣的小模特，将她扔进了泳池。随着"扑通"一声，水花四溅，泳池里传来小模特娇嗔的声音。

钟清瑶收回视线，看着自己发出的朋友圈。这会儿已经收到不少点赞，只是照片下面几排点赞的小头像里，并没有顾谨深的。

李旭宵端了两杯鸡尾酒过来，在她旁边坐下。

"不过去和大家一起玩吗？"

被扔下泳池的小模特，被男人从水里抱起来，正握着小拳头撒娇地敲着男人的胸口。

钟清瑶收回视线，关闭手机屏幕说："你们玩吧，我在这里坐着就好。"

李旭宵忽然问："你可以笑一下吗？"

"怎么了？"她疑惑地问。

他笑着说："我的内格罗尼鸡尾酒太苦了，我想加点糖。"

钟清瑶被他的土味情话冷到，忍不住短促地笑了一下。

李旭宵喝了一口鸡尾酒，夸张地说："你看，你笑起来多好看啊，忽然就觉得酒变甜了！"

钟清瑶说："你喝的又不是内格罗尼。"

"我喝的虽然不是真的内格罗尼，但是想让你笑的心是真的。"

钟清瑶一愣，不知道该怎么回答。

忽然，一道欢呼声响起，然后就有一个男人使劲摇晃香槟。随着开瓶的一声巨响，酒液喷射而出。男人一边欢呼，一边把酒瓶对着钟清瑶和李旭宵，泛着泡沫的酒液喷了不少在钟清瑶身上。

李旭宵一边笑着帮她挡住酒液，一边喊道："宗琪！你够了啊！"

男人"哈哈"笑着，又移开酒瓶去喷别人，嬉笑声四起。

"你没事吧？我这个朋友就是爱玩，你别介意啊。"

钟清瑶擦了擦脸上的香槟说："没事。"

因为参加泳池派对，钟清瑶穿的是一件黑色细吊带的泳衣，露出了锁骨和胳膊，稍短的裙摆下，是一双裸着的腿。

五月初的夜晚，还带着些许凉意。这会儿酒液喷在身上，风一吹，就有点儿冷了。

李旭宵之前脱下的外套正好在旁边，他拿过来披在了她的身上。

"你脸上还有一些香槟没擦掉。"他伸出手帮她擦，"在这里。"

钟清瑶后退，刚想拒绝——抬眸的瞬间，就看到不远处一个高大挺拔的身影，正朝这里走来。凌厉的眼眸里，像是结了一层冰。

钟清瑶微不可察地勾了勾嘴角。后退的动作停住，任由李旭宵用指尖轻轻擦掉她脸上的酒。

忽然，肩膀上传来一股大力，下一秒她已经被带入了一个冰凉的胸膛。

雪松，劳丹脂，白兰地。熟悉的香味将她包围。

身上骤然一凉，刚才李旭宵披在她身上的衣服被扔在地上，转而她被披上了那件带着余温的深灰色西装。

顾谨深眉心皱得很紧，又用力地拢了拢衣襟，将她裸露在外面的肌肤遮住。

力道很大，她被带得向前趔趄了一步，撞进他的胸膛。

"干什么呀……"

顾谨深没接话，只是紧拢着外套，目光又落在她裸露的双腿上。裙摆是那样短，纤细白皙的腿，就这么暴露在一群陌生男人的面前。

太阳穴突突地痛，他脸上的阴影越发明显。

钟清瑶被他的西装勒得生疼，开始挣扎道："顾叔叔，你干吗呀！好痛！"

李旭宵上前，道："那个，有什么话你们……"

"滚开！"

顾谨深沉着脸，揽着钟清瑶就大步往外走。他的步子迈得很大，钟清瑶三步并作两步，几乎快要跟不上他的脚步。忽然，她跟跄了一下，好在顾谨深揽着她，才没有摔倒。

"你走那么快干吗呀？啊！"

钟清瑶惊呼出声，顾谨深已经抱起了她。

他依旧沉着脸，一句话也不说，只是迈着大步往前走。直到来到停在外面的劳斯莱斯前，他一言不发地将她塞进车里，然后"砰"的一声摔上了车门。

钟清瑶坐在车里，不禁颤了颤。

顾谨深坐进驾驶座，发动汽车，在寂静的公路上疾驰。一路寂静，车内静得可怕，转速表上的指针不断攀升。

面对不断升高的车速，钟清瑶有些害怕了："你……你开慢点……"

顾谨深微微一侧眸。

钟清瑶身上的西装已经滑落，在看到她穿着的衣服时，顾谨深眼底的怒火几乎奔涌而出。那根纤细的吊带和那晚她穿的 V 领吊带衣在他脑海中重叠。他想起那晚，她绞着手指，脸色绯红地站在他面前，温柔地问他，她好不好看。

顾谨深握着方向盘的手指越来越紧。她怎么可以在别的男人面前这样穿？

胸口的怒火越烧越旺，顾谨深握着拳头狠狠地砸在方向盘上。寂静黑暗的夜色里，响起一阵长而刺耳的鸣笛声。

钟清瑶被吓了一大跳，她没有想到顾谨深会生这么大的气。原本沉稳清冷、泰山崩于前而面不改色的顾叔叔，这时候她一点儿也看不见，只有一个愤怒到几乎失控的男人。

她瑟缩了一下，小心翼翼地拉起西装外套，然后把自己裹得严严实实的，缩着脑袋一声不吭，乖巧得像一只小鸵鸟。

一路上，汽车都以极快的速度行驶，车窗外的景物飞速倒退，快到模

223

糊成一片。

钟清瑶的心都提到了嗓子眼儿，生怕下一秒忽然从路口就冒出一辆车，顾谨深没刹住车就撞上去，来个车毁人亡。

参加李旭宵的泳池派对，她承认自己有那么一点点想要气顾谨深的心思，但也只是一点点而已。

她只是想让顾谨深多在乎她一点儿。

而现在事情似乎超出了预期，朝着不可控制的方向发展。

那张紧绷的侧脸，青筋凸起的手背，都在无声地告诉她，顾叔叔已经不是一点点生气了，压抑的愤怒几乎快到爆发的临界点。

钟清瑶缩在顾谨深的西装外套里，不说话也不敢动，生怕自己一句话或者一个不经意的动作，就刺激到了他。

汽车一路疾驰到达泊港公馆，钟清瑶裹着西装外套跟在顾谨深身后。

回家后，她站在玄关处没动，手足无措地拉着西装衣襟，悄悄抬眼看向顾谨深。

顾谨深始终未发一言，坐在沙发上一杯接着一杯地喝酒。

是烈性的白兰地，没加冰。

空气中是压抑的窒息感，钟清瑶就这么站了几分钟，那种窒息感无孔不入地钻入了她的皮肤。

终于，她慢慢挪动了一下脚步。

"顾叔叔……"

话音刚落，顾谨深放下酒杯，冷然开口。

"回房间去。我不想在你面前发火。"

钟清瑶沉默了半晌，深吸一口气，平静地问："顾叔叔为什么这么生气？是因为我穿了这件泳衣，还是因为我跟李旭宵出去参加泳池派对？"

"我说过，李旭宵不适合你。"

"顾叔叔不是说我交不交男朋友和你没有关系吗？为什么还要管他适不适合我？"

"没有关系？"顾谨深的声音骤然一低，手里的玻璃杯几乎快被捏碎。

"你是我从小宠到大的孩子，生病了是我照顾你，每次家长会是我去参加，从来舍不得让你受一点儿委屈，你还叫我一声顾叔叔，你说跟我有没有关系？"

钟清瑶身形微颤，紧紧咬着嘴唇。

是啊，在她晦暗的童年里，是顾谨深代替了她去世的爸爸，给了她温暖和许多美好的回忆。

不仅是生病时额头温热的手掌，还有每一张成绩单上的家长签名。

连她第一次来例假，都是顾谨深照顾她的。

十二岁，一个懵懵懂懂的年纪，在看到内裤上的血迹时，她很慌乱无措，她不知道那是什么，也从来没有人告诉她应该怎么做。

害怕的时候，她只想去找他。

顾谨深抱着她安抚，带她去洗澡，教她"小翅膀"该怎么用。

后来，她偶尔也会想，顾谨深一个大男人，为什么也会懂这些？

直到有一天，她在顾谨深的书房看到了《8～16岁女孩生理知识手册》，里面还认真地做了一些批注。

钟清瑶从回忆里抽离，有些恍惚。那些画面一帧一帧地刻在她的回忆里，每当她落寞时，回想的美好记忆大多是顾谨深。

她几步上前，站在顾谨深跟前忍不住提高嗓门说："顾叔叔再宠我，那也是小时候的事，现在顾叔叔一点儿都不在乎我了！"

"我不在乎你？"

顾谨深从沙发上起身，居高临下地审视她。

"我巴不得把天上的星星都摘下来给你，你说我不在乎你？"

"骗人。"钟清瑶仰头不甘示弱地与他对视，"顾叔叔生日那天我去找你了，我买了蛋糕，还准备了礼物……"

她越说越难过："可是我在办公室门口却听到你跟秦叔叔说，我交不交男朋友跟你没有关系……"

顾谨深微怔。

"那瑶瑶听完了没有？"

钟清瑶一摇头，赌气说："我为什么还要听下去？我都快被气死了。"

"后面你没听到的话是，我不想你这么早谈恋爱，就算不谈恋爱也没关系。"他轻轻将她拥进怀里说，"我也可以照顾你一辈子。"

不高不低的声音，穿透她的心，敲下一记重锤。

一辈子。

和顾叔叔在一起一辈子吗？

可是，她想以一个能光明正大地亲吻他的女人的身份，和他在一起一辈子。

她眼神微动，靠在他胸口闷声道："那……优优姐呢？"

"她怎么了？"

"顾叔叔是不是喜欢她？"

"没有。"

钟清瑶无意识地揪紧他的衬衫衣角问："那顾叔叔为什么要同意和优优姐拍那个宣传片？"

"我并没有同意。"

"可是那个宣传片里，明明有你的背影——"话说一半，她忽然停住了。

背影。

宣传片里出现的那几秒只是一个背影，并没有看到脸。她因为当时太过伤心没有仔细看，现在回想起来，确实和顾叔叔有点儿不一样。虽然很像，却没有顾叔叔的那股冷感。

所以，杨晗优是找了一个和顾谨深背影很像的人，来制造话题，提高热度。

然而网友并不会注意那么多，他们理所当然地以为那就是顾谨深本人，兴奋地支持着"幽深夫妇"这对CP。

顾谨深解释说："因为我们和杨伯伯的关系，就没有太在意这件事。"

钟清瑶渐渐收敛了脾气，静静地靠在他的胸口没说话。

这时，手机响了一下，打破了满室寂静。

钟清瑶拿出手机看了一眼，发现是李旭宵的。

"没事吧，到家了吗？"

钟清瑶在泳池派对被顾谨深怒气冲冲地拉走，估计李旭宵也怕她出什么事。她随手回了句"到家了，我没事"。

"没事就好。"

钟清瑶刚想关闭手机，下一秒，就收到了李旭宵发来的新信息。

"还有，刚才忘了跟你说，你今天很漂亮。"

钟清瑶头皮一紧，手指也忍不住颤了颤。

她缓缓抬眼看向顾谨深，果然见他盯着自己的手机聊天界面，脸色阴沉。

本以为顾谨深的怒火又要燃起，然而他只是不着痕迹地松开她，淡声道："回房间把衣服换了。"

落地窗前，顾谨深眺望着远处霓虹灯的光晕，手执酒杯，一口接一口地喝酒。稍烈的白兰地，灼得他喉间发烫。

钟清瑶对着他的背影出神了片刻，然后倒了一杯温水，慢慢走到他身前，递给他。

"顾叔叔，别喝酒了，喝点水吧……"

顾谨深没拒绝，抬手去接水杯。

在他即将碰到水杯的时候，钟清瑶却把杯子移开，转而把自己的另一只手放进了他的掌心。

心跳加速。

她是忐忑的，她怕顾谨深无情地甩开她的手。

顾谨深目光平静地注视着自己掌心里的小手，接着，慢慢回握住。

心跳不受控制地加快，钟清瑶鼓起勇气，又将手指一根一根地挤进他的指缝，与他十指相扣。

顾谨深眼神始终平静，纵容着她的小动作，没阻止。

钟清瑶慢慢靠近，娇声问道："顾叔叔吃醋了？"

顾谨深短促地轻笑了下，似是不屑于回答这个可笑的问题。

"顾叔叔看到我在别的男人面前这样穿，所以很生气，对不对？"

她轻轻一扯，披在身上的西装掉落，白皙的肌肤暴露在他的视线之下。

"瑶瑶这样穿……好看吗？"

顾谨深的面容依旧看不出情绪，然而两人十指交握的手，却传来他不自觉加重的力道。

钟清瑶仍在试图攻破他心里的防线，用指尖轻轻摩挲着他的手背。

"以后瑶瑶不穿给别人看了……"她踮起脚尖，故意在他的喉结处呼出热气，"瑶瑶，只穿给顾叔叔看……"

混沌暧昧的光线中，顾谨深能感受到紧身泳衣下透出的柔软，正贴合着他。

他不动声色地拉开她，往客厅走，将手里的酒杯放在茶几上。

"别说胡话了，早点睡。"

声音无波无澜。

227

钟清瑶快步跟上去，一头扑进他的怀里。

"顾叔叔……"

滚烫的夜色中，顾谨深抬起的手又放下。

犹记得她小的时候也是这样扑过来，撞上他的腰。而如今，她已经到了他的胸口。

她长大了。

"顾叔叔……"

"嗯。"声音很低很哑。

"瑶瑶已经长大了，你什么时候才能看到瑶瑶已经长大了……"

"长大了，然后呢？"

钟清瑶从他怀里抬起头，眼里的流光盈盈闪动。

"长大了……就是女人了……"

她颤抖着去解他衬衫的纽扣，明明脸烫得快要烧起来，指尖却冰凉得可怕。

"我不想再叫你顾叔叔了……"

顾谨深垂眸看着她，任由她稍显笨拙地解着他身上的纽扣，眼里意味不明地问："那瑶瑶想叫我什么？"

钟清瑶小脸通红，埋入他怀里，抱住他的腰身，连声音都是颤抖的。她柔声说出了那个她偷偷叫了无数遍的名字："谨深……"

长久的静寂之后。

"瑶瑶。"顾谨深的声音哑得不像话，"你知道自己在说什么吗？"

"知……知道……"她不敢抬头，只是把脸埋在他怀里闷声说，"我……我喜欢谨……谨深……"

钟清瑶觉得自己浑身发烫，颤声问："你也……喜欢我的，对不对？"

等了很久，她都没有等到顾谨深的回答。

她抬头看他，那双漆黑的眼睛里，却平静得像一汪死水。

钟清瑶瞬间眼眶一红，控制不住地在他怀里生气，拳头打在他的胸口说："顾叔叔就是个榆木脑袋！瑶瑶不漂亮吗？顾叔叔为什么不喜欢我？我讨厌顾叔叔！我讨厌你！"

顾谨深任由她在怀里扑腾，软绵绵的拳头落在胸口，不痛不痒，只是沉默地揽着她。

"放开我！"她掰开他的手臂，气冲冲地就想走，"我再也不要喜欢顾叔叔了！我还是去找李旭宵好了！他比你好一千倍，一万倍！"

刚转身，腰肢就被搂住，然后被重新带入他的胸膛。

未等她反应过来，温热的唇已经重重地压了下来，将她所有的声音吞食入腹。

这是一个带着浓郁酒精味的吻。

白兰地的香味，铺天盖地地充斥了她的口腔。

他紧紧箍着她的腰，指尖没入她的发丝托着她的后脑勺，吻得热烈而用力。

强势到极致的吻，让钟清瑶根本无从招架，只能瘫软在他的怀里，由他掌控着自己沉沦。

这是她第一次接吻。

她甚至都不知道该怎么回应他如此热烈的吻。

在她几乎快呼吸不上来的时候，顾谨深突然松开了她。她脸颊绯红，眼神还带着迷离。

正当她以为这个吻已经结束的时候，腰间忽然一紧，然后她已经被抱着坐在了茶几上。

还没等她回过神来，顾谨深又重重地吻了下来。

茶几上的酒杯摔落在地上，白兰地的味道顿时弥漫四周。

落地窗上倒映着两人黑色的剪影，紧紧贴合的轮廓纠缠在一起。

钟清瑶承受不住，忍不住呜咽出声。

许久，顾谨深终于松开她，似乎还没从刚才的吻中抽离。他沉溺地将她抱在怀里，手臂搂着她的腰，抵着她的耳廓呢喃："瑶瑶……"

瑶瑶。

那是他从小养大的瑶瑶。

是他给予了无限溺爱和温柔的瑶瑶。

他轻轻抬起她的下颌，吻在她的嘴角，这让他食髓知味。

空气中燃起的荷尔蒙还未消退，就在这时，大门忽然被人从外面推开了。

开门声响起，带着白兰地香味的吻还停留在钟清瑶的唇边。她头皮一麻，瞬间就清醒了过来。

钟清瑶睁大眼睛，惊慌失措地推开顾谨深，又去掰环在自己腰间的手臂。

然而顾谨深不为所动，反而抓住她乱动的手，低头问："喜欢顾叔叔？"

钟清瑶吓得心都提到了嗓子眼儿，哪有心思回答他的问题，压低声音在他怀里挣扎。

"顾叔叔，你放开我……"

"深哥，小瑶瑶找到了吧——"

倏地，秦越的声音在她身后响起，钟清瑶紧绷的头皮瞬间就炸了。她还保持着一只手抗拒地抵在顾谨深胸前，另一只手被他捏住手腕的动作。而顾谨深的手臂还横在她的腰处。

钟清瑶一个激灵，浑身僵硬，什么动作都做不了。

完了。

一切都完了。

被秦叔叔看到了！

"哎哎哎，深哥深哥——"秦越快步走过来掰开顾谨深的手臂，将两个人分开。

"有话好好说，别对孩子动手！"

钟清瑶："？？？"

浑身僵硬的感官回笼，钟清瑶任由秦越将她拉开，然后把她拉到了自己身后。

秦越看了眼地上摔碎的酒杯和淌出的酒液，长长叹了口气。

"我早就猜到你肯定要生气，所以特意过来看看你们，结果还真被我撞见你动手了。"秦越无奈地说，"深哥，你说你多大的人了，还跟孩子计较。"

钟清瑶站在秦越的身后，跳到嗓子眼儿的心慢慢回落，悄悄松了一口气。

还好秦越叔叔没看到她和顾叔叔亲亲的画面……

两人暧昧的姿势他也没多想，还误以为是顾叔叔打了她……

怪不得秦叔叔单身了二十八年还没女朋友。

钟清瑶这才刚刚松了一口气，秦越忽然转过身问她："小瑶瑶怎么脸那么红，嘴巴也有点儿肿？"

钟清瑶一惊，刚放松下来的神经又紧绷了起来。

她嘴肿了吗？都怪顾叔叔刚才吻得这么用力……

一阵头脑风暴后，她正想着要怎么解释，就听见秦越说："深哥扇你耳光了？！"

"……"

钟清瑶受惊般睁大眼睛，秦越把她的反应当成了默认。

他一身正气地上前和顾谨深理论："深哥，这就是你的不是了，小瑶瑶出去参加个派对其实也没什么，动手打人就是你的不对了……"

秦越还在滔滔不绝地说教，钟清瑶上前轻轻拉了拉他的衣角。

"秦……秦叔叔……"她小声说，"顾叔叔他没打我……"

秦越见她眼睛也红红的，像是哭过，更加不信了。

"别怕，跟秦叔叔说，今天秦叔叔给你做主，你顾叔叔怎么欺负的你？"

怎么欺负的……

脑海里忽然蹦出顾谨深紧搂着她的腰，重重吻她的样子。唇上似乎还残留着白兰地的味道，还有顾谨深的唇覆盖着她辗转吮吸的微痛感。

钟清瑶的脸不受控制地又烫了起来，结结巴巴地道："没……没有……"

秦越还是不信，又转头去问顾谨深："深哥，你看你把她都吓成什么样了？你刚才是不是欺负她了？"

顾谨深慢条斯理地系好胸前散开的衬衫纽扣，淡淡说："嗯，欺负了。"

"你说你也真是的……"

顾谨深把目光移到钟清瑶的脸上，缓缓地说："瑶瑶太不乖了，是该好好欺负。"

落在自己脸上的目光太过灼热，钟清瑶垂下头不敢去看他，那句意有所指的话烧得她的脸更烫了。

"好了好了，这件事就让它过去吧。还有深哥，你也别再计较了。"

钟清瑶低头看自己的脚尖，半晌没说话。

顾谨深像往常一样揉了揉她的头说："瑶瑶，去把衣服换了。"

钟清瑶这才想起自己穿的还是一件吊带泳衣，连忙应声之后就溜回了房间。

回到房间，她的心还在"怦怦"狂跳个不停。

靠着门站了一会儿，钟清瑶轻轻摸了摸自己的嘴唇，有点儿微痛。

顾叔叔刚才亲她亲得好用力呀……

啊啊啊。

好害羞。

钟清瑶忍不住用衣服捂住脸，试图给自己发烫的脸颊降温。

身后的门锁响动，转头就迎上了推门进来的顾谨深。

"还没换？"

她胡乱地"嗯"了声。刚才她光顾着春心荡漾了，都没来得及换衣服。

钟清瑶绞着手指有些无措，都不敢去看他的眼睛，总觉得他眼神里的意味太过强烈，让她无处可逃。

她低垂的视线里，那双黑色的皮鞋越走越近，接着是熨烫笔挺的西装裤腿，然后是精瘦的腰身、宽阔的胸膛……

好近。鼻尖几乎快要碰到他的胸口了。

她无意识地捏紧了手指。

一双大手覆下来，包住她紧紧绞在一起的手指。

"瑶瑶。"

"嗯？"

他慢慢低头靠近说："瑶瑶还没有回答顾叔叔的问题。"

钟清瑶看着那双包裹着自己双手的手，忽然想起秦叔叔进来时，他在她耳边呢喃的那个问题。

钟清瑶的脸很烫，她慌张地想要从他的掌心抽出手指。

刚才顾谨深进来的时候没有关门，房门正好对着客厅。而客厅里，秦越正坐在沙发上研究顾谨深的藏酒。

只要他一回头，就能看到他们。

"顾叔叔，放开……"她甚至都不敢大声说话，心"怦怦"跳个不停，时不时往门外瞟，生怕秦越忽然转过身。

顾谨深恍若未闻，另一只手臂顺势环住她的腰。

"说话。"

钟清瑶在他的臂弯里挣扎，试图脱离他的掌控。

"顾叔叔，你放开我……"她慌乱地瞪他，极力压低声音说，"秦叔叔还在呢……会被看到的！"

任凭钟清瑶急得团团转，顾谨深愣是一副油盐不进的样子，丝毫没有要松手的意思。

她放软声音，都快哭出来了道："顾叔叔……求求你了……"

顾谨深低低地闷笑了声。

"那瑶瑶先回答我的问题。"

钟清瑶飞速瞥了一眼客厅里的秦越，小声说："喜……喜欢……"

"喜欢谁？"

"喜欢顾叔叔……"

"错。"他惩罚似的低头咬了下她的唇角问，"喜欢谁？"

"顾叔叔……"

"还是错。"他又加重了力道。

钟清瑶吃痛，又不停地去瞄客厅，不知道自己哪里说错了。

"叫我什么？"

钟清瑶愣住了，脸一红，害羞极了："喜欢……喜欢谨深……"

顾谨深垂眸轻哂，终于松开了环着她的手臂。

腰间的桎梏才脱离，她的下颌就被抬起，顾谨深的吻就要压下来。

就在这时，客厅里忽然响起秦越的声音："深哥，我记得之前沈总是不是送过你一瓶法国百年干邑啊？"

钟清瑶一个激灵，手疾眼快地抓起旁边的睡衣，一把盖在了顾谨深即将压下来的脸上。

此时秦越正好回头，他看着两人奇特的姿势愣了愣，隔得老远问："你们在干吗？"

钟清瑶用衣服胡乱在顾谨深脸上擦来擦去，胡诌道："那个……怎么才五月份就这么热了啊？顾叔叔出了好多汗，我给你擦擦……"

秦越疑惑道："热吗？我怎么没感觉……"

顾谨深扯掉盖在脸上的衣服。

"在酒柜里，你自己找找。"

钟清瑶感觉再这样下去，她指定要被吓出心脏病，推搡着把顾谨深赶了出去。

"顾叔叔，你快出去吧，我要换衣服了！"

她重重关上门，锁住。

在她的衣柜里，已经被替换了一批新的衣服，都是这个季节穿的。她嘴角勾了勾，顾叔叔还挺贴心的。

虽然泊港公馆她也是偶尔才会过来住，但是她每次过来，房间里都干净得一尘不染，显然家政阿姨每天都会来打扫。

等她换好衣服出去的时候，客厅地上的玻璃碴已被清理干净，顾谨深和秦越正坐在客厅里聊着什么。

借着聊天的幌子，秦越逮到机会，开了好几瓶顾谨深的藏酒，一边喝，一边聊，看起来很是闲适。

客厅的电视开着，播放着时下正热播的电视剧。

向来冰冷沉闷的泊港公馆，这会儿有了烟火气息，就像是一家人吃过饭后坐在一起聊天看剧的那种温馨感。

在钟清瑶恍神之际，秦越招呼她过来坐。

秦越自动往旁边挪了个位置，留出顾谨深身边的空位。钟清瑶的脚步顿了顿，然后硬着头皮坐在了两人中间。

顾谨深怕她冷，又拿了条薄毯盖在她身上。

电视剧里正演着男女主角互相表明心意的场景，钟清瑶心不在焉地看向电视屏幕，一边用余光偷偷去瞟旁边的顾谨深。

没什么表情。

该不会是因为她刚才用衣服盖他脸，所以生气了吧？

须臾，她悄悄伸出一根手指，慢慢挪过去，轻轻勾住他的小指。

算是示好。

秦越看着电视，喝了口酒，开始吐槽剧情。

"这种电视剧就是无脑，男女主角都亲亲抱抱了，男主角的朋友还白痴地以为他们是普通关系，这人是少根筋吧。"

薄毯下，顾谨深将她伸过来的手握住，包裹在掌心，淡淡道："嗯，确实挺少根筋的。"

钟清瑶今晚留在了泊港公馆，没回南湾。

反正爷爷去了江城还没回来，她也就不太想回去了。

这天晚上，她失眠了。她躲在被子里滚来滚去，一边笑，一边捂着自己的脸。

这下在顾叔叔眼里她再也不是个小孩了吧，哪有人会对一个小孩这么亲的……

想到那个强势到近乎掠夺的吻，钟清瑶又在被窝里一阵翻滚。

在被子里蒙了许久，她才钻出来呼吸新鲜空气。

夜已经很深了，但是她却有点儿不想睡。她怕睡着了，这一切就会变成一场梦，天亮后清晨的光会将这场梦惊醒。

梦醒时分，顾谨深又变成了那副清冷禁欲的模样，将她当成一个长不大的小孩。

折腾到后半夜，钟清瑶才迷迷糊糊地睡过去。

这一夜她睡得不太安稳，做了许多光怪陆离的梦，梦里有小时候的画面，也有长大后的画面，大多是关于顾谨深的。

醒来的时候窗外天光很淡，乌蒙蒙的一片，时间还很早。

一夜的梦让她很疲惫，但是她不太想睡了，洗漱过后穿着睡衣就开门出去了。

料理台边，顾谨深正在料理早餐。

今天他穿了一件黑色衬衣，袖口微微挽起堆叠在臂弯处，露出手腕处的金属银色手表。

看起来疏离又冷峻。

经过昨天的一吻后，钟清瑶有点儿不知道该怎么面对顾谨深了。总不能像以前那样，不管怎么说，也要比以前更亲密一点儿吧？

定了定神，钟清瑶深吸一口气，缓步走过去。

正想学着电视剧里一样，从身后抱住他的腰身，把头轻轻靠在他的后背，然后来个绵长的早安吻。

可当她刚走近，还没来得及有动作，顾谨深就开口了。

"睡醒了？"

修长的手指还在水流下冲刷着，他依旧垂眸处理着食材，头也没抬。

钟清瑶的脚步顿住，低低地"嗯"了声。

最后什么动作也没做成。

"早餐还没好，你可以再睡会儿。"

"不想睡了。"她想过去帮忙，"我也来一起弄吧……"

"不用。"顾谨深回绝了她，"你去外面坐着就好。"

钟清瑶撇了撇嘴，没再坚持，一步三回头地出去了。

她坐在客厅的沙发上看电视，偶尔侧眸去看料理台前的顾谨深，心里乱乱的。

怎么跟她想象的不一样？

没有早安亲亲，也没有爱的抱抱。就跟平时一模一样。

仿佛昨天发生的一切，真的是她睡眠不好做的一场梦，梦醒了，一切都回归原样了。

胡思乱想了一阵后，顾谨深已经做好早餐了。早餐是鳕鱼饼、三明治，还有牛奶。

顾谨深端坐在她对面，慢条斯理地用着餐。钟清瑶咬着鳕鱼饼，时不时偷偷看他，想着他忽然抬起头，两人来个含情脉脉的对视，也能帮助他回忆起一点儿昨天的事。

然而没有。

顾谨深始终专心用餐，没有抬头看她一眼。

钟清瑶心里烦躁得厉害，闷闷地吃着早餐。

"怎么了？"顾谨深终于抬眸问道，"不合胃口？"

"没有……"

"那就专心用餐，吃完后送你去学校。"

钟清瑶被他不带一点儿温度的话堵得胸口发闷，闷声道："知道了……"

早上 7 点半，黑色劳斯莱斯缓缓汇入车流。

因为顾谨深让司机先送她去学校，所以他推迟了去公司的时间。

坐在车里，顾谨深拿着笔记本电脑处理事务，那副金丝边眼镜后的眼睛专注而认真。

钟清瑶见他争分夺秒的样子，暗自腹诽：搞得好像放下电脑跟自己说几句话，就能少挣几百万似的。

司机在车里，她也不敢有什么越界的动作。

耳边细微的键盘敲击声，扰得她心烦意乱。她开了车窗望向窗外，凉飕飕的风扑面而来，试图平息那份躁郁感。

键盘上的手一停顿，顾谨深淡声吩咐司机关窗。

车窗缓缓升起，钟清瑶转头看向他。

那双幽深的眼睛，终于从电脑屏幕前移至她脸上，顾谨深说："早上冷，别吹感冒了。"

"哦。"这会儿知道关心她了。

仅仅一句话的工夫，他又将注意力转移到了屏幕上。

钟清瑶看了他一会儿，忍不住问："顾叔叔最近……很忙吗？"

他头也没抬地说："盛瑞智科IPO刚完成发行，还有很多事需要处理。"

"哦……"

一路无言。

直到车抵达学校，钟清瑶才打破这份沉默说："顾叔叔，我到了。"

"嗯。"他一抬头，浅浅地笑了笑说，"下课后我让司机来接你，回南湾还是……"

他的话音未落，就被钟清瑶打断了："不回南湾，爷爷还没从江城回来，我想等爷爷回来了再回去……"

"好。"

"那……那我走了……"

"好。"

钟清瑶皱了皱眉。顾叔叔都不会对她有不舍吗？没有早安吻就算了，连离别吻也没有。

她有些不满地摔上了车门。

工作，工作，就知道工作！祝顾叔叔股价暴跌30个百分点！

车窗缓缓降下，顾谨深凝视着那道小小的身影逐渐远去。

她今天穿的是一件收腰连衣裙，更显腰肢纤细，环着那道细瘦腰肢时柔软的触感，还很清晰。

直到那抹身影在拐角处消失不见，顾谨深才收回视线，吩咐司机："开车吧。"

上午的课结束之后，钟清瑶去了琴房，练琴的时候还满脑子都是顾谨深捉摸不透的态度。

明明昨天他们还抱在一起接吻的，怎么今天他就跟什么事都没发生过一样？

一曲结束后，赵眠眠"啧啧"两声道："你这首曲子漏了两个音符、一个休止符，怎么了？有心事啊？"

"你说……如果一个男人昨天还抱着你做着亲密的事，今天就对你不冷

237

不热的，这是为什么啊？"

"你谈恋爱了？"

"没……没……"钟清瑶掩饰道，"忽然想到微博上的一个话题，有些好奇……"

赵眠眠轻描淡写道："这有什么想不通的，那人是渣男呗，撩过了就不想负责了。现在很多男女恋爱都是一夜情，快餐模式。"

"渣男""一夜情""不想负责"这些词，接二连三地蹦进了钟清瑶的脑海里。

顾叔叔该不会是个渣男，亲过了就不想负责了吧？

说起来，昨天顾叔叔确实喝了很多酒。难道昨天发生的一切都要归根于酒后乱性吗？酒醒之后，顾叔叔就想赖账了？

想到这里，她手上的动作不自觉加重，在琴弦上拉出了一个长而刺耳的声音。

钟清瑶怎么也无法将顾谨深和"渣男"这个词联系在一起。

顾谨深平时看起来清冷禁欲，一副不食人间烟火的模样，对感情之事好像也没什么太大的兴趣，所以才会单身至今也没有女朋友。

怎么看，都不像是会玩弄小女生感情的渣男。

怀着这份忐忑的心，钟清瑶昏昏沉沉地结束了一天的课程，练琴的时候也没什么心思。下课之后，也没让司机来接她，而是和赵眠眠去学校附近的庙春街逛了逛。

庙春街就在大学城附近，平时来这里逛街的，大都是附近的学生。街边两侧的铺子很多，再往前走就是一个幽深的小巷，晚上经过这里经常能看到有小情侣在窄巷里亲热。

现在这个时候天光正好，巷子里自然没什么人。巷口处坐着一个卖白兰花的老人，白兰花还被她细致地编成了手环。

钟清瑶买了一个，戴在手上不仅挺好看的，而且能闻到淡淡的香味。

天色渐渐变暗，商铺的霓虹灯和街边路灯渐次亮起，不知不觉两人就逛到了晚上。

逛街的时候没什么感觉，直到找了一家街边的书店坐着，钟清瑶才感觉到小腿有些微微发酸。

她坐在椅子上捏着小腿肚说:"该不会腿要变粗了吧?"

"可不是嘛。"赵眠眠也跟着捶小腿,随口说道,"要是有个男朋友就好了,回去后还能让男朋友帮忙捏捏……"

赵眠眠突然话锋一转,问道:"你怎么还不找男朋友?追你的人那么多,你就没一个看上的?"

"没……我不喜欢他们那种类型的。"

虽然他们这个年纪的男生长得都挺高大的,但钟清瑶总觉得那些男生还有一层稚气未脱,不如顾谨深那么成熟稳重,而且也没有他长得好看。

赵眠眠问:"那你喜欢哪种类型的?"

"当然是顾叔叔那种类型的。"钟清瑶脱口而出。

说完,她又心虚地埋下头,随手翻看着桌上放着的几本书。

"你找男朋友不要以你顾叔叔为标准好不好?这样你未来的男朋友压力会很大的。"赵眠眠感慨道,"不过你这么想也情有可原,毕竟你顾叔叔又高,又帅,又温柔体贴,还是盛瑞集团的 CEO,不管是长相还是实力,都满足了少女们对白马王子的一切幻想……"

钟清瑶听得美滋滋的,情不自禁地点头道:"确实、确实。"

她的话音刚落,就听见赵眠眠补充说:"除了年纪大了点儿,其他都挺好的。"

"……"

钟清瑶气得拍案而起,装作生气道:"赵眠眠!不许说我顾叔叔年纪大!"

钟清瑶逛完街回到泊港公馆的时候,顾谨深已经回来了。脱下的西装外套随意地搭在沙发背上,餐厅里散发出诱人的饭菜香味。

顾叔叔居然已经做好饭了。钟清瑶诧异。

顾谨深正从厨房出来,走至她面前,捋了捋她被风吹乱的头发。

"去逛街了?"

钟清瑶乖乖地让顾谨深替她理好头发,点了点头。

他看到她抱在怀里的书,是《金融基础》和《经济学原理》,还有几本书压在下面看不到名称。

他的嘴角扬起很浅的弧度问:"瑶瑶什么时候喜欢看这类书籍了?"

"今天去书店的时候买的……"她小声说，"我想认真学点金融方面的知识，说不定以后还能帮到顾叔叔呢。"

顾谨深轻哂，没再多说什么，揉了揉她的头说："吃饭吧。"

吃过晚饭后，钟清瑶抱着新买的书，又拿上笔记本和笔，跟着顾谨深去了书房。美其名曰是为了学习。

安静的书房里，一大一小两个身影紧挨着坐在办公桌前，看起来温馨又美好。

刚开始钟清瑶还一脸的专心致志，不时还在本子上做些笔记。

随着时间的慢慢推移，她的思绪也跟着渐渐飘远，眼神失去了焦点。

灯光明亮，书本翻在那一页已经很久，她却没有看进去书里的任何一个字，枯燥的文字让她的眼皮直打架。

许是察觉到了什么，顾谨深侧头看向她。

"瑶瑶。"

钟清瑶一凛，睡意顿时消失得一干二净。就像是小时候在课堂上打瞌睡，忽然被老师抓了现行。

她蓦地挺直背，坐直身体，假装很专注地看着书，然后随便抄了点句子在笔记本上。自己都不知道记了什么。

顾谨深见她这样子有点儿想笑。

"困了就去睡觉。"

"不困！"钟清瑶精神抖擞地摇头，笔尖翻飞，在本子上"唰唰"记着笔记。

可惜这份燃起的斗志，只持续了一会儿，就扑簌簌地灭了。

她耷拉着头。

太没意思了。

记得上次去盛瑞总部的时候，顾谨深给她准备了满满一抽屉好吃的，也不知道泊港公馆的办公桌里有没有。

思及此，她轻轻拉开了身前的抽屉。除了一些文件，什么也没有。

关上，又拉开第二层的抽屉。

"在找什么？"

钟清瑶关上抽屉，含糊道："看看顾叔叔有没有给我准备好吃的。"

"瑶瑶不是说自己长大了吗？"

"长大了怎么了？长大了，难道就不是顾叔叔的小宝贝了吗？不可以吃零食了吗？"

"一直是。"顾谨深轻笑了下说，"现在没准备，下次我让方韦买一些送过来。"

钟清瑶低声道："哦……"

她关好抽屉，继续看书，可是没一会儿就觉得头昏脑涨。

看书太没意思了，还不如跟顾叔叔聊天呢。半晌，钟清瑶轻轻拉了拉顾谨深的衣袖。

"怎么了？"

她随手指了书本上的一个问题说："这个，看不懂。"

顾谨深放下手里的文件，往她这边微微靠了靠。冰凉的西装面料碰到她的手臂，带过一阵电流。他的声音很浑厚，说话的时候总让她觉得很斯文温和，但是严厉的时候，也能瞬间震慑住她。不过她最喜欢的，还是昨天顾叔叔抱着她说话时深情的声音。

直到顾谨深讲解完她的问题，钟清瑶还沉浸在自己的小世界里。

"听懂了吗？"

她回过神来："……听懂了。"

顾谨深眼里染着笑意。

"那瑶瑶说说看，间接融资的优缺点都有什么。"

"间接融资……"钟清瑶手忙脚乱地去翻书。

"好了。"

顾谨深抬手覆在她的手背上，握住她的手。

钟清瑶翻书的手停住。其实她很喜欢被顾谨深握住手的感觉，他的手很大，掌心很热，能将自己的手整个包裹住。

顾谨深的指腹在她手腕处轻轻摩挲了下问："这是什么？"

"白兰花。"钟清瑶说，"今天逛街的时候买的，很香的。"

"是吗？"

紧接着，她的手腕被轻轻捏住，然后放在了顾谨深的鼻尖下。呼出的热气喷洒在她的手腕处，有点儿痒。

"嗯，很香。"顾谨深的声音低哑得像是呢喃。

钟清瑶呆了片刻，脸渐渐有点儿发热。

空气中有那么一丝暧昧，她不自觉又想起"顾叔叔是不是渣男"这件事，包括那个让她胡思乱想的吻。

现在的气氛似乎恰到好处，钟清瑶觉得可以试着问一问顾谨深的想法。

"顾叔叔……"

"嗯。"他淡淡应声，只是眼睛还停留在文件上。

钟清瑶的手依旧被他包裹着握在掌心，闲闲地放在他的腿上。在翻看文件的空隙，顾谨深不时用指腹轻轻摩挲着她的手腕。

钟清瑶旁敲侧击地暗示道："昨天晚上……你喝的酒是白兰地吗？"

"嗯。"

没什么反应。

她都帮他回忆起昨天了。

"我觉得……那个酒的味道挺好的。"她继续暗示。

"是还不错。"

"不知道……我什么时候能够再尝一尝呀？"

这是什么虎狼之词！她觉得自己的脸热得快要爆炸了。

两秒后。

"瑶瑶。"顾谨深忽然看向她，一脸认真地对她说，"我之前跟你说过，你不能喝酒。"

"……"

顾叔叔真的是个货真价实的榆木脑袋！在商界这么精明的一个人，怎么就听不懂她的暗示呢！

渣男！呸！

钟清瑶太生气了，猛地将自己的手从他的掌心收了回来。

"不喝就不喝，最好顾叔叔永远都别让我喝！"

不想亲我，那就永远别亲了！

顾谨深微怔。掌心的滑腻柔软忽然被抽离，让他觉得有些空落落的。相比握着冰冷的钢笔办公，他更喜欢握着她热乎乎的小手工作。

再看一眼埋着头认真看书做笔记的小姑娘，他唇边勾起浅浅的笑，没再坚持。他收回手，重新投入工作。

钟清瑶都快气炸了，憋着一口气闷头看书。

15分钟后，眼皮开始耷拉下来，她的头越埋越低，离书越来越近。最后，她一头倒在了摊开的书本上，睡死过去。

顾谨深在工作的间隙分神看了她一眼，就见她趴在桌子上，脸贴着书本，一动不动的。长长的头发倾泻在身后，铺满了她整个背，有几缕发丝贴在她白嫩的脸上，看起来再温柔不过。

他很喜欢她散着长发的样子。

很乖，很漂亮。

顾谨深帮她把脸上的碎发别至耳后。一只手揽住她的肩膀，另一只手从她腿下穿过，将她抱起。

钟清瑶无意识地往他胸口蹭了蹭，然后迷迷糊糊地半睁开眼，半梦半醒间，她喃喃道："去哪儿呀……"

"送你回房间睡觉。"顾谨深边走边说。

"不能睡……作业没做完，顾叔叔待会儿要检查的……"

顾谨深低头瞥一眼缩在怀里胡言乱语的小东西，有点儿想笑。

也不知道是不是梦到小时候的事了。

那时候，他确实每天都会检查她的作业。但是她从来不是个让他操心的孩子，每次都会提前把作业本准备好，作业完成得也是认真又出色。

从书房到卧室的那段路程，钟清瑶又重新睡着了。

到卧室后，顾谨深垂眸看着她睡着的样子好一会儿。什么也不做，只是抱着她。

他有点儿舍不得放下了。

此时，他的小天鹅正安安静静地栖息在他的怀里。

是他想养一辈子的。

第八章
小傻鹅

晚上，顾谨深在锦园有个局。

盛瑞集团目前开拓的其他业务中，包括房地产与区域开发。前段时间顾谨深和秦越合资了蜀山园的地产项目，今天晚上两人约了合作方谈项目的开发事宜。

此时的淮城华灯初上，霓虹交错，整座城市笼罩在一片流光溢彩中。

酒局上觥筹交错，推杯换盏，几人相谈甚欢，蜀山园的项目谈得很顺利。

顾谨深应了对方的一杯酒，饮尽后，他抽空看了眼手机。点开微信，没有家里小姑娘发来的新消息。

这安静的样子，倒是让他有点儿不习惯。

之前他出去应酬的时候，总会收到她发过来的消息。比如问他吃了什么，什么时候回家，有时候只是一个可爱的表情。

但是今天却安安静静的。

也不知道，她吃过饭了没有。

此时，包厢内的侍应生正往他的杯子里添酒，他点开她的聊天框打了几个字。

"瑶瑶，晚饭吃了吗？"

等了会儿，没有收到回复。

"如果项目顺利的话，这一年下来的净利很可观啊。顾总，这杯酒敬你。"

顾谨深的视线从手机屏幕上收回，执起酒杯淡笑着接话。

只是在席间谈话的空隙，他不时会瞥一眼手机。

秦越靠过来低声问："怎么了？是有什么事吗？看你心事重重的，一副放心不下的样子。"

顾谨深放下手机说："确实挺让人放心不下的。"

见他没有详说的意思，秦越耸耸肩，没再说什么，转而继续和合作方聊天。

钟清瑶在收到顾谨深消息的时候，正津津有味地啃着炸鸡。

因为顾谨深连着两天都出去应酬，她心里暗暗不爽，把手机晾在那儿没回，直到吃完手上的炸鸡才擦了擦手，冷漠地回了两个字。

"没吃。"

消息几乎是立马就回了过来。

顾谨深："为什么不吃？"

钟清瑶："没胃口。"

顾谨深："怎么了？"

钟清瑶想了想，委屈巴巴地回了几个字。

"顾叔叔不在，我也不会照顾自己，可能是生病了吧，什么都吃不下。"

消息发出去后，钟清瑶等了几秒，也没见顾谨深回复，正气呼呼地想关闭手机，一个电话忽然打了过来。

接通后，顾谨深问："生病了？"

钟清瑶没想到他会直接打电话过来，手里的炸鸡还没来得及放下，她调整了下情绪，这才有气无力地"嗯"了声。

"我马上回来。"

顾谨深挂断电话后，秦越正好从包厢内出来。

"深哥，怎么了？是公司的电话吗？"

"不是，"顾谨深说，"是瑶瑶。"

"原来是你的宝贝瑶瑶打电话来查岗了。"秦越笑着打趣道，"深哥，你怎么还被一个小丫头管着啊？"

顾谨深收起电话，眉心也是无意识地打了褶。

"瑶瑶生病了，这场酒局我先失陪了，张总那边你帮忙招待一下。"

秦越轻叹一口气。

"张总那边交给我就行，甭说瑶瑶是生病了，就算瑶瑶皱个眉都能轻易激起你的保护欲，我能不让你去吗？"

顾谨深没再与他说，回包厢给张总敬了酒，便离开了锦园赶往泊港公馆。

生病这件事是钟清瑶随口胡诌的，她说出这话的时候，也没想到顾谨深会直接回来。

在听到顾谨深毫不犹豫地说等他回来的时候，钟清瑶的心底微微甜了一下。

其实，除了没有爱的亲亲，顾谨深还是很关心她的。

开心之余，她忽然想到了一个严峻的问题。

她没生病。

总不能让顾谨深回来的时候看到她左手拿着鸡腿，右手拿着可乐大快朵颐的样子吧？

钟清瑶忍痛把没吃完的炸鸡倒进了垃圾桶，然后躺在床上，扮演一个生病虚弱的人。

片刻后，门锁响动，接着是稍显急促的脚步声。

钟清瑶听到声音赶紧缩回被窝里，"啪啪"打了几下自己的脸颊，让它看起来带着发烧的红晕。

她闭着眼睛，听到卧室的房门被打开。

一阵脚步声后，她闻到了雪松的清冽香味，还有淡淡的酒精味掺杂其中。

随后，一个温热的掌心覆在了她的额头上。

很轻。

钟清瑶虚弱地睁开眼睛喊道："顾叔叔……"

掌心又极轻地从额头流连至她的一侧脸颊，顾谨深凝视着她，声音和他的动作一样轻。

"瑶瑶，顾叔叔送你去医院。"

"不用，"她摇摇头说，"就是有一点点发烧，我睡一觉就好了……"

"去医院。"顾谨深坚持道，"我会担心。"

"我不要去。"

"不行。"

钟清瑶从被窝中伸出手，握住停留在自己脸颊上的大手说："真的没事……烧得不是很高。我不喜欢医院，我不想去。"

她用指尖轻轻挠了挠他的手背说："顾叔叔陪我一会儿就好了……"软软的手指握着他的，轻轻晃了晃。

顾谨深承认，他有点儿心软了。

末了，他轻叹了口气，坐在她的床沿。

"好，陪你。"

钟清瑶眼睛亮了亮，从被窝下慢慢游过去，钻进他怀里，靠在他的胸口。

顾谨深手臂微抻，揽住她，抱着她，轻轻抚摩着她的长发。

此时这个场景和记忆中的有些画面重叠，钟清瑶恍然觉得回到了她八岁的时候，也是生着病依赖地靠在他的胸口。

抱了一会儿，钟清瑶开始在他的怀里哼哼唧唧的。

"顾叔叔为什么工作这么忙？为什么每天都有干不完的工作，为什么总是有各种各样的应酬，为什么下班了，也不能休息……"

他笑了笑，语气跟哄小孩似的说："因为要赚钱，给瑶瑶买好吃的。"

"顾叔叔，你怎么又把我当小孩……"钟清瑶不满了。

温馨的卧室内，顾谨深捻着她的发梢，抱了好一会儿。

最后还是放心不下她的身体，拍了拍她的背说："好了，我去拿温度计给你量一下体温。"

钟清瑶蒙了一瞬。

量了温度，她装病的事不是要被戳破了吗？

顾谨深迈腿离开的时候，她叫住他说："顾叔叔顺便帮我拿一杯热水过来吧，听说发烧了要多喝热水……"

"好。"

片刻后，顾谨深拿着温度计和一杯热水进来了。

她接过体温计放至腋下，有气无力地说："可以再帮我拿点感冒药吗？

我想吃一点儿。"

钟清瑶目送顾谨深离开。

她忙不迭地从床上爬起来，把体温计浸在了热水里。

下一秒。

"瑶瑶。"

钟清瑶身形蓦地一顿，缓缓回过头。

顾谨深正站在门口看着她。

他的视线从那支泡在热水里的温度计上扫过，最后落到了钟清瑶身上。

"……"

钟清瑶慢慢收回手，咽了咽口水。

"顾叔叔……我觉得我可以解释的……"

顾谨深靠在沙发上，钟清瑶低着头站在他跟前。

"解释吧。"

她揪紧手指说："还没想好……"

显然他没什么耐性等她再想，开门见山地问："为什么装病？"

"没装……"

顾谨深手里把玩着那支温度计，似笑非笑地看着她问："没装？"

被戳破后，钟清瑶干脆也懒得想那些整脚的理由来圆谎了。

"我装病怎么了？"她小声质问道，"那顾叔叔自己呢？还不是个玩弄别人感情的渣男，比我恶劣多了！"

"渣男？"

"本来就是，"钟清瑶小声嘀咕道，"顾叔叔就是渣男，对我那么冷淡……亲过了就不认账了……"

安静了几秒钟后。

"过来。"顾谨深沉声说。

刚刚控诉完顾谨深的恶行，钟清瑶有点儿虚，小步挪过去。

"干吗？顾叔叔自己做的事还不承认……"

话还没说完，她的手腕就被拉住，毫无防备地跌坐进顾谨深的怀里。

顾谨深搂住她的腰稍一使力，她就变成了跨坐在他腿上的姿势。

"一天到晚在胡思乱想什么？"

他腾出一只手轻拍了下她的头，另一只手环住她的腰，将她禁锢在怀里。

钟清瑶只穿了一件及膝的睡裙，坐在顾谨深的腿上，能清晰地感受到西装裤面料的冰凉。

光线昏暗的卧室里，气氛忽然变得暧昧。

钟清瑶低着头，脸颊微红。

"抬头，"顾谨深说，"看着我。"

她依言抬头看他，一双漂亮的眼睛有些失神。

"我什么时候不认账了？"他问。

"你自己想……"她声音细若蚊蚋。

顾谨深的手掌于她的发丝上轻轻摩挲，动作轻到像在抚摩一件易碎品。

"想不到。"

"……想不到你就是渣男，我的心都碎成饺子馅了。"

顾谨深低头，吻了吻她的眼睛。

与那夜糅杂着怒意的吻不同，这一吻很轻，如春雨细细地落在她的眼睛上。

他看着她，十分认真地说："我不是。"

钟清瑶仰着头问他："那怎么证明你不是？"

"瑶瑶想怎么证明？"

"那我问你几个问题，你要如实回答，不可以说谎。"

顾谨深轻轻笑了笑说："好。"

耳边有热热的气流拂过，钟清瑶手臂搂着他的脖颈，一张小脸红红的。她小声问道："嗯……顾叔叔喜不喜欢我？"

"喜欢。"

"有多喜欢？"

顾谨深的手臂将她环得更紧些，钟清瑶整个人贴在他的身上，哑声说："很喜欢、很喜欢瑶瑶。"

"那是哪种喜欢？"钟清瑶继续问，"我说过了，我不想让你当我顾叔叔了……可是顾叔叔总把我当小孩子看待，只以长辈的身份在喜欢我……"

灯光朦胧。

忽然，顾谨深手指穿过她的发丝，单手搂着她的腰，用力地吻了下去。

"嗯——"

钟清瑶被迫仰着头承受他的亲吻。这个吻和那晚的吻一样，强势到不容抗拒。

一双纤细的手臂虚虚地攀在他的肩膀，几次滑落下来，又抓住他的衬衫。

许久之后，顾谨深终于离开她的唇。

一吻过后，钟清瑶的睫毛上带着水汽，湿漉漉的。因为呼吸不稳而细微颤抖的睫毛，就像是天鹅扑棱着翅膀。

顾谨深又压下来，迫使她抬起头，轻轻碰了碰她的唇。

气息灼热。

"如果我只想做你的顾叔叔，会这样吻你吗？"

经过漫长而热烈的一吻后，钟清瑶双颊羞红，气息微喘，看着顾谨深的眼神蒙眬，眼尾还湿漉漉地挂着泪珠，水汽蒙蒙的。

顾谨深抚着她的半边脸，指腹轻轻擦过她的眼角。

"哭什么？"

钟清瑶一阵脸红，也不答话，一头埋进他的怀里，把自己滚烫的脸颊藏起来。

这让她怎么回答？

难道要老老实实地说自己是被亲哭的吗？

明明就是顾叔叔弄哭她的，还问得这么风轻云淡，理所当然的。

顾谨深平日里总是一副温文尔雅、衣冠楚楚的模样，不管做什么事都是不急不躁的。

有时候钟清瑶觉得，就算顾谨深的卧室着火了，他也会从容地给自己打好领带，戴上手表，然后再慢条斯理地走出火海。

是那种深入到骨子里的沉着冷静。

然而在接吻的时候，他就像变了一个人。

他吻得很重，很急切，甚至还有一点点粗暴，有种要将她拆骨入腹的感觉。

而且一吻就没有停下来的趋势，总是会亲她很久很久，亲到最后，她的眼角都无意识地湿润了。

她没有和别人接过吻，不知道别的男人是不是也像顾叔叔这样，也不知道其他女生会不会被亲哭，还是说只有她这么不争气。

想到这里，钟清瑶又脸红地往他怀里埋了埋。

顾谨深搂着她，轻轻抚摩着她的头发，一遍又一遍。

钟清瑶觉得自己就像赖在他怀里的小猫，被主人一遍遍地顺毛。

她享受了一会儿，慢吞吞地瓮声瓮气道："我先收回说顾叔叔是渣男的话，但也只是暂时的，具体是不是渣男，还要等以后慢慢考证。"

"看顾叔叔的表现。"她补充道。

顾谨深失笑，低头吻了吻她的发丝，有些无奈。

"一天到晚胡思乱想的，脑袋里都装了什么？"

钟清瑶抬头，一本正经地说："装的是对顾叔叔百分之百的爱呀。

"我这么喜欢顾叔叔，顾叔叔也要这么喜欢我。"

他将她重新按回怀里。

"喜欢。"他重复了一遍说，"很喜欢瑶瑶，也只会喜欢瑶瑶一个。"

钟清瑶心满意足地点点头，抱住他的腰。

"瑶瑶，你装病的事还没解决。"

顾谨深的手臂搂着她的腰，在她的腰际轻缓摩挲，很是爱怜，然而语气却是十分严肃。

钟清瑶神色一紧。

明明前一秒两人还很温馨，怎么下一秒顾谨深就又提起了这个话题？

她嘴里嘟囔着："这个事情不是已经过去了嘛……"

"没有过去。"

顾谨深忽然变得严肃，抬起她的头，让她直视自己的眼睛。

"你可以闹，可以玩，但是再怎么玩闹，也不可以拿自己的身体开玩笑，我会很担心。"

钟清瑶心虚，默不作声地揪着他的领带把玩着，翻来覆去的，一会儿折起来，一会儿又散开。

顾叔叔总是这样。在她小时候像个老师一样对她说教就算了，现在她都这么大了，还把她当小孩子一样批评说教。

刚才还在吻她，现在又无缝切换成了唠叨老父亲的模式。

"听到没有？"顾谨深抓住她折腾领带的手问。

"听到啦……我下次不这样就是了……"

"哪怕一次都不行。"他说，"不可以拿身体的事来吓人。"

她把领带揪成一团，胡乱应付道："知道啦，知道啦，顾叔叔，你好烦……"

"听话。"

"哦……"

也不知道是不是因为顾谨深抱着她吻得太过热烈，这天晚上，钟清瑶就梦到了顾谨深，而且还是那日顾谨深把她从泳池派对带回家后吻她的那一幕。

在梦里，没有秦越突然闯入，暧昧的画面一直持续了下去。

她一颗一颗地解开他的纽扣，露出衬衫下紧实的腹肌。

她红着脸摸呀摸，顾谨深忽然抓住她的手，引导着她来到更往下的皮带扣。

钟清瑶小鹿乱撞地解开了那个冰凉的皮带扣。

"咔嗒——"松开了。

就在这时，一阵刺耳的手机铃声响起，钟清瑶猛然从梦中惊醒过来。

正进行到最精彩的时候被打断了！

电话是赵眠眠打过来的，钟清瑶胡乱揉着头发接通电话，不满道："姐姐啊，这才几点啊你就给我打电话，我美梦都被你搅和了。"

"睡什么睡啊，我跟你说个劲爆消息！"赵眠眠说，"据可靠消息，萧娜退出乐团了！"

"什么？"

"我听我们班那个小虞说的，她和温团长是发小，温团长亲口告诉她的。"

自从上次演奏会后，萧娜就一直没有来乐团排练过。大家都以为萧娜是因为那场舆论风波心情不好，才请假没来乐团排练。没想到再次听到她的消息，就是她退出乐团。

赵眠眠说："听说是温团长劝退她的，其实我也蛮能理解的，毕竟温团长也不想因为萧娜一个人影响了整个乐团的风评。"

淮城音乐学院有个传统，只要到了大三，就有机会被职业乐团选中，跟着实习演出。她们下学期就大三了，这个时候，所有人都挤破了脑袋想被选中。

萧娜在这个时候退出乐团，也意味着她失去了这个机会。

但钟清瑶并不同情她，她总要为自己的行为付出代价。

钟清瑶没想管萧娜的那档子糟心事，和赵眠眠打完电话后，就拉起被子把脸一蒙，想着再继续刚才没做完的梦。

闭着眼睛过了许久，她都没有睡着，那个梦也没法儿再继续。

她只好早早地起了床。

出去的时候，顾谨深和往常一样在厨房里准备早餐。

这一次她没有再扭扭捏捏，没等顾谨深说话，就小跑过去从身后抱住他的腰身，将脸靠在他的宽背上。

其实她上次就想这么干了，但是以失败告终，还好这次终于做到了。

顾谨深腾出一只手，轻轻握了下环在腰间的白嫩小臂。

"早餐还没好，瑶瑶可以出去等。"

又是这句话。

上次自己就是因为他的这句话伤心了好久，觉得顾叔叔亲完不认账。但是今天她厚着脸皮没动，还是抱着他，使坏地在他的背上吹着热气。

"我要陪着顾叔叔一起做早餐。"

声音嗲嗲的，有几分撒娇的意味。

"别闹。"

顾谨深把她从身后拉过来，按在胸口。

她缩在中岛台和顾谨深手臂圈出来的一隅之地，只要他稍稍一垂眸，就能看到她。

在他的眼皮子底下，钟清瑶也不再闹了。她乖乖地待在他的胸口，抱着他的腰。

抱了一会儿后，她仰起头看顾谨深。

顾谨深很高，肩膀很宽，她待在他的胸口，仰着头只能看到他的下颌线，还有微微凸起的喉结。

察觉到她的目光，顾谨深低头与她对视。

"怎么了？"

钟清瑶摇头，只是咧着嘴笑。

顾谨深笑了，在她额头落下一吻问："傻笑什么？"

"我哪有傻笑啊……"

253

"小傻鹅。"

"啊？"

顾谨深夹了一小块培根塞进她嘴里。

"我养了只小傻鹅。"

钟清瑶一边嚼着培根，一边含混不清地纠正道："不是小天鹅吗？"

吃过早饭后，顾谨深送钟清瑶去了学校。

今天在乐团排练的时候，还是没有看到萧娜。

温浚站在指挥席，宣布了萧娜退出乐团这一消息。各个声部的成员都在底下小声议论，但大部分的声音都是奚落。

除了萧娜退团这一件事，温浚还宣布了下周乐团的演出任务。

下周是江和集团十周年庆典，公司办了个酒会，他们将在酒会上进行现场伴奏。

听到这个消息，各成员脸上都没什么喜色。

其实在一个公司的酒会进行现场伴奏，大家都不是很情愿。

但是听说温浚团长是为了给乐团拉赞助才接下的这个演出，对此大家也不好再说什么，只能听从团长对演出的安排。

今天的排练一直到晚上 6 点半才结束，钟清瑶走出校门，就看到黑色的劳斯莱斯停在门口。

她拉开车门，见到靠在车后座的男人后，脸上立即绽开笑容。

"顾叔叔，你怎么来接我了？"

顾谨深"嗯"了声，问道："今天怎么这么晚？"

"今天排练晚了点儿。"

钟清瑶坐进车里，开始滔滔不绝地跟他分享今天的趣事。

汽车在拥挤的马路上缓慢行驶，此时正好是下班高峰，路上不可避免地开始堵车，亮起一盏盏红色的尾灯。

顾谨深在听她说话之余，手里拿着一份文件看着。

他的手很大，白皙修长，而且很有力量，能轻而易举地抱起她。

钟清瑶忍不住想起这双手搂着她的腰时，那股令她动弹不得的掌控力。

她的心跳有点儿快。忽然就想拉过那双手，然后与他十指交握。

但是司机也在，她只好放弃这个想法。

龟速行驶的车辆让她心烦意乱，总觉得这次堵车堵了很久，比之前的任何一次都要久。

过了很久，汽车终于抵达泊港公馆。

电梯门缓缓合上，密闭的空间内只剩下他们两个人。

钟清瑶终于悄悄地伸出手指，靠近，勾住他的小指，然后与他十指交握。

顾谨深神情一如既往地平静无波，轻轻捏了捏她的手，像是回应。

电梯到达32楼。进门后，顾谨深松开她的手，解开西装外套，松了松领结。他一边往厨房走，一边问："晚上想吃什么？"

钟清瑶站在玄关处没动，也没说话。

顾谨深没听到她的回答，停住脚步，转过身看她。

钟清瑶朝他张开双臂。

顾谨深解袖扣的动作停住，走过来，拦腰抱住她，轻轻一提，钟清瑶的双脚就离地了。她小声惊叫着抱住他的脖颈，整个人挂在了他的身上。

顾谨深轻托着她的腰，就着这个姿势，一路将她抱到了厨房内嵌冰箱前。他单手托着她不让她掉下去，另一只手打开冰箱门。

"想吃什么？"

钟清瑶转头粗粗扫了一圈，指了指排骨和西蓝花。

"好，"他拍了拍她的背说，"下来了，我要做饭了。"

她埋在他颈窝里摇头，抱着他的脖子不撒手。

顾谨深无奈地笑着问："怎么比小时候还要黏人了？"

"就黏人。"

"那我们吃不了晚饭了。"

今天排练得比较晚，加上路上堵车，到家已经很晚了。

钟清瑶早就已经饿了。

因为急着填饱肚子，最后她还是松了手，没再缠着顾谨深，去客厅等着吃晚饭。

做饭的时候，顾谨深不时会抬眼去看窝在沙发里的小姑娘。她一脸专注地看着手机，也不知道在看什么，看得这么入迷。

将排骨放进电焖锅之后，他擦了擦手，走到客厅。

直到他坐在沙发上，小姑娘还是专注地按着手机，丝毫没有注意到他已经在旁边。

顾谨深将她抱到自己腿上。

忽然的失重感让钟清瑶吓了一跳，手机游戏里的人物，也被怪兽一掌拍死。

"在玩什么？"

钟清瑶在他怀里调整了一个合适的姿势，介绍道："这个游戏最近很火的，年轻人都在玩。顾叔叔没玩吗？"

顾谨深平静地摇头。

钟清瑶的目光落在新开局的游戏上，头也没抬地说："我能理解，毕竟顾叔叔和我们不是一个年代的……"

他捏了下她的手问："你说什么？"

"没，不是，"钟清瑶讨饶道，"我是说顾叔叔工作这么忙，哪有时间玩游戏呀……不过没关系，我可以教你呀。"

她边玩边介绍道："这个是人物的技能，这个是血量，点开这里就能看到接下来的任务，地图在这里……"

顾谨深目光停留在她的脸上，听她温声细语地说着，脸上是难得的柔和。

说到一半，钟清瑶忽然抬头。

"顾叔叔，你在听吗？"

"嗯。"

"哦哦，"她继续说，"还有啊，这个关卡我本来过不去，后来查了攻略才知道，要先去那个水潭里拿一瓶药水，不然打不过后面的大BOSS（头目）的……顾叔叔，你要试试吗？"

钟清瑶一抬头，就撞进了他的目光里。

顾谨深目光深沉，认真地看着她，半点都没有停留在游戏界面上。

钟清瑶脸颊微红，小声嘟囔着："顾叔叔，你有没有在听啊……"

顾谨深低头，吻在她的唇上。

钟清瑶蒙了，这忽然的亲亲是怎么回事？

然而，她根本没有多余的精力走神，完全被顾谨深引导着。手机里传来游戏失败的声音，钟清瑶也丝毫顾不得考虑。

正欲深入这个吻的时候，手机不合时宜地响了起来。

顾谨深离开她，接通电话。

钟清瑶软在他怀里，揪着他的领带。

"对，瑶瑶最近都住在我这里。

"明天晚上是吗？好的。"

顾谨深把电话递给她说："老爷子的电话。"

"爷爷？"钟清瑶接过电话，就听到顾天成苍老的声音从电话里传过来。

"你这小丫头，这几天都住你顾叔叔那儿了？"

钟清瑶不好意思地"嗯"了声问："爷爷，你从江城回来啦？"

"今天刚回来，没在南湾看到你。"顾天成问，"这几天都缠着你顾叔叔做什么呢，也不回家。"

"没……没做什么……"

她的心跳不自觉地开始加快。

扑通，扑通。

"明天晚上和你顾叔叔一起回来，来吃晚饭。"

"嗯，知道了。"

挂断电话后，钟清瑶的手还是抖的。

明天就要回南湾了，如果爷爷知道了她和顾叔叔的事，会怎么样呢……

和顾天成通过电话后，钟清瑶就一直赖在顾谨深的怀里不愿意离开。

住在泊港公馆的这段时间太美好了，以至于她都有点儿不想回去。

回到南湾，她就不能像现在这样，明目张胆地抱他，亲他，窝在他的怀里说喜欢他。

钟清瑶格外珍惜今晚剩下的时间。

她黏在顾谨深的身上，抱着他的脖子，软趴趴的像一朵云。

对顾谨深来说，她那点重量实在不算什么，一只手臂就能轻松提起她。

身上挂个软绵绵的小东西，也没什么不方便的，顾谨深一路托着她，帮她穿好拖鞋，整理好乱扔的琴谱。

春夏交替的时节，昼夜温差大。顾谨深怕她只穿着一条睡裙会冷，又拿了一条小毛毯裹着她。

钟清瑶在他怀里哼哼唧唧的，觉得自己又回到了还没学会走路的婴幼儿时期。

但是没关系，反正她脸皮厚。

夜色渐渐变深，钟清瑶窝在顾谨深的怀里，忍不住打哈欠。

"困了？"

顾谨深放下手里的文件，低头问她。

钟清瑶揉了揉眼睛，点头。

"那就去睡觉。"

顾谨深揽着她的腰把她抱到卧室。

许是在他怀里蜷缩太久，钟清瑶刚被放到床上，小腿突然开始抽筋，痛得她皱起了眉头。

"怎么了，瑶瑶？"

"小腿……抽筋了。"

顾谨深在她旁边坐下，替她轻轻揉捏着小腿。

掌心的温热传至她的小腿肚，抽搐逐渐平息下来，痛意也减轻了不少。

钟清瑶侧躺着，枕在枕头上，眼睛一眨不眨地看着顾谨深。

他的衬衫胸口处微皱，是刚才自己坐在他怀里时，胡乱揪着玩弄皱的。再往上，他正微微垂着头，睫毛下是一片暗影，金丝边眼镜上反射着微光，给人一种难以接近的疏离感。

但就是这样高冷的顾谨深，唯独给了她很多温柔。在她小腿抽筋的时候，耐心至极地替她揉腿。

"顾叔叔……"

"嗯？"他淡淡应了声，继续替她揉着。

"明天就要回南湾了……"

"嗯，怎么了？"

"我有点儿舍不得走了……好想一直像现在这样，和你住在泊港公馆。"

"那明天回去之后，我去跟老爷子说，你以后搬过来和我住。"顾谨深头也没抬，语气平淡，像是在说一件很平常的事。

钟清瑶冷不丁眼皮一跳，连忙坐起来，不可思议地看着他问："搬过来？你在跟我开玩笑吧！"

她的动作有点儿大，顾谨深转头看着她。那双眼睛冷静认真，半点没有开玩笑的意味。

钟清瑶呆愣了几秒钟，忽然就囧了。

"我说的不是这个意思……"

虽然刚才她撒着娇说舍不得走，但也没想过直接就搬过来，和顾叔叔进入同居模式。

顾谨深垂眸看着她。

她小声说："爷爷不会同意的……"

"我会跟他说。"

"别，别。"她连忙阻止道，"我也没想搬过来啦，我要留在南湾陪爷爷的……"

顾谨深停顿了须臾，说："好，随瑶瑶的意，你什么时候想过来住都可以。"

钟清瑶松了口气。

"腿还疼不疼？"

"不疼了。"

顾谨深帮她把小腿放进被窝里，又给她盖好被子。

"那早点睡，明天晚上回南湾吃饭。"

次日晚上，钟清瑶和顾谨深一起回了南湾。到家的时间尚早，厨房里还在忙碌，离开饭还要一会儿。

会客厅内，矮几上的一套白瓷茶具剔透发亮，煮茶壶里冒着氤氲的热气。

顾天成和顾谨深坐在沙发上喝茶聊天，聊的都是工作上的事。

他们聊的那些钟清瑶听不懂，只是默默地坐在顾谨深的旁边小口喝茶，不敢有任何越界的亲密行为。

思绪情不自禁有些飘远。心想着如果这里是泊港公馆的话，这个时候她应该是坐在顾叔叔怀里的，而不是像现在这样只是坐在他旁边。

顾谨深今天穿的是一件浅灰色的衬衣，工整妥帖。

她忍不住想要把它揉皱。

"阿嚏——"

正想着，钟清瑶忽然轻声打了个喷嚏。

顾谨深的话音随之停住。

下一秒，他的手已经伸过来握住了她的手。

"手怎么那么冷？"

钟清瑶一惊，连忙从他手里抽回了自己的手，下意识就去看顾天成。

顾天成正端着茶盏低头喝着，也不知道有没有看到这一幕。

"可能是衣服穿太多了，"她慌慌张张地说，"我回房间去添衣服。"

没等顾谨深说话，钟清瑶就匆忙离开了那里，快步上了楼。回到卧室，她随手拿了件薄外套穿在身上。

窗外是团团铅灰色的云，压得很低，看起来像是要下雨了。

她靠在落地窗的玻璃上，望着远处被风吹得摇摇晃晃的树叶，一时有些失神。

一道手机铃声蓦地响起，让她纷杂的思绪瞬间回笼。

来电显示是李旭宵。

自上次泳池派对之后，她就没怎么和李旭宵联系过，也不知道他这次打电话过来有什么事。

电话一接通，李旭宵便问："清瑶，你们乐团是不是下周有江和集团的酒会伴奏演出啊？"

钟清瑶一愣，问道："对啊，你怎么知道的？"

"庆典酒会就在我们木林酒店的宴会厅举行，你说是不是很巧？"他"嘿嘿"笑了两声说，"到时候我也会在现场，还能看你拉大提琴呢。"

像这种大型集团的酒会，都会邀请一些行业大佬来参加。李旭宵不管怎么说也是木林酒店的小少爷，酒会又在木林酒店的宴会厅举行，会邀请他也在情理之中。

李旭宵又和她聊了几句才挂断电话。

钟清瑶刚收回手机，身体就被拥入一个胸膛，一双手臂从后面环住她问："又是李旭宵？"

她的睫毛颤了下，身体蓦地僵硬住，急忙转过身，推拒着他说："顾叔叔……你放开我……"

忽然，她腰间一紧，身体腾空了。

顾谨深搂着她的腰，将她放在了书桌边，身体微微压了下来。

"顾叔叔，你疯啦……这里是南湾，不是泊港公馆！"钟清瑶压低声音提醒他，一脸的紧张。

相较于她的慌乱，顾谨深始终很平静，凝视着她的眼睛淡淡地问："所以呢？"

　　"会被看到！会被爷爷知道的！"

　　顾谨深反问道："不能让他知道？"

　　钟清瑶一时语塞。

　　"我怕爷爷知道了会生气，会不同意……"

　　他抬起她的下巴问："我爸不同意，瑶瑶就不喜欢顾叔叔了？"

　　钟清瑶睁大眼睛，连连摇头说："一直喜欢顾叔叔……

　　"可是我现在真的不知道要怎么跟爷爷说，而且我还没有做好准备，我害怕。"

　　"他总有一天会知道的，你能藏一辈子吗？"

　　钟清瑶抱住他的脖子，埋入他的颈窝，声音闷闷地说："顾叔叔，你再给我一点儿时间好不好……"

　　就在这时，顾连铭的声音响了起来——

　　"喂！你在房间里磨蹭什么呢？爷爷让我过来叫你吃饭了！"

　　钟清瑶脊背一凉，心率瞬间飙升。

　　她飞速从书桌上滑下来，可是还没来得及松开顾谨深，顾连铭就已经进来了。

　　同样脊背一凉的，还有顾连铭。

　　他没想到顾谨深也在这里，脚步滞在原地，立即展颜笑道："小舅舅也在啊？"

　　钟清瑶脸色涨红，皱紧眉问道："顾连铭，你怎么进女生房间不敲门啊？"

　　"我又不是故意偷看你跟小舅舅撒娇的，"他满不在乎地说，"早知道你在房间磨蹭半天，是因为躲在这里跟小舅舅撒娇，我就不来叫你了。

　　"清瑶姐姐这么大的人了还撒娇，也不怕羞……"

　　"谁撒娇了？"钟清瑶被说得脸越来越红，又羞又气地跑过去想打他。

　　顾连铭一边笑，一边往楼下跑。

　　"这么大了还撒娇！羞死人了！啊哈哈哈！"

　　"你站住！"

　　"羞死人！羞死人！"

打闹声逐渐远去，卧室里重新归于宁静。

顾谨深整了整袖扣，迈步往外走。这时，余光忽然瞥到放在卧室角落的一个购物袋，CHIOEA 的衬衣，是钟清瑶准备送给李旭宵的。

他忽然想到刚才的那通电话，瑶瑶似乎和那个李旭宵聊得挺开心的。

顾谨深的眉头下意识地蹙起，躁郁地扯了扯领带结。

餐厅内，餐桌上已经摆满了菜，高脚杯里的红酒色泽明艳，餐具整齐锃亮。小花园里的月季开得正盛，酒香混合着月季花香，在餐桌上无声地飘着。

闻着花香，吃着美食，钟清瑶的心情还算不错。

但是顾谨深的脸色似乎有点儿阴沉。

她偷偷瞄了他几眼。金丝边眼镜后的那双眼睛冷冽，好像不是很开心的样子。

她伸出手指，在餐桌下偷偷戳了戳顾谨深的大腿。蓦地，她的手被抓住了。

钟清瑶一紧张，急忙就往回缩——

因为用力过猛，撞到了桌上的酒杯。

"哐当——"

红酒洒落在餐桌上，浸湿了白色餐巾，染出一片淡淡的红，她的袖子也沾上了一点儿。

不小的动静，让顾天成和顾连铭齐齐向她看去。

顾天成问："没事吧？"

"没事，"钟清瑶说，"就是杯子倒了……"

李姨连忙过来处理残局，钟清瑶退到一旁。因为手上沾了红酒有些黏腻，趁李姨清理的时间，她去厨房洗手。

水流哗啦啦地冲洗着，她心不在焉地洗着手，上面似乎还有刚才顾谨深抓住她手时滚烫的温度。

她想得入神，以至于身后传来脚步声，也浑然未觉。

"瑶瑶。"

钟清瑶一惊，刚转过身，就撞进了顾谨深的怀里。

"顾叔叔，你怎么——"

话还没说完，顾谨深一言不发地搂住她，将她逼进厨房角落。

狭窄的角落里，他身上的雪松香味尤为明显。

钟清瑶缩在角落，抬头睁大眼睛看着他，心跳加速。

"瑶瑶还在和李旭宵联系吗？"

"就……刚刚打了个电话……"

"说了什么？"

她支支吾吾道："我没有跟他说什么……下周乐团要去江和集团的酒会伴奏演出，宴会厅正好在李旭宵他家的酒店……"

"还有呢？"

"他还说，想听我拉大提琴……"

话音刚落，顾谨深就吻住了她。很重，带着温柔的撕咬。

钟清瑶惊恐地睁大了眼睛。

这是在南湾！爷爷他们还在餐厅里坐着吃饭！李姨正在清理桌面，清理完之后，她随时有可能进来！顾叔叔是疯了吗？

她呜咽着挣扎，想要推开他。顾谨深却收紧手臂，将她抱紧，不让她退离分毫。

钟清瑶一只手无力地抓着顾谨深的衬衫，身体微微发抖，心开始狂跳不止。

餐厅内，这场晚饭还在继续，只是有两个座位是空着的。没有人知道，这两个座位的主人，此时正在厨房逼仄的角落里接吻。

熟悉的气息将钟清瑶包围，她被吻得迷迷糊糊时，忽然，唇被轻轻咬了一下。她吃痛闷哼一声。

顾谨深稍稍退离。

"那件衬衫为什么还留着？"他轻吻她的唇瓣问，"难道瑶瑶还想送给他？"

钟清瑶缩在他胸口，气息不稳道："衬衫？"

"放在你房间的，CHIOEA 的衬衫。"

涣散的意识开始回笼。

CHIOEA 的衬衫。

当时她和顾叔叔闹脾气，故意说气话，说那件衬衫是要送给李旭宵的，没想到他到现在还记得。

钟清瑶的脸颊染着红晕，轻声说："其实……那件衬衫是送给你的。

"是我给你准备的生日礼物。"

顾谨深问道："那瑶瑶为什么说是送给李旭宵的？"

钟清瑶抓着他的领带，有些不好意思地说："还不是因为上次我以为顾叔叔不喜欢我，所以故意气你的。"

"气我？"

顾谨深睨着她，沉沉道："知不知道我快被你气死了？"

钟清瑶忍不住笑道："好啦！快去吃饭了，待会儿李姨进来看到了就完了！"

顾谨深又在她额头上亲了下，才松开她。

两人一前一后走进餐厅。

因为刚才那个放肆的吻，钟清瑶坐在餐桌前的时候，脸还是红扑扑的。再看顾谨深，依旧是一副衣冠楚楚的模样，半点儿没有刚才的疯狂。仿佛刚才只是她一个人，对着厨房的大理石瓷砖吻了个天昏地暗，与他一点儿关系都没有。

顾天成端起酒杯浅尝一口，忽然问道："谨深啊，你现在和优优怎么样了？"

钟清瑶吃饭的动作一顿。

顾谨深把剔好的鱼肉放进她的餐盘里，淡淡道："没怎么样。"

"你们有时间了就一起吃个饭出去玩一玩，多相处相处，彼此深入了解一下，感情是要慢慢培养的，以后……"

顾谨深打断他，说得干脆："没必要，我对杨晗优没兴趣，也不会跟她有感情。"

顾天成叹气道："你也到年纪了，我身体又不好，你让我怎么能不着急呢？

"我知道公司里很忙，事情很多，但是你也该考虑考虑个人问题了，别太挑。"

顾谨深在桌下握住钟清瑶的手。

"知道了。"

几天后就是乐团去江和集团的酒会伴奏演出的日子。

酒会是晚上 8 点开场，乐团提早了两个小时到场，熟悉演出场地以及做乐器的调试工作。

宴会厅是轻奢风格的，特别大，台下是清一色的同款轻奢圆桌。

乐团演出席被安排在宴会厅内的右侧，一个不起眼的位置。

随着协奏曲缓缓奏响，受邀的商界名流陆续到场。

各圆桌上坐满了人，入目的不是西装革履，就是闪亮的高跟鞋和礼裙，男男女女拿着酒杯侃侃而谈。

演奏一直持续到江和集团总裁上台致辞。

在江总拿起话筒的时候，乐声悄然停止，开场的演奏曲告一段落，他们也能稍做休息。

钟清瑶刚从演出席上下来，隐约就听见身后有人喊她："清瑶——"

声音很熟悉，她一回头，就看见李旭宵站在不远处，笑着朝她挥手打招呼。

赵眠眠凑过来问："那人是谁啊？怎么一看到你，就开心得跟个二傻子似的，尾巴都摇成螺旋桨了。你男朋友啊？"

"别瞎说，"钟清瑶解释道，"就一朋友。"

说话间，李旭宵已经走至她们跟前。

"你们慢聊，我去休息室等你。"赵眠眠说完，便离开去了场外专门的休息室。

李旭宵说："我早就知道你的大提琴拉得很不错，这次总算有机会能现场听到你的演奏了。我刚才听你拉大提琴不知不觉就入迷了，自动屏蔽掉其他声音，别人跟我说话，我都没听见。"

认识李旭宵的时间不长，相处的这些时间里，他经常会将这种甜言蜜语挂在嘴边，听多了就觉得有些轻浮。

钟清瑶也没当真，笑着说了句"谢谢"。

"对了，我有个朋友也是学弦乐器的，上次他从德国带了盒松香给我，我自己留着也没什么用，正好送给你。"

李旭宵不知道从哪儿拿出来一个精致的小盒子，塞进她手里。

钟清瑶愣愣的。

也不知道他说的是真的还是假的，真的会有人专门送一个不会弦乐器的男生松香这种东西吗？

钟清瑶今天穿的演出服是一件露肩长裙，灯光垂落间，白皙的肌肤泛着好看的光泽。

李旭宵一时有些挪不开眼。

"酒会结束后，不知道你有没有时间一起吃个夜宵？"

未等钟清瑶回答，身后蓦地响起一道沉稳低缓的声音，像一记重锤，落在李旭宵的头顶。

"不好意思，她没时间。"

紧接着，一件带着体温的西装落在钟清瑶的身上，遮住了她裸露在外的肌肤。

那抹嫩白骤然消失，李旭宵这才稍显尴尬地收回视线。

"顾叔叔？"钟清瑶有些意外。

李旭宵没想到会被这样直截了当地拒绝。他停顿片刻，又问："没事，那明天……"

"明天也没时间。"顾谨深冷冷地打断道，"不只是明天，以后她都不会有时间和你见面。"

"我只是想……"

"不管你有什么想法，都趁早打消，别再来烦她。"

声音不轻不重，李旭宵却听出了话里警告的意味。

顾谨深没再给他说话的机会，揽着钟清瑶缓步离开，没再给他一个多余的眼神。

钟清瑶跟着他走了几步，总觉得刚才顾谨深说话冲了点儿，隐隐觉得不妥。

"顾叔叔刚刚这样对李旭宵说话，是不是不太好……"

"哪里不好？"

钟清瑶想了会儿，又说不上来。她抬头笑眯眯地问："顾叔叔，你是不是吃醋了？"

"嗯。"

她一愣，简直有点儿怀疑自己是不是听错了。

顾叔叔居然这么干脆地就承认自己吃醋了？

"你真吃醋了？"

"嗯，很吃醋。"

钟清瑶低下头，忍不住捂嘴偷笑。

"拿过来。"他忽然开口。

"啊？"钟清瑶蒙了一下。

"刚才他给你的东西。"

"哦，那个啊，"她摊开手心说，"就是一小盒松香啦。"

下一秒，手里的东西就被拿走了。

"哎——"她伸手想去拿。

"没收。"

"不是，顾叔叔，"钟清瑶忍不住说，"听说这款松香很好用，我还想试试呢……"

顾谨深毫不犹豫地把它扔进了垃圾桶。

"我给你买一百盒。"

出席这样的酒会，大部分商界人士为的就是能在此谈些合作。顾谨深鲜少出席这样的场合，一些对盛瑞集团有想法的，自然不愿意错过这样难得的机会。

和钟清瑶在一起的那一点儿时间，不时有人过来找他攀谈。

钟清瑶觉得有些无聊，和顾谨深说了之后，就去休息室找赵眠眠。

整个酒会的上半场都需要乐团伴奏，乐团分成了几组轮流演奏，没轮到演奏的小组成员们，就可以在场外的休息室休息一会儿。

这会儿没轮到钟清瑶和赵眠眠这一组，两个人在休息室百无聊赖地打发时间。

赵眠眠躺在沙发上犹如一条咸鱼般叹息道："好无聊啊……"

同样瘫在沙发上的钟清瑶发出了同样的感叹："太无聊了……"

赵眠眠忽然坐起身。

"要不要来点刺激的？"

"什么刺激的？"

赵眠眠意味深长地掏出手机，打开了网盘。

五分钟后。

两人盯着手机屏幕面红耳赤，血气上涌，天灵盖烫得直冒热气。

"这……这就是你说的刺激的？"

赵眠眠脸色酡红，讷讷道："够……够……够刺激吧？"

钟清瑶吸了吸鼻子，耳朵都红透了。

"刺……刺激……"

这是她第一次看这种电影，脸红心跳的同时，不得不感叹一句——

太会玩了！

她真的对女主角撩拨人的技术，佩服得五体投地。

再想想自己对顾谨深使的那些幼稚的勾引，简直就像是幼儿园的小朋友在大人面前玩泥巴。

怪不得顾谨深对她的撩拨没感觉了。估计当时她在顾谨深眼里就跟马戏团里的猴子一样。

此时，她觉得自己学到了很多。

火车呼啸着进入深不可测的隧道，火箭一冲上天，海浪凶猛地拍打在礁石上，溅起无数水花。

钟清瑶咬着指尖，眼神迷离。

正当两人看得入迷，门外忽然传来脚步声，把两人都吓了一大跳。

赵眠眠手疾眼快地关闭了手机。

与此同时，顾谨深推开休息室的门走了进来。

"瑶瑶。"

"顾……叔叔？"瞬间，钟清瑶的头发丝儿都竖了起来，连忙强装镇定地笑着，"你怎么也在这儿啊？好巧啊，哈哈哈……"

顾谨深皱眉，走近，用手探了探她的额头问："脸怎么这么红？"

"没事……"她不自然地拨开他的手说，"可能太热了吧。"

"热？"

最近淮城多是阴雨天气，气温骤降，再加上她还穿着露肩的演出服……

钟清瑶赶忙解释说："不是，我的意思是刚才演奏的时候太紧张了，所以现在觉得有点儿热，缓一缓就好了。"

她拿两只小手不停扇风。

助理在一旁提醒道："顾总，您还要去江总那里，他已经等您很久了。"

"我知道了。"

钟清瑶眨眨眼，看来顾叔叔是准备去见江总，正好路过她的休息室就过来看看她。

顾谨深顺了顺她的头发，温声嘱咐道："照顾好自己，别冻感冒了。"

她一脸乖巧地点头说："顾叔叔，你快去吧。"

顾谨深走远后，钟清瑶和赵眠眠同时重重地松了口气。

"你顾叔叔怎么也来酒会了啊？"

"我也是才知道他在酒会，我本来以为顾叔叔对这些集团酒会没兴趣呢。"

赵眠眠拍拍胸脯说："刚才真是吓死我了，还好我动作快，不然就被他撞见我们偷偷看小电影的事情了。"

"我也快吓死了，不过还好顾叔叔没看见。"

钟清瑶重新坐回沙发说："好了好了，顾叔叔走了，我们可以继续了，我正学到精髓部分呢。"

赵眠眠却站在原地没动，半晌道："我觉得吧……我们看这种电影不太好……"

"有什么不好的呀，看都看了，"钟清瑶满不在乎地说，"反正顾叔叔都走了，你怕什么。"

"不好吧……"

"你不想看就算了，那你把网盘链接分享给我，我回去慢慢学习。"

赵眠眠还是站着没动，脸色很不自然。

"愣着干什么？那我自己来。"钟清瑶拿过她的手机，把链接发给了自己。

见赵眠眠依旧一副呆若木鸡的样子，钟清瑶忍不住笑她。

"你看你都被我顾叔叔吓成什么样了，有那么可怕吗？

"你这副样子，搞得好像顾叔叔就站在我身后一样，哈哈哈！"

赵眠眠掩唇，轻轻咳了两声。

"……"

钟清瑶笑容僵硬在了脸上。脑海里忽然蹦出一个可怕的念头。

她内心祈祷了片刻，然后极其缓慢地转过了身。

顾谨深不知为何去而复返，此时就站在她身后。

她倒吸一口凉气。

当事人瑶某：现在就是后悔，非常非常后悔。

"那个……我去看看轮到哪一组演出了……你们慢聊啊。"赵眠眠一溜烟儿就跑了，还贴心地替他们关上了门。

房门"咔嗒"一声合上了，钟清瑶的身体也跟着微微颤抖了一下。

此刻，休息室内十分安静，静得能听见针落地的声音。

钟清瑶的大脑飞速地运转着：她应该扑进顾叔叔怀里，痛哭流涕地承认错误求原谅呢，还是装傻充愣继续当一只无辜的小绵羊呢？

顾叔叔这么疼她，如果她哭几声，他一定会心软的。

酝酿了很久，钟清瑶刚想哭着求抱抱，就听到顾谨深先开口了："手机里是什么？"

她一惊，憋出的眼泪瞬间被吓得缩了回去。

里面是什么她当然不能说。

她把手机藏到身后，后退。

"就是……一些学习资料……"

"学习资料？"

"嗯！绝对没有那些乱七八糟的小视频，什么也没有！"

啊……这拙劣的欲盖弥彰！

顾谨深微微俯身搂住她，从她背在身后的手里抽走了手机。

钟清瑶吓得瞳孔一缩，连忙去抢，却被顾谨深按进怀里，单手禁锢住她的两只手，让她动弹不得。

她在他怀里抬起头，眼睛都红红的："顾叔叔……别看……"

顾谨深睨她一眼。

"瑶瑶不是说只是学习资料吗？为什么不能看？"

钟清瑶真想一头撞死在他坚硬的腹肌上。

紧接着，顾谨深已经打开网盘链接，点开视频。

视频播放了几十秒，顾谨深淡然地关闭视频，往下翻了翻，凝视着她，缓缓道："瑶瑶挺好学的。50多G的学习资料，学得完？"

此刻的惨烈状况，不亚于刚写完的文档在弹出是否保存时脑抽选了"否"，借用男朋友家厕所结果马桶堵塞，穿裙子时裙摆被塞进小裤裤里没发现，还在街上走了一个多小时。

她现在经历的，又是怎样的人间惨剧！

空气中充斥着挥之不去的尴尬，钟清瑶觉得自己下一秒可能就会因为无法呼吸而晕过去。

在她面红耳赤的时候，又听见顾谨深说："这么多学习资料，瑶瑶要学很久吧？"

钟清瑶不敢去看他，垂着头半天不说话。

"刚才在休息室，就一直在学习这个东西？"

她还是不说话，秉着"不说话让顾叔叔一个人尴尬"的宗旨，闷声当一条死鱼。

顾谨深抬起她的脸，眼睛微微眯起问："哑巴了？"

四目相对，黑黢黢的眼眸里还倒映着一个满脸通红的自己，略带审视的眼神更是让她无处遁形。

"顾叔叔，你听我解释……"

钟清瑶紧张地看着他，就怕顾谨深下一秒就会说出港台偶像剧女主角的经典台词"我不听，我不听"。

"解释吧。"

她苦思冥想了好一阵，抬起头，一脸真诚地看着顾谨深。

"如果我说……我的手机是因为中病毒了才会有那些东西，你信吗？"

"中病毒？"顾谨深的嘴角隐有笑意，"你觉得呢？"

她问得小心翼翼："就当……是个善意的谎言？"

顾谨深不动如山。

钟清瑶泄气，干脆埋进他的怀里撒娇道："顾叔叔……"

顾谨深淡淡地"嗯"了声，掌心有一搭没一搭地顺着她的头发。

"我真的什么都没看到，顾叔叔，我们跳过这个话题吧？

"刚才的酒会上我一直在拉大提琴，什么东西都没吃。我现在好饿，肚子都咕咕叫了，想吃东西，顾叔叔带我去吃东西好不好？"

她继续撒着娇，并且扮演一个饿肚子的柔弱小美人，顾叔叔一定会心疼地带她去吃好吃的。

顾谨深轻轻拍了拍她的背说："好。"

这就同意了？这事就这么简单地翻篇了？

钟清瑶心里一阵雀跃。

"顾叔叔真好。"她抱着他的腰，笑容甜甜地说，"我就知道顾叔叔对我最好了。"

"不过在出去吃饭之前，瑶瑶先回答我，刚才都学到什么了？"

钟清瑶愣住了。

下一秒，她的小脑袋埋进顾谨深的怀里蹭啊蹭，企图再用撒娇蒙混过关。

"顾叔叔！

"全世界最好的顾叔叔！

"长着樱木花道和流川枫合体帅脸的顾叔叔！"

顾谨深惩罚性地捏了下她的脸说："叫顾叔叔没用。"

"那……大叔？欧巴？

"谨深？谨深叔叔？谨深大叔？谨深欧巴？"

"叫什么也没用。"顾谨深的手臂环住钟清瑶的腰，走至沙发，将她抱在自己的腿上坐好。

他揉了揉她的头发，接着问："瑶瑶刚才都学了什么？"

每次坐在顾谨深的腿上，被他环抱在臂弯里，钟清瑶不自觉就会生出一种被强势掌控的无力感，连细微的动作都逃不过。

片刻后，她眼神懵懵懂懂地看向他。

"就是学习了一些人体的……嗯，行为艺术。

"还有……撞击心灵的生命之音。"

一双纤细嫩白的手，慢慢地、轻轻地、讨好地扯了扯顾谨深的领带，眼波流转。

"顾叔叔不会怪我吧？"

顾谨深的喉咙微微一动，声音略带嘶哑。

"不会。"

蓦地，一阵失重感后，钟清瑶已经被放在沙发上，顾谨深顺势压下来，带起一阵衣物的窸窣声。

呼吸交缠在一起，两人离得很近。

钟清瑶倏地睁大了眼睛。

这……这是想要干吗？

难……难道顾叔叔想……

因为刚才跟赵眠眠偷偷摸摸看小电影，休息室里只开了角落里的几盏筒灯，投射出白色的光线。

光线微弱，顾谨深的脸在灯光的暗处，有些看不真切。

但眼里汹涌的情绪，钟清瑶却真真实实地看到了。

她现在是躺在沙发上的姿势，而顾谨深的一个手臂环在她腰际。她身后贴着的，不只有柔软的沙发垫，还有坚硬的手臂肌肉。

钟清瑶的脊背微微绷直，脸不可控制地红了起来。她不自觉地咽了下口水，大脑里混沌一片，手指情不自禁地用力，摁进了沙发软垫。

虽然她确实很想跟顾叔叔发生点什么美好的事情，但是这里人来人往的，不就跟野外战斗一样？

听说表面上越是沉稳内敛的人，骨子里越……难道顾叔叔喜欢在那方面玩点刺激的？

想到这里，钟清瑶的鼻尖渗出了细细的汗。

顾谨深的呼吸离她越来越近，钟清瑶的心狂跳，她倏地闭紧双眼。

闭上眼睛后，浑身的感官都变得特别敏感。她能感受到温热的手指轻轻擦过她的鼻尖，带起一阵短暂的电流，然后是她的侧脸、唇角。

极尽温柔。

紧接着一个极轻的吻落在她的唇上。

钟清瑶手指倏地攥紧，身体微微发抖。

不是吧，第一次就来这么刺激的？

只是，这个吻只短暂停留了三秒钟，立马就离开了。下一秒，她被抱起，重新坐在了顾谨深的腿上。

钟清瑶："？"

她的两只手搭在顾谨深的胸口，一脸不明所以。

就这？

顾谨深轻笑出声，轻拍了下她的额头说："好了，不逗你了。"

他用指腹轻轻擦去她鼻尖上的一层薄汗问："怕成这样？"

钟清瑶脸上的绯红如潮水般褪去，她皱眉一本正经地纠正道："我没怕。"

"好，没怕。"顾谨深失笑，捏了捏她的脸说，"走，带你出去吃东西。"

他正欲将她从腿上放下，钟清瑶却先一步搂住了他的脖子。

顾谨深稍顿。

"怎么了？"

好半晌，她艰难憋出了几个字："我还没学习完。"

顾谨深没接话，微微靠向沙发背，饶有兴致地看着她问："瑶瑶想怎么学？"

钟清瑶一鼓作气，低头逼近，将嘴唇贴在他的一侧脖子上。

顾谨深的身体蓦地一怔。

其实钟清瑶这会儿肚子里还有气没消，这个吻也带了点儿撒气的意味。她微微张嘴，对着他脖颈处白皙的皮肤用力一咬。

顾谨深没动，轻轻扶住她的后脑勺，手指没入她蓬松柔软的发丝。

咬了会儿，钟清瑶思忖着自己是不是没把控好力道咬得太用力了，于是稍稍退离，垂眸看了眼。

白皙的脖颈处，果然出现了一个红红的齿印，泛着青紫。

安静几秒后，钟清瑶心虚地坐直身体，偷偷看向顾谨深。

"咬够了？"

"嗯……"

她伸手摸了摸略微凹陷的齿痕："顾叔叔……我是不是弄疼你了？"

"没有。"顾谨深将她从腿上抱下来说，"走吧，去吃饭。"

"等等，"钟清瑶拉住他的衣袖说，"你的脖子……"

齿痕的位置在脖子上方，衬衫的衣领根本遮不住，如果这个时候顾叔叔出去，肯定会被人发现脖子上暧昧的痕迹。

不知道的还以为他在酒会间隙做了什么不该做的呢。

顾谨深反倒毫不在意，他淡然地整弄皱的衣领说："没事，走吧。"

"不行！"

钟清瑶严厉拒绝。

五分钟后，顾谨深皱着眉坐在沙发上。钟清瑶拿着气垫，仔仔细细地往他的脖子上扑粉。

"可以了。"他抓住她的手，稍显不耐烦。

"等一下，你别乱动呀，还有一点儿没遮住呢。"

"瑶瑶，"他认真地盯着她道，"没必要这样。"

"怎么没必要了？要是被人看到了，他们还以为你在休息室和女朋友'种草莓'玩呢！"

顾谨深抬起眼，神色平静地问："难道不是吗？"

钟清瑶心口一颤，像是被轻微捏了下，不痛不痒，却激起了千层浪。

女朋友。

顾叔叔的女朋友。

那么陌生又温暖的一个词。

她喜欢顾叔叔，顾叔叔也喜欢她。可是这段时间以来，哪怕他们做着无比亲密的事，她也始终没有把自己当成顾叔叔的女朋友。

这样看，果真是她在这场关系里太过迟钝了点儿。

钟清瑶忍不住笑弯了眼睛。

是啊，现在的瑶瑶可是顾叔叔的女朋友了呢。

酒会的下半场是一个公益拍卖会，拍卖所得的所有资金都会捐赠给当地的自闭症儿童救助基金会。做公益的同时，江和集团也能借此提升品牌形象。

在拍卖会进行的时候，不需要乐团演奏，钟清瑶被顾谨深带着去了一桌酒局。其实她本来是不想去的，毕竟他坐的那桌全是声势显赫的大佬们。

钟清瑶平时不怎么关注商业新闻，但是哪怕她没有刻意了解，同桌上有几个大佬的脸，她还是一眼就认了出来。几乎都是在某一领域只手遮天的人物。只是往那儿一坐，就能感受到同桌大佬们浑身散发出的富贵气息和雷厉风行的作风。和这样的资本家一起同桌吃饭，压力实在不小。比考试的时候监考老师站在旁边看她做题还紧张。

钟清瑶扭扭捏捏着不想去，顾谨深拉住她的手问："刚才不是还说肚子饿想吃东西吗？"

钟清瑶被一路拉着小手，硬着头皮坐到了大佬们的中间。

见顾谨深带了个女人入座，身上还披着他的西装外套。同桌的几人只觉两人关系不一般，忍不住打量了几眼。

但也只是粗粗几眼，未敢多看。

感受到落在自己身上的视线，钟清瑶一抬头，尴尬而不失礼貌地微笑着。

大佬们都回以一笑，并微微颔首。

有一个跟顾谨深私下关系较好的就没那么多讲究了，他笑着问："顾总怎么刚才不带她过来一起吃饭？这会儿来，酒局都过半了。"

虽说酒局已过半，但其实桌面上的菜几乎没动。毕竟大佬们来这里，也不是真的为了来吃饭的。

顾谨深淡淡回道："她有演奏，才结束。"

"原来是这次乐团里的乐手啊，怪不得呢，人不仅长得漂亮，还多才多艺。我虽然不懂交响乐，但是今天的曲子听着就让人感觉很舒服。"

钟清瑶知道，这夸奖大部分是卖了顾谨深的面子。但她还是欣然接受了，"嘿嘿"笑了两声，说了"谢谢"。

顾谨深介绍道："瑶瑶，这位是迅光娱乐的陆总。"

钟清瑶听说过迅光娱乐，好像之前很火的《大荒野》就是迅光娱乐的，于是也学着他去夸这位大佬。

"哇——"

"哇"得略显夸张了那么一点儿。

"我超喜欢玩迅光娱乐的《大荒野》这款游戏！制作精良，趣味性强，尤其是游戏的画面感太真实了，每次玩我都觉得身临其境！"

说到《大荒野》这款游戏，钟清瑶忽然想到最近很火的同类型游戏《逃出生天》，网友都说这款游戏有望超过《大荒野》，成为当下竞技射击类游戏的第一。

作为迅光娱乐的总裁，估计陆总对此也十分头疼吧。

于是，钟清瑶想了想说："我觉得《大荒野》比那个《逃出生天》好玩多了。我玩过那个，太无趣了，尤其是那个人物真的好丑，看到就不想玩了，跟《大荒野》根本没法儿比。"

陆总短暂沉默了片刻。

"这样啊，好的，关于《逃出生天》的人物设计方面，我们会加以改进的。"

钟清瑶蒙了好几秒。

顾谨深说："瑶瑶，《逃出生天》也是迅光娱乐旗下的游戏。"

钟清瑶："……"

哦。

气氛陡然沉寂，场面一度变得很尴尬。

啊啊啊，她只是想吹一吹大佬的"彩虹屁"（指花式吹捧对方），怎么还一百八十度翻车了呢！

早知道，她就不说话了。

陆总轻声笑了笑说："顾总，您带来的这小姑娘挺有趣的。"

顾谨深往她盘子里夹了个虾球，唇边是淡淡的笑意。

"确实。"

钟清瑶闷头吃饭。

沉默是金。

陆总又说："怎么没说几句就脸红了？我们和顾总都是朋友，别这么怕羞啊。"

顾谨深替她把脸侧的头发别到耳后，表情满是宠溺。他笑了笑说："陆总，您可别说她了。

"我们瑶瑶脸皮薄，怕生。"

钟清瑶一顿，头埋得更低了，只是机械地吃着菜。

"哦哦。"陆总点头道，"对了，刚才忘了问了，她是学什么乐器的？"

"大提琴。"

顾谨深短暂停顿了一秒，又说："不过除了大提琴之外，还喜欢学点别的。"

"哦？还在学什么啊？"

他的声音清清楚楚地传入钟清瑶的耳朵里，在她的天灵盖上敲下重重的一锤。

"人体行为艺术。

"还有触动心灵的生命之音。"

最近频繁的阴雨天气让淮城气温骤降，大有些倒春寒的感觉。

酒会结束后，灰沉沉的天空又开始下起蒙蒙细雨，春寒料峭的晚风一吹，着实令人有些瑟瑟发抖。

钟清瑶没跟乐团一起回去，而是跟着顾谨深一同前往酒店泊车廊。

演出结束后，她就换下了演出服，但是她没料到晚上会这么冷，也没带梢厚一点儿的衣服，只有一件雾霾蓝的连衣裙和一件白色针织衫。裙子是复古方领的，露出两道好看的锁骨。长发乖顺地披在身后，时而被风吹起。

那抹清淡温婉的身影，在一众沉闷的西装革履中分外惹眼，是一种澄澈干净的漂亮。

一同前往泊车廊的男人们，眼神多多少少会为此稍做停留。

顾谨深眉心稍蹙，将她往自己身边揽了揽。

酒店的泊车廊四面透风，一走出大厅，钟清瑶就忍不住搓了搓手臂。

几乎是同一时间，顾谨深的西装外套就套在了她身上。

"伸手。"

钟清瑶微怔，乖乖听话照做，将两只手臂伸进那两只宽大的西装袖子里。

袖子好长，她整个手臂都缩在里面，手指都看不见了。

顾谨深又为她扣好西装的纽扣，立起西装的衣襟，拢了拢，遮住锁骨。

钟清瑶觉得有点儿奇怪。

之前顾谨深怕她冷，也就是把西装披在她的身上，不会像今天这样让她直接穿上他的西装。

肩很宽，拖着长长的袖子，有些不伦不类。

一点儿也不美了。

但是钟清瑶没来得及多想，车已经来了。

上车之后，她发现司机是个不认识的人。她转头问顾谨深："今天怎么不是陈叔叔来接我们？"

顾谨深淡淡地应道："他请假了。"

钟清瑶若有所思地点点头。

原来是请假了。

陈叔叔为顾谨深开了十几年车，钟清瑶还没来顾家的时候，他已经在了。

在钟清瑶眼里，陈叔叔就像是长辈一样的存在，所以他在的时候，她也不敢在车里做什么越界的事。

今天陈叔叔正好请假，面对一个不认识的司机，钟清瑶的胆子忽然就大了起来。

她的手偷偷摸摸地伸过去，轻轻碰了下顾谨深的手指，然后又快速缩回。

司机正专注地看着前方的路况，并没有注意到她的动作。

钟清瑶像坏事得逞般偷笑。

顾谨深侧头看她一眼，伸手去牵她的手。

钟清瑶躲开了。

"挡板升起来。"顾谨深淡声吩咐道。

片刻后，挡板升起，前座与后排隔断，隔出一个隐私的空间。

下一秒，顾谨深直接将她抱过来放在了腿上。钟清瑶忍不住惊呼，又立马捂住嘴。

顾谨深一只手圈住她的腰，另一只手拉过她的两只手包裹在掌心。

钟清瑶发现，顾谨深似乎很喜欢自己跨坐在他腿上的姿势。每一次他抱她，几乎都是这个姿势。

她今天穿着裙子，这个跨坐的方式，让她的裙摆微微撩起至大腿处，内侧皮肤紧贴着冰凉的西装裤。

这个姿势……

钟清瑶的脸微微红了下，整个人窝进他的怀里。

顾谨深吻了下她的头发问："冷不冷？"

钟清瑶往他滚烫的胸膛贴紧了些，意有所指道："刚才冷，现在不冷了。"

环着她的手臂紧了紧。

透过暗色车窗，隐约能看到窗外的霓虹灯，细密的雨落在车窗玻璃上，透迤出道道水痕。

顾谨深一垂眸，就能看到她蓬松柔软的发顶在他的胸口。

小姑娘安安静静地靠在他的怀里，"一"字锁骨隐约可见。

很乖，很漂亮。

他低头，亲了亲她的额头，满是爱怜。

钟清瑶在他怀里抬头，嘟起嘴。

顾谨深短促地笑了下，又亲了下她的唇。

钟清瑶觉得这个吻太过敷衍，拉着他想要重新亲亲的时候，顾谨深的手机进来了一通电话。

顾谨深松开她的手去接电话，另一只手依旧扶着她的腰，防止她乱动掉下去。

"什么时候，现在这个点吗？"

顾谨深话说到一半，领带被轻轻往下扯了扯。一垂眼，就看到怀里的小姑娘嘟着嘴要亲亲。

279

他低头又亲了下，继续说电话。

几秒后，领带又被扯了下。

"知道了，我马上过来。"

顾谨深放下手机，抓住她的手十指交握，重重地吻下来。

唇齿交缠，不可避免地发出了一些黏腻的声音，在密闭的空间内格外清晰。

钟清瑶满脸潮红，心跳加速，生怕被前排的司机听到了他们暧昧的声音。

看不见的时候，往往更容易令人遐想。

过了许久，钟清瑶终于得以喘息，软趴趴地窝在顾谨深怀里不想动。

顾谨深捻着她的发梢，压低声音问："秦越今天刚从越城回来，约了几个人在锦园一聚，瑶瑶去不去？"

钟清瑶之前听说秦越去越城出差了，原来正好是今天回来。

今晚这一聚，也算是为他接风洗尘了。

反正回去也没事做，她决定和顾谨深一起去锦园玩。

还记得上次去锦园，还是参加联谊会的时候。那时候顾谨深刚从美国回来，她还骗他说在练琴，结果被抓个正着。

想到以前的蠢事，钟清瑶忍不住想笑。

第九章

他是她爱的人

　　到达锦园后，舒缓空灵的音乐就在大堂内缓慢流动。相较于六楼偏商务的包厢，三楼的包厢就是实实在在的娱乐天堂了。

　　坐电梯到三楼后，就是一处装潢奢华的回廊。钟清瑶看到不远处有一个身材纤细的女人，依偎在一个光头男人怀里。女人穿着火辣的包臀裙，裙摆一直开到了大腿处。也不知是设计如此，还是被撕破的。光头男人体态肥硕，手不老实地在女人的臀部摸来摸去。

　　顾谨深掰过她的头按在胸口，不让她看。

　　其实钟清瑶也不是故意想一直盯着他们看的。主要是，刚才被光头男搂在怀里揩油的女人，太像他们乐团里的首席姜妤瑜了。

　　女人脚上那双渐变红高跟鞋太扎眼了。她记得没错的话，今天姜妤瑜也穿了一双同款。虽然她不是很了解姜妤瑜，但是看起来家境不差，奢侈品三天两头地买，不像是会委身讨好这种油腻猥琐男的女人。

　　应该只是买了一双同款的鞋子吧。

　　钟清瑶摇摇头，把刚才荒诞的想法甩掉，没再去想。

　　泰越这次开的包厢是新中式风格的，有书卷和抽象山水画装饰，灯光和整个包厢的色调一样，呈红色和暖黄色。两种灯光交错缓慢晃动，影影绰绰。

　　经过屏风后，就是几组暗红色的沙发和四方桌。三人手里拿着扑克坐在沙发上聊天，桌上放着几杯加冰的威士忌。

除了秦越之外，另外两人也是平时和顾谨深私下交好的，只不过钟清瑶不太熟。

见他们来了，几人立即招呼道："深哥，你可来了，都等你老半天了。"

钟清瑶和顾谨深刚坐下，就听见屏风隔断的另一间娱乐室里传来一道娇俏的女声，然后是雀跃的脚步声。

"谨深哥哥来了吗？"

在看到钟清瑶后，杨晗优愣住了，脚步不由得放缓。

钟清瑶也是微微一愣，她没想到杨晗优也在。

秦越说："说起来也巧，我是在锦园附近那个江汀街那边碰到优优的，她一听你也来要，就赶紧一起过来了。"

"都是小时候一起玩的，优优对我哪有对你这么热情啊。"

顾谨深看着手里的扑克，没接话，像是没听到。

杨晗优走过来，慢慢坐在旁边的沙发上。

镶钻手包很耀眼，猫眼指甲看起来酷炫极了。

秦越继续说："刚才你没来的时候，优优就一直坐在那边的茶艺室里摆弄那些瓶瓶罐罐，兴趣也是高雅得很，还是听到你来了，才从里面出来的。"

杨晗优微嗔道："秦越哥哥，你别说了……"

"好好好，不说了，不说了。"

牌局继续。

几人边聊天边玩扑克，钟清瑶不会玩，抱着顾谨深的一个手臂，小口吃着冰激凌，看得懵懵懂懂的。

"想不想学？"顾谨深笑着问。

钟清瑶摇头说："看你玩就好了。"

他看了眼冰激凌说："冷的东西要少吃，之前不是还说牙疼吗？"

"就一盒……"

顾谨深揉了揉她的头发。

杨晗优握着手包的手指不自觉收紧。

秦越出了两张牌，边说："最近这股市也不景气，一片飘绿，看得我的脸也跟着一块儿绿。"

另一个人打趣道："脸绿有什么啊？只要头上不绿就好了！"

"都没有女朋友，哪来的头上绿啊。"

秦越吐槽着股市无情，感情悲催，越说越心堵，拿起旁边的烟盒就想来一支解忧烟。

顾谨深压下他的烟盒，说："瑶瑶闻不惯烟味，要抽烟出去抽。"

秦越稍顿，长叹一口气说："得得得！我也没心思抽烟了，不抽了！就让我的脸一直绿下去吧，反正也没女朋友心疼！"

钟清瑶见秦越这样子，忍不住笑。

顾谨深出牌后，轻轻用指腹擦去她嘴角的冰激凌。

杨晗优一直在两人之间看来看去，视线没移至过他处。她皱着眉看了一会儿，冷不丁开口，红唇带着优雅的笑容说："谨深哥哥还是这么宠瑶瑶。

"可是瑶瑶毕竟都这么大了，是个女人了，谨深哥哥再这么没有界限地宠，很容易被人误会的……有时候，还是保持点界限比较好……"

顾谨深抬眼看向她，说："我宠瑶瑶，跟你有关系？"声音一如既往十分平静，语调不轻不重，但听起来却有种压不住的冷硬。

杨晗优的笑容倏地僵住，未说完的话也戛然而止。

包厢内红色和暖黄色的灯光交错，在她的脸上缓慢晃动，掩盖了她渐渐变得惨白的脸。

气氛稍稍有些凝滞。

秦越本来正盯着自己手里的垃圾牌，想着怎么起死回生，这会儿也感觉到氛围不对，慢慢从手中的牌里抬起头来。

看了眼顾谨深，又看了眼杨晗优，秦越咳嗽了两声，忙打圆场。

"优优，你才回国不久，可能不知道，深哥他就是这样，最宠小瑶瑶了，捧在手里怕摔了，含在嘴里怕化了，捂在怀里又怕热着了。

"我们呀，都看习惯了，估计小瑶瑶有天闹脾气把深哥的头发全拔了，深哥还会笑着夸她力气大呢。"

"这样啊……"杨晗优的嘴角扯起一个不自然的笑容。

钟清瑶听着不乐意了，皱眉回道："秦叔叔！我哪有这样啊？"

"没有吗？我上次还听说你早上怕冷不愿意起床，还是深哥抱着出来，连袜子都是深哥帮你穿的……"

钟清瑶本来抱着顾谨深的手臂悠闲地靠着他的肩膀吃冰激凌，一听这话，立马就抬起头反驳："谣言，都是谣言！秦叔叔，你乱说！"

秦越不以为意地说："我可没乱说，反正是不是乱说的，大家心里都有数啰。"

钟清瑶是属于那种越着急，话就越说不利索的人。她想着反驳，却一句话也说不出来。她脸色涨红，使劲去晃顾谨深的手臂。

"顾叔叔，你快跟秦叔叔说啊，我没有这样！"

顾谨深的目光停留在扑克上，漫不经心地开口问道："秦越，前维那个并购项目，你做得怎么样了？"

秦越立即打住。

"收购结构和估值分析看过了吗？"

秦越不好意思地笑了两声说："咱们好兄弟难得聚一聚，就不要说工作上的事了吧……"

"跟我是没什么关系，只不过秦伯伯可能会想找你聊聊天。"

秦越一下子蔫了："我这不是刚出差回来嘛……我待会儿回去就做……"

"随你。"顾谨深没再说什么。

经过这一番老师查阅作业般的对话，方才还一脸戏谑的秦越，这会儿也变得正襟危坐，没再调侃钟清瑶。

钟清瑶偷笑，重新靠回顾谨深的肩膀。

果然还是顾叔叔的话好使。

"谨深哥哥，"杨晗优忽然出声道，"刚才可能是我管太多了，其实我也没别的意思，你别在意。"

顾谨深连眼睛也没抬。

"没什么好在意的。"

"你没在意就好，"杨晗优笑着把一个剥好的橘子递给他说，"吃个橘子吧，我刚剥的。"

顾谨深没动。

杨晗优的手在空中停顿了两秒钟，然后将橘子放在了他面前的桌子上，收回手。

威士忌中的冰球悄然融化，钟清瑶一边听着秦越他们聊天，一边挖着冰激凌吃，倒也没觉得无聊。手指有一下没一下地玩着顾谨深的银色袖扣。指尖在不经意间碰到了他手腕处的皮肤。

顾谨深放下牌，握了下她的手指。

他声音略低地说："手都这么冷了，不许再吃了。"

紧接着，她手里的冰激凌就被拿走了。

"可是我牙疼，需要吃点冰冰凉凉的镇痛。"

"牙疼吃冰激凌？"顾谨深轻轻笑了声，然后把一个小橘子放进她手心说，"牙疼多吃水果。"

钟清瑶不是很喜欢吃橘子，但因为是顾谨深塞给她的，只能心不甘情不愿地吃着。她吃了几瓣就不想吃了，于是自己吃一瓣，又往顾谨深嘴里塞两瓣。

在这样分配极度不均匀的方式下，一个橘子很快就吃完了。钟清瑶如释重负。

也不知道是不是顾谨深故意折腾她，才吃完一个，他又往她手里塞了一个，嘴角还带着若有若无的弧度。

"再吃一个。"

"已经吃了一个了……"她小声说。

"是瑶瑶吃的，还是我吃的？"

钟清瑶承认，刚才的那个橘子其实她没吃多少，大部分都是顾谨深吃的。可是刚才她喂他吃的时候，也没见他拒绝呀。

算了。她轻叹了一口气，低着头极不情愿地开始剥橘子。

杨晗优咬着下唇，手指指节因为用力而泛着白。自始至终，她剥的那个橘子，一直孤零零地放在四方桌上，一动都没动。

包厢内有专门的台球室，牌局过后，秦越拉着其他几人去台球室打球。钟清瑶不会玩，一个人窝在沙发里看剧，顾谨深的西装盖在她的身上。

旁边的沙发微微下陷，杨晗优坐在了她的旁边。

"瑶瑶，你跟谨深哥哥的感情可真好。怕你冷，他还专门把衣服留给你。"

钟清瑶有点儿不自在，低低"嗯"了声。

"看到你，我总是忍不住想起我和谨深哥哥的小时候，那时候他也是这么照顾我，怕我冷，怕我热，是很关心我的哥哥。"

"我觉得优优姐还是不要总是回忆过去了。"钟清瑶说，"毕竟以前是以前，现在是现在。"

"什么意思？"

钟清瑶笑了笑道："我只是觉得……现在一点儿都看不出来顾叔叔很关心你。毕竟优优姐想邀请顾叔叔参演宣传片，顾叔叔都不愿意，优优姐只能用替身假扮顾叔叔，靠在他的肩膀上。"

杨晗优怔了几秒钟，忽然笑了出来，用很轻松的语气问："所以瑶瑶现在是在炫耀吗？"

钟清瑶极其做作地"啊"了声，状似无辜道："优优姐姐觉得我是在炫耀吗？真对不起啊，因为靠顾叔叔的肩膀我都习惯了，没觉得这是炫耀呢。如果让你感到不舒服了，真的很不好意思呢。"

话音刚落，顾谨深就走了进来。

钟清瑶不愿再和她废话，从沙发起身迎上去："顾叔叔——"

"无聊了？"

"嗯。"

"要不要我教你打台球？"

"好呀。"

钟清瑶抱着顾谨深的手臂，两人并肩走进台球室。

杨晗优进去的时候，就看到台球桌前，顾谨深将钟清瑶圈在臂弯下，手把手地教她，两人有说有笑的。

冷眼看着这一幕的杨晗优，始终没什么表情，心里的嫉妒不停地滋生猛涨。

小时候，谨深哥哥明明很照顾她的，就像现在对钟清瑶一样。不知道是不是因为她出国太久，所以谨深哥哥找到了替代品，把对她的喜爱转移到了替代品的身上呢？

虽然顾谨深现在对她很冷淡，但是她还是心存了一丝侥幸，凭借着曾经的情谊——那是属于他们两个人的美好回忆。

借着酒劲，杨晗优站起身，笑盈盈地走至顾谨深旁边。

"谨深哥哥？"

"哇，顾叔叔！进了，进了！"

刚开口，她的声音就被嬉笑声淹没了。

顾谨深压根儿就没看她。

踌躇片刻，她伸手拉住了顾谨深的衣袖，微微提高音调道："谨深哥哥——"

顾谨深的目光终于移至她身上，他不动声色地移开手臂，她的手从衣袖处滑落。

"我好像……有点儿醉了……你能送我回家吗？"

安静两秒后，顾谨深拿出手机说："我让司机送你回去。"

"你不陪我回去吗？"

"司机会把你安全送到家。"

话里拒绝的意思，已经很明显。

"为什么？"杨晗优声音发颤道，"你以前不是这样的，过去你明明……"

她的话还未说完，顾谨深便直截了当地打断了她："我不喜欢追忆过去，尤其是那些毫无意义的回忆。"

顾谨深揉了揉眉骨，生出一丝烦躁："你的那些无聊的回忆，对我来说没有任何特殊意义，而且让我觉得很烦。"

杨晗优的表情瞬间凝固了。

"杨小姐，听懂了吗？"

钟清瑶眨了眨眼，有点儿蒙。因为和杨伯伯他们家的关系，顾叔叔对待杨晗优也是带着几分谦恭。而这一次，他冷淡到不近人情，不留一丝余地。

话已经说得很明白了。杨晗优惨白着脸，一句话也说不出来。

秦越赶紧过来笑着说："优优，让秦越哥哥送你回去怎么样？如果你还想吃个夜宵的话，我也可以请你哦！"

杨晗优垂下眼，没说话。

秦越最怕女孩子哭了，生怕杨晗优下一秒就会哭出来，于是赶紧安慰道："优优啊，你别往心里去啊，深哥他不是那个意思……"

秦越手忙脚乱，又去顾谨深那儿做思想工作："深哥，你倒是说句话啊，其实你不是这个意思，对吧？"

"我认为我已经说得很清楚了。"顾谨深松了松领口，声音中不耐烦的意味不减，"如果杨小姐因为在国外太久听不懂普通话，我不介意用英语再说一遍。"

秦越前一秒还在为怎么安慰杨晗优而绞尽脑汁，下一秒他就被顾谨深脖颈处一道红紫的痕迹吸引了注意力。

"等等，深哥，你脖子上的不会是吻痕吧？啊啊啊！！！"

钟清瑶猛然一怔，战战兢兢地去看顾谨深的脖子。果然，原本用粉扑遮盖住的痕迹已经暴露在外，领口处还蹭上了不少黄黄的粉底液。

居然脱妆了！

杨晗优也在这时抬起头来，在看到那抹红痕的时候，心又紧了紧。

秦越像发现了新大陆一样，左看看右看看。

"我刚才居然都没注意到你的脖子！深哥，你藏得可真够深啊，老实交代是不是你女朋友抱着你脖子啃的？"

顾谨深淡淡地"嗯"了声。没否认。

"我的天！你什么时候找的女朋友？藏得这么好，也不带出来给大家见见，有必要这么宝贝吗？"

顾谨深唇角往上，微微扬了下。

"有，很宝贝。"

"你这宠女朋友的架势都快赶上宠瑶瑶了吧？"秦越话里很激动，"我很好奇你是更宠瑶瑶一点儿呢，还是更宠这位宝贝女朋友一点儿呢？"

"差不多。"

"她长得怎么样？漂亮吗？"

"顾叔叔——"钟清瑶赶紧打断道，"我困了，我们什么时候回家啊？"

再这么问下去，估计不出三个问题，秦叔叔就能得出顾叔叔的女朋友就是她的答案。

顾谨深拢了拢她身上的衣服说："那我们现在就回去。"

"好。"她拉着顾谨深就要走。

秦越说："啊，这就走了？我还没问完呢——"

顾谨深被拉着往前走，但也不忘回答他的话："很漂亮。"

六月中旬，学校有一次去杭城的交流演出的机会。

学校对这次的交流演出十分重视，届时演奏会现场会有国内外职业乐团的人来选拔储备人才。

钟清瑶作为院系优秀学生，一共有三首曲子：一首是和乐团一起演奏的大型交响乐，另外一首是个人独奏曲目，还有一首就是大提琴、钢琴二重奏。

钢琴伴奏的搭档是老师指定的，她怎么也没想到，与她合作的居然是萧娜的男朋友周宇炎。

　　虽然她不是很喜欢周宇炎，也不想跟他在一个排练室待这么长时间，但是由于这次去杭城的交流演出很重要，所以她再怎么不情愿，也忍了下来。

　　"这次的曲目会有点儿难度。"周宇炎把谱子递给她问道，"你看下，要我给你讲讲重点吗？"

　　"不用，谢谢，我自己会看。"

　　周宇炎笑了。

　　"别这么冷淡啊，怎么说我们也是搭档，要一起去杭城演出的。"他说，"待会儿排练完后，要不要一起吃个饭聊个天？"

　　钟清瑶皱眉道："周同学，我觉得我们除了曲子以外，没有别的可以聊的吧？而且你如果再这样，我就去告诉萧娜。"

　　"我当你为什么这么冷淡呢，原来是因为萧娜啊。"周宇炎一摊手说，"你不知道吗？我早就跟她分手了。"

　　"哦，关我什么事？"

　　"如果我知道萧娜是这样嫉妒心强、艺德差的女人，我也不会跟她在一起的。之前的演奏会她发帖子抹黑你、抢名额这些事件我都知道了，说实话我真觉得她挺恶心的，而且，我也很心疼你。"

　　周宇炎的这一番话，着实把钟清瑶给恶心到了。虽然她也不喜欢萧娜，但是分手后这么诋毁前任，这种行为真的挺差劲的。

　　"不好意思，用不着你心疼。我有我男朋友心疼就够了。"

　　周宇炎脸色一变，不敢置信地问道："你有男朋友了？"

　　"对啊，而且比你帅多了。"

　　因为去杭城的交流演出时间紧迫，钟清瑶留在学校排练了很久。排练完回到南湾的时候已经是晚上9点多了。

　　别墅内很安静，顾天成这几天都不在南湾。前段时间，他的老朋友邀请他去江城郊外的黛拉尔夫庄园度假，听说老庄主是两人的熟识，庄里的酒窖藏了不少的好酒。顾天成很心动，估计要待上一段时间才会回来。

　　至于顾连铭，今天晚上去他妈妈那儿了，也不在家。

钟清瑶坐在沙发上无聊地给顾谨深发消息。

钟清瑶："顾叔叔还在加班呀？"

几秒后，顾谨深回了个简短的"嗯"。

钟清瑶："我牙疼，你再不回来，我就要疼死了！"

钟清瑶："钱没了可以再赚，瑶瑶没了，可就真没了。"

钟清瑶："委屈巴巴。"

顾谨深："知道了。"

看着对话框里极其敷衍的"知道了"三个字，钟清瑶的心情很不愉悦。

不开心的时候，就需要用美食来治愈自己。她拆了盒冰激凌，躺在沙发上看剧，吃得美滋滋的。

不知道过了多久，庭院里传来汽车的引擎声。

钟清瑶坐起身探头看，就见顾谨深从门口走进来，臂弯里挎着一件西装外套，鼻梁上架着金丝边眼镜，像是刚从办公室的一堆文件里抽出身来。

钟清瑶眼睛一亮，雀跃地小跑过去，跳起来扑进他的怀里。

顾谨深稳稳当当地接了个满怀。

他一只手托着她的腰，另一只手拍了拍她的背，低声问："又牙疼了？"

她埋在他的颈窝里点头。

"智齿还是去拔掉吧，不然下次还要疼，走，送你去医院。"

"我不去。"钟清瑶闷声说，"我不要拔牙。"

顾谨深抬起她的脸，细细打量着："不拔牙，瑶瑶觉得吃冰激凌就能不疼了，是吗？"

"……我没吃。"

她死不承认。

"没吃？"

"嗯！"

顾谨深忽然捏住她的下颌。

钟清瑶喊着："要……要干什么？"

"检查。"

话音刚落，温热的唇就压了下来，分开她的唇瓣，深入。

钟清瑶勾着他的脖子，生怕自己掉下来。

然而她的顾虑其实是多余的，顾谨深始终稳稳地托着她，将她按向自己，迫使这个吻更加深入。

空荡安静的别墅里，水晶吊灯落下朦胧的光晕，笼罩着两人紧贴的身体。这是他们第一次堂而皇之地在会客厅接吻。钟清瑶的睫毛因为紧张而簌簌地颤动着。

许久，这个吻终于结束。

她眼睛像是蒙上了一层雾，晕乎乎地问："检查的……结果是什么？"

"芒果味的。"声音很低很哑。

钟清瑶又一次不争气地红了脸。

"是不是？"顾谨深又问。

"不是！我说了没吃！哎呀，顾叔叔，你好烦。

"你管公司里的事情就够了，回家后还要管我有没有吃冰激凌，你知不知道操心太多会老得更快，还会脱发的！"

她拨弄着顾谨深的头发，故意惊呼了声，假装惊讶道："呀，顾叔叔，你看你都有白头发了！"

她一通乱点。

"你看，这里，这里，还有这里，都是！"

顾谨深反而笑了，不紧不慢地问她："所以呢？"

钟清瑶长叹一口气，颇为感慨道："岁月不饶人啊，真想替顾叔叔向上天再借五百年。"

"说我老？"他压低声音说，"胆子大了。"

下一秒，顾谨深忽然托着她就往外走。钟清瑶挣扎了下问："干吗？要去哪儿啊？"

"回房间。"

她愣住了。回房间？难道顾叔叔恼羞成怒，迫不及待地想要证明自己老当益壮了？

钟清瑶红着脸，不自觉抓紧他的领带，有点儿小紧张。

刚走出会客厅，迎面就遇到了李姨从大门走进来。

"顾先生，小姐，你们……"

听到李姨的声音，钟清瑶脊背一凉，瞳孔猛然一缩，挣扎着想要从顾谨深身上下来，然而顾谨深却捏住她细细的手腕，不让她再乱动。

钟清瑶不得已维持着这个姿势，转头笑着跟李姨打招呼。

"李姨……你回来了呀。"

李姨脸上的惊讶一闪而过，随即又恢复如常，笑了笑说："顾先生和小姐的感情真好。

"对了，我刚从市场回来，买了些小姐爱吃的糖糍糕。"

"糖糍糕？"钟清瑶欣喜道，"我要吃——"

"不行。"

顾谨深对李姨说："瑶瑶现在牙疼，不吃了。"说完他径直抱着她往楼上走。

"牙疼跟吃糖糍糕有什么关系？我要吃！"

"不行。"

听这坚决的语气，估摸着顾谨深又是老父亲附体了。

钟清瑶没再坚持，缩回他怀里，心想着其实不吃也好，吃多了说不定还会影响待会儿可能会发生的事。

她咬着指尖，脸红扑扑的。

顾谨深抱着她，缓步往房间走。二楼、三楼、走廊……离房间越近，她的心跳也越快。

有点儿紧张，又有点儿期待。

终于来到她的卧室，顾谨深将她轻轻放在床上。身下的床单被她抓皱了一小块儿，心都快跳出嗓子眼儿了。顾谨深微微俯身。

这就开始了？

钟清瑶羞怯地闭上眼睛，仍不忘提醒道："可是……可是我还没洗澡……"

想象中热烈的吻并没有落下来，反而是柔软的被子盖在了她的身上。

"嗯，洗完澡后早点睡。"顾谨深替她掖了掖被角，道，"你在牙疼，早点休息。"

钟清瑶愣怔了三秒。

就这？

房门已经合上了，房间内只剩下她一个人。钟清瑶艰难地从床上坐起，脸上的绯红如潮水般退去。

片刻之后，她得出了一个结论——

顾叔叔他是性冷淡！实锤了！

洗澡的时候，钟清瑶一直在想这个问题。怪不得至今为止，两人也只是停留在接吻这一步。

　　虽然她并不介意顾叔叔性冷淡，而且就算以后都没有那个什么生活，也没有关系。她喜欢顾叔叔，只要能和他在一起就够了。但是她之前在网上看到，长期这样的话可能会影响双方的感情，还会损害身心健康。

　　如果可以，她还是希望顾叔叔能对她有些感觉，不然就会显得她很没有魅力，说不定顾叔叔对她的爱，也会因此逐渐减少。

　　今天难得爷爷和顾连铭都不在，都这个点了，李姨应该也回去了。现在别墅内，只有她和顾叔叔两个人。

　　是个难得的好机会。

　　洗完澡后，钟清瑶换了一件裙摆稍短的睡裙，还特意解开领口的三颗纽扣，露出两道锁骨，还有……

　　嘿嘿。

　　出房间前，她想了想，又给自己抹上了香香的身体乳。

　　钟清瑶没在卧室找到顾谨深，于是去了书房。

　　书房内只有一盏金属台灯亮着，光线有些昏暗。见她进来，顾谨深从文件中抬起头。

　　他五官精致，戴着金丝边眼镜，看起来斯文禁欲极了。

　　钟清瑶忍不住舔了舔嘴唇，顾叔叔真的每一处都长在了她的审美上。

　　"还不睡？"

　　"嗯……睡不着。"她小步走过去，主动爬上了他的腿。

　　顾谨深顺势搂住她的腰，身体闲适地往椅背靠了靠，看向她。视线落在她微敞的领口时，眼神黯了黯。

　　片刻后，他平静地替她扣好纽扣。

　　"天冷，衣服穿好。"

　　"我不冷呀。"钟清瑶略显烦躁地又扯开了。

　　顾谨深揉了下她的头，没再说什么，拿起文件继续看。

　　"顾叔叔……"

　　"怎么了？"顾谨深低头看着她问。

　　"你难道没有闻到一股香香的味道吗？"

　　"闻到了。"

其实从她进书房的时候，他就已经闻到了那股浅淡的水蜜桃味。在她坐进自己怀里的时候，香味越发明显。丝丝缕缕的甜腻香味，像羽毛轻轻扫过，撩拨着他的感官。

"好闻吗？"

"嗯。"

"是我新买的身体乳。"钟清瑶抬头，一双细白的腿在他腿的两侧晃啊晃，"你猜猜是什么味道的？"

"水蜜桃味。"他不假思索地说。

"不对，不是水蜜桃味的。"钟清瑶眨着眼说，"可能我涂得太少了，你要不要凑近闻闻？再猜猜是什么味道的？"

顾谨深看向她，微微勾了下唇问："又在玩什么？"

"没玩什么呀，就是让你猜一下是什么味道的身体乳。"

钟清瑶缓缓勾住了他的脖子，往下拉，让他贴近自己的颈窝。她能感受到他呼出的气息，喷洒在她的皮肤上。

水蜜桃甜腻的香味萦绕在顾谨深的鼻尖，白皙的肌肤近在咫尺，只要他稍稍低头，就能吻上。环在钟清瑶腰际的手也不自觉地收紧。

静默了须臾，顾谨深不动声色地拉开她的手。

"说吧，又想干什么？"

钟清瑶说："什么啊？"

顾谨深问："现在这样是想干什么？想吃糖糍糕？"

"……"敢情她撩拨了大半天，顾叔叔以为她是为了吃李姨带回来的糖糍糕？

顾谨深拍了下她的头，稍显无奈地说："都多大了，还这么馋糖糍糕。"

"不是……"钟清瑶被气到了，说话没经过大脑就脱口而出，"才没有，我是馋你的身子。"

顾谨深失笑道："你说什么？"

话都说到这份儿上了，钟清瑶干脆也不想暗撩了。就凭顾谨深那榆木脑袋，估计她不说得直白点，他都不明白她的意思。

深吸一口气，钟清瑶重新攀上顾谨深的脖子，主动吻了吻他的下颌。

"我说，我喜欢顾叔叔……的……的……"最后两个字几乎已听不见。

顾谨深安安静静地凝视着她，喉结微动，眼底的情绪不断加深。

钟清瑶勾着他的领带，红着脸说："那个……要一起学习吗？"

"学习什么？"顾谨深哑着嗓子，手背的青筋凸起。

"你……你说呢……"

她越说声音越小，因为她看到了顾谨深眼底汹涌的暗流，一点儿也不像是对她没有兴趣的眼神。

来不及多想，腰间一紧，她已经被顾谨深放在了办公桌上，男人也顺势压了下来。

桌面上的文件"哗啦啦"掉了一地。

办公桌很凉，她只穿了一条裙子，腿部的皮肤紧贴桌面，让她不禁打了个寒战。

但下一秒，她立马就被一个滚烫的胸膛包围了。

钟清瑶倒吸一口凉气。之前每次到关键时刻，顾谨深总是忽然刹车。所以这次！能成功吗？看这架势，顾叔叔估计是想在书房就……

顾叔叔果然喜欢刺激的，不走寻常路。

鲁迅先生曾经说过，世界上本没有路，走的人多了，也便成了路。

相信在顾叔叔的不懈努力下，一定能开辟出一条康庄大道。

钟清瑶的声音不自觉有点儿发抖，说出来的话自动变成了气音。

"瑶瑶抖什么？"顾谨深伸手捋了捋她脸颊边的头发问，"不想学了？"

"不是……"钟清瑶眨着眼，一脸真诚地说，"我挺期待的呢。"

顾谨深的手臂撑在她的两侧，忽然轻笑道："期待？"

钟清瑶双手抵着桌面，身体微微后仰，被他圈在臂弯之中，一双眼睛失神地看着他。

量身裁剪的衬衫系到最顶端，没有一丝褶皱。不论做什么，这个男人总是带着一丝不苟的沉稳与冷静。白色的衬衫给人干净疏远的感觉，像是遥遥站在云端，让人无法亲近。而这一次，她忍不住想将他从云端拉下，让他沾染上俗世的烟火气，和她一起纵情沉沦。

"嗯，期待。"她说，"顾叔叔难道不期待吗？"

衬衫下依稀可见腰腹精瘦，某些画面在她的脑海里倏地划过。钟清瑶耳根绯红，鼓起勇气伸出手贴上顾谨深的胸膛。指尖隔着衬衫在他身上画圈圈，生涩地撩拨着。

在他的注视下，指尖又一点点儿往下，滑过他的腹肌——

下一秒，手腕忽然被捏住。

顾谨深哑声逼近问："谁教你的这些？"

手腕被捏得死死的，力道有点儿大，钟清瑶觉得不舒服，使力挣了挣。

然而顾谨深纹丝未动，依旧捏着。

眼看挣脱无望，她只能老老实实地回答："就……就之前赵眠眠发给我的那些嘛……"

"还留着没删？"顾谨深的声音往下沉了沉，蹙眉问道。

她梗着脖子不肯低头："怎……怎么了嘛！"

语气嚣张得不行，就差脸上写着"死不悔改"四个字。

顾谨深问："你说怎么了？"

钟清瑶装傻道："我不知道呀。"

顾谨深捏着她的手腕扭到身后按住，冷下声音说："我看你是想长点儿教训了。"

此时钟清瑶脑子里乱七八糟的，已经无法正视"教训"这个词了。她自动脑补了一场打满马赛克的电影。

她嬉皮笑脸地问："哪种教训呀？"

"还在嘴硬。"顾谨深将她的手腕拉过来，摊开她的掌心问，"想挨打了是吗？"

钟清瑶反应快，一下子收拢手指，握成了小拳头。几秒后，又反应过来，顾叔叔才舍不得打她呢。

于是她继续漫不经心地问："你舍得打我啊？"

她吃准了顾谨深不会打她，重新摊开手心，两条腿挂在桌旁一晃一晃的。

"顾叔叔要是舍得，那就打好了，反正最多就疼个三四天，最少也要疼个一两天，没事儿，这点儿疼我能忍。"

说完，她便闭上眼。

意料之中的，手心并没有传来疼痛。

她的手指被温热的掌心包裹住，轻轻捏了捏。

顾谨深低头，吻在她细软的手指上。

"是舍不得。"

手上传来柔软的触感，钟清瑶睁开眼，就看见顾谨深低眉垂眸，双唇轻轻落在她的手指上。

又轻又温柔。

她不由得心头一跳。

顾谨深缓缓抬眸，注视着她说："但是也要看是怎么让你疼。"

钟清瑶还没反应过来他话里的意思，顾谨深已经倾身压了下来。

夜色越发深浓，稠得像泼了浓墨。稀疏的夜风将远处的南湾湖水吹皱，乱了满湖的倒影。随着湖水一同乱了的，还有钟清瑶的呼吸声和心跳声。

她不是什么不谙世事的单纯小孩，知道顾谨深说的是什么意思。在反应过来这句话的意思后，她控制不住地开始心跳加速。

来不及多想，铺天盖地的吻已经彻底包围了她。

比任何一次都要热烈。

之前的每一次接吻，她总是由他掌控着自己，一直都是被动的那个。

这次，她试着去回应他。

…………

初夏的雨来得又急又猛。庭院的路灯下雨丝疏斜，正落着初夏的第一场雨。因这一场雨，夜晚很潮湿，连带着房间里也变得又沉闷又潮湿。

和泊港公馆一样，顾谨深在南湾的房间，也同样是冷硬的灰白色调。

钟清瑶被轻轻地放在那套深灰色的床单上，她不由得收拢手指，抓紧，心跳从未这么快过。

顾谨深单手扯掉领带，将她轻轻拥入怀里。怀里的人缩成小小的一团，十分柔软。

漫长的十几年里，他看着她长大，从只到他腰的小女孩，长成窈窕娉婷的女人，看着她从什么都不懂的年纪，慢慢长大到能够让他爱的年纪。

他一直将她小心翼翼地护在身边，将她视若珍宝。

他想彻底拥有她。

却也怕她疼，怕自己控制不住会弄伤了她。

而这一次，他却不可控制地沦陷了。

"帮我摘掉眼镜。"

钟清瑶脸红扑扑的，听话照做。

不戴眼镜的顾谨深，少了一种严肃的疏离感，看起来更容易接近。只是那双眼睛仍旧冷厉，带着十足的压迫感。

在她晃神的两秒里，铺天盖地的吻又一次落了下来。她顿时失去了所有的力气。

顾谨深拥抱着她，一时间竟不知道该用多大的力道，怕抱紧了她会痛，抱松了她会害怕。落在她身上的每一个吻，都带着温柔的厮磨。

他隐忍得快要发疯。

钟清瑶被吻得喘不过气，嘴唇生生发疼，双眼逐渐被泪水濡湿，蒙上薄薄的水雾。

头顶的灯光闪闪晃晃的。

视线涣散，又不得已在他的掌控下重新聚焦回来。

炽热的吻从她的唇一直蔓延至脖颈，随着一阵衣物窸窣声，胸口一凉，肩膀的睡衣滑落。

她不安地仰起头，闭上眼，准备迎接这场雨的到来。

"咚咚咚！"

一阵急促的敲门声响起，钟清瑶瞬间清醒，猛然睁开眼睛——

身上燃起的一簇簇火苗"噗"地熄灭，转而代替为未知的恐惧。

顾爷爷和顾连铭今天都不在南湾，李姨这个点应该已经回去休息了，要到第二天早上才会来。

"顾先生——"

门外传来李姨的声音。

钟清瑶保持着残存的清醒和理智，一把推开顾谨深，后背急出了一层黏腻的薄汗。

她屏息静气地说："是李姨……"

"别管。"

敲门声又响起。

"顾先生，我没在房间里找到小姐，小姐是在您这里吗？"

"不在。"顾谨深沉声道，声音里是明显的不耐烦。

李姨像是知道她就在里面一样，锲而不舍地说："顾老先生打电话来了，好像有什么重要的事情要找小姐，他一直打不通小姐的电话，所以打到我这里来了，现在正等着小姐听电话呢。"

钟清瑶一惊，连忙回道："我在，我在——"

她赶紧掰开环在自己腰上的手臂，手忙脚乱地穿好衣服。

"等下，我马上来——"

她几乎是跌跌撞撞地跑到门口，打开门。

李姨在看到她后，眼里闪过一丝异样，视线又往卧室里瞟了一眼。

钟清瑶急忙问："爷爷有什么急事要跟我说啊？"

"我也不是很清楚，好像很着急。"李姨把视线从卧室里收回，"刚才我去你房间找你，所以手机放在房间了，小姐跟我一起上去吧。"

"好，快走吧。"

一路到达卧室后，李姨赶紧关上了房门，锁住。

"李姨……电话呢？"钟清瑶找了一圈没找到电话，转头就看见李姨把门锁住了，"李姨，你怎么啦？你锁门干什么呀？"

李姨过来拉住她的手，眼睛都红了："这个事情发生多久了？"

钟清瑶问："什么？"

"顾先生是不是一直趁老爷子不在的时候欺负你？是不是从很早之前就已经这样了？"李姨伸手抚在她的脖颈处说："都怪我，我怎么就没早点发现呢！"

钟清瑶心里"咯噔"一下，跑到梳妆镜前。

果然，脖子上全是吻痕。

不仅是脖子，密密麻麻的红痕从领口一直往下，直至胸前。

李姨懊恼地摇头，眼眶更红了："今天在楼下我给你带糖糍糕回来的时候，看见顾先生抱着你的姿势，我就感觉不对劲。虽然顾先生一直很疼小姐，但是他抱你的姿势和看你的眼神，就不像是长辈抱晚辈的样子。

"我看到小姐好像在挣扎，但是顾先生却捏着你的手不让你动，我就知道事情可能不太对了，所以就特意留下来没走。"

钟清瑶一时语塞，想解释，却不知道该怎么开口。

李姨继续说："我后来上楼没看到你在房间，便又去了顾先生的房间，果然就听到里面传来小姐痛苦的呜咽声……我在外面急得不得了，又不知道该怎么救你出来，于是就骗顾先生说是老爷子打电话来了。"

钟清瑶犹豫着说："李姨……其实……"

李姨抹着眼泪，声音哽咽道："你也是我从小看着长大的孩子，我一直都把你当作自己的孩子看待，没想到你会遭受这些……顾先生表面看着挺好的一个人，想不到原来就是个披着羊皮的狼！禽兽！禽兽都不如！"

钟清瑶说："李姨，不是的，其实——"

话还没说完，李姨忽然打断她，握住了她的手道："小姐，我们现在就跟顾老先生说出这件事吧，让顾老先生给你做主。

"不行不行！毕竟他是顾老先生的儿子，说不定顾老先生会偏袒自己的儿子！"

三秒后，李姨认真地看着她，说得掷地有声："小姐，我们还是报警吧！"

思索片刻，李姨又焦急地否决道："不行不行，一定不能让顾先生知道我们报警的事，说不定他会恼羞成怒，对你做出更过分的事情来……"

见李姨急得满屋子打转，钟清瑶终于忍不住打断她："李姨，不是你想的那样，顾叔叔没有强迫我——"

李姨急乱的脚步停顿住，她见钟清瑶眼睛很红，明显有哭过的痕迹，她更是不信了，轻拍着钟清瑶的手安慰着。

"小姐，你别怕，现在就只有我们两个人，你不用再怕他。虽然顾家有钱有势，但是法律是公正的，一定会严惩这个禽兽！"

"不是的，顾叔叔不是禽兽——"钟清瑶涨红了脸，讷讷道，"我是自愿的……"

李姨顿时收声，难以置信地看着她。

到了这个时候，钟清瑶不想瞒，也知道瞒不住了，她支支吾吾地说："其实……其实我跟顾叔叔在一起了……"

"你和顾先生……你们……"

钟清瑶深吸一口气，视死如归地说道："我和顾叔叔在一起了，不是长辈和晚辈的关系，而是男女朋友的关系。"

李姨呆愣了好一会儿，才一拍额头恍若梦醒道："原来是这样啊，怪不得了……"

语气很平和，没有钟清瑶想象中的惊骇和难以接受。她小心翼翼地问："李姨……你不会觉得惊讶吗？"

"惊讶多多少少是有一点儿的，毕竟顾先生也算是看着你长大的，从小他就宠你，哪怕有时候你们之间过于亲昵了些，我也一直没往别的方面想。"

钟清瑶垂下眼，有些难受。

是啊，在其他人的眼里，顾谨深算是她的长辈。如果他们的关系公之于众，很多人都会不理解吧。

"李姨，你会不会觉得我很不乖……"

"为什么这么说？在李姨的眼里，你一直都是很乖很乖的孩子。"

"可是，可是我跟顾叔叔在一起了，我喜欢顾叔叔，我……"

"这有什么？"李姨说，"虽然你叫顾先生一声'叔叔'，但是你们又没有血缘关系，说到底也只是名义上的。你和顾先生也都到了谈感情的年纪，在一起也是很正常的事。"

钟清瑶眼神微动，目光聚焦在李姨的脸上，思绪有些恍惚。她没想到，李姨会这么容易就接受了他们的关系。

李姨忽然笑着说："这样也好，以前我还担心以后小姐嫁人了，要是另一半对你不好怎么办？现在好了，如果是顾先生的话，那我也就放心了。"

钟清瑶把头轻轻靠在李姨的肩膀上，心底涌上一股温暖。

对她而言，李姨一直都是妈妈一般的存在，明明没有血缘的牵绊，却一直无条件地爱她，疼她，照顾她。

"顾老先生知道了吗？"李姨拍着她的背问。

钟清瑶小幅度地摇着头说："我还没敢跟爷爷说，我怕他会不同意……"

"别多想，顾老先生也不是那种刻板迂腐的人，他会理解的。"

屋外的雨声渐小，钟清瑶的心也逐渐平静下来，李姨的话给了她很大的勇气。

她微微点头说："嗯，等爷爷回来吧，我想想该怎么跟他说……"

她很想牵着顾谨深的手，光明正大地靠在他的怀里。

不用再遮遮掩掩，躲躲藏藏。

告诉所有人，那是她爱的人。

这几天钟清瑶的牙疼一直没好，尤其是到了半夜就疼得厉害，好几次她晚上都捂着脸跑去顾谨深那里哭哭唧唧。

顾谨深见她这样也心疼，每天晚上都要抱着她哄好一会儿。

顾谨深虽然宠她，很多事也都由着她，不过在关系到她的健康问题时，他就变得铁面无私，任凭钟清瑶怎么撒娇都不为所动，坚持要带她去拔牙。

她很不想拔牙，但是在顾谨深的严厉要求下，还是心不甘情不愿地去了。

医生拿着小锤子叮叮当当敲了将近半个小时，敲得她脑瓜子嗡嗡的，怀疑自己得了脑震荡。

拔完牙后，钟清瑶埋在顾谨深的怀里一声不吭，发誓以后再也不要来拔牙了。

不过作为拔牙的条件，顾谨深答应陪她去新开园的主题乐园玩。

这是一个以"童话"为主题的游乐园，整个乐园都布置得如梦似幻，让人仿佛置身于童话世界。

上午的排练结束后，钟清瑶就收拾好大提琴迫不及待地往校门口走。今天她要和顾谨深一起去游乐园玩，而且她是一点儿也不想和周宇炎多待一秒钟。

从排练室出来后，赵眠眠给她打了语音电话闲聊。

"杭城的演奏会马上就要到了，你可是有三首曲目，你都不紧张吗？还有心思去游乐园玩啊？"

钟清瑶从小就经常参加各种大大小小的演奏会，心态一直比较好。如今虽临近演出，也并没有太过紧张。

赵眠眠说："你其中一首还是重要的独奏曲目，这次演奏会上独奏的机会，可是连你们大提琴首席姜好瑜都没有的，你可不能在关键时候掉链子。"

"你放心吧，我也就今天下午去游乐园放松一下，其他时间我都在很努力地练琴呀，"钟清瑶说，"好了，我不跟你说了，马上到校门口了。"

刚挂完电话，迎面就撞上了姜好瑜。

"清瑶？好巧，我正想找你呢。"姜好瑜笑着说，"去杭城演出的那首交响曲有几个地方我一直想找你聊一聊，不知道待会儿你有没有时间？"

钟清瑶犹豫道："今天可能不行……我有事。"

"是因为要去游乐园玩吗？"姜好瑜忽然问，随后又笑了笑说，"别误会，我刚才也是不小心听到你讲电话的。那个游乐园我去过，还挺好玩的。如果你今天不方便的话，那曲子我们就改天再聊吧，祝你玩得开心。"

钟清瑶点点头，继续往外走。

没走出几步，身后就传来了周宇炎的声音："钟同学——"

钟清瑶一皱眉，没回头，反而加快了脚步。

周宇炎很快就追了上来，跟在她旁边走着。

"你走这么快干什么？我一直在后面喊你。"

"你能不能别来烦我？"

"一出排练室，就翻脸不认人了？"

姜妤瑜站在原地，视线却并未收回。她远远地望着并肩走着的两个人，若有所思。

周宇炎还跟在钟清瑶的旁边絮絮叨叨："二重奏最需要的就是默契，演奏者要做到言行统一，不分彼此。我觉得我们之间还是缺少一点儿默契，应该多相处，好好培养培养感情……"

"不必了。"

"你也是知道的，我从你大一新生的时候就开始喜欢你了，一直没变过。和萧娜在一起，也是因为她死缠烂打，其实我喜欢的还是你。"

钟清瑶一阵恶寒。她从未见过如此恶心之人。

周宇炎戴着跟顾谨深一样的细框眼镜，气质却截然相反。

顾谨深是干净冷峻，而周宇炎只有猥琐。

钟清瑶不想跟他多说废话："周同学，是我之前说得不够清楚吗？我说过了，我有男朋友了。"

"你别装了。"周宇炎嘴角带着笑意说，"我都打听过了，你根本就没有男朋友，你不就是想找个借口拒绝我吗？"

她觉得好笑。

"你爱信不信。"

周宇炎笃定了她在撒谎，调侃道："行行行，那你把他叫出来啊，只要你把他叫出来了，我当众下跪给你赔礼道歉。"

"瑶瑶。"

身后忽然响起一道低沉的声音。

周宇炎还没反应过来，眼前的女孩已经从他的视线里小跑着离开。他随之回头，就见钟清瑶扑进了一个男人的怀里。

金丝边眼镜，西装革履，皮鞋锃亮。只一眼就能看出，那人与校园里的青涩男生不同，那是一种浑然天成的矜贵和成熟感。

一瞬间，他仿佛被踩在脚下，低到了尘埃里。

他觉得那人眼熟，但一时间又想不起来在哪里见过。未等他细想，两人已经坐入车内，绝尘而去。

今天是顾谨深开的车，他目视前方，手指在方向盘上轻叩。

"刚才那个人是谁？"

现在天气转热，钟清瑶正把额前汗湿的头发往后捋，一时间没听清楚顾谨深说了什么。

顾谨深没听到她的回答，又说了一遍，像是催促："我在问你话。"

"什么？"

"刚才跟你说话的那个人是谁？"

"哦，"钟清瑶漫不经心地回答，"我过几天不是要去杭城交流演出嘛，他就是我二重奏曲目的搭档。"

"他似乎对你很感兴趣。"

钟清瑶动作一顿，转头笑眯眯地问："你吃醋呀？"

顾谨深没说话，单手握着方向盘，另一只手伸过来握住她的手，很自然地放在自己的腿上，指腹轻轻摩挲着她的手背。

钟清瑶忍不住偷笑。

原来顾叔叔是个小醋缸，这么容易就吃醋。

不过，顾叔叔吃醋的样子还挺可爱。

她拉住他的小指，哄道："不管他对我有没有兴趣，我只喜欢顾叔叔，眼睛里再也容不下别人了。"

顾谨深睨她一眼，微微勾了下唇。

到达游乐园的时候正好是午餐的点，两人便去了游乐园里的一家主题餐厅吃午饭。

因为才拔牙不久，钟清瑶在咀嚼一些硬的食物时，还是会觉得很痛，只能吃一些较为软烂的。

吃到一半，秦越给顾谨深打了个电话。钟清瑶听了个大概，聊的好像是他们之前共同投资的蜀山园地产项目。

"深哥，我听你那边怎么有那么童趣的音乐啊，你在哪儿呢？"

顾谨深淡淡道："游乐园。"

秦越立马发了个视频电话过来。

接通后，钟清瑶也往屏幕前凑过去看了一眼。

秦越在屏幕前张望了一阵，满脸的匪夷所思。

"你还真陪瑶瑶去了那么童趣的地方玩啊？一点儿都不像你的风格。"

钟清瑶嘴巴里嚼着切成小块的虾仁，说道："我去拔牙太疼了，遭了好多罪，顾叔叔为了补偿我，所以才带我来这里玩的。"

说话间，顾谨深将剔过鱼刺的白嫩鱼肉递到她的嘴边。

钟清瑶张嘴一口吃掉。

秦越隔着屏幕看得目瞪口呆。

半晌，他扯了扯嘴角，戏谑道："小瑶瑶拔个牙，深哥都心疼坏了吧？我看你也别用勺子喂了，干脆嚼碎了喂给瑶瑶，多省事。"

钟清瑶知道秦越说的是玩笑话，但还是微微红了脸。

用嘴喂食物……

其实，她还挺想试试的。

秦越说："深哥，宠孩子也要有个度，哪有你这样宠的？网上那些文章你没看到过吗？溺爱是有很多危害的，比如——"

秦越的声音戛然而止。

话还没说完，顾谨深已经挂断了视频电话。

"……"

"就这样不理秦叔叔了，真的好吗？"

"没时间听他说些废话。"

钟清瑶眨了眨眼，忍不住打了个嗝。

"还吃吗？"顾谨深温声问。

她摸了摸肚子说："不吃了，吃饱了。"

刚才在电话里，她似乎听到了顾谨深因为蜀山园的项目要出差几天。

虽然她挺希望顾谨深能来杭城听她的演奏会，但是顾谨深工作忙，在淮城能抽出时间来看她的演奏会，就已经很不容易了，更何况是那么远的杭城。

而且现在顾谨深又要因为蜀山园的项目出差，就更没有时间了。

她并不想因为自己而影响顾谨深的工作，想了想，钟清瑶最后还是什么也没说。

游乐园里有很多刺激性的项目，比如云霄飞车、极速光轮等。

但是顾谨深觉得危险，又怕她会害怕，没让她去，而是带她去了危险系数为零的摇摇马。

钟清瑶站在那个粉色的摇摇马前，看着周围一群身高只到她腰的小孩子陷入了沉思。

她的嘴角情不自禁地开始抽搐。

"顾叔叔，你确定没跟我开玩笑吗？"

"上去吧。"

顾谨深神色如常，丝毫没有因为和小孩子玩一个项目而感到羞耻。

而钟清瑶却没那么淡定了，她抓着他的衬衫压低声音说："这是小孩子玩的！我又不是小孩子，我要玩那个——"

她指了指呼啸而过的摩托车式过山车，头顶的尖叫声和风声一起飞过去，听得她心里痒痒的。

"你胆子有多小我不知道？你觉得你玩得了那些吗？"

他这话忽然让她想起了几年前，顾谨深带她去游乐园玩的那次。

她也是吵着要玩过山车，结果坐完后吓得不轻，又吐又哭，回去后还发起了高烧。

不过那都是小时候的事了，她现在都长大了。

"可是——"钟清瑶急着解释，"不尝试怎么知道呢？我小时候怕，又不代表我现在怕。"

顾谨深显然不想听她的解释，已经自顾自迈腿坐在了那个粉色的摇摇马上。

旁边的一小块空位，是留给她的。

那么娴熟且淡然，钟清瑶都要怀疑其实是顾谨深自己想玩，只是不好意思，所以才拿她来当借口。

"上来。"

"……"

她硬着头皮走过去，坐在了他的旁边。

左边的蓝色摇摇马上坐着一个四五岁的小男孩，他的妈妈坐在他的旁边喂他喝牛奶。

右边同样坐着一个不超过八岁的小女孩。

钟清瑶收回视线，端正地坐好。

脸更烫了。

片刻后，设施启动。摇摇马开始缓慢摇动。

同时，充满童趣的儿歌响起——

"爸爸的爸爸叫什么？爸爸的爸爸叫爷爷——"

"爸爸的妈妈叫什么？爸爸的妈妈叫奶奶——"

钟清瑶："……"

钟清瑶在摇摇马上度过了让人煎熬的一段时间。音乐一停，她连滚带爬地离开了那里。

后来，她说什么都要去玩刺激性的过山车。

"不行。"顾谨深态度很坚决地拒绝道。

钟清瑶装哭，扮可怜，晃着他的手臂，又抱着他的脸亲亲。

在她猛烈撒娇的攻势下，最后顾谨深终于点头。

然而钟清瑶一上去就不行了，过山车的速度飞快，风声在耳边呼呼掠过。下来之后，她的腿都是软的，整个人愣愣的，仿佛魂魄落在了空中还未归位。

顾谨深问："还玩吗？"

钟清瑶扑进他的怀里，直摇头。

晚上游乐园的梦幻城堡前，有一场人工降雪。虽说是雪，但其实只是人造雪，不过做得很逼真。

淮城很少会下雪，更别说是夏天的雪了。尽管只是人造雪，但还是让人很期待。

降雪时间一到，大部分游客都来到城堡前感受这场浪漫的雪。

城堡前鲜艳夺目的光影闪动，雪花纷纷扬扬地落下来。

钟清瑶觉得，今天这一天她幸福到快要爆炸了。

她笑得眼睛弯弯的，仰头问顾谨深："我觉我好喜欢你，你有没有女朋友呀？"

顾谨深捏了下她的脸，配合着回她："有。"

"你的女朋友是谁呀？"

"瑶瑶。"

"那你介不介意多一个女朋友呢？"

"介意。"

钟清瑶忍住笑，很认真地说道："可是我真的好喜欢你，我现在就给瑶瑶打电话，要她把你让给我。"

她装模作样地拿出手机打电话，对着手机一通乱说，然后笑嘻嘻地看向顾谨深说："我已经给瑶瑶打过电话了，她说要跟你分手，把你让给我。"

顾谨深轻轻笑了声，搂住她的腰。

"不行。"

他低头温柔地吻住她，轻声呢喃着："我只爱瑶瑶一个。"

从游乐园回来后，顾谨深便出差去了。钟清瑶比他晚了几天离开，和乐团的人一起去杭城交流演出。

演奏会将于杭城最大的国际演奏大厅举行。

来挑选储备人才的国内外职业交响乐团中，还有英国的洛斯顿交响乐团。

钟清瑶的偶像陆菁就是洛斯顿交响乐团的前大提琴首席，这种感觉很微妙，就像是她的偶像就坐在台下看她演奏一样。

这次演奏会，萧娜也来了。

虽然她已经退出乐团，但是首席姜妤瑜怕在演奏会现场有意外，因此特意让萧娜作为替补人员一同过来。说是因为萧娜毕竟在乐团这么长时间，和大家都有了默契，选她作为替补是最合适的。

演出即将开始，候场室里，大家都做着乐器最后的调音工作。

萧娜灰扑扑地坐在角落，冷眼看着风光无限的钟清瑶。周宇炎拿着曲谱跟钟清瑶说着什么，好似一对璧人。

她想起几天前，姜妤瑜找她谈作为乐团替补人员去杭城的事情，两人在咖啡厅聊了会儿。

姜妤瑜跟她分享自己去游乐园玩的经历，还开心地把自己拍摄的视频和照片给她看。

她几乎是第一时间就注意到了照片的角落里，那张熟悉的面孔——钟清瑶。

姜妤瑜惊讶道："原来清瑶在那天也去了游乐园啊，没想到我还不小心拍到她了，真的好巧啊。"

照片继续往后翻。

萧娜就看到照片里钟清瑶和一个男人在拥吻。

姜好瑜惊讶地说："这……这个男人，看着怎么这么像周宇炎啊？"

萧娜一惊。

照片里钟清瑶的脸很清晰，但是男人只有一个侧脸，戴着细框眼镜，确实很像周宇炎。

萧娜喝了口咖啡说："与我无关，我和他早就已经分手了。"

"你们已经分手了吗？大家都以为你们还在一起呢……"

姜好瑜停顿片刻，忽然说："该不会是因为清瑶吧？怪不得我好几次都看到周宇炎和清瑶动作挺亲密的。也是，毕竟他们这段时间因为二重奏演出，天天待在排练室……"

萧娜手一抖，咖啡洒出来了一些。

姜好瑜说："如果真是这样，那这些照片我得赶紧删了。马上就到演奏会了，要是在演奏会的时候让大家看到了，别人还以为清瑶因为二重奏插足你和周宇炎的感情呢……

"说不定事情闹大了，她就选不上职业乐团的储备人才了……

"其实我一直觉得你挺委屈的，上次论坛事件，你和清瑶多多少少都有不对的地方，可是温团长只让你一个人离开了乐团，反而清瑶越来越……"

"别说了！"萧娜重重地放下了咖啡杯，眼睛里都是血丝。

演奏会正式开始。

钟清瑶的三首曲子里，她的独奏曲目是第一首。

台上的她一袭黑色长裙，手持大提琴鞠躬。刚准备坐下，台下忽然一片骚动。

钟清瑶忽然有种很不好的预感，一回头，就看见身后的大屏幕上早已不是原来的背景图，而是被换成了一张她的照片。

背景是游乐园的城堡，她和顾谨深拥抱接吻的照片。

在她惊诧之际，萧娜已经上台。她抢过话筒架，音乐厅内发出刺耳的电流音。

"我知道台下有很多都是我们学校的学生，很多人也都认识这张照片里的男女主角。没错，女主角就是台上的这位钟清瑶同学，而照片里的男主角就是我的前男友周宇炎！

"她插足我和周宇炎之间的感情，这张照片就是证据！"

台下的喧嚣声更大了，数不清的声音和异样的眼神投向台上的两人。

"你别胡说八道了！"钟清瑶大声反驳道，"照片里的人才不是周宇炎！"

"你说不是周宇炎？那你说是谁？你说啊！"

钟清瑶的手握紧成拳，指甲嵌进肉里。

她要说出照片里的人是顾谨深吗？

要将这段也许会遭人诟病的恋情公之于众吗？

萧娜冷笑道："说不出来了吧！因为照片里的人就是周宇炎！她就是一个插足别人感情的第三者，大家真的要听这样一个——"

"照片里的人是我。"

一道冷冷的声音响起，打断了她的话。

钟清瑶和萧娜一同朝声音的源头看去。

舞台镁光灯的光影逐渐虚幻，模糊成了浅淡的光晕。

钟清瑶看着顾谨深稳步向自己走来。

一步步走近。

在所有人的注视下，他将她温柔地揽入怀中。

好闻的雪松香味让她感到安心，周遭的一切声音都沦为她的背景。

她听见顾谨深抚着她的头发轻声说："瑶瑶别怕。"

从小到大，不论她闯了多大的祸，遇到再难的事情，顾叔叔都立在她的身前，为她一一挡下。

只要有顾叔叔在，她就什么都不怕了。

顾谨深缓缓抬眼，看向萧娜说："照片里的人是我，有什么问题吗？"

阴冷的眼神落在萧娜身上，让她不由得瑟缩了一下，一句话也说不出来。

"我不管你和你前男友之间发生了什么，但如果你再胡言乱语伤害瑶瑶，我不保证我会做出什么。"

萧娜清清楚楚地听出了这句话里的威胁，她捏着话筒，后退了一步。

顾谨深收回视线，轻轻抬起钟清瑶的脸，在她唇上落下一吻，仿佛要把所有的温柔都给她。

"瑶瑶的每一次演出，我都看到了你在舞台上发光发亮，从未蒙尘。

"这次的演出，瑶瑶也能出色完成的，对不对？"

大提琴浑厚低沉的乐声在演奏厅内流淌，伴随着最后一个音符落下，场内响起了热烈的掌声。

钟清瑶起身鞠躬，像天鹅振翅，优雅地走下舞台。

演奏会结束后，钟清瑶一直跟顾谨深待在一起，抱着他，也不说话。

这次的演奏会，在电视台和网络平台上都有现场直播，也就等于她和顾叔叔的关系，也随之公之于众。

钟清瑶将手机关机，拒绝所有的消息和来电。

她不知道爷爷在江城是不是已经知道这件事了，不愿意想，也不敢去想别人知道这件事之后的态度。

她自欺欺人地以为，只要把自己藏起来，就可以不用面对了。

顾谨深见她情绪不对，带她回了泊港公馆，一直抱着她，晚上睡觉的时候也没有离开，坐在她的床边陪着她。

钟清瑶缩在被窝里问："顾叔叔，你不是出差了吗？为什么也在杭城？"

"缩减了时间，提前结束了。"顾谨深笑了笑，声音很温和地说，"瑶瑶的演出，我怎么能缺席？"

钟清瑶蒙蒙地点头。

这次演出的事，她没告诉顾谨深，没想到他还是来了。

如果当时在演奏会上顾谨深没有及时出现，她不知道自己最后会怎么做。

她不知道自己是否有勇气，在这么多人面前说出她和顾谨深的关系。

也许更大的可能是，她会选择沉默不语，然后被老师请下台，受尽指指点点吧。

"好了，别想其他的了，快睡吧。"顾谨深的手一下一下轻轻拍着她，像是在哄小孩睡觉。

钟清瑶此时也觉得身心疲惫，点了点头，闭上眼睛，不一会儿便沉沉睡去，传来清浅又悠长的呼吸。

顾谨深依然没走，手指在她的脸颊上流连，来到她的眉心，试图抚平那道褶皱。

内心再一次被铺天盖地的心疼所占据。

演奏会后钟清瑶请假了，一直待在泊港公馆，窝在顾谨深的怀里不想动。

这个状态持续了几天，顾谨深说要带她出去吃饭。钟清瑶其实不想去，但又不想让他担心，最后还是同意了。

他们去的是一家巴洛克风格的餐厅。

包厢内很宽敞，花纹繁复的地毯和墙壁上的抽象油画相呼应，另一侧墙壁上挂着一面镀金的镜子。

镜子中映照着两个依偎在一起的身影。

钟清瑶坐在顾谨深的腿上，靠在他的胸口，默默吃着他递到她嘴边的食物。

演奏会事件后，她至今心有余悸，胃口也一直不是很好，吃了几口就吃不下了。

顾谨深替她擦了擦嘴。

"吃饱了？"

钟清瑶埋入他的怀里点点头，闷声说："不想吃了，我们回家吧。"

顾谨深安抚地拍了拍她的背，但并没有起身。他示意了一下随伺着的侍应生，淡声道："让他们进来吧。"

钟清瑶从他怀里抬起头。

"他们？"她疑惑地问道，"还有谁要来吗？"

话音刚落，就见包厢门由侍应生拉开，进来了三个人。

在看到来人后，钟清瑶不自觉收拢了手指。

萧娜局促地站在那里，身边跟着一个中年男人，与她有几分相似，应该是萧娜的爸爸。

姜妤瑜从进门后就自动退到了角落，低垂着头。

萧父一进门就着急地开口说："顾先生，都怪我从小太惯着萧娜了，是我没有管教好她，让她做了很多错事，求您原谅她这一次……"

顾谨深闲适地靠进沙发，睨着他。

"萧先生，今天我只请了令嫒过来小坐片刻，似乎并没有邀请您过来。"

312

萧父擦了擦汗，声音都有些颤抖了："萧乐影视是我父亲白手起家打拼出来的公司，能走到今天这一步真的很不容易。我真的不能让它毁在我的手里啊，求您高抬贵手……"

钟清瑶听了个一知半解，但也明白了萧父其中的意思。想来是顾谨深做了什么，让萧家的公司陷入了危机。

一个小小的萧乐影视公司，又如何能与盛瑞集团相抗衡？面对岌岌可危的公司，萧父最后也只能低着头来道歉。

他用力把萧娜拉了过来，厉声道："还不赶紧给顾先生道歉！"

萧娜抿着嘴，就是一声不吭。

"啪！"

萧父直接甩了萧娜一个耳光。

"还不道歉？你是想让家里的公司彻底垮掉，你才知道错是吗？"

钟清瑶吓了一跳。

顾谨深将她的头轻轻按在胸口，手掌顺着发丝。

萧娜眼睛里噙着泪，难以置信地看着父亲。她从小就是被宠着长大的，这是父亲第一次打她。

她的眼泪一滴一滴地掉下来，咬着唇，说了句："顾先生……对不起……"

顾谨深掌心握着钟清瑶的手，轻轻摩挲，像是没听到。

萧父试探地问："顾先生……您看？"

"令嫒要道歉的人不是我。"

"还愣着干什么？"萧父立刻懂了，推了萧娜一把说，"快给你同学道歉！"

萧娜的眼睛酸涩无比，低声下气地说："钟同学，对不起！是我错了，求你原谅我……"

钟清瑶一时愣怔了。

萧娜从来都是趾高气扬的小公主姿态，穿着漂亮的裙子，烫着公主似的大卷发。

而这一次，她低到了尘埃里，灰不溜秋的，狼狈又可笑。

"瑶瑶？"顾谨深叫她。

钟清瑶回过神来说："这……这次就算了，以后别再来烦我。"

萧父大喜，连连点头说："那公司……"

顾谨深说："回去等消息吧。"

"好、好！"萧父喜上眉梢，正想拉着萧娜走。

"等等。"顾谨深忽然出声，他瞥了眼桌上的一瓶红酒说，"把酒喝了再走。"

萧父去拿酒瓶。

顾谨深打断道："让她喝。"

闻言，萧娜怔怔地接过酒瓶，等了片刻，并没有人递给她杯子。

她了然，他是想让她直接用酒瓶喝。

反正该羞辱的，也都羞辱了，她也不在乎再多羞辱这一次。

她捧着瓶子仰头就喝。

哪知耳边忽然响起顾谨深不带任何温度的声音。

"给你 10 秒的时间喝完。"

萧娜浑身一凛，正想着他是不是在开玩笑的时候，顾谨深已经开始倒计时。

"十、九、八——"

萧娜来不及多想，大口吞咽。红酒液顺着嘴边不停地流下来。

"咯咯咯——"

萧娜不小心呛住，酒瓶落地，不停地咳嗽着，此刻的她脸上、脖子上、衣服上，全都是淡红色的酒液，就连头发也湿了，黏在一起糊成了一团。

此时的她，哪里还有一点儿小公主的模样，反而像个蓬头垢面的小丑。看起来狼狈极了。

顾谨深不屑再多看她一眼，合眸抬了抬手。

萧娜被萧父拉着，狼狈不堪地离开了包厢。

第十章

爱的礼赞

枝形吊灯投下昏黄的光，映衬着姜好瑜惨白的脸色，灯光在她的头顶一晃一晃的。

她缩在包厢角落，尽量将自己的存在感降到最低。

随着萧娜离开时包厢门合上的声音，她不由自主地瑟缩了一下。

她知道，接下来轮到她了。

萧娜那狼狈的样子，属实让钟清瑶有些震撼。包厢重新归于寂静后，她这才注意到缩在包厢角落里的姜好瑜。

"姜首席？"

在看到姜好瑜的时候，她是有些惊讶的。她知道萧娜是因为在演奏会上放她的照片胡说八道，才被顾谨深"请"来这里的，可是姜好瑜为什么也会在？

姜好瑜扯了扯嘴角，牵起一个不自然的弧度说："清……清瑶。"

"你为什么……"

钟清瑶心里闪过一个念头，转头去看顾谨深。

顾谨深只寥寥看了姜好瑜一眼，淡声开口："你似乎很喜欢拍照？"

闻言，姜好瑜猛然抖了一下，脸上维持着僵硬的笑容说："还……还好，平时喜欢拍一些风景照……"

"风景照？"顾谨深忽地笑了一下说，"拍人接吻的风景照，是吗？"

随着顾谨深话音落地，姜妤瑜的脸色骤然惨白。

钟清瑶脸色微变。原来那张照片是姜妤瑜拍的。

"正好，我这里也有一些照片。"

顾谨深示意，侍应生上前递过来一个文件袋。里面是一沓照片，很厚，看着有不少。

"不知道和姜小姐比，是不是拍得差了一点儿？"

顾谨深不紧不慢地翻动照片说："光线有些暗了，画面构图似乎也不佳，不如姜小姐替我看看？"

几张照片被扔到姜妤瑜跟前，她颤巍巍地捡起。在看到照片后，姜妤瑜的瞳孔剧烈一震，眼前顿感一阵晕眩。

钟清瑶也看到了那些照片。

那一沓厚厚的照片里，主人公都是姜妤瑜。酒店、餐厅、娱乐会所等各种场合，她和不同的男人厮磨缠绵。某张照片里还有自己之前在锦园里看到的那个光头男人。

钟清瑶不免有些微微吃惊。原来她之前在锦园看到的那个衣着暴露、浓妆艳抹的女人，居然真的是姜妤瑜。

顾谨深继续翻动照片，眼睛也没抬。

"父亲是汽修店小职员，母亲是小学音乐老师，家里还算小康。但是这个经济条件，却远不足以填补你无底洞一样的奢侈品购买欲，于是你开始流连于各种能满足你金钱欲望的男人之间。"

姜妤瑜的眼睛充血发红，声音止不住地颤抖道："你……你想怎么样……"

顾谨深说："我只是在想，姜小姐既然这么喜欢和大家分享自己拍摄的照片，那么我手里的这些照片，姜小姐应该也很乐意分享给别人看吧？也许，还可以往你家里寄一份。"

姜妤瑜惊怒地瞪大眼睛，恐惧一层一层地漫上来，直到将她整个人淹没，所有的伪装也在顷刻间支离破碎。

"不要！不要！"她几步上前说，"求你了，我不该拍那些照片，更不该把照片给萧娜。我知道错了，求您……求您不要把这些照片……"

姜妤瑜见顾谨深不为所动，又看着他细心呵护在怀里的钟清瑶。她知道只要钟清瑶松了口，他就一定会同意。

"清瑶，清瑶，对不起，我已经知道错了。看在我们同在乐团这么长时间，你就原谅我这一次吧……"

顾谨深目光森然地看着她问："只有这一次？"

"看来姜小姐的记性不太好，是不是需要我替你回忆一下，你之前还做了什么？"他眯了眯眼睛，"是你自己说，还是我替你说？"

姜好瑜浑身的力气都在此时被抽干了，她像是被死死扼住了脖子，毫无反抗之力。

她垂下眼，将所有她借萧娜之手陷害钟清瑶的事情一一说出。

钟清瑶不可置信地看着她说："就因为你听到别人说我比你更有实力，在演奏会上我比你多了独奏的机会，你就用这样的手段来算计同声部的成员？你比萧娜更可恨。"

钟清瑶只觉得太阳穴突突地痛。沉静了半晌，她轻嘲道："首席是乐团每个声部最出类拔萃的人，而你根本就不配。"

"对不起！清瑶，我求求你，只要你能原谅我，我可以把首席的位置让给你，或者你让我退出乐团都可以！"

姜好瑜的话里已经带了哭腔："职业乐团已经在选拔储备人才，我不能在这个关键时刻出事，我马上就大四了，我不能再错过这个机会了……"

钟清瑶忍不住一皱眉。她不想再去看对方虚伪的脸，埋入顾谨深的怀里不再说话。

顾谨深将她往怀里搂了搂。

"姜小姐的大提琴应该拉得很不错吧？这样吧，你拉首曲子，我就把这些照片还给你。"

"只是拉一首曲子？"姜好瑜眼里光线微闪，不敢相信这么轻易就能拿到照片。

"嗯。"

"可是，我现在没有带琴。"

"我已经替你准备好了。"

须臾，就有侍应生拿上来一把琴。姜好瑜在看到那把琴弓后花容失色，额头渗出了汗。

那把琴弓需要用手握住的弓杆上，全是细小的尖针。

姜好瑜看着那把弓，半晌未动。

317

顾谨深不急不缓，并未催促，从容地等待着她的选择。

姜好瑜清楚，她没有与之对抗的资本，于是手握紧成拳，深吸一口气，拿起了那把琴弓。瞬间掌心就被刺痛，一片黏糊，不用想就知道，已经扎破了手。

琴弓在琴弦上摩擦，姜好瑜的每一次拉动，都带动了手心的痛意。不出片刻，冷汗便沾湿了她的衣服。

一首曲子终于结束，姜好瑜蓦地松开琴弓，手心已经是一片殷红。

"瑶瑶，好听吗？"

一边的钟清瑶被此刻的情景震惊得说不出话。她缓了许久，才低声说了句"好听"。

顾谨深轻轻勾了勾唇角，手臂一挥，照片纷纷扬扬洒落下来，掉了一地。

姜好瑜的瞳孔一缩，没有任何犹豫就跪趴在了地上，手忙脚乱地开始捡照片。那狼狈的样子，比萧娜更甚。

钟清瑶抱住顾谨深的脖子说："顾叔叔，我们回家吧。"

"好。"

顾谨深抱起她，迈步离开。在经过跪趴在地上的姜好瑜时，脚步停住了。

冰冷的声音落在她的头顶。

"管好自己的手，否则下次痛的就不只是手了，你应该清楚。"

从餐厅回去的路上，顾谨深接到了顾天成的电话。

钟清瑶心情忐忑地看着顾谨深打完电话，手心已经出了一层薄汗。

"是爷爷？他……回来了吗？"

"嗯，他让我们现在回去。"

钟清瑶心里"咯噔"一下，蓦地升起一丝恐慌。

"别怕。"顾谨深将她轻轻按回怀里，轻声哄着，"有我在，一切都交给我。"

温热的手掌像往常那样顺着她的发丝安抚，然而这一次，钟清瑶却怎么也安定不下来。她沉默地靠在顾谨深怀里，看着车窗外飞速倒退的树影，心里就像这些一瞬而逝的剪影一样凌乱。

汽车到达南湾的时候，她的手都是抖的。

顾谨深极为自然地牵起她的手，往别墅内走。一走进会客厅，就看见顾天成坐在沙发上。

钟清瑶慌乱地想把自己的手从他手里抽出来，然而顾谨深却收拢手指，不让她退离分毫。

顾天成的目光落在两人交握的手上，脸色沉了沉。

"爸。"

"爷爷……"

顾天成并未答话，他面无表情地从沙发上起身，走至顾谨深的身边停住。

"你，跟我过来。"

钟清瑶的心跳开始加速，不安地去看顾谨深。他拍了拍她的手背，示意她安心。

顾谨深跟在顾天成的身后，一起去了书房。

书房的落地窗外绿树繁茂，偶尔有风吹过，树叶沙沙作响。而书房内却静得可怕，连针落地的声音都清晰可闻。顾天成坐在办公桌后的沙发上，脸上一片阴霾。

静默了许久，顾天成终于开口，声音里是压抑的怒火。

"清瑶演奏会上的事，是不是真的？我希望你告诉我，当时你只是为了替清瑶那孩子解围，才会做出那种事，而不是——"

"是真的。"顾谨深的话还没说完，顾谨深已经打断他说，"我和瑶瑶在一起了。"

"砰！"

顾天成一掌拍在桌子上，发出剧烈的声响："你再说一遍！"

顾谨深眼神深邃沉静如水，面容没有一点儿波澜。

"再说几遍都是一样的。我和瑶瑶在一起了。"

顾天成气得嘴唇哆嗦，反复深呼吸后，尽量让自己平静下来。

"这是什么时候的事？"他稍稍缓和了语气。

"一个月以前。"

"胡闹！"顾天成骤然厉声说，"瑶瑶她还小，很多事情她分不清，可你不一样！你作为瑶瑶的顾叔叔，不仅不教导她对的事，反而带她一错

319

再错！"

顾谨深抬起眼眸，直视顾天成，声音坚定道："我爱瑶瑶，我不觉得这是错的。"

"你知不知道你在说什么？瑶瑶叫你一声顾叔叔！你怎么可以对她做出这种事！"

"我们并没有血缘关系。"

"是！你们是没有血缘关系！但是瑶瑶八岁就来到顾家，从小在这里长大，虽然她和我们家没有血缘关系，但我一直都把她当作亲孙女看待！你也是看着那孩子长大的！别说有没有血缘关系了，在辈分上，你就不该对她存有这种心思！"

顾谨深目光沉沉，眼里明明一片平静，却似乎有波涛暗涌。

"正因为从小看着她长大，所以才想把所有的爱都给她，不只以前和现在，而是往后的几十年里，都会这样爱她。

"以前是以顾叔叔的身份爱她，但是现在，是一个男人的身份。"

顾天成怔住了。他看到了顾谨深眼里的坚决，是不肯退让分毫的坚决。

沉默了半晌，顾天成怒容未改，话语也是同样的坚决："集团一切事情我都已经放手不管，全权交给你来管理，但不代表在这件事情上我也能不管，由着你胡来！你最好打消这个念头！"

"不管您说什么，我的答案都是一样的，没有任何人可以改变。

"就算是您，也不行。"

"怎么样？爷爷跟你说什么了？他是不是骂你了？"

见到顾谨深下楼来，钟清瑶立马迎了上去。

刚才顾谨深和顾天成在书房的那段时间，她在客厅里坐立难安，巴不得也冲进书房陪着顾叔叔一块儿和爷爷说。明明是他们两个人的事，可是却让顾叔叔一个人承担。

顾谨深笑了下，将她搂进怀里，细细密密地吻了吻她的发顶。

"没事。"他轻描淡写道。

"没事？"钟清瑶不信地问，"怎么可能没事？爷爷他……是不是不同意？"

"他可能需要一点儿时间。"

钟清瑶了然，眼尾慢慢地垂下来说："我就知道……爷爷不会同意的……"

"他现在一时间可能没办法接受，我会再跟他谈谈的。"

钟清瑶失神地低下头，兀自喃喃道："如果……如果爷爷一直不同意，我们该怎么办？如果要和顾叔叔分手，我——"

下巴被抬起，顾谨深蓦地吻了下来。他吻得急切又用力，带着温柔的撕咬。

钟清瑶双手抵在他胸前抗拒着，他反而将她压向自己，吻得更深了些。

"瑶瑶……"

他一只手捧着她的脸，指腹缓缓拭过她柔软的唇，溢出低喃似的耳语。

"不准再说这种话。"

钟清瑶被他吻得呼吸凌乱，小口喘息。

同样凌乱的思绪逐渐回笼，在这个吻之前，她提到了"分手"。

"不，不是的，"钟清瑶摇头解释道，"不管什么时候，我都没有想过要和顾叔叔分手。"

她一抿唇，说得义正词严："如果爷爷让我们分手，我是不会答应的！或者我们可以私奔。"

顾谨深失笑，伸手揉了揉她的头发。

"傻孩子。"

晚上6点。

别墅内餐厅的氛围有些凝滞。顾天成坐于长餐桌上首，顾谨深和钟清瑶并肩坐着，三人无声地用着餐，一时间谁也没有说话。

吃饭的时候，顾谨深一如既往地很照顾她，替她夹菜，盛汤，剔鱼刺。

若是换成平时，她一定开开心心地享受着顾谨深的贴心服务，然而这一次，她却怎么也没法儿心安理得地受着了。她虽然没敢抬头看顾天成，但总觉得他的目光时不时就会落在他们身上。

钟清瑶在桌子底下拉了拉顾谨深的衬衫，压低声音说："别再给我夹菜了……"

顾谨深刚把一块糖醋排骨放到她的餐盘里，问道："怎么了？今天的糖醋排骨不合胃口？"

"不是……"

钟清瑶悄悄抬头看了眼顾天成，他正低头用餐，并没有看她。她微松口气，略带忐忑地夹起那块排骨吃了。

紧接着，又是漫长的沉默。

忽然，顾天成把筷子一放，起身上了楼。

一句话也没说。

钟清瑶心里闷闷的，很难受，却不知道怎么做才好。

晚饭后，顾谨深接了个电话，便去另一边谈论工作。钟清瑶在厨房里帮李姨择菜，闷声不响。

李姨安慰她说："毕竟老爷子年纪也大了，有些事情可能没那么容易接受，而且你和顾先生的事情也有些突然。别说是这么疼你的顾老爷子了，我也是有些意外的，所以再给他点儿时间缓缓，说不定等他气消了，就不会再反对了。"

其实李姨说的她都明白，只是看到爷爷冷漠的样子，她心里不免还是会难受。她害怕爷爷责怪，怕爷爷因此不再喜欢她了。

"可是……爷爷今天一句话都没跟我说，爷爷是不是不会再像以前那么爱我了？"

"别瞎想，老爷子最疼的就是你了，他现在就是心情不太好。"李姨说，"晚上我看老爷子都没怎么吃饭，要不小姐待会儿给他送点儿吃的上去？顾老爷子耳根子挺软的，说不定小姐说几句好话，他就消气了。"

钟清瑶沉默着点点头。

她没让李姨做饭，自己动手煮了一份山药瘦肉粥。

推开书房门的时候，顾天成正站在落地窗前望着远处。

"爷爷。"

听见声音，顾天成略略回头。

钟清瑶端着山药瘦肉粥走过去，放在桌子上说："您晚上没怎么吃饭，瑶瑶给您煮了点儿粥，您要不要吃一点儿？"

顾天成缓步坐在桌前的椅子上，却没有动那碗粥。

想来是还在生气。

"爷爷……"

钟清瑶在他身前蹲下，像小时候一样把脸靠在他的膝盖上，细声说：

"可以不生瑶瑶的气了吗？您这样瑶瑶觉得好难受，心都要痛死了……"

顾天成沉默，似乎是叹了口气，满是褶皱的手轻轻抚摩她的头。

"爷爷不是在生你的气，爷爷怎么舍得生瑶瑶的气？"

钟清瑶抬起头，问得小心翼翼："那是……生顾叔叔的气吗？"

顾天成没接话，只是问："你跟爷爷说实话，是不是谨深逼你的？"

钟清瑶连忙摇头说："没有，顾叔叔没有逼我，是我先喜欢顾叔叔的。"

"瑶瑶，你……"顾天成长叹一口气说，"你还小，现在做的决定，以后可能会后悔的。和你年龄相仿又优秀的男孩子有很多，你就不再看看了？"

"爷爷，我不会后悔的，不会有比顾叔叔更爱我的人了。"钟清瑶说，"您说的那些男孩子，都不会有顾叔叔这样爱我，我不想把自己的以后交给一个只是短短相处几年的陌生男人。"

"可是谨深……而且你们年龄差得也多，你才二十岁啊。"

"爷爷，顾叔叔不只是顾叔叔，他也是我喜欢的人呀。而且我们也只是差了十岁而已，也不算太多呀……现在年龄差距十岁左右的情侣有很多呢。"

钟清瑶抓着顾天成的手，轻轻晃了晃。

"爷爷……我真的很喜欢顾叔叔，和顾叔叔在一起的这段时间，我真的很幸福。"

顾谨深处理完工作电话，回到客厅后没有看到钟清瑶的身影。

"瑶瑶呢？"他问李姨。

李姨擦了擦手，回道："小姐看老爷子在生气，所以做了点儿吃的给他送上去，想让他消消气，两人这会儿正在书房聊着呢。"

顾谨深眉心蹙起。适才他与顾天成在书房内剑拔弩张的对话，还历历在目。

没有一刻停留，他径直去了书房。

"瑶瑶！"

书房倏地被推开。在看到站在桌前的钟清瑶后，顾谨深几步上前，把她揽在怀里，护在身前。

钟清瑶脑袋里空白了一秒。

从书房门被推开到落入温暖的怀抱，她压根儿就没有反应过来。拉她的力气还有点儿大，要不是被搂着，她差点儿就没站稳。

"顾叔叔……干什么呀……"

顾谨深看着顾天成，说："有什么话，跟我说就可以。"

顾天成此时正喝着粥。他稍稍抬眸，睨了顾谨深一眼，冷不丁说："怎么，还怕我欺负瑶瑶不成？"

钟清瑶从顾谨深怀里挣脱，揉了揉自己的手臂，眯眼笑着说："爷爷，粥好不好喝呀？我煮了很多，吃完了我再给你盛一碗。"

"嗯，味道确实不错。"

"阿嚏。"钟清瑶轻轻打了个喷嚏。

顾天成关切道："怎么打喷嚏了？是不是衣服穿少了？"

"嗯……晚上好像是有点儿冷。"

她揉了揉鼻子。

紧接着，顾天成对顾谨深低斥道："还愣着干什么？瑶瑶冷了，不知道去给她拿件衣服来啊？你就是靠嘴巴说说照顾她一辈子的？"

顾谨深怔住了，眸光微闪。

"爸……"

"要照顾瑶瑶就要好好照顾，不能让她受冷受冻，更不能让她受一点点儿委屈，以后要是让我知道你对瑶瑶不好，看我怎么收拾你。"

顾谨深怔了三秒。紧接着，脸上浮起浅淡的笑容。全身被巨大的幸福感包围，他第一次那么不知所措，甚至不知道应该说些什么。

钟清瑶扑进他的怀里，眼睛里光线倏地闪动。

"顾叔叔！爷爷已经同意我们在一起了！"

顾谨深收拢手臂，将她抱得很紧很紧，仿佛拥抱住了整个世界。

在杭城的演出虽然出了点儿小插曲，但是最后钟清瑶以极其出色的演奏水平震撼全场。

六月底，钟清瑶接到了系主任的通知，是关于乐团储备人才的事。那次演出结束后，有不少职业乐团向她抛出了橄榄枝。不只有国内的乐团，还有英国洛斯顿交响乐团。

系主任说："这些乐团都是国内高水平的职业乐团，不管哪一个，都是不错的选择。"

系主任翻了翻资料，又补充道："还有这几个国外乐团，应该不用我给你介绍了吧。尤其是英国洛斯顿交响乐团，更是国际顶尖的。

"不过，如果是洛斯顿的话，这两年你就需要去英国跟着实习演出了，具体就看你自己的考量了。"

七月一日有一场英仙座流星雨，预计时间在 21 时至次日 0 时。

南湾湖天顶辽阔，遮挡和光污染都很少，是绝佳的观测点。

晚上不到 9 点，钟清瑶就和顾谨深坐在南湾湖边的绿茵地上，等待流星雨的来临。

钟清瑶坐在顾谨深的怀里，软绵绵地靠在他的胸口，抓着他的领带玩。

"我的建议是去。"

顾谨深将她脸颊边的发丝捋到耳后，低头说："瑶瑶不是一直很喜欢洛斯顿交响乐团吗？还有你的偶像陆菁。"

"可是，可是……"钟清瑶心烦意乱地把他的领带揉成一团说，"如果我选择洛斯顿，那我就要在英国待两年，顾叔叔就见不到我了。"

顾谨深轻笑了声，捏了下她的脸说："我会去看你的。"

"顾叔叔那么忙，估计也来不了几次。我去英国，你还能像以前那样出席我的每场演奏会吗？肯定是和现在不一样了呀。"

"我会尽可能抽出时间多去找你。

"我向瑶瑶保证。"

钟清瑶软绵绵的小拳头打在他胸口说："顾叔叔，你笨死了！我不想再跟你说话了！"

"我怎么了？"

他低笑，抓住她的小拳头，放在胸口。

"我就是不想跟你分开呀！你偏要跟我絮絮叨叨说这么多，我又不是来听顾叔叔说教的，我要你说你也舍不得和我分开！"

"舍不得。"顾谨深轻轻吻了下她的小拳头说。

"敷衍！"

钟清瑶从他手中抽出自己的手，一个人生闷气。

顾谨深低头，又吻了下她气鼓鼓的脸颊，然后收拢手臂，将她抱紧。轻轻晃着，像是轻哄。

路灯投下静谧的光，包围她的胸膛十分温暖。她贪恋顾谨深的怀抱，贪恋他给她的一切宠溺。

不知怎的，钟清瑶鼻子一酸，眼睛忽然就湿了。她胡乱抹了下眼睛，就把脸藏进他的胸口，不想让他发现自己偷偷摸摸哭鼻子。

宠了她这么多年，她就是微微皱个眉，顾谨深都能轻易察觉，更别说是偷偷哭了。他抬起她的脸，果然就看到一双眼睛湿漉漉的，鼻子也红红的。

"傻瑶瑶，哭什么？"

他像无数次那样，轻轻擦掉她的泪水。

钟清瑶嘴巴一瘪，顿时就绷不住了，一头埋进他的怀里大声哭着。

"我不要跟顾叔叔分开，一秒钟都不想分开！我不要去洛斯顿了！"

"听话。"

钟清瑶以为顾谨深会像以前那样哄着她，说不去就不去了。

但这一次，他没有。

她闷闷地哭了很久，最后哭累了，在他怀里沉沉睡去。

临睡着前，还不忘哼哼唧唧地提醒他说："流星雨来了，记得叫我……"

睡梦中，钟清瑶迷迷糊糊地说着呓语。

"顾叔叔……嗯……顾叔叔不爱我了……"

顾谨深的唇角勾了勾，吻在她的眼睛上。

漆黑的夜幕中，倏地有光线划过。顾谨深抬头，银白色的星光划破夜空，留下一丝丝短暂而绚丽的光痕。

"瑶瑶？"他轻轻叫她。

怀里的女孩睡得很熟，含混不清地呜咽了声，慢悠悠地睁开眼后，便被漫天的星光惊艳。

宁静的南湾湖面倒映着万千星辉，钟清瑶仰望星空，脸上漾起灿烂的笑容。

顾谨深看着她的侧脸，只觉得她比漫天的星光还要耀眼。

他怎么舍得她离开？

那是他宠在心尖上的小天鹅。

他想将她留在自己的身边，将她占为己有。

但是他不能因为这份爱，而剥夺她翱翔蓝天的机会。

只愿她飞翔过后，最后还是会栖息在他的身边。

最后，钟清瑶还是决定去英国的洛斯顿交响乐团。

行程定在八月。

其实还有一个多月的时间，但是李姨千万个不放心，怕她水土不服，又怕她一个人照顾不好自己，早早地就开始打理她出国的行李，巴不得把整个家都给她搬过去。大到床单被褥，小到牙刷和耳塞，都整理得妥妥当当的。

顾天成好笑又无奈地告诉她，没必要准备那么多，这些东西在国外都能买到。然而李姨只说国外的东西怕钟清瑶用不惯，再说也不差那几个托运钱。

这几天李姨又买了食材做了钟清瑶爱吃的糖糍糕，打算让她带去国外吃，真空包装密封能放上两三个月。

这段时间，顾连铭被他妈妈送去了一个高考冲刺班，与世隔绝了半个月，直到高考结束才被放出来，因此对家里发生的一切浑然不知。

高考一结束，他马不停蹄地换上装备，抱着摩托车头盔打算出去飙车。见到厨房里一堆吃的忍不住问："李姨干吗做那么多糖糍糕啊？还有家里收拾出那么多行李箱，都是谁的啊？"

钟清瑶正坐在客厅里吃着冰镇樱桃，漫不经心地回道："那些行李箱都是我的。"

顾连铭几步走过来，调侃道："哟哟哟，你终于要搬出去住了？"

"是啊，我要去英国了。"

"你去英国？"顾连铭惊讶地张大嘴巴问。

"哦，我忘了你被关禁闭到现在。你还不知道吧，"钟清瑶有些骄傲地说，"我被英国洛斯顿交响乐团选中，这两年都要跟着乐团实习演出了。"

"两年？这么久？"

"嗯。"

顾连铭忽然坐到她的旁边，一本正经地看着她说："也就是说，我要两年都看不到你了？"

"怎……怎么了啊？"

钟清瑶见他难得一改往日的散漫，心头一跳。

虽说顾连铭平时讨厌了点儿，但是一听到她要走，好像还有点儿舍不得她的样子。

她忍不住心软了一下，忽然就觉得顾连铭也不是那么讨厌了。

"其实两年也挺快的，而且我们也可以打电话——"

"哇！这也太棒了吧！！！"

蓦地，顾连铭兴奋地一拍大腿，钟清瑶的声音瞬间被淹没了。

"一想到这两年你都不会在我面前晃悠，我可真的太高兴了！你什么时候走啊？"

钟清瑶的脸色瞬间沉下来，太阳穴突突地跳个不停。

果然顾连铭还是顾连铭。

她居然会觉得顾连铭是舍不得她。

顾连铭兴奋之余又问："对了，你刚刚说什么来着？我没听清，你说打什么？打电话？"

他"扑哧"一声笑出来问："你该不会想给我打电话吧？"

钟清瑶气得不行，抓起一个抱枕就去打他。

"我说的是想打到你脑袋抽筋，精神错乱，满脸麻子，月经失调——"

枕头不停地朝顾连铭砸去，顾连铭猝不及防，不停地用手去挡："喂！你可以了啊！"

钟清瑶不解气，又抓起一个枕头，两个一起打，丝毫没有停手的意思。顾连铭在她打下来的间隙一把抓住枕头，把她摁在了沙发上。

不管是身高还是力气，钟清瑶都不如他，一顿挣扎就是挣脱不开，被摁得死死的。

顾连铭嘚瑟得不行："刚才打得挺爽啊，看我怎么打你。"

"你……你敢打我！我就去告诉顾叔叔！"

"你还敢威胁我！小舅舅今天不在，你去告啊！"

说着，顾连铭就扬起了枕头——

钟清瑶吓得闭紧了眼睛。

"顾连铭！"

一道冰冷的声音蓦地响起。

顾连铭顿时僵住了，汗毛竖起："小……小舅舅……"

下一秒，他倏地松开钟清瑶，跳到离她好几米远的地方说："小舅舅，你别误会，我……我可什么都没做啊！"

"顾叔叔！"

钟清瑶从沙发上坐起，委屈巴巴地扑到顾谨深的胸前。她装模作样地抹着眼泪，声音里还带了几分哭腔地说："连铭他……他要打我……"

顾连铭霎时脑海中响起警报，他又是摇头又是摆手，慌忙解释道："我没有打她！刚才是她一直用枕头打我，还打了我好久，真的！"

面对顾连铭声情并茂的控诉，钟清瑶吞咽了下口水。再抬头时，依然是凄凄惨惨的小白菜模样，头摇得像拨浪鼓。

"顾叔叔，我没有，是连铭想打我……

"他还说，要打到我脑袋抽筋，精神错乱，满脸麻子，月经失调……"

顾连铭："……"这日子没法儿过了！

钟清瑶还想说点儿什么的时候，李姨走了过来，对顾谨深说："顾先生，老爷子有事找您，正在书房等您呢。"

"好的，我马上去。"

顾谨深的手在她背上安抚地拍了两下，又看向顾连铭，声音里带了几分冷冽。

"安分点儿。"

顾连铭：呜呜呜，我好想哭，但是我已经委屈到哭不出来。

钟清瑶把脸藏进顾谨深的怀里偷笑。

顾谨深走后，她优哉游哉地吃樱桃，顾连铭气到胸腔不停地起伏。

忍一时越想越气，退一步越想越亏。他猛地把钟清瑶手里的樱桃抢了过来，手指指着她说："你你你，你可真行啊！信不信我——"

"干吗？还想打我啊？"

钟清瑶两手拢成小喇叭状放在嘴边喊道："哎呀，顾叔叔，你快来呀！顾连铭又要打人啦！"

顾连铭赶紧去捂她的嘴，把樱桃重新塞回她手里。

"你现在就得意吧！等以后小舅舅娶了小舅妈，我看你还怎么得意！"

钟清瑶淡定地吃了一颗樱桃。

顾连铭以为她悲伤得说不出话，于是继续嘲讽道："到时候小舅舅和小舅妈甜甜蜜蜜你侬我侬，至于你嘛，只能孤孤单单自抱自泣。"

"我看孤孤单单自抱自泣的是你吧，"她回以一个甜美的笑容说，"我已经有男朋友了，你不知道吗？"

"你有男朋友了？

"是哪个倒霉蛋这么想不开啊？没个几十年的白内障都不会看上你啊！"

钟清瑶：呵呵。

"瑶瑶。"

顾谨深臂弯里搭着一件西装走过来，应该是已经和顾天成谈完话了。

"顾叔叔，"钟清瑶开心地迎上去，抱住他的腰身说，"刚才，连铭骂你。"

"喂喂喂，你可别血口喷人啊，我什么时候骂小舅舅了？"顾连铭叫冤道。

钟清瑶兀自说："他说你是个倒霉蛋，还说你有几十年的白内障。"

顾连铭："？"

对上顾谨深的眼睛，顾连铭头顶一阵发凉，急忙解释道："小舅舅，我没有啊，我那说的是她的男朋友——"

话说到一半，他忽然顿住了。

愣怔了好一会儿，顾连铭难以置信地睁大眼睛问："男男男男朋友？"

钟清瑶淡定点头道："对啊，顾叔叔是我男朋友，你不知道吗？"

顾连铭："？"

一米八的大高个，此时犹如风中的一株野草，摇摇晃晃的。

钟清瑶依偎在顾谨深的怀里，软得像一只小奶猫。她朝顾连铭勾勾手指，媚眼如丝地说："过来，叫小舅妈。"

顾连铭一阵天崩地裂，他难以置信地去看顾谨深，极力想要从他脸上得到否定的答案。

然而顾谨深神色沉静，一只手抚摩着钟清瑶的头发，没有半点儿否认的意思。

顾连铭惊愕的目光再次落到钟清瑶的身上，他哆嗦着嘴唇道："小舅妈？"

钟清瑶应道："唉，好乖。"

瞬间，顾连铭眼前一阵发黑。当他姐姐，他就已经很不服气了，现在居然直接成了他的小舅妈？辈分足足大了一倍！

他的脑海里不由得浮现出未来悲惨生活的画面：钟清瑶得意地靠在顾

谨深怀里，躺在沙发里看电视。而他拿着脏抹布，惨兮兮地跪在地上擦地板。地上瓜子壳扔得到处都是，钟清瑶还不忘指使他说："小外甥，去给我倒杯茶来。"

他只能听话照做。

"这么烫？你想烫死我啊，笨手笨脚的！"

杯子狠狠地砸在了他的身上——

顾连铭吓得一哆嗦，瞬间就醒了。

"小舅舅，如果清瑶姐姐可以当小舅妈的话——

"你看我怎么样？"

迎接他的是当头一记栗暴。

八月，盛夏来临。

也是钟清瑶离开的日子。

她是下午6点的飞机，机场大厅内熙熙攘攘的人，偌大的玻璃窗外可见玫瑰色的火烧云大片蜿蜒，烧得正烈。

来给钟清瑶送行的人很多，顾天成、顾谨深、李姨，就连顾连铭也被拉着一块儿来了。

这么大阵仗，钟清瑶反倒有些不好意思了。

"到了那边就是一个人了，要好好照顾自己，吃饭要吃饱，衣服也要多穿点儿，记得多给家里打电话。"

顾天成一遍遍地嘱咐着。

"我知道了，爷爷，你放心吧，我能照顾好自己。"

李姨也说："要是想吃糖糍糕了，就给我打电话，我给你寄过去，在英国可买不到那个哩。"

钟清瑶开心地点头道："好呀！"

又聊了几句后，她看向一旁的顾谨深。

在出发去机场的高速上，他就一直很沉默。这会儿李姨和爷爷都跟她说了不少话，可是顾谨深却一直没说话。

"顾叔叔。"

她拉住他的手，晃了晃。

顾谨深朝她笑了笑，一如往常揉了揉她的头发。

"我要走咯。"

"照顾好自己。"

"就这啊？"钟清瑶皱了皱鼻子说，"就没有别的要跟我说了吗？"

顾谨深伸出手臂，环抱住她，一点点收紧。

钟清瑶怔松了片刻，也没管顾天成他们还站在旁边看着，呆呆地任他抱着。

许久，她抬起手臂，轻轻搭在他的腰上，抓紧了他的衬衫。

"顾叔叔……"

"等你回来。"他说。

"嗯。"她在他怀里点头道，"好啦，我真的要走了。"

顾谨深松开她。

看着她笑得眉眼弯弯。

看着她和大家挥手道别。

看着她转身走进安检入口。

看着她慢慢地，飞离他的身边。

直到那抹纤细的身影完全消失在入口，顾谨深无声地弯了下唇角。

"飞吧，我的小天鹅。"

两年后，英国伦敦。

一场盛大的交响乐盛宴在皇家艾伯特演奏厅落下帷幕。今天也是钟清瑶最后一次跟着乐团公演。

演出结束后，她在后台整理乐器。

及腰的长发绾起，一身金色礼服衬得她的皮肤更加白皙。

经过两年时间的沉淀，昔日那双灵秀温婉的眼睛，也添上了几丝成熟的娇艳。不管是演奏水平，还是心境处事，她都成长了不少。

"指挥跟你说的那件事，你真的不考虑一下了？"

一道女声响起，Alisa（阿丽莎）走过来拍了下她的肩。

Alisa 是洛斯顿的长笛乐手，和钟清瑶差不多的时间进入乐团，两人又因为年龄相仿，关系一直很好。

钟清瑶摇了摇头，用英语回道："不了。"

她在洛斯顿实习的这两年，因为出色的演奏水平和漂亮的东方面孔，在古典乐界声名大噪，不少观众都是从世界各地赶来，只为现场听一场她的音乐会。

指挥想让她留在乐团，成为乐团一名正式的大提琴手，但是钟清瑶拒绝了。

Alisa说："我想不通，这是多么令人心动的邀请，这可是国际顶尖乐团洛斯顿啊。"

"中国的乐团也很优秀。"钟清瑶笑了笑说，"而且，有人还在等我回家。"

"是那个每次都会来看你演出的英俊中国男人吗？"

钟清瑶"嗯"了声，心底漾过一丝甜意。

这两年里，乐团大大小小的演出很多，有不少演出是需要飞往世界各地的。但只要是有她的演奏会，顾谨深都会出席。

她稍稍往台下一瞥，总能在音乐厅的最前排，看到那个西装笔挺的男人。

目光沉沉，只看着她一个人。

只不过，今天在演奏会上，她并没有看到他。

顾谨深的工作一直很忙，每次都是卡着点安排行程，往返之间甚至没有休息的时间。顾谨深来找她时，她总能在他的脸上看到倦意。他停留的时间很短，有时候只是匆匆飞过来看她一眼，又马不停蹄地飞回去。

正想着也许是因为顾谨深工作太忙，所以这次才没抽出时间来看她的演出。下一秒，她就接到了他的电话。

听筒里是男人熟悉低沉的嗓音。

"结束了吗？"

"嗯！"

钟清瑶不自觉地笑了起来，正想问他今天怎么没来。

"出来。"

"什么？"

她愣了一下，随即反应过来，随手套了一件外套，就匆匆往演奏厅外跑。

"顾叔叔！"

她的脸上绽开笑容，奔跑着扑进男人的怀里。鼻尖处是清洌的雪松香味，深灰色的大衣上，还带着风尘仆仆的味道。

她太想他了，忍不住又往他怀里埋了埋。

英国的冬天寒风凛冽，寒夜的薄雾也未消散。顾谨深看到她大敞的衣襟和外套下是单薄的礼服，眉心忍不住皱了皱。他把她小小的身体笼进自己的大衣里，包裹住她，落下一句叹息问："怎么穿这么少就出来了？"

"想要快点儿见到你，来不及换衣服了，耽误时间。"

顾谨深失笑，将她搂紧了些问："都不知道冷了？"

躲在他温暖的怀里，钟清瑶一点儿也不觉得冷。

"不冷。"她的手紧紧环住顾谨深的腰腹，仰着头朝他笑道，"我还以为顾叔叔今天不会来了呢。"

"对不起，飞机晚点，今天没来得及赶上瑶瑶的演出。"

"没关系呀。"钟清瑶说，"我昨天跟爷爷打电话，他还说公司里现在很忙。其实这次你不来也没关系的，反正也就是听一场演奏会……"

他亲亲她的额头说："不只是听演奏会。"

"还有别的事吗？"她疑惑地看他。

顾谨深忽然扣住她的腰，将她抱了起来。

双脚离地，钟清瑶下意识地抱住顾谨深的脖子，双腿环住他的腰身。

她现在所处的高度，比顾谨深还要高了些。

"干吗忽然这样？要被人看到了……"钟清瑶有些害羞地左右张望了下。

"那我们换个地方。"

顾谨深抱着她迈步就走。

钟清瑶又羞又急，在他怀里动来动去，然而被箍着腰又下不来，只能任他抱着走。

先不说她的东西还在演奏厅没拿，而且也不能不打个招呼，就这么不声不响地走掉。

"顾叔叔，你不要闹啦，快放我下来呀。"她眼睛睁得圆圆地看着他问，"你要带我去哪儿啊？"

顾谨深亲了下她的唇，似有笑意。

"接你回家。"

时间的流逝从来都是悄无声息的，结束了两年的乐团实习生涯，钟清瑶正式以一位优秀的大提琴演奏家的身份回国。回国后，她将于淮城最大的国际音乐厅，举办一场个人大提琴独奏音乐会。

时间就定在圣诞节那天。

音乐会前，有不少曲目上的事情，要和她的钢琴伴奏搭档进行对接。

排练厅在中央商务区的艺术中心，借着排练的名义，钟清瑶顺理成章地住进了顾谨深的泊港公馆。

虽然泊港公馆一直都准备有她的日常用品和各季衣服，但她还是从南湾收拾出了整整两个行李箱搬过去。

顾谨深推着她的两个行李箱进电梯，钟清瑶抱着他的手臂跟在他旁边。

"顾叔叔。"

"嗯？"

钟清瑶将视线从行李箱上收回，问道："我们现在算是正式同居了吗？"

顾谨深微微侧眸，看向她，喉咙不甚明显地滚了滚。

他扯了扯领带，神情恢复如常清冷道："什么同居不同居的，都一样。"

"怎么一样了？以前虽然住在一起，但是还有爷爷、李姨、顾连铭……但是现在，就我们两个人住在泊港公馆，不管做什么事，他们都不会知道……"

这句话说到最后，钟清瑶的脸就开始有些红了。

电梯数字缓慢往上跳动。

她悄悄把手挪过去，碰了碰顾谨深的手背。

手立马被回握住，包裹在掌心。

她轻轻用指尖蹭了蹭他的手心说："都两年多了，顾叔叔不想我吗？"

"叮——"

没等顾谨深回答，电梯门已经打开了。刚才的话题被搁置，两人一前一后出了电梯。

"我都好久都没来这里了，是不是还和以前一样？

"对了，顾叔叔，我留在房间里的拼图，你应该没给我扔掉吧——"

她的话音刚落，身后的门"砰"的一声合上了。还未反应过来，她已经被捏住手腕带入男人的怀里，后背抵上了冰凉的门板。

"顾……嗯——"

声音瞬间被淹没，温热的唇压下来，重重地吻住了她。

毫无预兆落下来的吻，让钟清瑶脑袋里一片空白，只能仰着头笨拙地回应他。

顾谨深一只手环住她不堪一握的腰肢，另一只手的手指穿入她的发丝，扣住她的后脑勺。

越吻越深。

钟清瑶被吻得迷迷糊糊，气息尽乱。直到被放到柔软的床上，她才如梦初醒，睁大了眼睛。

此时，温热的唇已经游移至她的脖颈处。

"顾叔叔……不……不……"

顾谨深稍稍退离，俯视她，声音里是不自然的暗哑。

"不什么？"

钟清瑶一双眼睛水汪汪的，两个手臂推拒地抵在他的胸口，半天憋出了两个字："不行！"

"不行？"

因为极力地隐忍，顾谨深太阳穴的经络隐约可见，但他仍是耐着性子，柔声问："怎么了，瑶瑶不愿意？"

钟清瑶赶紧否认道："不是的，我……我想的……"

得到肯定答案的顾谨深重新吻了下来，钟清瑶未说完的话，被堵回了肚子里。

沉重的呼吸交织在一起，点燃了房间内的温度。温度持续升高，事情朝着不可控制的方向发展。

气氛正浓。

直到——

顾谨深的手指触碰到了一小片柔软的卫生棉。

两人同时怔住了。

须臾，空气中安静了好几秒。

钟清瑶脸红红的，垂下眼睛，也不敢去看他，小声嘟囔着："我都说了不行了……"

经过刚才那一番折腾，她的裙子皱巴巴的，顾谨深衬衫的扣子也解到了一半，歪歪扭扭地露出一小片精实的肌肉。

一个吻轻轻落到她的额头上。

顾谨深重新将她揽入怀里，温热的掌心覆盖在她的小腹上。

"肚子痛不痛？"

声音里是还未冷却的炙热。

钟清瑶有些不好意思地"嗯"了声，往他怀里钻了钻。

贴近后，她能感受到衬衫下灼热坚硬的肌肉。

此时的气氛实在怪异，就连覆盖在小腹替她暖肚子的手，也变得暧昧起来。

钟清瑶的脸红得发烫，随口找了个借口说："我……我想去洗个澡。"

"好。"顾谨深终于松开她。

钟清瑶逃也似的躲进了浴室。热水冲刷在脸上，让她渐渐平静下来。

从浴室出来的时候，顾谨深正端着一碗红糖水进来说："把这个喝了。"

她接过。

红糖水里放了一些姜丝、红枣和枸杞。她小口喝着，觉得好甜。

甜得心都要化了。

夜已深浓。

钟清瑶在床上辗转反侧，怎么也睡不着。

冰凉的被窝一点儿都不舒服，还是顾叔叔抱着她的时候温暖多了。

思考良久之后，她抱着小枕头蹑手蹑脚地去了顾谨深的房间。

打开门，里面一片漆黑。

她放轻动作，摸着黑走到了顾谨深的床边，端端正正地放好自己的枕头，掀开被子，钻了进去。

几乎是同一时间，她的身体就被一双手臂拉进了怀里，按在胸口。

"顾叔叔，我……吵醒你了吗？"

"没有。"

黑暗中只听到顾谨深低哑的声音："瑶瑶怎么还不睡？"

钟清瑶抓着头发绕圈圈，支支吾吾道："我那个被子太冷了，睡不着……"

说完，觉得可能没说服力，她又补充道："还有……肚子也有点儿疼。"

顾谨深将她抱在怀里，手掌在她小腹上轻轻抚着，掌心的温度传至她的身体，他轻柔的动作让她觉得很舒服。

钟清瑶靠在他的胸口，听着他的心跳，躲进被子里，偷偷笑弯了嘴角。

"还是很痛吗？"顾谨深问。

她收敛笑容，有气无力地回了个"嗯"。

顾谨深拍拍她的背说："我再去给你煮碗红糖水，喝了再睡。"

钟清瑶拉住他说："不用了吧……都这么晚了。"

"不晚。"

"顾叔叔别去。"她干脆整个人缠了上去，撒娇道，"你帮我暖暖肚子就好了，我不想喝红糖水，晚上喝会很腻的，还会发胖。"

钟清瑶埋入顾谨深的颈窝蹭了蹭。

顾谨深从来抵不住她的撒娇。他轻轻拍了拍她的腰侧说："先下来。"

钟清瑶依旧埋在他的颈窝，双腿紧紧缠在他的腰腹上，瓮声瓮气道："怎么啦？"

安静了许久。

顾谨深从喉咙里低声溢出声音："会有感觉。"

次日，钟清瑶是在顾谨深的怀里醒来的。

紧实的手臂从颈下穿过搂住她，另一只手还维持着替她暖小腹的动作。

"醒了？"头顶落下低哑的声音。

她微怔，缓缓抬起头。

顾谨深的眼睛仍旧合着，几束阳光透过窗帘的缝隙落入室内，零碎地散落在他的侧脸上。

随后，那双眼睛缓缓睁开。

四目相对。

"顾叔叔……"她眨眨眼，厚着脸皮说，"没有早安吻吗？"

顾谨深轻哂，抬起她的下颌，在她唇上落下轻轻一吻。

"早安，"他揉了揉她的头发说，"醒了就起床吧。"

钟清瑶并不想那么早就起床，抱住顾谨深的腰让他陪她聊天。

其实大都是她在说，他在听。

"我本来还以为去了洛斯顿就能见到陆菁了呢，可惜我只在奖杯陈列馆看到了陆菁的名字和照片，连本人的一根头发丝儿都没看到。"

她说了很多，大都是这两年在英国发生的事。

顾谨深捏捏她的脸问："还不起床？今天不是要去排练吗？"

"下午去，"钟清瑶说，"说起排练，独奏会那天正好是圣诞节，也不知道那天会不会下雪，如果能在独奏会的时候看到雪就好了。"

顾谨深没说话，轻轻抚摩着她的头发。

聊了许久，钟清瑶抬起头问："顾叔叔，你有没有在听啊？"

"嗯。"他吻了吻她的额头。

顾谨深今天是要去公司的，不能陪她多躺，钟清瑶拉住他聊了会儿之后，便不再缠着他。

顾谨深起身穿衣，钟清瑶依旧缩在温暖的被子里，只露出一颗小脑袋看着顾谨深慢条斯理地系上纽扣，打好领带。

等他转过身，钟清瑶弯起嘴角朝他笑。

顾谨深走过来在她额头上亲了一下问："早餐想吃什么？"

"青菜虾仁粥，不要青菜，只要虾仁。"

他温声笑道："好。"

等顾谨深走后，钟清瑶在被子里一阵翻滚，抱住被子猛吸了一口气。

时隔多年，她终于再一次和顾谨深睡在一张床上。遥想上次睡在他床上，还是她很小很小的时候，久到她都快忘记了。

被顾谨深抱着睡觉暖肚子，醒来就能看到他，还有甜蜜的早安吻。这种感觉实在是太幸福了。

于是，后来的几天里，钟清瑶每天晚上都可怜兮兮地捂着肚子，敲开顾谨深的房门。窝在温暖的胸膛里，她睡得又沉又香。好几次她睡得迷迷糊糊的时候，似乎听到了浴室传来水声，分不清是在梦里还是现实。她实在太困，翻个身又沉沉睡去。

而顾谨深就不像她那么好眠了。

怀里抱着纤细柔软的身体，尤其是她睡着了之后，总是无意识地往他身上蹭。这让他很难没有反应。

因为她肚子疼，他本没想过那些事情，有的也只是满满的心疼和怜惜。

但有时候，有些生理反应确实难以控制。

连着好几天晚上未深眠，又加上公司里堆积如山的事务，顾谨深靠在书房的沙发椅上，眉目间有几分倦意。

此时，他正戴着蓝牙耳机与秦越通电话，聊一些项目上的事情。

事情刚谈完，秦越冷不丁问："你把小瑶瑶接到你那儿去住了？"

"嗯。"

"深哥，看不出来你还挺猴急。小瑶瑶刚回国你就把她接过去，就这么等不及啊？"

顾谨深刚想说话，书房的门就被轻轻推开了。

"顾叔叔？"

钟清瑶挪着小步子走过去，爬上他的腿，坐进他怀里。

顾谨深将她圈在怀里半抱着问："怎么了，肚子又痛了？"

钟清瑶没注意到顾谨深还戴着蓝牙耳机，趴在他的怀里撒娇道："对呀，不只肚子痛，腰也好酸。"

耳机那头的秦越，清清楚楚地听到了。

那句意味深长的"腰酸肚子痛"，更是让他浮想联翩，脑海里闪过许多画面。

"深哥，虽说你憋了三十年了，需求难免会强烈。但是小瑶瑶细胳膊细腿的，你也要懂得怜香惜玉啊——"

秦越还在絮絮叨叨地说着，顾谨深的眉尾跳了两下。

看到顾谨深微微变差的脸色，钟清瑶仰起头问："顾叔叔，你怎么了？"

"没事。"

她伸出手臂圈出他的脖子，轻轻晃着问："那……顾叔叔什么时候进来陪我睡觉呀？"

与此同时，秦越的声音也在耳机那头响起："深哥，你不要因为刚开荤就不知轻重，你想做一夜七次郎，也要看看瑶瑶受不受得了啊。"

"你闭嘴！"

顾谨深骤然厉声道。

钟清瑶本来还抱着他的脖子撒娇，忽然被劈头盖脸一顿呵斥，惊得僵住了动作。

她不就是问问顾叔叔，什么时候能进来陪她睡觉，干吗这么凶……

嘴巴一瘪，顿时就委屈了。

顾谨深一低头，吻在她的嘴角，放柔声音说："瑶瑶，我不是在说你。"

"这里就我们两个人，还能说谁……"

话说到一半，钟清瑶忽然注意到他耳朵上的耳机。

声音戛然而止。

层层尴尬蔓延，所以刚才她那嗲死人的话都被听去了？

顾谨深摘下耳机说："是秦越。"

"秦叔叔……"

其实钟清瑶回国的时候，秦越就一直在外出差没回来，所以她和秦越已经有两年多没见了。

没一会儿，两人就隔着耳机聊得热火朝天。

秦越今晚刚落地淮城，还说给她带了礼物，当即就给她送了过来，顺便来看看她。

一见面，秦越就给了她一个大大的拥抱，又忙不迭地把礼物塞进她手里。

打开丝绒小礼盒，里面是一条钻石手链。

礼物有些贵重了，钟清瑶不知道要不要收，转头去看顾谨深。

顾谨深说："喜欢就收下。"

钟清瑶便盖好盒子，漾起笑容说："谢谢秦叔叔！"

"让秦叔叔看看，这两年有没有长高，"秦越比了比，故作惊叹道，"怎么好像长高了不少啊！"

钟清瑶"扑哧"一声笑出来，问道："真的吗？那有没有瘦一点儿呀？"

"瘦了不少啊，身材是越来越苗条了啊。"

一条手链轻易就把钟清瑶收买了，她也不黏着顾谨深了，和秦越一起坐在沙发上有说有笑。

顾谨深隐隐不爽。

从书房出来的时候，就看到他们两颗脑袋凑在一起，盯着手机屏幕，正在点火锅外卖。

"肥牛肥牛，还有虾滑，再来一个毛肚吧，还有这个也要！"

"瑶瑶。"顾谨深叫她。

钟清瑶闻声抬头，笑着对他说："顾叔叔，我们点了好多吃的，你有没有想吃的呀？我们帮你一并点了。"

他看了一眼腕表，微微皱眉问："都几点了，还吃火锅？"

"难得吃个夜宵……"

顾谨深严肃道："你忘了你还在肚子痛？这么晚吃东西，对胃也不好。"

钟清瑶眼里兴奋的光芒一簇簇灭了下去。

见到她这个样子，顾谨深一下子就心软了。半晌，他扯了扯领带结，清了清嗓子说："吃可以，但是不能吃辣。"

眼里的光芒重新亮起，钟清瑶重重地点头道："嗯！"

在顾谨深的严厉要求下，他们只好点了一个清淡的菌汤养生锅。

火锅白色的水汽氤氲，散发出诱人的香味。

钟清瑶拉着顾谨深坐下和他们一起吃，秦越开了好几瓶酒，酒香诱人，然而她也只能捧着燕麦牛奶看着他们喝。

秦越喝到后来就有些醉了，嘴巴说个不停。

"深哥，我以前还在想，等以后瑶瑶嫁人了，你肯定要哭成狗。你倒好，为了不让瑶瑶嫁给别人，直接做她的男朋友……

"你这招真是狠，瑶瑶太可怜了，一辈子都逃不出你的手掌心了……"

钟清瑶被说得不好意思了，红着脸说："秦叔叔，你喝醉了，别再喝酒了吧？"

"我可没醉！"

秦越晃了晃头，笑嘻嘻地看着顾谨深说："深哥，瑶瑶叫我一声叔叔，按理说，你是不是也要跟着瑶瑶叫我一声叔叔啊？

"以后我叫你叫哥，你叫我叫叔叔，不错不错！"

钟清瑶偷瞄一眼顾谨深，脸色涨红道："秦叔叔！你别说了！"

然而秦越丝毫不在意，继续在作死的边缘徘徊。

他直接勾住顾谨深的脖子，憨憨地笑："小深啊，叫一句叔叔来听听？叔叔给你压岁钱！"

"……"

顾谨深安静三秒，拧住他的胳膊往后一别，秦越霎时痛得嗷嗷大叫。

钟清瑶捂住了眼睛，实在没眼看。

顾谨深扣住秦越的胳膊，毫不留情地把他扔在了沙发上。随着一声闷响，秦越哀号几声，睡死过去。

夜色已经很深了，钟清瑶揉揉眼睛，有点儿困。

"睡觉吧。"

顾谨深走过来，将她从沙发上拉起来，打横抱起。

她"嗯"了声，温顺地往他怀里蹭。

许是火锅吃得太咸，钟清瑶在睡梦中被渴醒，迷迷糊糊地起床想去喝水。

她掰开了环在腰上的手臂。

"去哪儿？"

身后传来模糊的声音，很低，像是呓语。

钟清瑶也不知道顾谨深是不是在说梦话，仍是乖乖回道："我去喝水，马上就回来。"

顾谨深轻"嗯"了声。

接着，便传来均匀悠长的呼吸声，睡着了。

钟清瑶刚走出卧室门，就看到秦越身体摇摇晃晃地走过来，眼睛闭着，就像是在梦游。他晃晃悠悠地从她身边走过，走进卧室，来到床边，掀开被子，躺了进去。

借着微弱的光，钟清瑶愣愣地看着他一系列的动作，半晌没回过神来。

睡梦中的顾谨深，似是感觉到身边的人回来了，下意识地搂住了。

秦越挠了挠脸，没再动。

钟清瑶捂住嘴，忍不住想笑。她走至床边，替两人掖了掖被子，然后贴心地关上门。

天光微亮，浅灰色的卧室里一片静谧。

顾谨深缓缓睁眼。

旁边的被子凸起，盖得严严实实的，身边的人睡得正香甜。

顾谨深的嘴角勾起浅浅的笑意，想去揉揉她的小脑袋。

"瑶瑶，起床了，你今天不是还有排练吗？"

被子往下一拉——

笑容在顷刻间消失得一干二净。

钟清瑶是被一道凄惨的号叫声给惊醒的。

还是从顾谨深的房间里传来的。

她神色一凛，来不及多想便冲到了顾谨深的卧室问："怎么了？怎么了？发生什么事了？"

刚冲进卧室，就看到秦越以极其难看的姿势趴在地上，手里还抱着被子，一边艰难地爬起身，一边大喊着："深哥，你大清早的干啥啊？这一脚踢得我痛死了！哎哟喂——"

钟清瑶看了一眼顾谨深。此时他的脸色极度阴沉，周边的空气仿佛都要冻住了。

"那个，秦叔叔……"她小心翼翼地问，"你没事吧？"

"能没事吗？我睡得好好的被他一脚踢下床，感觉都被踢出内伤了！"秦越揉着屁股抱怨道，"怎么说咱俩也抱着睡了一夜，深哥，你也太无情了吧！"

顾谨深的太阳穴突突跳了两下。

最后，秦越连人带被子一起被扔出了泊港公馆。

顾谨深自此脸色一直很不好，从公司回来后，就一直在书房处理工作。

钟清瑶端了碗樱桃去书房找他。

"顾叔叔，还在忙呀？"

他稍稍一抬眸道："嗯。"

"吃点儿水果放松下吧。"她走过去，把一颗樱桃塞进顾谨深嘴里。

顾谨深就着她的手吃了，继续翻看文件，没说话。

钟清瑶走到他身后，一边殷勤地替他捶肩膀，一边说："顾叔叔，你别生气了，早知道你会这么生气，昨天我就应该阻止秦叔叔睡你床的……"

顾谨深眉眼一沉，抬眼问："你知道？"

钟清瑶愣愣地一点头："昨天我去喝水，秦叔叔就进来了，然后我看你们都睡得挺熟，就没打扰……"

顾谨深沉默着，脸色更差了。

钟清瑶见势不妙，小鱼一样钻进他怀里，抱住他问："你怎么又生气了？"

"瑶瑶。"顾谨深闭眼安静三秒，深呼吸让自己平静下来，"你让我抱着一个男人睡了一晚上？"

"可那是秦叔叔呀，又不是别人……"

眼看顾谨深的脸色又往下沉了沉，钟清瑶赶紧示弱道："我错了，我错了还不行吗？我昨天就应该狠狠阻止秦叔叔的！"

她仰起头，轻轻啄了啄他的下巴。

"别生气了吧……"

顾谨深搂住她，只是脸色依旧未变。

钟清瑶在他胸口上画圈圈："我可以补偿你的……"

"怎么补偿?"

她涨红了脸,趴进他怀里,声音极轻地说:"我……我那个结束了……"

她感觉到环在自己腰际的手臂一点儿一点儿地收紧。

倏地,桌上的樱桃滚落了一地,钟清瑶仰起头迎合着急切而浓烈的吻。

顾谨深托着她的腰,从书房一路吻到了卧室。

恍惚间,钟清瑶的后背已经贴上冰凉的床单,紧接着滚烫的胸膛便压了下来。

他吻得是那么用力。

钟清瑶呼吸急乱,连片刻喘息的机会都没有。在她被吻得七荤八素之时,唇上的温度骤然离去。

她迷茫地睁开眼。

只见顾谨深抬手解着腕表,眼睛却盯着她,里面是浓烈的情绪。

"你……你摘手表干什么?"

"怕不小心会弄疼你。"

"不是肯定会疼的吗?"

顾谨深闷笑出声,再度低头吻住她。

房间内传来衣物细微的响动。

这是她第一次这么清楚地看到顾谨深的身体,看似精瘦的腰腹肌理分明,线条结实,看起来很有力量。

她捂住自己的眼睛,不敢去看。整个人热得像只小虾米,害羞极了。

"瑶瑶……"

"嗯?"

钟清瑶分开手指,透过指缝偷偷去看他。

"会疼。"

她回得理直气壮:"我又不怕疼。"

"嘴硬。"

结实的手臂搂着她,温热的手指划过她纤细的蝴蝶骨一路往下,钟清瑶不自觉地抖了一下,不安地伸出手抱紧他。

天边的光线越来越暗。

有窗户没关严实,一丝带着冬夜湿寒的风悄无声息地卷入房间内。

头顶的灯晃得厉害。

钟清瑶低声呜咽着哭出声,眼睛不知不觉被泪水沾湿,睫毛上全是水汽。

事实证明,她确实是嘴硬。

她怕疼,疼得快死了。

可顾谨深哪里还停得下来,所有的情绪像是忽然打开了闸口,一发不可控制。

他只想要更多,更多。

这一次,纵使他再怎么心疼她,也无法让自己停下。

顾谨深将钟清瑶抱在怀里,细密的吻落在她的头发上、眼睛上,一遍一遍轻声哄着。

整个房间都被湿寒裹住了。

夜晚很长。

直到天明时分,他才抱着她去浴室清洗。

钟清瑶浑身都没有力气,软在了他的怀里。眼睛哭肿了,嗓子也哑了,没过多久便睡着了。

第二天醒来的时候,她稍稍一动,身体就疼得厉害,窝在顾谨深的怀里轻"嗯"了声。

蓦地,下巴被抬起,迎接她的是一个长长的吻。

顾谨深低下头来与她对视,指腹擦过她的眼角,呼吸若有若无地拂在脸上。

"怎么这么爱哭?"

钟清瑶气不打一处来,生气地去推开他,又因为动作过大,牵扯到身体的某处。

她皱着眉抱住了肚子。

昨天她明明都那么求饶了,可顾叔叔就是不心软,疼得她哭个不停。

"都怪你,我不要理你了!"

顾谨深重新将她拥入怀里,轻声哄道:"是我不好。"

"你下次不准再这样了!以后我说停的时候你就要停!"

"好。"他应道。

然而这件事再次印证了一句话,男人的嘴,骗人的鬼。

顾谨深不但没有丝毫收敛,反而越发地过分。

平时那么宠她，心疼她，不舍得她受一点儿委屈的顾叔叔，在晚上就像变了个人。不停地弄哭她，无论她再怎么示弱，他都不为所动。

心肠比冬天的石头还要硬。

钟清瑶的大提琴独奏音乐会在圣诞节这天。街道四处张灯结彩，漂亮的圣诞树上缀着铃铛和丝带。

只是她期盼的那场雪，迟迟没有落下。

音乐会还未开始，淮城的国际演奏厅内就已经坐满了人，许多观众都是从世界各地赶来的。

钟清瑶演奏了许久经典曲目，演奏厅内掌声雷动。

一曲结束，她于台上静静地等待主持人的下一曲报幕。

"《爱的礼赞》是十九世纪的音乐家爱德华·埃尔加创作的乐曲，乐曲旋律温馨幽婉，接下来让我们有请大提琴演奏家陆菁、钟清瑶为我们带来双大提琴协奏曲《爱的礼赞》！"

钟清瑶怔住了。

双大提琴协奏曲？

陆菁？

在她震惊之际，一位身姿优雅的女人，已经拿着大提琴上台。

她睁大了眼睛——

这不就是陆菁本人吗？

铺天盖地的惊喜淹没了她。

钟清瑶激动得说不出话，她怎么也没想到，有一天自己能见到陆菁，还能离她那么近，和她拥抱握手，还拉奏同一首曲子。

心怦怦跳个不停，钟清瑶虽然紧张，但最后两人以超高的演奏水准配合完美，场内爆发出雷鸣般的掌声。协奏曲过后，她的手还是抖的。

陆菁离开洛斯顿乐团之后便隐退了，隐退之后几乎不接演出，只留下一个光辉的名字在古典乐界流传。

而这一次，这位前洛斯顿大提琴首席却真实地出现在她的独奏会上。

音乐会的最后一首曲目，是圣桑的《天鹅》。

优美的旋律在琴弦上轻缓流出，追光灯打在她的身上。

钟清瑶一身洁白的长裙，长发如瀑披在身后，是那么安静美丽。

顾谨深在台下默默注视着她，静静聆听。

一切都是那么美好。

演奏到一半，钟清瑶察觉到四周有什么东西轻飘飘地落下来，她微微一抬眸。

偌大的演奏厅里飘起了纷纷扬扬的雪花。

点点晶莹，如梦似幻。

下雪了？

这个想法只存在了一秒。

今天淮城并没有雪，更何况这是室内演奏厅。

她忽然想到，之前自己趴在顾谨深怀里跟他说，她希望能在演奏会那天看到漂亮的雪。

没想到她说的那些顾叔叔都记得，并且为她准备了那么浪漫的一场雪。

她的心里涌上甜意，嘴角勾起。

最后一个音符落下，钟清瑶一抬头——

漫天飘扬的雪幕中，顾谨深一身黑色西装，缓步向她走来。心跳忽然漏了一拍，她呆呆地立在原地，看着他一点儿一点儿向自己走近。

顾谨深替她拂掉落在头发上的雪，声音温柔地问："喜欢吗？"

钟清瑶重重点头说："陆菁也是你……"

顾谨深不置可否。

她眼睛有些酸，惊喜和感动杂糅在一起，激动地说："谢谢你在今天为我准备的惊喜。"

"不只今天。"顾谨深目光沉沉地凝视着她说，"我想为你准备一辈子的惊喜。"

雪花温温柔柔地飘落，顾谨深单膝跪地，打开了手心里方形红丝绒的盒子。

里面是一枚璀璨的钻戒。

"瑶瑶，你愿意嫁给我吗？"

全场寂静无声。

钟清瑶一时间忘记了呼吸，胸腔里滚烫的情绪翻涌。

这一切都来得太突然，太美好了。

须臾的安静之后，她的嘴角慢慢扬起，笑弯了双眼，眼里像盛满了璀璨的星星，光芒熠熠闪动。

"我愿意！"

霎时，欢呼声四起，演奏厅内响起潮水般的掌声。

顾谨深露出笑容，起身，牵起她的手。在将戒指套入她指骨的同时，他低头温柔地吻住她。

"瑶瑶，我爱你！"

音乐会过后，时间仿佛被按了加速键，转眼便又至一年的除夕。

大年三十的晚上，年味正浓。南湾别墅内灯火通明，门口挂着红灯笼和红对联，喜气洋洋的。一家人围坐在一起吃着香喷喷的年夜饭。

顾天成和顾谨深聊着天，钟清瑶美滋滋地吃着顾谨深夹给她的菜。

顾连铭对她一使眼色："嘿，虾饼你还要不要吃？"

钟清瑶看了一眼自己碗里的虾饼，又看了一眼他碗里的虾饼。

她才不要顾连铭的虾饼呢。她满不在乎道："谢谢，不用了，你自己吃吧。"

"你不吃？"

"不吃！"

"啊，那正好，既然你不吃，那就给我吃吧！"

倏地，顾连铭的筷子就伸过来，夹走了她的虾饼。

"哎，你干吗拿走我的啊？"钟清瑶气鼓鼓地想要拿回来，"你还给我！"

"是你自己说不要吃的啊，我刚才问过你的，小舅舅和爷爷可都听到了！"

"爷爷，顾叔叔，你们看连铭呀！他明明都有一个了，还拿我的！"

"好了好了，"顾天成说，"连铭，你都上大学了，怎么还跟小孩子一样抢吃的？没个大人模样！"

顾连铭低头闷闷地说："是她说不要的……"

"以后瑶瑶和谨深结婚了，她就是你小舅妈，别再这么没轻没重的！"

顾天成转头问顾谨深："对了，婚礼的事情准备得怎么样了？"

顾谨深淡声回道："已经开始筹备了，婚纱初版已经定制完成，年后我会带瑶瑶去试一下婚纱。"

钟清瑶低头听着婚礼的事宜，脸莫名就红了。

她马上就要嫁给顾叔叔了。

成为顾叔叔的妻子。

晚饭后，钟清瑶和顾连铭在庭院里放仙女棒，顾谨深在一旁陪她。

她正捣鼓着手里的仙女棒为什么点不着，顾连铭忽然从旁边冒出来大喊一声，吓了她一大跳，仙女棒都扔了。

顾连铭哈哈大笑，拔腿就跑。

"顾连铭！"钟清瑶气急败坏地去追他，跑得气喘吁吁的，就是追不上他。

她泄气地扑进顾谨深的怀里撒娇。

顾谨深替她把围巾在脖子上围好，将她揽入自己的怀里。

零点的时候，烟花簇簇升起，绽放得无比绚烂，夺目的光芒照亮了紧紧相拥的两人。

钟清瑶笑着大声喊："顾叔叔！新年快乐！"

顾谨深搂着她，在她的唇上落下一吻说："新年快乐！"

"明年你还会这么爱我吗？"

"会。我会一直照顾你，陪你过每一个新年，永远爱你！"

"永远爱我？"

"嗯，永远爱你。"

——我这一生最幸福的，就是落入你的溺爱。

又是一年隆冬。

今年的情人节赶上淮城的寒潮，空气凝结成冰，街边道路两旁的雪已经积得很厚。

泊港公馆的卧室内一片温暖宁静，钟清瑶揉了揉眼睛，往身边温暖的怀里钻了钻，脸颊贴上宽阔坚硬的胸口。

她迷迷糊糊地问："顾叔叔，几点啦？"

顾谨深揉揉她的小脑袋说："还早，瑶瑶还可以再睡会儿。"

"今天乐团里有事，我要早点去，不能迟到的。"钟清瑶掰开环在自己腰间的手臂，艰难地坐了起来。

下一秒，觉得身体忽然一轻，她被提了起来，重心不稳，倒在顾谨深的胸口。

大手扣住她的后脑勺，一个温热的吻不由分说地落在她的唇上。

钟清瑶气息不稳，双手抵在他的胸口，生涩而不得章法地回应着。

晕头转向中，她被抱着调了个位置，再一次被压在了顾谨深身下。

眼看这个吻越来越热烈，有些缺氧的钟清瑶含混不清地打断他说："不行……今天傅教授要来乐团指挥演出，我要早点去的。"

顾谨深微怔，略略松开她，指腹擦过她的唇瓣，喉咙里溢出一个极其低哑的音："嗯，那起床吧。"

今天气温很低，钟清瑶裹了一件羽绒服。出门前，她抱着顾谨深的腰仰头要亲亲。

顾谨深低头在她唇上轻轻吻了一下，又把围巾在她脖子上一圈圈围好说："今天天冷，围巾戴好。"

"嗯。"钟清瑶往围巾里埋了埋说，"顾叔叔……今天是情人节，虽然我不能在你身边，但是你也要想我。"

顾谨深笑着捏了下她的脸，稍感无奈道："知道了，想你。"

出门后，凛冽的风裹挟着雪花飘来，钟清瑶不由得拢了拢围巾。

情人节这天，街上的广告牌也被换上了情侣对戒的广告，有不少情侣手挽着手在逛街。想到今天不能和顾叔叔一起过节，她就有些失落。

不过这份失落并没有持续太久，到达乐团才得知，傅教授今天有事临时来不了了，排练也暂且往后推了一天。这一消息让钟清瑶喜上眉梢，上午乐团的排练曲目结束后，她便背着琴去了顾谨深的公司。

来到盛瑞总部后，她发现顾谨深并未在办公室，秘书告诉她顾谨深正好在进行一个项目会议，让她稍等片刻。

今天早上起得早，办公室内的暖气充足，钟清瑶躺在沙发上，眼皮不自觉地开始耷拉下来，不一会儿便睡了过去。

时间悄然流逝。

睡梦中，钟清瑶听到了办公室的自动门打开的声音，她迷迷糊糊地睁开眼，趴在沙发上望过去。

只见顾谨深穿着严谨工整的西装走了进来，领带系得一丝不苟，一双腿笔直修长，气质斐然。

她开心地从沙发上起身，立马扑了过去，轻轻一蹦就挂在了他的身上。

"顾叔叔！"

顾谨深托住她的腰，一边防止她掉下去，一边问："瑶瑶怎么来了？"

"傅教授临时有事不来啦，今天可以跟你一起过情人节了，我好想你呀！"

顾谨深笑着揉了揉她的脑袋。

"亲亲。"她一嘟嘴。

"瑶瑶……"

"怎么啦？"钟清瑶不明所以，"不能亲亲吗？"

话音刚落，旁边突然响起一个男声："顾总，这次的项目小会还要继续吗？"

蓦地，钟清瑶整个人僵硬在了顾谨深的怀里。

她以极其缓慢的动作转过头，只见顾谨深的身后还站着三个西装革履的男人，手里还拿着文件夹，应该是会议结束后，几个人打算来顾谨深的办公室开个小会。而刚才她看见顾谨深太过开心，压根儿就没注意到旁边还站着的这几个人。

这会儿意识到自己的撒娇被人看了个全程，钟清瑶脸一红，窘迫地把脸埋进了顾谨深的颈窝里，不敢抬头。

场面一度十分尴尬，这些集团高管也是见惯了各种场面，对此也是镇定自若，面不改色，只是非常恭敬地问："顾总，要不您先忙，我们待会儿再过来讨论项目？"

顾谨深语气很淡地"嗯"了声，然后抱着怀里的小姑娘步入办公室内。

自动门落下关门的声音，钟清瑶窝在顾谨深的怀里瓮声瓮气道："好丢脸，你也不提醒我，被人看到这样太不合适了。"

顾谨深将她放到自己的腿上坐好，一边忙工作，一边说："你是我的未婚妻，有什么不合适的。"

他们的婚期定在三月底，春暖花开万物复苏的时候。婚礼的事宜都有专人在跟进，一切都在紧锣密鼓地进行着，倒也不用他们多操心。平时钟清瑶乐团里的事情不多，除去演出和排练的时间，她便一直都在泊港公馆里无所事事，偶尔会去策划师那里看看婚礼进度。

从小就跟在顾谨深身后的那条小尾巴，马上要成为他的妻子，她总觉得有些不真实，距离婚期越近，这份忐忑不安就越重。钟清瑶从顾谨深怀里抬起头问："顾叔叔，你会不会后悔娶我呀？"

"不会。"

"万一婚后你发现我有好多好多缺点，觉得我不是你喜欢的类型，你后悔了怎么办？"

顾谨深很轻地笑了一声，低头看着她说："你是我看着长大的，对你我还不够了解吗？我确定我爱你，所以才会决定娶你，不会有后悔的那天。"

钟清瑶脸一红，抬头与他对视。

两人目光交缠，气氛在不知不觉中暧昧起来。

"刚才的亲亲……"她红着脸,伸手拉了拉他的领带说,"你还没亲呢。"

顾谨深抚摩着她的头发,低头吻下来,就在唇瓣即将相触的刹那,门外突然响起轻轻的敲门声。

鉴于刚才的尴尬场面,钟清瑶一凛,条件反射地推开他,倏地从他腿上下来,在旁边端端正正地坐好。她脸上的热度未退,小声说:"顾叔叔,你还是先忙工作吧……我……我在旁边看会儿书。"

顾谨深松了松领带结,淡声道:"进来。"

方韦拿着一份文件步入办公室说:"这是西郊项目刚敲定的策划案,需要您签下字。"

钟清瑶没去听他们的谈话,坐在旁边安安静静地看书,莫名有些发怔。直到顾谨深叫她的名字,她才恍然发现方韦已经离开了办公室。

"过来坐。"

虽然她确实很想坐在顾谨深的腿上跟他亲亲抱抱,但是毕竟是在办公室,两人太过亲密,总归不是太好。而且她总觉得会有人突然闯入。

思及此,钟清瑶摇摇头,没坐过去。

顾谨深忙于手上的工作,也随着她。

傍晚,淮城迎来了第一个晚高峰,道路上车流拥堵,霓虹灯渐次亮起。顾谨深没有安排今晚的应酬,早早结束工作后便陪着钟清瑶过情人节。

霓虹灯下,雪花轻轻柔柔地飘落,两人十指交握,在明水滩边慢慢悠悠地走着。

钟清瑶买了份草莓冰激凌,小小咬了一口,酸酸甜甜,冰冰凉凉。

顾谨深微微皱眉道:"天冷,这种东西要少吃,现在不怕肚子痛了?"

"我知道啦,就这么小一个,都没有多少,不会肚子痛的。"

为了不让顾谨深继续唠叨,钟清瑶钻进他的怀里,企图靠撒娇蒙混过关,在他胸口蹭啊蹭的。

顾谨深轻哂。他对她的撒娇向来没什么抵抗力,也有点儿拿她没办法。

他轻轻抚摩着她的长发,落下几不可闻的喟叹声。

钟清瑶在他怀里偷笑,又咬了口冰激凌,低头的时候,鼻尖不慎沾上了一点儿奶油。顾谨深替她轻轻拭去,言语间满是宠溺:"吃得鼻子上也是,小孩儿似的。"

她揉了揉鼻子，脑海里却在胡思乱想。

很多电视剧里都有女主不小心把冰激凌吃到嘴角，然后男主会低头温柔地吻去她嘴角的奶油的剧情。

钟清瑶眼睛一转，故意让自己的唇角也沾上奶油。

"顾叔叔，"她抬起头说，"我嘴上是不是沾东西了？"

"嗯。"顾谨深失笑。

"那你帮我。"

顾谨深将她拙劣的伎俩看在眼里，并未戳破。他微微俯身，去吻她的唇。清冽的雪松味越来越浓郁，心跳加速的钟清瑶闭着眼睛，等待着温热的吻落下。

然而在下一秒，一道熟悉的声音忽然从身后响起。

"清瑶？"

钟清瑶蓦地推开顾谨深，尴尬地转头道："小念？"

小念是乐团里的长笛乐手，这会儿也是跟她男朋友出来约会。见到钟清瑶热情地跟她打了招呼，两人聊了几句后，才互相道别离开。

每当她想跟顾谨深接吻的时候，总会在关键时刻被打断，对此钟清瑶很不爽。

她一路拉着顾谨深找了个明水滩边相对偏僻的地方，林木蓊郁，两侧有漂亮的玫瑰花。这下应该没人打扰了。

她鬼鬼祟祟地四处张望了一阵，确定没人后，才羞答答地抬头一嘟嘴道："亲亲。"

正在这时——

"这里的玫瑰花好漂亮啊，亲爱的，快给我拍个照。"

耳边响起谈话声，又有一对情侣走了过来。

接二连三地被打断接吻，钟清瑶几近崩溃，泄气地垂下头。

想跟顾叔叔有个不被打扰的亲亲怎么就这么难呢。

顾谨深看出她情绪不对，柔声问："怎么了？"

钟清瑶头埋得更低了，闷声说："每次想跟你亲亲，都会有人突然出现。"

"所以呢？"

"会被人看到啊。"

355

头顶传来顾谨深的低笑："就因为这个？"

"什么呀，总是被打断，我都快郁闷死了。"

话音未落，下巴忽然被抬起，顾谨深径直吻上她的唇。

这个吻来得猝不及防，强烈的男性气息瞬间将她包围，钟清瑶被动地仰着头迎合他的吻。

缠绵又轻柔。

周围有路人的说话声，她已全然顾不得，沉溺在这个吻里。

一吻结束，顾谨深又吻了吻她的眼睛，黑色的大衣上还落着纯白的雪花。

钟清瑶被吻得气息微喘，不好意思道："有人看着呢，你就吻我，多不好……"

"我吻你的时候，从来没想过其他。"顾谨深笑了笑说，"我吻我的未婚妻，有什么不好？"

未婚妻。

是啊，她现在是顾叔叔的未婚妻了。

钟清瑶甜甜地笑了。

顾谨深揉了揉她的小脑袋，重新将她搂进自己的怀里。

"傻瑶瑶。"

当年的小孩儿，如今已经是女人了。

初见她时，小孩儿一口一个"顾叔叔"叫得很甜。当时顾谨深不会想到的是，未来十几年后，她会成为他爱的人，成为他的妻子。

情人节这天，到处都是浪漫的爱意。

雪花还在悠悠地飘落。

顾谨深低头，重新吻住她，声音一如既往地温柔而坚定："瑶瑶，我爱你！"

"顾叔叔，我也爱你！"

钟清瑶埋进他的怀里，嗅着他身上好闻的雪松味道，轻轻笑弯了眼睛。

如果时间可以暂停，她想永远停留在这一天，有轻柔的雪和温柔的风，有玫瑰和吻。

还有你，我爱的人。